ELLEN VAHR

Die GABE

atb aufbau taschenbuch

ELLEN VAHR hat in Kopenhagen Wirtschaftswissenschaften studiert, dann in den USA mehrere Ausbildungen für therapeutische Berufe absolviert, ehe sie nach Norwegen zurückkehrte. In »Die Gabe« erzählt sie von der Lebensgeschichte ihrer Urgroßmutter, die in Christiania – wie Oslo damals hieß – eine der ersten bekannten Heilerinnen und Kräuterfrauen war.

Gabriele Haefs übersetzt aus dem Dänischen, Englischen, Niederländischen und Irischen, u.a. Werke von Jostein Gaarder, Håkan Nesser und Anne Holt. Sie hat zahlreiche Auszeichnungen erhalten, zuletzt 2008 den Sonderpreis des Deutschen Jugendbuchpreises für ihr übersetzerisches Gesamtwerk. Sie lebt in Hamburg.

Annes Lebens im Norwegen Mitte des 19. Jahrhunderts scheint vorgezeichnet zu sein. Sie wird als Magd arbeiten und irgendwann ihren Freund Jon heiraten. Doch als sie einmal die heilkundige Elseby im Wald trifft, spürt sie eine Anziehungskraft, die sie nicht mehr loslässt. Elseby wird von den meisten Menschen gemieden, fast so als wäre sie eine Hexe. Nur heimlich suchen die Dörfler sie auf, wenn sie dringend Hilfe brauchen. Anne spürt, dass nicht nur Elseby, sondern auch sie selbst über die Gabe zu heilen verfügt. Doch die Umstände sind ihr nicht günstig. Sie darf ihren Freund Jon nicht heiraten, sondern muss nach Christiania gehen, in die große Stadt, um dort bei einem Goldschmied im Haushalt zu arbeiten. Dann lässt sie sich noch mit einem verheirateten Mann ein und wird schwanger. Ihre Gabe scheint verschwunden zu sein.

ELLEN VAHR

Die GABE

Historischer Roman

Aus dem Norwegischen
von Gabriele Haefs

atb aufbau taschenbuch

Die Originalausgabe unter dem Titel
Gaven
erschien 2016 bei H. Aschehoug & Co.
(W. Nygaard) AS, Oslo.

FSC
www.fsc.org
MIX
Papier aus verantwortungsvollen Quellen
FSC® C083411

ISBN 978-3-7466-3434-0

Aufbau Taschenbuch ist eine Marke
der Aufbau Verlag GmbH & Co. KG

1. Auflage 2019

Umschlaggestaltung www.buerosued.de, München
unter Verwendung von Motiven von © Magdalena Russocka/
Trevillion Images und Getty Images/
Severin Sadjina – sesaphoto.com
Gesetzt aus der Caslon durch Greiner & Reichel, Köln
Druck und Binden CPI books GmbH, Leck, Germany
Printed in Germany

www.aufbau-verlag.de

Für meine Mutter,
Inger Johanne

Ekeberg, 3. November 2015

Es ist ein grauer Vormittag. Ich bin nach Ekeberg hochgewandert. Endlich werde ich dir begegnen. Einer geheimnisvollen Ahnin, die mir Weg und Richtung gezeigt hat. Gezeigt hat, dass es erlaubt ist, zu träumen und Träume wahr werden zu lassen. Gezeigt hat, dass es sich lohnt, dafür zu kämpfen, woran man glaubt, und dafür, was man im tiefsten Herzen ist.

Es haben sich bereits viele Menschen versammelt. Vertreter der lokalen Initiativen, Abgesandte vom Kulturamt, der Sponsor und der Künstler, Seite an Seite mit Schaulustigen und Nachkommen. In diesem Jahr liegt deine Geburt zweihundert Jahre zurück, und nun wirst du durch eine Statue geehrt. Aber hättest du das als Ehre empfunden?

Und dann bist du plötzlich da. Du siehst so schön aus. Trägst ein langärmliges Kleid mit Knöpfen auf der Brust. Du hältst die Schürze mit der einen Hand hoch. Hast du darin Wacholderbeeren gesammelt? Dein Kopftuch hast du ordentlich unter dem Kinn gebunden. Ich kann unter dem Tuch deine Haare ahnen. Deine Augen sind stark, die Wangenknochen hoch, der Mund ist zu einem kleinen Lächeln verzogen. Du siehst freundlich aus. Mild. Klug. Als ob du unendliches Wissen in dir trägst. Als ob du trösten und lindern kannst. Hoffnung geben. Du siehst auch stolz aus. Das gefällt mir.

Unter dem Kleid sehe ich deine Schuhe. Sie sehen verschlissen aus. Du scheinst irgendwohin unterwegs zu sein. Vielleicht willst du den steilen Hang vor dir hochsteigen, um Königskerzen zu pflücken.

Jetzt regnet es. Die Reden sind gehalten worden. Die Musikkapelle hat ihr Spiel beendet. Die Menschen sind auseinandergegangen, aber du bleibst stehen. Du spähst über die weite grüne Wiese.

Ich will dich nicht verlassen, nun, da ich dir endlich begegnet bin. Kannst du mir nicht Ekeberglien zeigen? Den Ort, wo dich so viele Kranke und Leidende aufgesucht haben? Der muss hier irgendwo sein.

Ich folge dem kleinen Weg an der grünen Wiese entlang zu einem Wäldchen. Ich suche in dem herbstfeuchten Gras. Suche nach Zeichen. Einem verdunkelten Holzstück, das von einer Hütte stammt, einem rostigen Gerät aus deinem Schuppen oder vielleicht einem Pfennigkraut aus deinem Kräutergarten. Aber ich finde nichts.

Ich will schon gehen, als ein gelbes Herbstblatt langsam von dem Baum über mir herunterrieselt und vor meine Füße fällt. Ich lächele und hebe es auf. Und dann sehe ich sie. Die Stelle zwischen den hohen Birken.

TEIL EINS

Kamillen

1

Vardal, Weihnachten 1830

Große weiße Flocken über Vardal.
Der Weg von der Kätnerstelle Sevald zum Gutshaus Mustad war an diesem Tag kurz nach Weihnachten lang. Nicht nur, weil der Schnee so tief war, sondern auch, weil sie so gespannt darauf war, was sie erwartete. Alle sprachen über Mustads prachtvolles Gastmahl, und jetzt hatte Frau Mustad gerade sie aufgefordert, bei diesem Fest auszuhelfen.

Aber so gespannt Anne auch gewesen war, als sie am Vorabend im Bett lag – heute Morgen hatte sie nur weiterschlafen, weiterträumen wollen, als sie aufwachte. Sie hatte die Augen zusammengekniffen und versucht, den Traum zurückzulocken. Doch je mehr sie es versuchte, umso weiter entfernte er sich. Am Ende waren nur noch Bruchstücke übrig – eine Hand, die ihre berührte. Und dann das seltsame Gefühl, dass etwas in ihr jetzt anders war. Ihr Körper kam ihr verändert vor, wie erfüllt von etwas Weichem, Pochendem, bis hinauf in die Fingerspitzen.

Am Ende hatte sie den Versuch, sich an mehr zu erinnern, aufgegeben und war aufgestanden. Sie schlich aus der guten Wärme unter der Decke hinaus in die kalte Stube. Im Herd schwelte nur noch ein Glutrest. Sie schlang sich ihr Tuch um die Schultern und legte vorsichtig zwei Holzscheite nach, ehe sie sich auf den Hocker setzte und in die roten Flammen schaute, die bald sie und die Stube anleuchteten.

Wie friedlich um diese frühe Stunde alles war! Von draußen war nicht das geringste Geräusch zu hören. Das Heulen des Nachtwindes war längst verstummt. Aber im Haus mangelte es nicht an Tönen. Das Schnarchen des Vaters, das Röcheln der kleinen Kirstine, das Husten der kleinen Brüder und Karen, die ab und zu im Schlaf gereizt murmelte. Nur die Mutter war ganz still, sicher war sie erschöpft nach einer weiteren bei der Kleinsten durchwachten Nacht.

Es war längst Zeit, Karen zu wecken, denn die musste früh los, aber Anne grauste vor dem mürrischen Gesicht. Schon, als Frau Mustad sie bestellt hatte und nicht Karen, um vor Weihnachten das Silber zu putzen, war Karen empört gewesen. Und als die Schwester gehört hatte, dass Anne beim Weihnachtsfest auf dem Gutshof aushelfen sollte, während sie selbst nur vor Eintreffen der Gäste zum Putzen eingeplant war, war sie feuerrot angelaufen. »Ich bin siebzehn, und du bist erst fünfzehn und nicht mal konfirmiert«, hatte die Schwester geschimpft. »Es ist sicher bloß, weil ich das Patenkind von Frau Mustad bin«, hatte Anne zu erklären versucht. »Es geht aber nach dem Alter«, sagte Karen wütend. »Das wissen alle.«

Anne ging zum Fenster. Die Fensterscheibe war bedeckt von einer dünnen Schicht aus Eisblumen. Es war unmöglich hinauszusehen. Sie schloss die Augen und legte die Hand auf das kalte Glas. Wenn sie sich doch nur besser an ihren Traum erinnern könnte. Das Gefühl wollte sie nicht loslassen. Wärmte sie noch immer. Ließ ihr Herz schlagen, ohne dass sie gewusst hätte, warum. Sie nahm die Hand von der Fensterscheibe, schlich sich vorsichtig zur Tür und schob die Füße in die dicken Wollsocken in den großen Stiefeln des Vaters. Vielleicht war nicht nur in ihr alles anders, sondern auch draußen. Sie öffnete die Tür einen Spaltbreit und schlüpfte hinaus.

Draußen lagen die Felder weiß, so weit sie im Licht des Mondes und der Sterne sehen konnte, und jeder einzelne Baum am Waldrand bog sich unter der Schneelast. Die Fußspuren des Vaters vom vergangenen Abend waren längst zugeschneit, nicht einmal eine kleine Fuchsfährte war noch zu sehen. Sie drehte den Kopf, und in diesem Moment flog ein Dompfaff drüben beim Schuppen von einem Zweig auf. Die rote Brust war so schön vor dem weißen Schnee, der noch immer sanft herabrieselte, als der Vogel schon längst nicht mehr zu sehen war. Dann musste sie an die weiße Leinwand denken, die einer der Gäste auf dem Gutshof im Sommer auf dem Hofplatz aufgestellt hatte. Die Leinwand, die langsam mit den schönsten Farben gefüllt worden war. Was erwartete sie wohl auf Mustad? Sie war abends noch nie dort gewesen.

Als sie sich endlich durch das Schneegestöber auf den Weg zum Gutshof machte, dämmerte es schon. Karen war schon seit vielen Stunden auf dem Hof, vielleicht war sie bereits auf dem Heimweg. Dann könnte sie der Mutter helfen. Bald würde sicher auch der Vater eintreffen. Sie hatte ausreichend Holz nachgelegt, ehe sie von zu Hause weggegangen war, und sie hatte die Jungen gebeten, aufzupassen, dass das Feuer nicht erlosch.

Wenn nur Kirstines schrecklicher Husten bald verschwinden würde! Die kleine Schwester war fast zwei Jahre alt, konnte aber nicht selbst laufen, sie hing nur schlaff in den Armen der Mutter. An den letzten Tagen war es noch schlimmer geworden, und die Mutter weigerte sich, sie zu verlassen. Nicht einmal zum Dienst nach Mustad wollte sie gehen, obwohl sie Frau Mustad sonst treu ergeben war. Sie hatte sicher Angst, auch dieses Kind begraben zu müssen, zusammen mit den beiden anderen. Diese Angst hatten sie alle, auch wenn sie nicht darüber sprachen.

Die Nachwirkung des Traumes hatte Anne noch immer gepackt, wärmte sie in der beißenden Kälte. Der Traum hatte sie an lange Sommertage erinnert, wenn sie die Zehen in sonnenwarme Erde bohrte, tiefer und tiefer, und wenn heiße Schauer durch ihren ganzen Körper jagten. Anne setzte im tiefen Schnee einen Stiefel vor den anderen und hob bei jedem Schritt ihr Kleid hoch. Unter ihren Sohlen knirschte es, als ob sie auf Zehenspitzen durch eine verbotene Kammer schlich. Sie hatte sich das Kopftuch fest um das Gesicht gebunden, der dicke Stoff umhüllte ihre Schultern, und die Wollhandschuhe waren weit hochgezogen. Ihre eigenen waren voller Splitter, weil sie so oft Holz hacken musste, deshalb hatte sie die der Mutter ausleihen dürfen.

Langsam verschwand die Sonne hinter dem Hügelkamm. Anne hielt inne und sah sich um. Der Frostrauch hing wie Wolkenfetzen vor ihrem Mund, und ihre Wangen waren sicher so rot wie die großen saftigen Äpfel auf dem Hof Nedre Gjøvik. Sie holte tief Luft. Die Luft war scharf. Anne hustete. Die Spannung, die sie den ganzen Tag verspürt hatte, ließ langsam nach. Um sie herum gab es nur Stille. Sie holte wieder Luft. Bewegte vorsichtig Hände und Füße, damit Finger und Zehen nicht steif würden. Es schneite jetzt nicht mehr, und ein bleicher Lichtschimmer breitete sich behutsam über den Feldern aus. Sie blieb ganz still stehen, bis alles, was sich in ihrer Umgebung befand, in blaues Licht gehüllt war. Sie konnte jeden einzelnen Herzschlag spüren. Der Raum, in dem sie sich jetzt befand, war größer als das Innere der Kirche in Vardal. Die Hand, die dieses Licht erschaffen hatte, war dieselbe, die die Menschen behütete, egal, wie schwer das Leben war. Da war sie sich ganz sicher.

Plötzlich hörte sie Glöckchen bimmeln. Sie drehte sich um. Ein Pferd wieherte und warf den Kopf in den Nacken, als es aus dem dunklen Wald getrabt kam, um dann am Waldrand entlang zum Gutshof hochzulaufen. Hinter dem Pferd glitt ein Holzschlitten daher, und oben auf dem Holz saßen zwei Männer. Der eine war sicher ihr Vater. Also war er doch nicht unterwegs zur Mutter und den kleinen Geschwistern. Ach, Kirstine musste bald gesund werden. Im Sommer jedenfalls würden sie dann über die Wiese laufen und Blumen pflücken. Sie würde für ihre Schwester den schönsten Blumenkranz winden. Bald war der Schlitten hinter dem Hügelkamm verschwunden, und jetzt konnte die Wärme des Traumes die Winterkälte nicht mehr vertreiben.

Anne ging schneller. Versuchte, an die warme Küche auf Mustad zu denken, an die wunderbaren Düfte. Sie fing an zu laufen, glitt aber aus und fiel in den Schnee. Für einen Moment verschlug es ihr den Atem. Sie rappelte sich benommen auf, wischte sich den Schnee vom Kleid und fischte mit den bloßen

Händen kleine, harte Schneeklumpen aus den Stiefeln. Ihre Finger waren rot und wund und die Handschuhe steif und kalt, als sie sie wieder anzog. Sie hätte schreien mögen. Sie hatte solche Sehnsucht nach dem Sommer, nach Sommermorgen ohne Schultertuch und mit nackten Zehen.

Das Gehen fiel ihr leichter, wenn sie an etwas anderes dachte. Anne schloss die Augen halb und stellte sich vor, dass sie auf dem Hauklotz vor dem Schuppen saß, den Vögeln zusah, die aus dem Gras auftauchten, auf einen Zweig flogen und neugierig auf sie herunterschauten. Ihre Augen glitten zu, und sie lauschte dem Gesang und versuchte, die Triller voneinander zu unterscheiden. Dann war sie unten auf den Wiesen und versteckte sich in allem, was groß und hoch gewachsen war: in Gräsern jeder Art, Weidenröschen, Wiesenkerbel, Waldgeißbart und Klee, aber nicht in den rotlila Disteln, denn deren Stängel hatten so kräftige Dornen. Sie lächelte vor sich hin, während sie zwischen Grashalmen und übergroß gewachsenen Blumen weiterging und den Blumen zusah, die sich daran groß und fett saugten. Aber als Anne spürte, wie ein Marienkäfer ihren Arm hochlief, hörte sie jemanden ihren Namen rufen. Sie blieb stehen. Öffnete die Augen. Ein hochgewachsener Junge mit dunklem, struppigem Schopf unter der Mütze kam mit langen Schritten auf sie zu.

»Jon«, rief sie glücklich.

»Du siehst aber nass und kalt aus. Geht es dir gut?« Er blieb vor ihr stehen und sah sie aus großen braunen Augen an.

Sie nickte. »Ich bin auf dem Weg nach Mustad, um bei dem Weihnachtsfest zu helfen.«

»Das weiß ich«, sagte er ernst. »Ich bin deiner Schwester begegnet, als sie mit einem Eimer aus der Waschküche kam. Sie war nicht gerade guter Laune.«

Anne musterte ihn besorgt. Oft neckte er sie, wenn sie sich trafen. Es kam vor, dass er sie anstupste, um ihr eine Gelegenheit zum Zurückstupsen zu geben. Oder er lachte und griff nach ihr. Manchmal hob er sie hoch und trug sie dann ein Stück weit, dicht an seine Brust gepresst wie einen Armvoll Holz. Jedenfalls wenn niemand in der Nähe war. Aber jetzt tat er nichts von alledem.

Sie waren vor fünfzehn Jahren in den Hütten auf der Kätnerstelle Sæter geboren worden, Jon nur wenige Tage vor ihr. Seit sie groß genug gewesen waren, hatte er jeden Tag bei der Eiche, die genau zwischen den Hütten lag, auf sie gewartet, und da spielten sie, tauschten Geheimnisse aus oder saßen einfach still nebeneinander. Einige Male kletterten sie auf die Eiche und saßen, mit dem Rücken an den Stamm gelehnt, auf den dicken Ästen und schauten in den blauen Himmel über der Baumkrone. Oder sie krochen in den Hohlraum, der sich in der Mitte des mit Moos bewachsenen Stammes auftat, er zuerst und sie hinterher. Und dort, auf dem braunroten Boden im Bauminneren, erzählten sie einander von ihren Träumen. Aber sie hatte wohl immer schon begriffen, dass ihre Träume anders waren als seine. Annes Träume waren etwas, das sich in ihr rührte, und nicht so sehr etwas, das sie sich wünschte. Deshalb konnte sie sie nicht richtig in Worte fassen. Sie lugte zu Jon hinüber. Er war so groß geworden. Bald würden sie beide konfirmiert werden. Wenn sie in der Eiche gesessen hatten, hatte sie ihm zugehört. Jon träumte davon, einen eigenen Hof zu besitzen, einen noch größeren als Mustad. »Dann habe ich dreißig Kühe, zwanzig Schafe, zehn Schweine und fünf Pferde. Ich werde Schlitten und Wagen haben. Ich werde jeden Tag Fleisch auf dem Tisch haben, das von dem Gesinde serviert wird, und Bärenfelle in allen Betten.« Oder waren vielleicht weitere Träume dazugekommen, von denen er ihr nichts erzählt hatte? Sie hatten schon lange nicht mehr zusammen auf Sæter in der Eiche gesessen. Sie drehte sich zu ihrem liebsten Freund um, der so zuverlässig neben ihr durch den Schnee schritt. Vielleicht war es ja gar nicht so, dass sie alles voneinander wissen müssten.

Ihr eigener Traum hatte vor einigen Jahren in ihr zu wachsen begonnen. Anne war mit ihrer Mutter und Karen am Bach gewesen, um für Frau Mustad Kleider zu waschen. Die drei gingen immer zusammen zurück, aber an diesem Tag waren die anderen beiden schon zum Hof gelaufen, und sie selbst hatte noch bleiben wollen. Sie wollte sehen, ob auf der andren Seite des Baches Trollblumen wuchsen. Sie hatte die Augen geschlossen und den Duft von sommerwarmem Moos wahrgenommen, von süßem Harz und trockenen Tannenzweigen am Wegrand, und sie hatte sich von einigen blauen Beeren verlockt gefühlt. Plötzlich war sie über eine Wurzel gestolpert, und der Korb mit der Wäsche war umgekippt. Frau Mustad würde wütend sein! Auf sie und auf die Mutter. Anne schlug die Hände vors Gesicht. Das Einzige, was sie retten könnte, wäre, alle Wäschestücke einzusammeln, zum Bach zu gehen und die ganze Arbeit von vorn zu beginnen.

Das Geräusch von Flügelschlägen ließ sie den Kopf heben. Eine Elster flog über sie hinweg mit einem Zweig im Schnabel. Anne wischte sich mit ihrer schmutzigen Hand die Tränen weg und versuchte aufzustehen, aber es tat so schrecklich weh wie damals, als sie sich mit dem Jagdmesser des Vaters geschnitten hatte. Die Tränen liefen ihr über die Wangen. Vorsichtig richtete sie sich auf dem einen Ellbogen auf und hob mit zusammengebissenen Zähnen ihren Rock. Auf beiden Knien hatte sie tiefe Schrammen. Sie biss sich in die Lippe, um nicht zu schreien. Blutstropfen fielen auf den Boden, wo die weiße Wäsche lag. Sie musste auf die Beine kommen und die Wäsche retten.

Sie wischte sich Schmutz aus der einen Wunde und wollte sich schon erheben, als sie einen Schatten bemerkte. Eine Gestalt stand neben ihr. Sie hatte niemanden kommen hören. Kein Knacken von Zweigen auf dem Boden, keine raschelnden Blätter. Sie hielt den Atem an und schaute auf.

Über ihr stand eine Frau mit einem weiten schwarzen Kleid und einem ebenso schwarzen Kopftuch, obwohl es mitten im Sommer war. Das Kopftuch war so tief ins Gesicht gezogen, dass es unmöglich war, das Gesicht der Frau zu erkennen. Anne sah nur einige dunkle Haarsträhnen, die unter dem Stoff hervorlugten. Sie spürte, wie ihr Herz loshämmerte. Sie hatte noch nie eine dermaßen nachtschwarze Frau gesehen. Das Einzige, was der Gestalt Farbe gab, war der Korb, den sie in der Hand hielt. Anne sah große Glockenblumen und weißes, weiches Wollgras zwischen weißen Margeriten, grünem Timoteigras und rotem Honigklee.

Die Frau machte eine gebieterische Handbewegung und zog einige große Blätter aus dem Korb. »Du brauchst keine Angst vor mir zu haben. Setz dich, dann helfe ich dir.«

Anne wischte sich mit der Schürze den Schweiß von den Handflächen und biss die Zähne zusammen, um nicht zu schreien, als sie auf die Beine kam und zu einem Baumstumpf hinüberhumpelte. Erst jetzt sah sie die Augen der Frau. Die waren groß und dunkel, wie das Meer, von dem sie nur gehört hatte. Sie schienen durch Anne hindurchzuschauen. Aber das war noch nicht alles. Diese Augen hielten sie fest mit einer zitternden Kraft. Und plötzlich schien sie darin zu verschwinden, als sei sie ein Teil dieser Kraft. Erst als die Frau sich über sie beugte und einige Tropfen aus den harten, gummiartigen Blättern in die offenen Wunden presste, fiel ihr ihre verzweifelte Lage wieder ein. Anne schrie auf.

»Breitwegerich. Drück die Blätter jetzt erst mal auf die Wunden«, sagte die Frau eindringlich und legte die Rückseite des Blattes auf die eine. »Dann wird aller Schmutz und alles, was gefährlich sein kann, herausgezogen.«

Anne drückte das Blatt auf die Wunde und atmete durch zusammengebissene Zähne, und sie schaute verstohlen zu der Frau hinüber. Breitwegerich. Sie musste Elseby sein, die weise Frau aus Vardal. Ihr schauderte. Karen hatte gesagt, die weise Frau habe einmal zwei von den Trollen entrückte Mädchen zurück ins Dorf geholt. Und sei als »Elseby die Zauberkundige« bekannt. Zauberkundig, weil sie sich mit Magie auskannte und weil sie den Teufel heraufbeschwören konnte.

Die Frau nahm Annes Hand weg und sah sich die Wunde an. »So, ja«, sagte sie zufrieden, legte das neue Blatt auf die gereinigte Wunde, diesmal mit der oberen Seite nach unten, und band es mit einem Grashalm fest. Das machte sie dann auch mit dem anderen Knie.

Anne kniff die Lippen zusammen, verfolgte jede Bewegung, bis das Blatt festsaß und die Grashalme fest um das Knie gebunden waren.

»Ich sehe, du warst unten am Bach.« Warme gute Hände streichelten ihre Wange. »Wie alt bist du?« Die Augen zitterten nicht mehr. Sie waren ruhig und klug wie bei einem alten Menschen, auch wenn die Frau gar nicht alt wirkte. Ihre Haut war glatt und frisch, ihre Stirn ohne Runzeln.

»Zehn«, sagte Anne und schlug die Augen nieder, während sie versuchte, ihre zitternden Lippen und ihre brennenden Tränen zu verbergen. Wenn sie nur alles erzählen könnte. Sie hob den Kopf, und durch die Tränen sah sie plötzlich, dass die Frau ein Stück nach dem anderen auflas und zurück in den Wäschekorb legte.

»Warte hier!«, befahl sie und hob den Korb auf die Hüfte.

Sonnenstrahlen lugten durch die grünen Blätter und spielten auf dem schwarzen, weiten Kleid, das nun zum Bach hinunterwogte. Die große Schwester musste sich geirrt haben. Wenn das hier wirklich Elseby war, dann war Anne sich doppelt sicher: Diese Frau holte keine finsteren Mächte herbei, und sie war nicht mit dem Teufel verbündet. Ihr konnten nur gute Kräfte geholfen haben. Und diese Kräfte wollte Anne nun auch kennenlernen. So war ihr Traum gesät worden, und so war er gewachsen, nach und nach. Aber er war noch immer so verletzlich, dass sie ihn beschützen musste. Sogar vor Jon.

Sie gingen schon lange nebeneinander her, ohne ein einziges Wort zu sagen.

»Nächstes Jahr«, sagte sie, um das Schweigen zu brechen, »werden wir uns jede einzelne Woche sehen. Wir können uns auf Mustad treffen und zusammen zum Pfarrhof gehen.«

Er erwiderte ihren Blick, doch seine sonst so lebhaften Augen waren leer und traurig. Er versuchte, das durch ein Lächeln zu verbergen, aber das gelang ihm nicht. Sie konnte in ihm lesen wie in einem offenen Buch.

»Was ist los?«

»Nichts.«

»Doch, du verheimlichst mir etwas.«

»Nein, das würde ich niemals tun.«

»Was ist los, Jon?« Anne blieb stehen. Wollte keinen Schritt mehr gehen, solange er es nicht gesagt hatte.

»Vater hat eine Wunde am Fuß, die immer schlimmer wird.« Er schaute zu Boden.

Sie griff nach seiner Hand. Drückte sie. Hörte, wie seine Stimme zitterte. »Hans ist verletzt?«

»Ja, und seit ein paar Tagen kann er nicht einmal mehr den Stiefel anziehen, so arg ist der Fuß geschwollen. Mutter hat Angst, dass es der kalte Brand sein könnte.«

»Der kalte Brand?« In ihrer Brust schnürte sich alles zusammen. Sie hatte vom kalten Brand gehört, von einem Waldarbeiter, der den gehabt hatte, ihm hatte ein Arm abgenommen werden müssen.

»Ja, und wenn Vater nicht mehr im Wald arbeiten kann, dürfen wir nicht auf Sæter wohnen bleiben.« Seine Stimme versagte für einen Moment. »Wenn ich nicht an seine Stelle trete.«

»Aber du kannst doch nicht mehr im Wald arbeiten als ohnehin schon, Jon. Du musst doch konfirmiert werden.«

»Ich habe keine Zeit für den Konfirmationsunterricht. Das musst du verstehen.« Er schaute wieder zu Boden. »Ich muss anstelle von Vater mit den anderen Männern in den Wald gehen, morgen schon.«

»Aber Jon ...« Sie zog an seinem Ärmel. Wer Boden besitzen wollte, musste konfirmiert sein. Wer heiraten wollte, musste konfirmiert sein. Das hatte sie jedenfalls gehört. »Aber was ist mit uns, Jon?«

Er hob den Kopf und hielt ihren Blick fest. »Ich muss jetzt nach Hause und helfen. Mutter wartet auf mich.«

»Aber, Jon«, sagte sie noch einmal, jetzt mit lauterer Stimme. »Das ist nicht richtig. Ich werde mit

Frau Mustad sprechen.« Sie stampfte energisch mit dem Fuß auf. »Frau Mustad weiß bestimmt, wie deinem Vater geholfen werden kann. Wenn deine Mutter glaubt, es könnte der kalte Brand sein, dann braucht er sofort Hilfe.«

Jon schüttelte den Kopf. »Mustad hat selbst gesagt, dass wir für ihn arbeiten müssen, wenn wir weiter auf Sæter wohnen wollen.« Dann bohrte er die Hände wieder in die Taschen und ging mit langen Schritten über den Weg. »Und mit dem Fuß wird Vater noch lange nicht wieder im Wald arbeiten können.«

Sie lief hinter ihm her. »Aber Frau Mustad hilft mir schon bei den Vorbereitungen zur Konfirmation, und sie sagt immer, wie wichtig es ist, konfirmiert zu sein. Sie wird Verständnis haben, Jon.«

»Aber wer soll uns denn helfen können?«, rief er verzweifelt. »Frau Mustad kann Vaters Fuß nicht heilen.« Er war schnell, und sie versuchte, so gut sie konnte, mit ihm Schritt zu halten, setzte einen Fuß vor den anderen, um nicht auszurutschen, und versuchte, die schwarze Friesjoppe vor sich zu fassen. Plötzlich blieb sie stehen. Es hatte sicher seinen Sinn, dass sie eben an Elseby gedacht hatte. Wenn die weise Frau ihre Wunden geheilt hatte, würde sie sicher auch den Fuß des Vaters retten können.

Sie lief wieder hinter Jon her und hatte ihn bald eingeholt. »Ich weiß, wer helfen kann«, rief sie.

»Wer denn?«

»Elseby.«

»Die Zauberin?« Jon sah sie fragend an, dann runzelte er die Stirn, so dass seine Augen dunkel und schmal wurden. »Du willst doch wohl meinem Vater nicht den Teufel an den Hals holen?« Mit ungewöhnlich geradem Rücken ging er dann weiter über den Weg nach Sæter.

Anne blieb stehen und blickte hinter ihm her, bis er hinter dem Hügelkamm verschwunden war. Dann ging sie zu dem großen Tor und lief über den Hofplatz zum Haupthaus.

2

Da bist du ja.« Frau Mustad stand in der Küche, als Anne hereinkam, und erteilte den Dienstmädchen und der Köchin Befehle.

Anne machte einen Knicks und stellte sich neben die anderen. Alles, was sie hatte sagen wollen, war plötzlich verschwunden. Sie hatte Frau Mustad noch nie so schön gesehen. Das dunkelblaue Kleid glänzte. Um den Hals trug sie einen weißen Spitzenkragen, und auf ihrer Brust prangte eine Brosche aus funkelndem Silber. Die üppigen grauen Haare waren um ihren Kopf zu einem Kranz geflochten. Ihre Wangen waren rot, als sei sie eben erst draußen in der Winterkälte gewesen, und ihre Augen leuchteten wie zwei große Sterne. Es war fast unmöglich, sich ihre vielen Anweisungen zu merken. Aber das war noch nicht alles. Von dem starken Geruch des Essens und der Gewürze wurde es Anne richtiggehend schwindlig. Ehe sie zu Hause losgegangen war, hatte sie nur ein Stück bitteres Rindenbrot und ein wenig Grütze zu sich genommen.

Die Speisekammer stand offen. Der Duft kam von dort. Sie beugte sich vor. Hinter Frau Mustads Kopf sah sie Schinken mit Nelken, fette Weihnachtswürste,

Schweinerippe mit Schwarte. Im Regal darunter lagen zwei große runde Käse neben Schüsseln voller Sahnegrütze und mehreren Holzgefäßen voll Butter. Wein. Bier. Weihnachtspunsch. Und allerlei, was sie nicht sah, und allerlei, was sie noch nie zuvor gesehen hatte. Sie hätte so gern eine Weihnachtswurst für ihre Brüder mit nach Hause genommen, ein Stück Käse für ihre Mutter und vielleicht ein wenig von dem frischgebrauten Weihnachtsbier für den Vater. Sie schlug die Augen nieder. Schämte sich dieser Gedanken. Aber sie dachte, wenn Frau Mustad ihr vielleicht einen süßen Kuchenfladen schenkte, würde sie den Kirstine geben.

»Du musst Wasser heiß machen und abwaschen, Anne.« Frau Mustad sah sie gebieterisch an und fegte danach aus der Küche.

Anne fühlte sich plötzlich so klein, so ganz und gar bedeutungslos. Sie senkte den Kopf und seufzte. Sie wollte nicht undankbar sein, sie hatte sich so lange gefreut, darauf, bei Tisch zu servieren, wie die Dienstmädchen auf Mustad, die Festgäste zu sehen, alles, was schön war. Aber daran durfte sie jetzt nicht denken. Sie musste Jon helfen. Das war das Allerwichtigste. Anne machte zwei rasche Schritte zur Tür hin, hinter Frau Mustad her. Die ersten Gäste konnten jeden Moment eintreffen, vielleicht würde sich ihr keine andere Gelegenheit bieten. Sie musste jetzt mit Frau Mustad sprechen.

In diesem Moment trat die Köchin vor und versperrte ihr breitbeinig den Weg. »Du hast bei den Gästen nichts zu suchen.« Die Köchin war eine kräftige Person, und Anne konnte sich nicht an ihr vorbeizwängen. »Bind dir eine Schürze um wie wir anderen auch, und mach dich an die Arbeit.«

Die Tränen brannten hinter Annes Augenlidern. Sie drehte sich zum Backofen um und schluckte einige Male, während sie das frischgebackene harte Fladenbrot ansah, das am Rand aufgestapelt war. Sie musste einfach mit Frau Mustad sprechen. Und sie musste es jetzt tun, solange noch Zeit dazu war.

Nach einer gefühlten Ewigkeit knallte die Köchin mit der Tür, um ins Vorratshaus hinüberzugehen. Anne drückte sich rasch an den Dienstmädchen vorbei, die in ihre Arbeit vertieft waren, schlich sich aus der Küche und dann durch den langen Gang. Die anderen Mädchen würden sich nicht einmischen, aber was sollte sie sagen, wenn die Köchin fragte, wo sie gewesen sei? Nein, daran würde sie später denken. Jetzt musste sie Frau Mustad finden.

Tannen- und Wacholderzweige lagen den ganzen Gang entlang vor den Wänden. Es duftete neu geputzt und frisch wie an einem Sommertag. Bei der Vordertür blieb Anne stehen und schaute vorsichtig durch einen Spalt auf den Hofplatz hinaus. Ein eiskalter Wind schlug ihr entgegen. Die Köchin konnte schon auf dem Rückweg sein. Aber sie sah nur einen jungen Knecht, der den Riegel vor die Stalltür schob und sich die Mütze tief über die Ohren zog, und ein Dienstmädchen, das mit einem leeren Eimer aus der Waschküche kam. Das Mädchen ging mit energischen Schritten auf die Küchentür zu. Plötzlich erkannte Anne das graue Kleid und die braunen, zu einem strammen Knoten hochgesteckten Haare. Karen war bei ihnen die einzige Dunkelhaarige, alle anderen Geschwister waren blond wie die Eltern. Die große Schwester war auch die Einzige mit grünen Augen, alle anderen hatten klare blaue. Sie war wie ein fremder Vogel, diese Karen. Und jetzt würde sie sicher zum Essen ins Haus gehen, ehe sie sich auf den Heimweg machte. Wenn nur die Schwester gegangen wäre, wenn Anne zurückkäme. Ihre schlechte Laune dürfte den Abend wirklich nicht verderben.

Anne schloss die Tür, drehte sich um. Jemand kam mit langsamen, aber zielstrebigen Schritten über den Gang, und dort, bei der Haustür, hatte sie absolut nichts zu suchen. Anne schlüpfte ins Speisezimmer, ließ die Tür einen Spaltbreit offen stehen und spähte hinaus. Ihr Herz krampfte sich zusammen. Sie kannte das aufgedunsene Gesicht mit den lila Flecken nur zu gut. Es war Mustad selbst. Sie hatte immer ein wenig Angst vor ihm gehabt. Jetzt stand er da, räusperte sich und spuckte einen braunen Klumpen in den Spucknapf auf dem Tisch neben ihm. Was, wenn er sie hier entdeckte! Aber so rasch, wie er gekommen war, verschwand er auch wieder, und sie blieb stehen und horchte auf die schweren Schritte. Dann wurde die Tür zur Bibliothek geöffnet. Dort drinnen gab Frau Mustad ihr Unterricht. Herr Mustad wollte sicher einen Schnaps trinken, ehe das Fest begann. Sie hatte ihn schon häufiger dort gesehen, wenn sie neben Frau Mustad saß, doch er hatte nie das Wort an sie gerichtet.

Sie schaute sich um. Vor dem einzigen Fenster leuchteten hohe weiße Kerzen. Der große Mahagonitisch, über den sie so viel gehört hatte, hatte jetzt eine weiße Leinendecke und war mit Porzellan, Kristallgläsern, Silberbesteck und bestickten Servietten gedeckt, die Servietten waren groß wie Geschirrhandtücher, waren gestärkt und zu großen und kleinen Figuren gefaltet worden. *Porzellan aus Ostindien, Kristallgläser aus der Glasfabrik in Gjøvik und Silberbesteck mit Monogramm oben und Gravur unten, mit Buchstaben und Jahreszahlen.* Die Mutter hatte ihr und Karen das alles erzählt. Die Mutter war nämlich vor ihrer Heirat Dienstmädchen gewesen, hatte lange auf Mustad gewohnt und kannte alle Menschen und Gegenstände hier auf dem Hof. Doch alles war noch schöner, als die Mutter es beschrieben hatte. Wovon die Mutter wohl geträumt hatte, wenn sie hier alles für ein Gastmahl vorbereitete?

Die Mutter hatte Anders Didriksen auf einem der großen Mittsommerfeste auf Mustad kennengelernt.

Bestimmt hatten sie miteinander getanzt. Ihre schöne junge Mutter und ihr starker freundlicher Vater. Er war ein schlichter Kätnersohn aus Ardal, aber er hatte im Krieg gegen Schweden, einem Teil der Napoleonischen Kriege, als Soldat gedient. Als er von der Grenze zurückkehrte, wo es zu Gefechten gekommen war, war er mit dem Dannebrogorden ausgezeichnet worden. So ganz schlicht war er also doch nicht.

Anne öffnete die Augen und wagte sich an den Tisch heran. Jetzt sah sie die großen Silberleuchter. Bald würden sie die festlich gedeckte Tafel beleuchten. Was hatte der Vater der Mutter damals in der Mittsommernacht am Feuer versprochen? Anne ließ eine Hand über die Leinendecke gleiten. Der Vater war im Sommer 1814 abermals gegen Schweden in den Krieg geschickt worden, während die Mutter mit Karen bei ihrer Familie zu Hause saß und Anne erwartete. Der Vater kehrte unversehrt zurück, und die kleine Familie zog wieder nach Mustad, jetzt als Kätner auf Sæter, unmittelbar bevor Anne an einem Frühlingstag des Jahres 1815, im Jahr nach Kriegsende, auf die Welt gekommen war. Und Kari und Haavel Mustad hatten sie als Paten in der Kirche von Vardal über die Taufe gehalten, zusammen mit dem Kätnerpaar Hans und Ingunn auf Sæter, Jons Eltern. Hans! Jetzt musste sie Frau Mustad finden!

»Hier bist du, Anne?« Sie erstarrte. Plötzlich stand Frau Mustad hinter ihr. Und hier stand sie wie ein

Eindringling, ohne Schürze und ordentliches Arbeitskleid, wie es von den Dienstmädchen auf dem Hof verlangt wurde, in einem Zimmer, in dem sie absolut nichts zu suchen hatte. Aber nun hatte sie ihre Gelegenheit und musste es darauf ankommen lassen, Jon zuliebe.

»Sie müssen mir helfen, Frau Mustad!«, sagte sie atemlos, als ob sie gerade einen steilen Hang hinaufgerannt wäre.

»Die Gäste können jeden Moment eintreffen. Ist in der Küche irgendetwas passiert?« In der Ferne beim Hügelkamm waren nun die ersten Schlittenglöckchen zu hören. Frau Mustad lief ans Fenster. Der blanke Kleiderstoff raschelte.

»Es geht um Hans.«

»Hans?«

»Ja, Hans auf Sæter. Jons Vater. Er ist verletzt.« Sie redete schnell.

»Um die Waldarbeiter kümmert sich Herr Mustad.« Frau Mustad drehte sich um und musterte sie forschend.

»Aber er muss gesund werden, damit Jon nicht im Wald arbeiten muss. Sonst kann er nicht …«

»Ich werde morgen der Familie einen Korb mit Lebensmitteln schicken.« Frau Mustad nickte energisch zur Tür hinüber. »Und jetzt gehst du zurück in die Küche, Anne. Heute Abend ist viel zu tun. Und ich verlasse mich auf dich.«

Sie hörte den letzten Satz. Frau Mustad verließ sich auf sie. Das wusste sie. Frau Mustad hatte sie immer gut behandelt. Kein anderes Dienstmädchen, von dem sie wusste, weder die, die auf dem Hof wohnten, noch die aus den umliegenden Katen, hatte bei Frau Mustad in der Bibliothek lernen dürfen. Und trotz allem blieb sie stehen, ohne sich zu rühren, ohne Frau Mustads Befehl zu gehorchen. »Aber sie brauchen mehr als nur Lebensmittel«, sagte sie lauter, als sie vorgehabt hatte. »Ingunn hat Angst, dass es der kalte Brand sein könnte.«

»Ach«, sagte Frau Mustad ruhig. »Darüber muss ich morgen mit Herrn Mustad sprechen.«

»Aber Frau Mustad, es eilt.«

»Ingunn weiß schon, was sie zu tun hat.«

Anne holte tief Atem. Sie musste es sagen. Wenn es so schlimm stand, wie Jon gesagt hatte, brauchten sie heilkundige Hilfe. Was würde Frau Mustad von ihr denken, wenn sie ihre Gedanken ausspräche? Aber jetzt war keine Zeit, um sich über eigene Probleme Gedanken zu machen. Und außerdem wollte Frau Mustad doch sicher nur das Beste für ihre Leute. Sie, die lesen und schreiben konnte, würde sicher besser verstehen als Karen und Jon, dass das mit den finsteren Mächten nicht stimmte. »Ich weiß, wer Hans helfen könnte, wieder gesund zu werden«, stammelte sie.

Frau Mustad blickte ihr aufmerksam ins Gesicht. »Und wer sollte das sein, Anne?«

Unter diesem Blick sank Anne in sich zusammen. Aber sie musste stark bleiben. Sie holte tief Luft, dann flüsterte sie: »Elseby.«

»Elseby?«, wiederholte Frau Mustad und strich sich eine graue Haarsträhne aus dem Gesicht. Sie sagte jede Silbe so langsam wie Anne, wenn sie sich in der Bibliothek durch einen Text buchstabierte.

»Ja«, flüsterte Anne und schaute zu Boden. »Elseby hat mir einmal geholfen, als ich im Wald gefallen war und mich verletzt hatte. Ich hatte große Wunden in den Knien und blutete stark.« Sie wagte einige Schritte auf Frau Mustad zu und schaute aus flehenden Augen zu ihr hoch. »Sie sind so schnell verheilt.«

Frau Mustad kniff die Lippen zusammen, ihr Gesicht, das so geglüht hatte, war plötzlich bleich. Sie drehte sich zum Fenster um und sagte mit scharfer Stimme: »Du solltest dich nicht so viel im Wald herumtreiben, Anne. Die Leute könnten dann auch über dich reden.«

»Aber …« Hinter ihren Augenlidern brannte es. Das hier war nicht gerecht. Sie musste so oft für Frau Mustad durch den Wald gehen. Zum Bach, um die Wäsche zu waschen. Sie trieb sich nicht herum. Was meinte die Gutsherrin nur? Den ganzen Tag hatte sie mit Mutter und Schwester am Bach gestanden, wie schon so oft, sie hatten die Wäsche gerubbelt, bis ihre Hände wund und rot waren. »Sie war nur gütig und freundlich«, stammelte sie. Aber ihre Worte kamen nicht an. So hatte sie Frau Mustad noch nie erlebt. Es war, als ob sich das ganze Zimmer verändert hätte. Als ob hier alles hart und kalt geworden wäre, als ob zwischen ihnen etwas stünde, was noch nie da gewesen war. Doch sie durfte jetzt nicht aufgeben. Frau Mustad musste sich auch jetzt auf sie verlassen. Sie räusperte sich und sagte eilig: »Elseby benutzt Pflanzen und kennt viele Heilmethoden. Sie greift nicht zu Zauberei, um jemanden gesund zu machen. Sie benutzt keine Magie. Nichts von allem, was sie macht, hat mit finsteren Mächten zu tun. Sie will nur ...«

»Elseby will ich weder hier auf dem Hof noch bei meinen Kätnern sehen«, fiel Frau Mustad ihr ins Wort und packte mit beiden Händen die Fensterbank so fest, dass ihre Fingerknöchel weiß wurden. »Ich werde mit dem Pastor sprechen. Der kann nach Hans sehen.«

»Der Pastor?« Alles, was bei Frau Mustad sonst mild war, war hart geworden. Anne machte einen Knicks, obwohl Frau Mustad noch immer das Fenster anstarrte. Dann drehte sie sich um und ging zur Tür. Hatte auch Frau Mustad Angst vor den finsteren Mächten? Vor Zauberei und Teufel? Anne spürte, wie ihr Gesicht heiß wurde. Am liebsten hätte sie Frau Mustad die ganze Geschichte erzählt. Dass Elseby ihre Wunden mit Breitwegerich geheilt und dass Elseby die Leinendecke sauber gewaschen hatte. Frau Mustads Leinendecke, die jetzt die ganze große Festtafel bedeckte. Aber sie schluckte diese Worte hinunter. Elseby besaß tiefe Weisheit, das wusste sie.

Sie hatte es in ihren Augen gesehen. In der Kraft, die zwischen ihnen gezittert hatte. Das große Herz, das hatte sie gesehen, das große Herz, in dem Liebe zu den Menschen wohnte. Güte, die hatte sie erlebt. Aber wie sollte sie das alles erklären?

Sie öffnete die Tür. Hier hatte sie schließlich nichts zu suchen. Der einzige Ort, an dem Frau Mustad Verwendung für sie hatte, war die Küche. Grobmägde, das waren sie, hatte Karen gesagt. Deshalb hatten sie keine Schürze und schöne Arbeitskleider wie die Dienstmädchen auf dem Hof. Und dabei hatte sie geglaubt, für Frau Mustad etwas Besonderes zu sein. Wie hatte sie sich das nur einbilden können? Sie lief schamrot an, raffte ihr Kleid zusammen, machte abermals einen Knicks und ging.

Anne lief vorbei an Karen, die zusammen mit zwei aus dem Wald hereingekommenen Gutsarbeitern an einem Tisch in der Küche saß. Sie brachte es jetzt nicht über sich, mit Karen zu reden. Dann jedoch blieb sie abrupt stehen. Die Schwester sah so bleich und müde aus. Und sie hatte dunkle Ringe unter den Augen. Braune Strähnen hatten sich aus ihrem Haarknoten gelöst und klebten ihr am Hals. Anne nickte ihr zu, aber die Schwester gönnte ihr nicht einmal einen Blick als Antwort.

Anne schaute zum Tisch hinüber. Dort stand eine

große Schüssel voll Grütze. Die Grütze sah grau und schleimig aus. Aber sie hatte schon dünnere gesehen. Manchmal war die Arbeitskost so dünn, dass sie mehr Wasser war denn Grütze. Sie seufzte tief. Sie hatte versagt. Und jetzt verging die Zeit, und Hans wurde nicht geholfen. Warum war Frau Mustad so abweisend gewesen, so widerwillig? Der Pastor, hatte sie gesagt. Was wusste der denn über kalten Brand? Plötzlich hätte Anne gern alles, was Frau Mustad gesagt hatte, mit ihrer Schwester geteilt. Karen hätte verstanden, wie ungerecht das alles war. Zwar hatte die Schwester erzählt, Elseby habe die entrückten Mädchen zurück ins Dorf geholt, also gehörte sie zu denen, die Elseby für eine Zauberin hielten. Aber Karen war eine Kämpferin. Anne hatte schon so oft gehört, wie Karen über alles geklagt hatte, was auf dem Hof ungerecht war. *Kari und Haavel und Ole und Tollef sitzen in ihrer guten Stube, mit dem feinsten Silberbesteck und eigenen Tellern. Sie essen Fleisch, wir kriegen nur Fisch und hartes Fladenbrot.* Letzteres hatte sie am Weihnachtsabend gesagt, als die ganze Familie zusammen mit den anderen Kätnern zum Weihnachtsfest auf den Hof geladen gewesen war. Die Dienstmädchen redeten noch immer darüber, das hatte Anne gehört. Karen schien das jedoch nicht das Geringste auszumachen. *Sie fahren mit dem Pferdeschlitten zur Kirche, mit einem Fell über den Knien, während wir in dünnen Stiefeln hin und her laufen müssen. Und in der Kirche sitzen sie in der ersten Reihe, dicht vor dem Pastor, während wir ganz hinten hocken, bei der Tür und im kalten Luftzug. Sie haben neue schöne Sonntagskleider, während wir – seht uns doch an –, wir haben die Sonntagskleider, die wir immer schon hatten, die wir von unseren Großeltern und anderen verstorbenen Verwandten geerbt haben.*

Anne presste die Lippen aufeinander. Nein, es war besser, wenn sie die Schwester jetzt nicht aufstachelte. Wenn Karen nun noch anfing, über die finsteren Mächte, den Teufel und die entrückten Mädchen zu sprechen, könnte das mehr schaden als nützen. Was wusste außerdem Karen darüber? Obwohl die Schwester Elseby einige Male auf der Landstraße gesehen hatte, war sie doch nicht von ihr geheilt worden. Und das mit den guten Kräften verstand wohl nur sie selbst. Sie wusste, dass Elseby Wunden heilen konnte. Nein, Karen war diejenige, die auf Klatsch hörte. Besser, Karen kam so schnell wie möglich nach Sevald. Anne würde hierbleiben und ihre Pflicht tun. Dass sie den ganzen Abend in der Küche schuften müsste, würde sie der Schwester jedenfalls nicht erzählen.

Anne stellte sich neben die Köchin und fing an, Wasser in den großen Kessel auf dem Herd zu schöpfen. Irgendwer musste Frau Mustad doch von allem Guten erzählen können, das Elseby tat. Jemand, dem sie vertraute. Ihr Magen krampfte sich zusammen. Hans brauchte Hilfe. Und es eilte.

Bald war Mitternacht. Draußen leuchtete ein schmaler neuer Mond.

Anne schlich sich durch den Gang, vorbei an der Schlafkammer, wo die Dienstmädchen schliefen, zur Hintertür. Ihre Hände waren rot, gesprungen und geschwollen, und sie roch wie ein ganzer Wacholderstrauch. Im Spülwasser war viel Wacholderlauge gewesen. Frau Mustad nahm es genau mit der Sauberkeit. Aber auf Anne hatte sie nicht hören wollen. Und nun war es vielleicht schon zu spät.

Auf dem Hof war jetzt alles still. Die meisten Gäste waren wieder gefahren. Laut und lustig in ihren Schlitten. Einige Männer hatten volle Bierkrüge mit auf die Heimfahrt genommen, während andere sich Schnaps in ihre Taschenflaschen gegossen hatten. Anne hatte sie durch das Küchenfenster gesehen. Die Knechte waren alle aus der Gesindestube gekommen und hatten den Weg zu den Schlitten mit Fackeln beleuchtet. Als Pferde und Schlitten bereit gemacht worden waren, wurden die Frauen geholt und in die Schlitten gehoben, dann wurden ihnen Felle über die Beine gelegt. Die Frauen hatten weniger Lärm gemacht als die Männer, auch wenn die eine oder andere auf dem Weg über den Hofplatz aufgekreischt hatte. Die Einzige, die sie erkannt hatte, war die Pastorengattin. Sie war still hinter den anderen Frauen hergegangen, so stolz und aufrecht wie dann, wenn sie sonntags mit ihren sieben Kindern der Predigt ihres Mannes lauschte. Vielleicht hatte Frau Mustad mit dem Pastor über Hans gesprochen? Anne rang die wunden Hände. Es musste eine Lösung geben! Aber die Dienstmädchen hatten gesagt, die Damen und die Herren hätten fast den gesamten Abend getrennt verbracht. Und der Pastor hatte sicher nicht viel Ahnung von Heilkunst.

Ein kalter Wind schlug Anne entgegen, als sie die Hintertür öffnete. Sie blieb stehen. Ein Stück vom Hofplatz entfernt ahnte sie zwei Schlitten. Sie gehörten den Gästen, die von weit her gekommen waren und die auf dem Hof übernachten würden. Die Damen hatten sich längst schon in die großen Gästezimmer im ersten Stock zurückgezogen, während die Herren im Saal saßen und an ihren langen Pfeifen zogen. Der Tabakgeruch füllte den Gang, zusammen mit grobem, schallendem Lachen. Erst jetzt merkte Anne, wie müde sie war. Aber sie durfte jetzt nicht aufgeben. Morgen würde sie noch einmal mit Frau Mustad sprechen.

Sie wollte gerade hinausgehen, als sie in der Bibliothek einen schwachen Lichtschein wahrnahm. Die Tür stand einen Spaltbreit offen. Sie machte auf dem Absatz kehrt und lief zurück durch den Gang. Ihr grauste vor dem langen, dunklen Heimweg, doch nicht das hatte sie zur Umkehr bewogen. Sie fühlte, ohne es erklären zu können, dass das hier wichtig war.

Sie schlich weiter, hielt das Auge an den Türspalt und schaute vorsichtig hindurch. Im Kamin brannte ein warmes Feuer. Sicher war eben erst ein Dienstmädchen dort gewesen und hatte Holz nachgelegt. Bestimmt saß dort Herr Mustad. Frau Mustad hatte erklärt, es sei der wichtigste Raum auf dem Gut. Der Schreibtisch, der vor dem großen Fenster stand, mit Blick hinab auf den silberblanken und blauen See Mjøsa und die verschneiten Felder auf dem anderen Ufer, habe die wirklichen Werte in sich. Alle Grundbriefe und Verträge. Plötzlich kam ihr ein Gedanke. Sie könnte doch Herrn Mustad überreden, Elseby zu Hans zu holen. Für die Waldarbeiter war schließlich er zuständig. Das hatte Frau Mustad selbst gesagt.

Sie beugte sich vor. Zitterte bei der Vorstellung, hineinzugehen und mit Herrn Mustad zu sprechen. Wagte einen Schritt. Aber niemand saß am Schreibtisch. Sie seufzte und starrte trostlos in den Kamin. Das trockene Birkenholz knisterte. Dieses Geräusch beruhigte sie. Bestimmt hatte ihr Vater das Holz auf den Hof geschafft und vor einer Südwand gestapelt, damit es von Wind und Sonne getrocknet werden könnte. Wenn Herr Mustad nicht dort drinnen war, könnte sie sich immerhin ein wenig aufwärmen, ehe sie sich auf den langen Heimweg machte. Sie zog vorsichtig die Tür hinter sich zu.

Vor dem Kamin standen zwei tiefe Ledersessel. Anne stellte sich Frau Mustad in dem einen vor und sich selbst, als gelehrige Schülerin, in dem anderen. Und hoch über dem Kamin waren die Regale mit den Büchern, aus denen Frau Mustad vorlas. Aber dann war es hell hier im Raum. Jetzt lagen die Felder draußen im Dunklen, und das Einzige, was Licht brachte, waren die Flammen im Kamin. Die warfen einen goldenen Schein über die Bibliothek und ließen lange Schatten an den Wänden tanzen. Ihr schauderte, und sie spürte, wie sich ihre Arme mit Gänsehaut überzogen.

Dann wich sie zurück. Hinten beim Kamin hatte sich jemand geräuspert. Herr Mustad war also doch hier. Ihre Knie zitterten, aber auch wenn Frau Mustad sie nicht verstand, konnte sie doch auf ihn hoffen. Herr Mustad wollte seinen Kätner Hans bestimmt nicht verlieren. Hans hatte immer zu den tüchtigsten und stärksten Arbeitern gehört, das sagte sogar ihr Vater. Anne wusste nicht, ob sie sich eher fürchtete, weil sie mit Herrn Mustad sprechen müsste, oder weil sie sich Frau Mustad widersetzte. Frau Mustad würde es gar nicht gefallen, dass sie jetzt hier war. Da war sie sich ganz sicher.

Sie konnte noch kehrtmachen und sich davonschleichen. Er hatte sie sicher noch nicht bemerkt. Sie schaute sich um. Sie hatte das Gefühl, dass hier noch andere im Raum waren. Ja, es war fast so, als ob die sechs früheren Generationen von Mustads, die hier auf dem Hof gelebt hatten, jeden ihrer Schritte genau beobachteten. Sie hauchten sie an. Lachten über sie.

Aber sie durfte jetzt nicht aufgeben. Sie würde Herrn Mustad dazu bringen, Elseby nach Sæter zu holen. Das musste sie. Sie würde ihm das mit der Heilkunst erklären. Dass Elseby sich besser auskannte als irgendein Pastor. Herr Mustad würde sich bestimmt nicht so leicht Angst einjagen lassen. Mit entschlossenen Schritten ging sie zum Kamin und holte tief Luft, ehe sie sich umdrehte.

In dem ihr gegenüberstehenden Ledersessel sah sie den Schatten eines Gesichts. Aber gleich darauf stand sie wie angefroren da, wie mitten auf dem Wintereis des Mjøsa, ohne sich rühren zu können. Es war nicht Herr Mustad. Sie wich einen Schritt zum Kamin zurück. Es war auch nicht Ole Mustad. Der jüngste Sohn auf dem Gut, der sich schon oft einen Scherz mit ihr erlaubt hatte. Es waren immer freundschaftliche Neckereien gewesen, die ihr nicht das Geringste ausgemacht hatten. Sie kannte ihn, und nicht er saß hier vor ihr. Und es war auch nicht der ältere Sohn Tollef. Der sie übrigens nie aufzog. Wie hatte sie nur so dumm sein können. Die Dienstmädchen hatten ja gesagt, dass Herr Mustad schon längst eingeschlafen sei, auf dem guten Sofa, eingerahmt von Hans Skikkelstad, dem mächtigsten Mann der Gegend, und Caspar Kauffeldt, dem Besitzer der Glasfabrik von Gjøvik. Und nun stand sie hier. Gefangen. Hinter ihr loderten Feuer und Flammen, vor ihr saß ein wildfremder Mann.

»Vorsicht, verbrenn hier lieber nicht. Das wäre doch eine Schande.«

»Ich sollte nur ein Buch für Frau Mustad holen, aber es eilt nicht«, flüsterte sie und staunte über so viel Geistesgegenwart.

Der Fremde erhob sich und trat einen Schritt auf sie zu. Er war offenbar ziemlich jung, ungefähr im Alter von Ole Mustad, nein, vielleicht etwas älter.

»Frau Mustad kann also nicht schlafen, und du sollst ihr ein Buch holen?« Er lächelte und kam näher. Im Schein der Flammen sah sie, dass er eine helle Hose, ein weißes Hemd und eine weiße Weste trug und dass eine purpurrote Halsbinde aus Seide seinen Hals und seine Brust bedeckte. Sicher war er ein Gast, einer, der sich hierher verirrt hatte, wo eigentlich niemand Zutritt hatte. Hier, wo Herr Mustad alle seine Verträge und Grundbriefe aufbewahrte. Statt die Flucht zu ergreifen, wollte sie plötzlich die Bibliothek und alles beschützen, was der Familie Mustad ihre Macht schenkte.

Jetzt stand er dicht vor ihr. Sie spürte seinen Atem an ihren Haaren. Er roch kräftig und zugleich süß, wie eine Blume, die sie noch nicht entdeckt hatte. Auf dem Tisch, neben dem Ledersessel, standen eine Karaffe und ein leeres Kristallglas. Sicher hatte er sich zurückgezogen und sich eine ruhige Ecke im Gutshaus ausgesucht. So, wie der Sessel gedreht war, hatte er wohl zum Sternenhimmel hochgeschaut. Das machte sie ja auch jeden Abend. Ein Mann, der süß roch und den Sternenhimmel betrachtete, konnte doch kaum gefährlich sein.

»Das Buch ist nicht für Frau Mustad. Es ist für mich. Frau Mustad hilft mir, für die Konfirmation zu lernen. Ich muss mich vorbereiten«, sagte sie und merkte, wie ihre Wangen heiß wurden.

»Ja, wenn das so ist.« Er lächelte. »Welches Buch würde der jungen Dame denn zusagen?«

»*Luthers Kleiner Katechnismus* oder das *Buch des Pontoppidan.*«

»Und wenn du dir eins aussuchen müsstest?«

»Dann das *Buch des Pontoppidan.*« Jetzt zitterte ihre Stimme überhaupt nicht mehr.

Blonde Locken lagen in seinem Nacken, als er sich nach dem Buch streckte. Er war ein großer Mann und konnte das Regal über dem Kamin mit Leichtigkeit erreichen. Ohne zu zögern, fuhr er mit dem Finger an der Reihe von braunen Lederrücken entlang und hielt beim richtigen Buch inne. Als es dann in seiner Hand lag, trat er einen Schritt auf sie zu und schlug es auf.

Sie hatte noch nie solche Hände gesehen. Stadthände, bestimmt. Der Mann wohnte sicher in Christiania. Seine Finger waren lang, schlank und weiß und ohne eine einzige Schwiele. Sie hätte sie gern berührt, sich davon überzeugt, dass sie wirklich so weich und glatt waren, wie sie aussahen. Nicht einmal ihre kleinen Brüder hatten so schöne Hände, sie schleppten ja schon längst Holz und Wasser. Alle Männer, die sie kannte, hatten von der Arbeit gezeichnete Fäuste. Der Vater hatte Risse und Wunden und einen gebrochenen kleinen Finger. Jons Hände waren im Sommer rau wie Sand und im Winter von den langen Tagen auf dem Feld sonnenverbrannt und schwielig. Plötzlich fielen ihr ihre eigenen roten und rissigen Hände ein, und ohne nachzudenken, versteckte sie sie hinter ihrem Rücken. Aber sie zwang sich sofort, sie wieder auszustrecken. Jetzt würden sie ihm vielleicht ganz besonders auffallen.

»*Durch Wahrheit zu Gottesfürchtigkeit.*« Er las den Titel vor. »Das soll dir also den Weg ins Erwachsenenleben mit all seinen Gefahren und Versuchungen öffnen?« Dann hob er den Blick vom Buch, sah sie an und lächelte. Seine Nase war kräftig und rot, seine Lippen waren füllig und weich. Im Kinn hatte er ein Grübchen. Sie hatte das Gefühl, dass er sich über sie lustig machte, aber sie begriff nicht, weshalb, und wusste nicht, was sie antworten sollte. Sie war so damit beschäftigt, die Gesichtszüge des Fremden zu betrachten und nach Worten zu suchen, dass sie kaum bemerkte, wie er ihr das Buch reichte. Sie blieb verwirrt stehen und sah ihre Hand an. Und ehe sie danke sagen konnte, lächelte er noch einmal, nahm seine Jacke und ging.

3

Ein kräftiger Windstoß riss ihr die Tür aus der Hand. Sie stellte die Laterne hin, die sie in der einen Hand getragen hatte, packte die Türklinke mit beiden Händen und zog die Tür energisch zu. Dann schlich sie weiter, voller Angst, die anderen geweckt zu haben. Erst als sie mitten im Raum stand, sah sie den Vater, der auf einem Stuhl neben der Feuerstätte saß.

Er lächelte ihr müde zu und hielt sich einen Finger an die Lippen. Er sah so müde aus. Sie wischte sich Schnee und kleine Eisklumpen vom Kleid, legte ihr Schultertuch ab und zog die Stiefel aus, ehe sie zum Vater hinüberging. Er stand auf, damit sie sich ins Warme setzen konnte. Sie wollte ihm schon von ihrem Erlebnis in der Bibliothek und ihrer Begegnung mit dem Fremden erzählen, überlegte sich die Sache dann jedoch wieder anders. Wie hätte sie sich denn ausdrücken können, um ihm klarzumachen, wie es gewesen war? Und wollte sie es ihm überhaupt klarmachen?

Ihre Wangen und Fingern brannten. Die Zehen fühlten sich an wie Eiszapfen. Sie schob die Füße in den nassen Strümpfen noch näher an das Feuer. Wie lange würde der Fremde wohl auf dem Gut bleiben? War er allein gekommen? Hatte er eine Frau, zu der er zurückkehren würde, ein herrschaftliches Haus in Christiania? Eine Frau mit noch schöneren Kleidern als Frau Mustad, mit glatten Händen, die keine härtere Arbeit ausführten als mit Nadel und Faden? Aber was spielte das für eine Rolle. Sie streckte die Hände nach der Wärme aus und spürte, wie es schmerzte und prickelte, als die Kälte langsam aus Zehen und Fingern wich. Was waren Stadthände denn wohl gegen das wirkliche Leben? Nein, sie hatte andere Dinge zu bedenken. Was half es schon, dass sie das *Buch des Pontoppidan* lesen konnte, wenn Hans sein Bein verlor und Jon im Wald bleiben musste? Sie hatte geglaubt, den beiden helfen zu können. Aber alles war ihr misslungen. Frau Mustad hatte sich geweigert, und Herr Mustad war eingeschlafen. Sie starrte traurig aus dem Fenster. Der Mond war auf dem Heimweg ihr einziger Lichtpunkt gewesen. Jetzt schien er über Sevald und fand den Weg zu ihr durch das Fenster. Sie seufzte. »Du hättest nicht auf mich warten sollen, Vater. Es ist spät, und du musst früh aufstehen.«

»Kirstine geht es schlechter«, flüsterte er. »Ich muss das Feuer hüten.« Sein Gesicht, das immer von Wind und Wetter frisch war, wirkte im Mondlicht fahl. Tiefe Furchen zogen sich über seine Stirn, und unter den Augen war die Haut aufgedunsen und dunkel.

Wie hatte sie ihre kleine Schwester vergessen können? Anne stand leise auf und schlich zu dem Bett hinüber, wo Kirstine und die Mutter schliefen. Sie lagen dicht aneinandergeschmiegt. Die glatten blonden Haare klebten an der roten, fieberheißen Wange. Sie atmete schnell und mühsam. Anne ballte die Fäuste so hart, dass die Nägel sich in ihre Handflächen einschnitten. Sie durften nicht auch noch Kirstine verlieren. Die Mutter war so glücklich gewesen, als Kirstine auf die Welt gekommen war. Es war der erste Frühling auf Sevald, nachdem sie von Sæter hergezogen waren. In all den Jahren hatte Anne gehört, sie habe das gute Aussehen der Mutter geerbt, sei groß und blond, mit hohen Wangenknochen und klaren blauen Augen. Aber als Kirstine über die Taufe gehalten wurde, hatte niemand mehr Zweifel daran gehabt, dass in Wirklichkeit die Kleine das Aussehen der Mutter geerbt hatte.

Anne schlich zurück. Sie hatte es schon selbst begriffen, lange ehe Kirstine geboren worden war. Sie kam nach dem Vater. Äußerlich wie innerlich.

Er legte beschützend den Arm um sie, als sie sich setzte, so dass sie den Kopf an seine Schulter lehnen konnte. Er roch nach einer Mischung aus Nadelwald und Schweiß. Vielleicht auch nach Harz. Auf der Schlafbank unter dem Fenster ihnen gegenüber lagen Didrik und Ole Kopf an Fuß. Didrik hatte offenbar den Kampf um die Wolldecke gewonnen, denn er hatte sie bis unters Kinn gezogen, während sie dem kleinen Bruder nur bis zum Bauch reichte. Didrik schnarchte, und Ole nieste mehrmals hintereinander. Der Vater hatte schon oft gesagt, dass der Junge offenbar das Stroh nicht vertragen konnte.

»Haben sie dir etwas zu essen gegeben?«

Sie nickte und flüsterte: »Das Übliche.«

»Wie schade«, sagte der Vater leise. »Sie hätten dich das Festmahl kosten lassen müssen.«

Sie horchte auf den Wind, der draußen heulte. Ein Teil von ihr konnte nicht zur Ruhe kommen, etwas von ihr war noch immer auf dem Gut.

»Du musst schlafen gehen, Anne.«

»Nein«, flüsterte sie. »Ich will lieber hier mit dir sitzen.«

Der Vater stand auf und nahm den Kessel vom Haken über dem Feuer. Sie sah ihm zu, wie er den Kaffee aus gerösteten Eicheln in die Tassen auf dem Tisch goss. Dankbar nahm sie ihre Tasse. Es schmeckt so gut, auch wenn der Kaffee arg dünn war. Er erinnerte sie an den Ausflug, den sie und der Vater im Herbst gemacht hatten. Er war mit ihr Multebeeren pflücken gegangen, oben bei einem großen See, es war fast ein halber Tagesmarsch bergauf von Sevald. Erschöpft und zufrieden hatten sie sich ans Wasser gesetzt, den Eimer voller gelber Beeren, und plötzlich hatte er auf das andere Ufer gezeigt. Dort, in einem Wäldchen, stand eine Bärin mit zwei zottigen kleinen Jungen.

Anne hatte die Hand des Vaters gepackt, und er hatte ihr erzählt, dass die Bären sich bald in ihrem Bau vergraben und dort Winterschlaf halten würden, bis zum Frühling. Sie seufzte. Die Winter wurden lang in einer Kate. Die Kinder krochen ins Warme, genau wie die Bärenjungen, und kamen erst im Frühling wieder zum Vorschein.

Der Hocker knackte, als der Vater sich wieder setzte, und in diesem Moment fing Kirstine an, zu husten und um Atem zu ringen. Anne wollte zum Bett hinüberstürzen, sie hochheben, sie an sich drücken. Sie beschützen.

»Besser, sie schläft«, flüsterte der Vater und legte eine Hand auf Annes. Er schien ihre Gedanken gelesen zu haben. So kam es ihr oft vor. Bei der Mutter war das anders, ihre Gedanken wanderten unterschiedliche Wege, die einander niemals zu kreuzen schienen.

Anne trank noch einen Schluck und sah die Hand an, die über ihrer lag. Die sah genauso aus wie in ihrer Erinnerung, war voller Schrammen und Wunden, und der kleine Finger war gebrochen und krumm. Vor langer Zeit hatte der Vater ihr einmal erzählt, dass er den Finger eingeklemmt hatte. Das war passiert, als er die großen Bäume auf den Schlitten gebunden hatte, und danach war der Finger dann krumm wieder zusammengewachsen.

»Hans ist krank«, flüsterte sie.

»Das weiß ich«, seufzte er. »Ich war Anfang der

Woche auf Sæter, und da ging es ihm gar nicht gut. Das Allerschlimmste sind sicher die Sorgen. Was soll aus der Familie werden?«

»Es hat sich noch verschlimmert, Vater.«

Er sah sie mit ernster Miene an. Runzelte die Stirn, so dass die Furchen noch tiefer wurden. »Hast du mit Jon gesprochen?«

Sie nickte. »Heute, auf dem Weg nach Mustad. Er sagt, dass Ingunn Angst hat, es könnte der kalte Brand sein.«

Der Vater rieb sich die Hände und schüttelte den Kopf. »So schlimm steht es also?«

»Ich weiß, wer da helfen könnte, Vater.«

»Was sagt Frau Mustad?«

Sie schwieg lange und überhörte die Frage des Vaters. Dann flüsterte sie: »Elseby.«

Der Vater schaute in die Flammen und schob vorsichtig mit dem Fuß ein Stück Glut zurück in die Feuerstätte. »Elseby könnte wohl helfen, ja.« Dann schwieg der Vater wieder. Wieso verstummten sie alle? Zuerst Frau Mustad, dann der Vater. Anne konnte das nicht mehr ertragen.

»Aber Frau Mustad will es nicht erlauben, Vater. Sie will stattdessen den Pastor holen.«

»Du darfst Frau Mustad damit nicht quälen, Anne. Das würde eher schaden als nützen. Wenn sie gesagt hat, dass sie helfen will, dann wird sie das tun. Hans wird Hilfe bekommen.«

»Aber was weiß der Pastor denn von Heilkunst, Vater?«

»Ach, irgendwas wird er schon wissen. Ein Pastor ist ein gelehrter Mann.«

»Vater, du verstehst das nicht. Es eilt. Wenn Hans nicht gesund wird, muss Jon …« Plötzlich verstummte sie und hob den Kopf von seiner Schulter. Warum fiel ihr das erst jetzt ein? Wenn Elseby Wunden heilen konnte, konnte sie sicher auch Kirstine helfen. Sie setzte sich gerade, fühlte sich wieder mutig. »Wo wohnt Elseby, Vater?«

Er gab keine Antwort. Sein Rücken war in sich zusammengesunken, und sein Kopf senkte sich langsam über die Brust.

Sie schüttelte ihn, wiederholte ihre Frage.

»Biri«, sagte er und setzte sich gerade. »Sie wohnt auf der Kätnerstelle Benerud in Biri.«

»Biri.« Den Weg nach Biri kannte Anne, aber es war weit bis dorthin, und der Winter war so kalt. Zuerst musste sie den ganzen Weg bis hinab zum Mjøsa gehen und dann dem Karrenweg folgen, der am Seeufer entlang nach Norden führte. Sie schloss die Augen. Einmal hatten sie einander etwas versprochen, sie und Jon. Sie waren damals fünf Jahre alt gewesen. Es war unter der alten Eiche auf Sæter gewesen. Dort hatten sie einander versprochen, auf Treu und Ehre, immer zusammenzusein. Dann hatten sie einander feierlich die Hand gegeben. Sie reichte ihm die Tasse mit dem letzten Schluck. »Geh jetzt schlafen, Vater. In wenigen Stunden musst du in den Wald.«

Er leerte die Tasse. »Du musst selbst auch bald aufstehen, Anne. Du musst morgen auf dem Gut Mutters Pflichten übernehmen.«

»Morgen? Geht Mutter auch Morgen nicht nach Mustad?«

Er schüttelte müde den Kopf.

Sie löste den Haarknoten in ihrem Nacken. Die langen blonden Haare fielen über Nacken und Rücken, dann fing sie an, sie zu flechten. Sie hielt inne, wenn sie nur etwas tun könnte, wenn sie nur … Sie flocht den Zopf rasch fertig. Dann ging sie zur Schlafbank, kroch neben der großen Schwester unter die Wolldecke und schlief ein.

»Anne.« Jemand schüttelte sie vorsichtig. Sie öffnete die Augen und schaute verwirrt zu ihrem Vater hoch. »Du musst aufstehen. Ihr werdet auf Mustad erwartet. Karen ist schon auf den Beinen.«

Sie hatte wieder geträumt. Und im Traum hatte sie den braunen Ledereinband berührt. Sie hatte das Buch an ihr Gesicht gehalten, hatte es vor ihrer Nase gedreht wie eine Feder, mit der sie sich kitzeln wollte. Es hatte so süß geduftet. Dann hatte sie es vorsichtig geöffnet. Die Buchstaben waren klein und verschnörkelt, und das Papier war dünn und durchscheinend.

Aber es war gar nicht schwer zu lesen. *Durch Wahrheit zu Gottesfürchtigkeit* stand dort.

Sie zog sich die Decke ans Gesicht. Erst jetzt hörte sie, wie der Frost in den alten Holzwänden knackte, wie der Wind durch die Risse drang, durch die Bodenbretter und durch den Rauchabzug. Sogar der Strohsack war so kalt und flach, dass er weder wärmte noch eine gute Unterlage sein konnte. Der Vater hatte offenbar auf dem Stuhl vor dem Feuer geschlafen.

Sie schlug die Decke zur Seite und stellte beide Füße auf den Boden, während sie einen Blick zu Karen hinüberwarf, die über der schwachen Flamme in der Feuerstätte Wassergrütze aufwärmte. Ohne Karen hätte sie keine Chance. Und auch wenn die Schwester widerborstig war, hielt sie doch immer zu ihrer Familie. Es könnte möglich sein.

»Beeil dich doch, damit wir loskönnen. Heute müssen wir beide scheuern.« Karens Stimme klang scharf, als ob sie etwas damit zerschneiden würde, wenn sie nur könnte.

Anne streifte, so schnell sie konnte, ihr Wollkleid über, schloss die Knöpfe über der Brust und schlich sich zur Feuerstätte. Dann richtete sie sich auf. Das, was sie ihrer Schwester nun sagen wollte, würde alle ihre Kraft verlangen.

»Du musst mir unterwegs alles von dem Fest erzählen. Hast du viel gesehen?« Plötzlich hatte sich Karens Laune gebessert.

Anne schüttelte den Kopf. »Ich kann heute nicht nach Mustad gehen«, flüsterte sie.

»Wie meinst du das?« Karen hörte auf zu rühren.

»Hans auf Sæter ist verletzt und kann nicht arbeiten. Ich will Hilfe für ihn holen. Es eilt.«

Karen musterte sie forschend und blieb stehen, ohne auch nur ein einziges Wort zu sagen. Das war fast beängstigender, als wenn sie etwas gesagt hätte. Die Schwester würde sich offenbar nicht erweichen lassen, wenn sie nicht mehr erfuhr.

Sie holte tief Luft. »Ich will Elseby aus Biri holen.«

»Hast du den Verstand verloren?« Karen knallte den Topf mit der Grütze auf den Tisch.

»Pst!« Anne hob den Zeigefinger an den Mund. »Es ist ernst. Es kann der kalte Brand sein. Und wenn Hans nicht geheilt wird, muss Jon seine Arbeit im Wald übernehmen, und dann kann er nicht konfirmiert werden.« Sie beugte sich zu der Schwester vor. »Du musst Frau Mustad sagen, ich sei krank geworden, Karen. Mutter und ich seien beide krank. Und du darfst Mutter nichts verraten. Kannst du das versprechen?«

»Ist das dein Ernst?«

»Ja.«

»Dann bringst du unsere ganze Familie in Gefahr.« Karen setzte sich an den Tisch, und der Hocker schrappte über den Boden. »Du weißt doch, dass Elseby den Teufel heraufbeschwören kann.«

»Pst«, sagte Anne noch einmal und setzte sich neben sie.

Sie konnte das nicht mehr hören. Sie glaubte kein Wort davon, was Karen über Elseby sagte, aber das mit dem Teufel machte ihr doch Angst. Sie richtete ihren Blick auf das Bett, wo die Mutter und die kleine Schwester lagen, und ihr Herz wurde schwer. Es war ja nicht nur, dass Kirstine krank war, was die Mutter von der Arbeit auf dem Gutshof abgehalten hatte, das wusste sie nur zu gut. Nach Oles Tod hatte die Mutter allen Lebensmut verloren. Der liebe kleine Ole, fünf Sommer alt, mit den blonden Locken und den molligen Ärmchen, die immer nur dünner und dünner wurden. Es wurde auch nicht besser, als die Mutter die kleine Tochter gleich nach der Geburt verloren hatte. Sie und Karen mussten beide auf dem Gut ihre Pflicht tun, wenn sie auf Sevald bleiben wollten, das war ihr klar. Sie würde alles nachholen, wenn sie nur diese Sache in Ordnung bringen könnte.

»Elseby will nur Gutes«, flüsterte sie.

»Wir können hier vertrieben werden«, sagte Karen mit Grütze im Mund. »Vater hat die Stelle hier nur gepachtet. Es ist schlimm genug, dass Mutter jetzt schon lange nicht mehr auf Mustad war.«

»Das weiß ich doch«, sagte Anne ein wenig gereizt. Der Vater war nur Pächter, und sie hatten kein Land. Das brauchte ihr niemand zu erzählen. Auf Sæter hatten sie immerhin ein kleines Feld gehabt, das der

Vater bestellt hatte, wenn seine Pflichten erfüllt waren, und das ihnen für den Winter zwei Fass Getreide lieferte. Jetzt hatten sie kaum Geld, um Mehl zu kaufen, denn alles, was er im Wald verdiente, wurde von der Pacht verschlungen.

»Sei nicht frech.« Karen kniff sie in den Arm. »Iss jetzt, damit wir gehen können.«

»Mutter hätte Elseby holen sollen, als Ole krank war.« Anne nahm den Löffel und aß ihren Anteil an der grauen, rissigen Grütze, während ihr die Tränen übers Gesicht liefen. Sie wusste nicht, ob sie um Ole weinte oder weil Karen sie gerade gekniffen hatte wie ein Kind. Sie hätte die Schwester ohrfeigen können.

»Frau Mustad hat das verboten«, flüsterte Karen und wischte sich einen Grützefleck von ihrem grauen Kleid. »Hast du nicht gehört, dass Elseby einmal versucht hat, Frau Mustads Kind zu retten, ein kleines Mädchen, das aber gleich darauf gestorben ist. Alle haben darüber geredet, dass die Kleine verflucht worden war.«

Anne schüttelte den Kopf. »Ich höre nicht auf den Klatsch der anderen Mägde auf dem Hof, so wie du.«

»Aber das ist die Wahrheit. Frag Mutter. Sie weiß es auch.«

»Nein«, sagte Anne eilig. »Das ist nicht nötig.« Karen war einfach frech, aber wenn das, was sie sagte, stimmte, musste Frau Mustad ihr doch leidtun.

»Nicht nur Kätnerfamilien verlieren ihre Kinder.« Die grünen Augen funkelten. »Aber jetzt müssen wir gehen.«

Anne gab keine Antwort. Sie stand nur still auf und holte ihre Stiefel, während sie an Frau Mustad dachte. Seit sie klein war, hatte Frau Mustad sie im Auge behalten. Hatte sich nach ihrer Gesundheit erkundigt, hatte ihr Leckerbissen zugesteckt, wenn sie auf den Gutshof kam. Wie konnte sie auf die Idee kommen, sich ihr zu widersetzen? Aber jetzt wurde sie von etwas gelenkt, das stärker war als ihr Wille und das sie dazu brachte, etwas zu tun, das mehr verlangte als ihren üblichen Mut. Es kam ihr unmöglich vor, ihr Vorhaben nicht auszuführen, da mochte die Schwester drohen und schimpfen, soviel sie wollte.

»Wenn Frau Mustad herausfindet, dass du sie belogen hast, dann …« Karen zog die Stiefel an und schnürte sie sorgfältig zu.

»Das darf sie nicht. Dafür musst du sorgen, Karen.« Anne hielt den Blick der Schwester fest. »Frau Mustad sagt, dass sie den Pastor zu Hans schicken will.«

»Ja und was, wenn er kommt, während Elseby dort ist?«

Anne biss die Zähne zusammen. »Das tut er nicht.«

»Das kannst du nicht wissen. Ich hatte Unterricht beim Pastor, und er sagt, wer versucht, mit geheimnisvollen Gebeten und magischen Vorkehrungen in den Lauf des Lebens einzugreifen, lästert Gott. Und das tut Elseby. Sie lästert Gott, Anne. Frau Mustad belügen, das musst du selbst.«

Geheimnisvolle Gebete und magische Vorkehrungen? Ein Breitwegerichblatt und einige Grashalme. Das war ihr nicht gerade geheimnisvoll oder magisch vorgekommen. Aber es hatte gewirkt. Ihre Wunden waren innerhalb eines Tages verheilt. Kein Brennen, kein Jucken, keine Narben. Und war der Pastor mit seiner Arzttasche doch bisher wohl nur auf den großen Gütern gesehen worden. Was Elseby tat, war richtig. Sie lästerte Gott nicht. Sie nutzte nur die Natur und alles, was es dort gab, um Menschen zu heilen. Anne hatte selbst ihren mit Blumen und Gräsern gefüllten Korb gesehen. Elseby war bereit, auch in die ärmlichsten Hütten zu gehen, wenn dort Not herrschte. Ihre Augen waren klug, ihre Hände warm und gut. Elseby war die gute Kraft, denn sie machte keinen Unterschied zwischen Menschen.

Plötzlich drehte sich Karen zu ihr um. Die grünen Augen funkelten. »Du hast Jon lieb oder was? Deshalb willst du das hier tun.«

Anne senkte den Blick und ballte die Fäuste. »Du weißt ja wohl, dass Jon mein bester Freund ist.«

Karen schwieg, sie schien etwas zu überlegen. Dann kniff sie die Augen zusammen und verzog den Mund zu einem listigen Lächeln. »Ich kann dir helfen, Anne, wenn du mir ein andermal hilfst … und mir alles über das Fest gestern Abend erzählst.«

Anne nickte. Das war ja keine übertriebene Forderung Sie hatte schon gesehen, dass sich die Schwester seit der Konfirmation verändert hatte und dass sie ab und zu heimliche Besuche in der Glasfabrik machte. Sie könnte sie natürlich ein- oder zweimal decken. Und die Geschichten, die sie gestern Abend in der Küche gehört hatte, würde sie gern mit der Schwester teilen. Aber etwas würde sie für sich behalten. Karen würde kein Wort über den Mann in der Bibliothek hören.

Anne lugte zu dem Bett hinüber, wo die Mutter und Kirstine lagen. Die Mutter hatte sich aufgesetzt. Ihre Augen waren in dem mageren Gesicht rot und geschwollen. Der lange Zopf war zerzaust. Vielleicht würde sie ja doch mit sich reden lassen. »Elseby sollte nach Kirstine sehen, Mutter«, schlug sie zaghaft vor.

»Elseby?« Die Mutter sah sie mit dem traurigen Blick an, an den sie so gewöhnt waren. »Frau Mustad würde es niemals hinnehmen, wenn sie herkäme.«

»Aber Frau Mustad lässt sich hier doch nie blicken, Mutter.«

»Es gibt immer Gerüchte.« Die Mutter streichelte liebevoll Kirstines glühende Wangen und hob sie hoch. »Wir müssen darauf vertrauen, dass Gott unser Bestes will.«

»Wir müssen gehen.« Karen trat ungeduldig von einem Fuß auf den anderen. »Es sind noch immer Gäste auf Mustad, und es ist viel zu tun. Ich kann fragen, ob wir für Kirstine ein bisschen Milch mitnehmen dürfen, Mutter.«

»Aber, Mutter …« Anne ging zum Bett und hob sich die kleine Schwester auf die Hüfte. Drückte sie an sich, spürte den mageren, schweißnassen Körper an ihrem. Doch die Mutter schüttelte nur den Kopf.

Wie lange würden sie Kirstine behalten dürfen? Wenn sie Elseby nicht selbst holte, würde es auch sonst niemand tun. Es war deutlich, dass die Eltern sich vor Frau Mustads Strafe mehr fürchteten als vor den finsteren Mächten. Aber der Pastor kam nie nach Sæter oder Sevald. Er besucht keine ärmlichen Kätnerstellen, egal, wie heilkundig er vielleicht war, egal, ob er sich für einen Diener der guten Kraft hielt. Anne würde beweisen, dass Elseby sich nicht mit den finsteren Mächten verbündet hatte. Zuerst jedoch musste sie Hans helfen.

»Kommst du?« Karen hatte die trockenen Handschuhe der Mutter angezogen und die Tür einen Spaltbreit geöffnet. Ein schneidender Wind trug harte Schneekörner ins Haus.

Anne drückte die kleine Schwester an sich und legte beschützend die Decke um sie. »Bald ist Sommer, dann kannst du mit mir Blumen pflücken gehen. Weißt du, Kirstine, gestern habe ich an den Kranz gedacht, den ich dann für dich binden werde.« Sie küsste die feuchte Stirn. »Den mache ich aus Margeriten und rosa Kleeblüten.«

Kirstine lächelte sie mit blanken Augen an und hielt sich die Hände an den Kopf. In diesem Moment hörte Anne, wie die Tür zuschlug. Sie reichte Kirstine der Mutter, lief weiter und nahm ihr Schultertuch vom Hocker neben der Feuerstätte. Es hatte wirklich keinen Sinn, Karen jetzt zu verärgern. Sie schaute zu den Jungen hinüber, während sie sich das Tuch um die Schultern band. Sie schliefen beide noch. Didrik hatte den Kopf zur Wand gedreht, Ole lag mit nässenden Augen da. Er hatte absolut nicht solche Ähnlichkeit mit dem anderen Ole, wie alle behaupteten. Das zu denken war sicher vor allem ein Trost, sonst nichts. Aber auf seine Weise war er ebenso lieb. Das war er wirklich. Sie seufzte. Dann schaute sie wieder zu Kirstine hinüber, die auf den Schoß die Mutter gekrabbelt war, während die Mutter sie an sich drückte und küsste. Sie schluckte. So hatte die Mutter auch sie einmal liebkost, und Karen und die Jungen, aber vielleicht liebte sie Kirstine am allermeisten. Sie wusste es nicht. Die Mutter hatte sie schon so lange nicht mehr in den Arm genommen.

»Sorg ja dafür, dass ihr warm bleibt, Mutter«, sagte sie freundlich, zog die Handschuhe an und hoffte, dass die Mutter nicht hören würde, dass ihr das Weinen im Hals steckte. »Im Topf ist noch Grütze.« Es konnte doch nicht richtig sein, dass die Menschen hungern, frieren, leiden mussten. Es konnte nicht richtig sein, dass Menschen das Gleiche aßen wie

Tiere oder dass Kinder sterben mussten. Sie schaute aus dem Fenster und sah Karens Rücken in der Ferne verschwinden. Jetzt musste sie sich wirklich auf den Weg machen.

Auf dem Weg zur Tür blieb sie beim Eckschrank stehen. Vorsichtig zog sie die Schublade heraus, die die Kleinen nicht anrühren durften. In der Schublade lag die kleine schwarze Schachtel mit der Dannebrogmedaille. Sie öffnete die Schachtel langsam. Vielleicht könnte ihr der Orden Kraft zu dem geben, was sie jetzt tun musste. Kraft, um für das zu kämpfen, woran sie glaubte. Genau wie der Vater es im Krieg getan hatte. Sie hatte das Kreuz mit seinem weißen Band mit den dünnen roten Streifen schon oft gesehen, aber dennoch …

Anne schloss die Augen und strich behutsam mit der Hand über die erhöhten Buchstaben auf der Medaille. *Für Gott und den König* stand dort. Dann ließ sie den Finger zu der kleinen Krone weiterwandern, die oben auf dem Kreuz befestigt war und die das Kreuz mit der Seidenschleife verband. Sie schloss die Hand um die Krone, versuchte ihre Kraft einzufangen. Im selben Moment hatte sie das Gefühl, von einem weißen Licht erfüllt zu werden. Sie schloss die Augen, um zu sehen, ob das Licht verschwinden würde, aber es war so stark wie vorher. Was passierte mit ihr? Sie blieb ganz still stehen, während ihr Herz unruhig losschlug. Dann verschwamm alles vor ihren Augen, und aus dem weißen Licht tauchte eine Erscheinung auf, so klar wie ihr Spiegelbild im Bach. Eine Braut mit einer Krone aus lauterem Gold kam auf sie zu, geschmückt mit Edelsteinen. Es war ein so schöner Anblick, dass sie am ganzen Leib zu zittern begann. Die Steine schimmerten in allen Regenbogenfarben, und das Gold blendete wie die Sonne. Als sie versuchte, das Gesicht klar zu sehen, war die Gestalt verschwunden, und sie selbst trug das Gewicht auf dem Kopf. Die Krone war kalt und schwer. Sie schnitt ihr in die Haut. Anne trat der Schweiß auf die Stirn. Sie wollte sich die Krone vom Kopf reißen, stand aber da wie versteinert. War sie verhext worden?

4

Scharfe Augen, vorstehende Wangenknochen, eine breite Nase und sommerbraune Farbe mitten im Winter ließen die weise Frau anders aussehen als alle anderen. »Du bist die Tochter von Anders Didriksen auf Sevald, oder nicht?« Elseby stand auf Benerud in der Türöffnung und musterte sie.

Anne streckte eine eiskalte Hand aus, nachdem sie den Handschuh ausgezogen hatte. »Anne Marie Andersdatter, fünfzehn Jahre alt.«

»Komm rein, mein Kind, dann kannst du erzählen, was ich für dich tun kann. Danach wird der Schwarze dich sicher nach Hause bringen.« Die weiße Frau zeigte auf ein Pferd und einen Schlitten, die unter einem verschneiten Schutzdach standen, und nickte dabei energisch. »Es ist doch nicht richtig, dass ein junges Mädchen mitten zwischen Weihnachten und Neujahr allein über die Landstraße wandern muss.«

Anne lächelte dankbar und folgte Elseby ins Haus.

Drinnen schien der Sommer selbst zu wohnen, und dabei war es doch mitten im Winter. Die Stube war nicht größer als die auf Sevald, aber damit hörten die Ähnlichkeiten dann auf. Unter der Decke waren

Schnüre gespannt, und daran hingen zwischen Wurzeln aller Art getrocknete Pflanzen und Blumen. An den Wänden verliefen blaugestrichene Regale, gefüllt mit Rindenkörben und Schachteln von unterschiedlicher Größe und Beschaffenheit. Anne hatte in ihrem ganzen Leben noch nichts Ähnliches gesehen, zugleich aber hatte sie das Gefühl, schon einmal hier gewesen zu sein.

Auf der anderen Seite der Stube schliefen zwei kleine Kinder. Neben dem Bett stand eine Wiege, aus der ein leises Wimmern ertönte. Auf einer Bank vor dem Fenster saß ein Mann und aß. Anne machte einen Knicks. Unter dem Stuhl des Mannes lag eine schwarze Katze mit weißem Brustlatz und starrte sie aus grünen Augen an. Einen Moment lang dachte sie an Karen. Die war sicher schon längst auf Mustad angekommen. Die Schwester durfte sie jetzt nicht im Stich lassen.

Der Mann erhob sich, stellte sich als Johannes vor und bot ihr seinen Platz am Tisch an. Er sah freundlich aus und außerdem besser ernährt als alle anderen Kätner, die sie kannte. Er hatte braune Locken, einen rötlichen Bart und Sommersprossen über der Nasenwurzel. »Ich mache schon mal den Schlitten bereit«, sagte er und lächelte. »Ihr könnt dann ja alles miteinander besprechen.«

Anne lächelte und machte wieder einen Knicks, sie fühlte sich erleichtert. Johannes sah zwar so freundlich aus, aber sie wollte doch lieber mit Elseby unter vier Augen reden.

Elseby stellte eine Tasse vor sie hin. Ihre Hand war golden und gar nicht geschwollen und wund von harter Arbeit wie Annes.

»Danke.« Aus der Tasse stieg heißer Rauch auf, und Anne glaubte, den Duft von Zitronenmelisse, Hundsveilchen, Holunder und Minze zu erkennen. Sie hätte Elseby gern gefragt, ob sie damit recht hatte. Es war ein heimliches Spiel, das sie so lange schon spielte, wie sie sich erinnern konnte, allerlei Blumen am Geruch zu unterscheiden.

»Hast du Hunger, Anne?«

»Nicht doch«, sagte sie eilig, bereute das aber sofort. Sie dachte an die anderen zu Hause und an das Essen, das sie teilen würden. Ihre Augen brannten. Aber sie durfte jetzt nicht weinen.

Elseby legte den Kopf schräg und sah sie an. Wortlos brach sie ein paar große Stücke von dem Brot, das Johannes zurückgelassen hatte, und schnitt dicke Käsescheiben ab. »Iss zuerst. Und dann erzählst du mir, warum du diesen langen Weg auf dich genommen hast.«

Annes Hände zitterten, und sie versuchte, so langsam zu essen, wie sie nur konnte, aber das war nicht leicht. Sie hatte solchen Hunger, und das hier war echtes Brot, saftiges Roggenbrot, und der Käse schmeckte wie frische Butter. Sie kaute auf viel zu großen Stücken, und sie starrte dabei das Stück Brot an, das noch immer vor ihr lag, wie ein Tier, das seine Beute nicht aus den Augen lässt.

Erst als Anne den letzten Krümel verzehrt hatte, sagte Elseby etwas. »Jetzt musst du erzählen, Anne, was dich hergeführt hat. Du bist ja offenbar nicht krank, hattest nur schrecklichen Hunger und warst nach dem langen Weg durchgefroren.«

»Meine kleine Schwester Kirstine ist krank.« Anne schluckte. »Sie ist so heiß, hustet und bekommt kaum Luft. Ich habe Angst, dass sie nicht überleben wird.« Sie unterdrückte ein Schluchzen und setzte sich gerade hin.

»Soll ich mir dir nach Hause kommen und nach ihr sehen?«

»Nein, das geht nicht.« Dann war es doch unmöglich, die Tränen zurückzuhalten. Sie weinte so sehr, dass sie am ganzen Leib bebte.

»Ich verstehe«, sagte Elseby mit sanfter Stimme. »Vielleicht kann ich dir etwas für deine Schwester mitgeben?« Sie ging zu einem der blauen Regale und nahm eine Rindenschachtel aus dem obersten Fach. »Gib ihr das zu trinken, dann wirst du schon sehen, dass es der Kleinen hilft.«

»Was ist das?«, fragte Anne mit einem Aufschluchzen und wischte sich mit dem Ärmel die Tränen aus dem Gesicht.

»Das ist getrockneter Tüpfelfarn. Den kennst du aus dem Wald. Er hat sommers wie winters grüne Blätter.«

Doch, diese Pflanze hatte sie im Wald gesehen, in Felsspalten und auf bemoosten Steinen. Sie nickte.

»Du hast vielleicht auch schon mal die Wurzel probiert?«

Sie schüttelte den Kopf.

»Nicht? Die schmeckt wunderbar süß. Das solltest du mal probieren.«

»Die süße Wurzel?« Die Neugier ließ ihr Schluchzen verstummen.

»Ich pflücke sie so spät im Herbst wie möglich und trockne die Stängel. Dann hacke ich sie in kleine Stücke und trockne sie für den Winter. Das ist gut gegen Brustkrankheiten. Du kannst die ganze Schachtel mitnehmen. Ich habe noch mehr an den Schnüren hängen.« Elseby hob den Zeigefinger zur Decke. »Da oben hängt die feine süße Wurzel zusammen mit Baldrian, Kalmus, Hundszunge und Engelwurz.«

Anne beugte sich vor und roch an dem feingehackten Stängel in der Schachtel. Sog den süßlichen Duft in sich ein. Sie zitterte vor Spannung. Konnte Elseby nicht noch mehr erzählen?

»Du musst das hier in heißem Wasser ziehen lassen und die Flüssigkeit dann durchsieben. Und dann lässt du deine kleine Schwester viermal am Tag davon trinken. Verstehst du?«

Anne nickte eifrig. Sie dachte an Frau Mustad. *Die Erde lasse Gras hervorsprossen, Kraut, das Samen hervorbringe, Fruchtbäume, die Frucht tragen nach ihrer Art, in welcher ihr*

Same sei auf der Erde! Frau Mustad saß hocherhobenen Hauptes mit der Bibel auf den Knien vor ihr und las vor, und sie saß vor ihr auf einem Stuhl und lauschte. *Und die Erde brachte Gras hervor, Kraut, das Samen hervorbringt nach seiner Art, und Bäume, die Frucht tragen, in welcher ihr Same ist nach ihrer Art.* Die Schöpfungsgeschichte. Die musste Elseby doch kennen, zusammen mit allen Geheimnissen der Welt. Und Frau Mustad kannte sie ja auch. Und dennoch …

»Wir sollen jeglichem Leben, das Gott erschaffen hat, Ehrfurcht entgegenbringen«, sagte Elseby, als ob sie Annes Gedanken gelesen hätte. »Es gibt keine Krankheit, für die es in der Natur nicht ein Heilmittel gäbe. Komm, dann zeige ich es dir.«

Anne erhob sich und folgte Elseby zu den blauen Regalen, in denen die Schachteln standen. Das schwarze Kleid wogte vor ihr, genau wie damals im Wald. Es war weit und groß. Damals war Elsebys Gesicht hinter dem schwarzen Kopftuch verborgen gewesen. Aber jetzt sah Anne Gesicht und Haare. Die Haare waren wie bei ihr im Nacken zu einem Knoten festgesteckt. Nur waren Elsebys Haare nicht blond, sondern rabenschwarz, genau wie ihre Augen. Doch nun musste sie bald das mit Hans sagen. Seit gestern konnte sich sein Zustand ja weiter verschlechtert haben.

Elseby hob einen Deckel und sog den Duft in sich ein. »Schafgarbe, Stiefmütterchen, Erdbeerblätter und Löwenzahn«, sagte sie, ehe sie den Deckel zurücklegte. »Blutreinigend, verstehst du.« Dann öffnete sie eine weitere Schachtel. »Vielleicht möchtest du hieran riechen?«

Anne beugte sich über die neue Schachtel, die Elseby geöffnet hatte. Sie zog den Duft konzentriert und lange in sich ein, und ihr Herz schien dabei einen Extraschlag zu machen. »Zitronenmelisse, Wacholderbeeren, Birkenblätter und Kiefernnadeln«, flüsterte sie.

Elseby durchbohrte sie mit ihrem scharfen Blick. »Alles Pflanzen, die beruhigen«, sagte sie, ohne den Blick abzuwenden.

»Sind alle Schachteln unterschiedlich?« Anne richtete sich auf.

»Jede enthält eine ganz besondere Mischung. Wie ist es mit dieser?« Elseby hielt ihr eine weitere Schachtel unter die Nase.

Anne stand lange ganz still da und schnupperte. Dann sagte sie voller Überzeugung: »Minze, Himmelsschlüssel, Fliederblüten, Lavendel und … Sonnentau.«

Elseby nahm noch eine Schachtel. »Und hier?«

Anne schloss die Augen. »Brennnessel, Eschenblätter, Steinklee und Tausendgüldenkraut.«

»Aber was ist hiermit?« Elseby ging weiter zum Tisch. Dort stand eine Schachtel, die schöner war als alle anderen, denn der Deckel war mit Schnitzwerk verziert. Es waren so schöne Schnitzereien wie auf den großen Kampfertruhen auf Mustad. Elseby hielt sie ihr hin.

Anne nahm die Schachtel vorsichtig entgegen und öffnete den Deckel, so behutsam sie konnte. Ihre Hände zitterten. Was, wenn Karen sie jetzt hätte sehen könnte? Vor ihr lag ein See aus dunkelvioletten Blütenblättern. Sie sog den süßen Duft ein. »Hundsveilchen«, flüsterte sie und hörte selbst, wie sehr ihre Stimme zitterte. Sie hatte die schönen kleinen Blumen schon so oft gepflückt, im zeitigen Frühling, ehe die Kühe auf die Weide getrieben wurden.

»Märzveilchen«, korrigierte Elseby. Ihre großen schwarzen Augen leuchteten auf. »Märzveilchen sind dunkler in der Färbung, und sie duften süßer. Hast du sie nicht im Wald gesehen, im Schatten unter großen Laubbäumen?«

Anne schüttelte den Kopf.

Elseby wollte noch mehr sagen, unterbrach sich dann jedoch. Sie ging zur Querwand, wo Krüge und Rindenschachteln untergebracht waren.

»Was ist in den Krügen?« Anne konnte diese Frage nicht unterdrücken, hier war einfach alles zu spannend.

»Salben«, sagte Elseby und hob einen Krug hoch. »Dieser enthält eine Salbe aus Ringelblumen und Stiefmütterchen. Streck mal die Hände aus.« Dann öffnete sie den Krug und trug vorsichtig die Salbe auf Annes rote, rissige Hände auf. Die Hände rochen noch vom Vortag nach Wacholder. Sie wurden jetzt weich und glatt. Anne musterte sie. Keine Stadthände, sondern schöne Hände.

Elseby öffnete immer neue Krüge und Schachteln. Dann bückte sie sich plötzlich und nahm zwei Flaschen aus einem Schrank. »Johanniskraut in Alkohol«, sagte sie ernst. »Und Safran in Cognac.« Sie zog die Korken heraus und ließ Anne riechen.

Anne schloss die Augen, während sie den starken Geruch in sich einsog. Dann merkte sie, dass vor ihren Augen plötzlich alles grau und trübe wurde. Sie hob beschützend eine Hand an ihre Brust. Das Licht wurde klarer und schärfer, und für einen Moment sah sie dunkelbraune Regale mit Flaschen in einem so prachtvollen Raum, dass es ihr fast den Atem verschlug. Sie riss sich zusammen, öffnete die Augen und versuchte sich zu konzentrieren. Der gelbe Cognac roch süß und scharf zugleich, so wie der Fremde am Vorabend. Der rote Schnaps stank grauenhaft. Sie hustete und riss sich zusammen. Elseby sollte doch nicht sehen, dass sie sich in ihren Gedanken und Phantasien verlor. »Safran ist gelb, das weiß ich, aber ich hätte nicht gedacht, dass die Blüten des Johanniskrauts rot sind.«

»Das sind sie auch nicht«, sagte Elseby lächelnd. »Die Blüten des Johanniskrauts sind gelbgolden, aber nach zwei Wochen in Alkohol werden sie rot und zur besten Medizin.« Sie füllte einen silberfarbenen Fingerhut. »Probier mal.«

Anne leerte den Fingerhut auf einen Zug. Sie hatte Vertrauen zu der weisen Frau. Aber es war so schrecklich stark und scharf und bitter, dass sie nicht verbergen konnte, wie furchtbar es schmeckte. Sie hob ihre salbenduftenden Hände an den Mund und hustete.

Elseby lachte so sehr, dass die ganze Flasche zitterte. Dann stopfte sie den Korken wieder hinein und stellte die Flasche zurück in den dunklen Schrank. »Wenn du krank wärst, würdest du mir bestimmt für jeden einzelnen Tropfen danken.« Plötzlich richtete Elseby einen Blick auf Anne, der dieser durch Mark und Bein ging. Die dunklen Augen wurden schmal. »Als ich klein war«, sagte sie und verzog dabei das Gesicht, »konnte ich Düfte und Farben wahrnehmen, die niemand anders roch oder sah. Und ich glaube, genauso geht es dir auch, Anne. Auch du kannst Dinge sehen, die anderen verborgen bleiben.«

Wie meinte Elseby das? Anne wurde unsicher, sie presste die weichen Hände gegeneinander. Vielleicht dachte sie an damals, als Didrik sich im Wald verlaufen hatte und sie ihn fand, während alle anderen an der falschen Stelle suchten? Oder meinte Elseby vielleicht damals, als Anne lange vor allen anderen sicher gewesen war, dass das Fohlen auf Mustad kommen würde, und es gewagt hatte, Frau Mustad Bescheid zu sagen, so dass das Fohlen gerettet werden konnte? Oder dass ihr ein Zeichen gegeben worden war, dass ihr Großvater, der Soldat und Kätner Didrik Monsen, plötzlich krank geworden war und zu Hause auf Hørstad im Sterben lag? Oder dass sie immer lange vor allen anderen wusste, dass der Vater jetzt aus dem Wald nach Hause kam? Oder vielleicht, dass sie Ole gesehen und mit ihm gesprochen hatte, nachdem er von ihnen gegangen war? Nein, das alles konnte Elseby nicht wissen. Denn sie hatte mit keiner Menschenseele jemals darüber gesprochen. Dieses Seltsame, Unerklärliche brachte sie ja gerade dazu, sich vor allen anderen zu verschließen, denn niemand würde es verstehen. Jedenfalls bisher nicht. Plötzlich schaute sie zu Elseby hoch. War sie deshalb gekommen? Hatte sie um ihrer selbst willen den langen Weg nach Biri auf sich genommen?

»Das hat mir Angst gemacht«, sagte Elseby und starrte durch das Fenster in den eisblauen Winterhimmel. »Ich habe mich deshalb anders gefühlt. Das, was mir am Herzen lag, war falsch. Ja, vielleicht sogar sündhaft. Und deshalb habe ich mich geschämt, weil ich eben so war. Deshalb habe ich es vor allen versteckt. Bis dann eines Tages …«

Anne bemerkte Johannes erst, als er die Tür hinter sich zuzog und einen Armvoll Holz vor der Feuerstätte fallenließ. Elseby durfte jetzt jedoch nicht aufhören zu erzählen, auch wenn er zurück war. »Bis dann eines Tages …«, wiederholte Anne eifrig, um sie zum Weiterreden zu bewegen.

»Bis mir dann eines Tages jemand begegnet ist und

mir gesagt hat, dass ich in meinem Herzen eine Gabe trage und dass ich die Fähigkeit habe, kranken und leidenden Menschen zu helfen.«

Plötzlich lächelte Elseby, ein warmes, strahlendes Lächeln. »Es wird vielleicht Zeit für den Heimweg, Anne? Damit du dich um dein Schwesterchen kümmern kannst. Dann wirst du schon sehen, dass sie im Sommer wieder gesund wird.«

Nun schrie das Kind in der Wiege los, und Elseby ging hinüber und hob es hoch. »Er heißt Peder«, sagte sie. »Und in dem Bett da drüben schlafen Agnet und Ole. Das sind meine Kinder.«

Anne wurde es plötzlich heiß im Kopf. Ihr wurde fast schwindlig. Elseby sollte mehr erzählen, niemals damit aufhören. Aber jetzt musste sie ihre Bitte vortragen. Es eilte! Und vielleicht würde Frau Mustad sehen, wenn Elseby erst Hans' Wunde geheilt hatte, was die weise Frau konnte, und dann würde Anne sie auch zu Kirstine holen können. Sie schluckte einige Male. »Es ist noch etwas.« Sie redete jetzt schnell. Sie war so benommen von allem hier in der Stube. »Hans auf Sæter hat sich im Wald verletzt. Er hat eine Wunde am Bein, die nicht heilen will.«

Elseby setzte sich und fragte ruhig: »Hans auf Sæter?«

»Ja, und wenn er nicht gesund wird, muss sein Sohn Jon, mein Freund, wie ein Erwachsener im Wald arbeiten. Er ist erst fünfzehn. Wir sollen im Frühjahr konfirmiert werden.« Wieder brannten ihre Augen. »Und nur wer konfirmiert ist, darf Land kaufen und heiraten.«

Das mit Jon hatte sie überhaupt nicht sagen wollen, aber hier in diesem Haus ließ sich offenbar überhaupt nichts verheimlichen. Dann hob sie den Kopf und fragte: »Kannst du mit mir nach Sæter kommen?«

Elseby ging ruhig an den Regalen entlang. Sie schien zu überlegen, welche Schachteln sie mitnehmen sollte. Dann legte sie die Hand auf eine, zog sie hervor, dachte nach und schob sie wieder zurück. Am Ende verstaute sie sorgsam drei Schachteln in einer Reisetruhe, die auf dem Tisch stand.

Anne nahm abermals ihren ganzen Mut zusammen und flüsterte: »Ich glaube nicht, dass sie dich bezahlen können. Sie haben kein Geld.«

»Ich will keine Bezahlung«, sagte Elseby und band das schwarze Kopftuch unter ihrem Kinn. »Ich bin nur die Gehilfin einer höheren Macht. Aber du kannst etwas für mich tun.«

»Was denn?«, fragte Anne ängstlich.

Elseby hatte sich auf den Stuhl gesetzt und hielt die Reisetruhe auf ihrem schwarzen Schoß. Jetzt sah sie so düster und beängstigend aus wie damals im Wald. Annes Brust schnürte sich zusammen, und sie konnte kaum atmen. Was konnte Elseby von ihr verlangen?

5

Auf Sæter war es dunkel.

Anne öffnete vorsichtig die Tür. Blieb ganz still stehen. So hatte sie Jons Stube noch nie gesehen. Offenbar waren die Holzwände schon lange nicht mehr von Ruß und Schmutz befreit worden. Ungewaschene Wolle lag als dicker Klumpen auf der Bank. Es roch bitter und ranzig. Anne hob die Hände an den Mund, doch dann fiel ihr Blick auf den Tisch. Es war nicht schwer, zu sehen, was jetzt hier im Haus gegessen wurde. Sie sah für einen Moment vor sich, wie alle Rinde sammelten, Wurzeln, Blätter und Laub, ehe der erste Schnee fiel, Ingunn und die Jungen. Hier ging es nicht besser zu als zu Hause bei ihr oder in irgendeiner anderen Kätnerhütte, die sie kannte. Alles, was essbar war, wurde in der Mühle gemahlen und verzehrt. Sogar Eicheln von dem alten Baum draußen, ihrem und Jons Baum, hatten sie zu Mehl zermahlen. Sie seufzte. Der Sommer war so kalt gewesen, und Schnee und Kälte waren so früh im Herbst gekommen, dass das Getreide nicht reif geworden war. Sie hatten einen Teil bergen können, während es noch grün war, der Rest aber war draußen am Halm verfault.

Plötzlich sah sie die Stube mit Karens Augen. Diesen elenden Kätnertisch neben dem festlich gedeckten Tisch im Festsaal des Gutshofes. Sie sah den Friedhof mit den vielen toten Kindern. Schwielige Arbeitshände. Finger, die bei der gefährlichen Arbeit brachen. Dienstmädchen mit viel zu dünnen Kleidern und Stiefeln. Müde Kätnerfrauen mit langem Heimweg nach dem Dienst. Jon im Wald. Das Herz schien ihr bersten zu wollen. Sie ballte die Fäuste. Dann hörte sie ein leises Räuspern vom Bett her. Unter der Decke lag jemand, der sich bewegte, sich auf den Ellbogen stützte und sie aus trüben Augen ansah. Hans. Hatte er sie nicht erkannt?

»Ich bin's, Anne, Anne von Sevald.« Sie trat ans Bett und lächelte ihn an. »Ich habe Elseby mitgebracht, damit sie sich deine Wunde ansehen kann. Sie wird gleich hier sein. Sie muss nur schnell ihr Pferd an der alten Eiche anbinden.« Sie versuchte, mit fester Stimme zu sprechen, aber das gelang ihr nicht so recht. Es schien unendlich lange her zu sein, dass sie und Jon in die Luft geworfen worden waren, kreischend und glücklich, von dem damals großen, kräftigen Mann. Jetzt sah er unter der Decke so mager aus. Die eingesunkenen Augen unter den buschigen grauen Brauen. Die fahle Haut in dem trüben Licht. Der kranke Körper auf der schmutzigen Strohmatratze voller Ungeziefer. Ihr Magen krampfte sich zusammen. Sie hätte sich übergeben mögen. Dass

Elseby von ihr eine Gegenleistung verlangte, durfte sie auf keinen Fall sagen.

»Wir können nicht bezahlen«, rief er wütend. »Du hättest sie nicht herholen dürfen.«

Anne fuhr herum. Hans war doch immer so fröhlich gewesen, wenn sie nach Jon gefragt hatte. Sie wollte doch nur helfen. Und jetzt trat sich Elseby auf der Treppe draußen den Schnee von den Stiefeln. Er durfte sie nicht wegjagen. Sie schaute aus dem Fenster, als Elseby hereinkam und energisch ihre Reisetruhe auf den Tisch stellte. Die riesige Baumkrone zeichnete sich weiß vor dem dunkelblauen Himmel ab. Sie hielt den Atem an und wartete darauf, dass etwas passierte. Aber Hans blieb still.

Gleich neben der Tür stand ein Eimer Wasser. Das Wasser war zu Eis gefroren. Anne machte Feuer und hängte den Kessel zum Auftauen über die schwachen Flammen. Endlich war Elseby hier. Hans hätte doch erfrieren können, wenn er es nicht einmal schaffte, sich zur Feuerstätte zu schleppen und Holz nachzulegen.

»Ohne Segen keine Heilung, ohne Segen auch kein Schutz. Du musst immer Kraft und Stärke aus dem Heiligen holen. Du kannst niemandem helfen, wenn du ihn nicht segnest, Anne.« Elseby streichelte ihre Schulter, zog ein großes glänzendes Silberkreuz aus der Brusttasche und ging zu Hans. »Komm mit.«

Anne keuchte auf. So war es im Wald nicht gewesen, als Elseby Breitwegerichblätter auf ihre Wunden gelegt hatte. Vielleicht hatte Karen doch nicht ganz unrecht? Sie hatte jedenfalls recht damit, dass vieles ungerecht war. Aber geheimnisvolle Gebete und magische Vorkehrungen, daran hatte sie nicht geglaubt, bisher nicht. Und jetzt war es zu spät, um ihre Tat zu bereuen. Sie ließ den Eimer hängen und ging zu Elseby.

Elseby hielt das Kreuz über die aschgraue Stirn und sprach ein unerträglich langes Gebet. Es war noch dazu ziemlich unverständlich und ganz anders als alles, was Anne aus der Kirche kannte. Ihre Hände prickelten. Anne hätte sie jetzt eigentlich falten müssen, aber das gelang ihr einfach nicht. Endlich endete Elseby: »Im Namen des Vaters und des Sohnes und des Heiligen Geistes, amen.«

Anne atmete erleichtert auf, doch dann fing Elseby wieder an zu murmeln. Nicht weniger als dreimal hintereinander wiederholte sie den letzten Satz. Als sie endlich fertig war, steckte sie das Kreuz wieder in ihre schwarze Brusttasche. Was Hans jetzt wohl dachte? Anne schaute ängstlich zu ihm hinüber. Aber das mürrische Gesicht sah plötzlich friedlich aus, und die bleichen Wangen hatten wohl auch ein wenig Farbe bekommen. Das hier war sicher fast so gut wie der Pastor.

»Halte das Bein so fest, wie du nur kannst, Anne.«

Sie hielt das Bein mit beiden Händen, während Elseby die Hose hochschob und versuchte, den blutigen Lappen zu entfernen, der um den Fuß gewickelt worden war. Hans war jedoch stark. Er zitterte und spannte jeden Muskel in seinem Leib an und schrie durch die zusammengebissenen Zähne. Die Füße stemmten sich gegen die Wand.

»Das wurde aber auch Zeit, dass jemand nach dir sieht, Hans. Sei froh, dass Anne mich geholt hat. Das hier ist schlimm. Ich weiß ja nicht, wie lange du es ohne Hilfe ausgehalten hättest.« Elseby musterte den Teil der Wunde, der jetzt zu sehen war. »Hast du eine Kerze, damit ich besser sehen kann?«

Hans schüttelte den Kopf. Seine dunklen Augen waren blutunterlaufen. Der Schweiß lief ihm übers Gesicht und in sein graues Hemd.

»Sieh mal unten in der Truhe nach, Anne«, befahl Elseby.

Anne schob die Hand in die Truhe, zog sie aber sofort zurück, als ob sie sich verbrannt hätte. Unten in der Truhe lag ein schwarzes Buch. Sie zitterte am ganzen Leib.

»Davor brauchst du keine Angst zu haben«, rief Elseby ihr zu. »Da habe ich meine besten Kräuterrezepte aufgeschrieben. Bring schon die Kerze.«

Anne griff noch einmal in die Truhe, zog die Kerze heraus und zündete sie an der Feuerstätte an. Sie zitterte noch immer an den Händen. Standen in dem Buch wirklich nur heilsame Rezepte? Sie hatte schon von solchen Büchern gehört. Dass sie schwarze Seiten hätten. Dass die Seiten mit Blut beschrieben seien.

Dass Unkundige, die im Buch lasen, den Leibhaftigen herbeirufen könnten ... »Au!« Sie hatte sich an der Kerze verbrannt.

»Halte sie für mich hoch«, sagte Elseby ungeduldig.

Anne lief zum Bett, hielt die Kerze über den Fuß, wie Elseby es befohlen hatte. Sie schluckte mehrere Male. Obwohl sie sich jetzt an den Gestank in der Hütte gewöhnt hatte, war der hier schlimmer. Es roch faulig. Blut und gelber Eiter klebten an dem Lappen.

Elseby machte ihn vorsichtig nass und löste mit geschickten Fingern den letzten Zipfel, der noch an der Wunde geklebt hatte. Darunter war die Wunde, groß und tief. »Wir brauchen die Schachtel mit dem Mädesüß«, erklärte sie.

Ohne zu fragen, nahm Anne die Schachtel aus der Truhe. Vermied die Berührung mit dem Buch. Aber sie durfte jetzt keine Angst haben. Schließlich hatte sie Elseby hergeholt. Und die Schachtel mit dem Mädesüß war nicht schwer zu finden. Mädesüß duftete wie frischgemähtes Heu. Da konnte sie sich unmöglich irren.

Elseby nickte zufrieden und kam zu ihr herüber. »Es wäre natürlich noch besser, wenn Sommer wäre und das Mädesüß frisch, denn dann könnten wir es zerstoßen und einen kalten Umschlag machen. Aber wir machen es jetzt eben anders. Wir nehmen einen warmen Umschlag.« Sie zog ein kleines Sieb aus der Truhe und hängte es über den Kessel mit dem heißen

Wasser, schüttete die getrockneten Mädesüßblüten hinein und legte den Deckel darüber.

Anne sammelte die Fetzen auf, mit denen die Wunde umwickelt gewesen war, und warf sie ins Feuer. Die Flammen loderten auf, und als sie sich umdrehte, stand plötzlich Ingunn in der Tür, bleich und verhärmt im Gesicht, neben sich Martin, den Kleinsten.

Anne hatte kein Geräusch gehört, nicht die geringste Vorwarnung. Sie schaute zu Martin hinüber, der sich kaum auf den Beinen halten konnte, der Sechsjährige, und seine Haut war mindestens so fahl wie die seines Vaters. Aber als er Anne sah, ließ er die Hand seiner Mutter los und stürzte auf sie zu.

»Anne«, sagte er und schlang ihr die Arme um den Leib. Sie hatte ihn einige Male mit Jon zusammen gehütet. Es war ein lieber und empfindsamer kleiner Junge. Er erinnerte sie an Ole, wie alle empfindsamen kleinen Jungen. Sie drückte ihn an sich und setzte sich neben ihm auf die Bank.

»Anne hat mich geholt, damit ich mich um Hans kümmere«, sagte Elseby ruhig zu Ingunn. »Aber jetzt sehe ich, dass auch dein Junge Hilfe brauchen könnte. Wir werden ja sehen, welche Art Schwachsucht ihn plagt.« Sie zeigte auf die Bank, dann drehte sie sich zu Anne um und sagte: »Ich brauche den roten Wollfaden.«

Anne holte den roten Wollfaden aus der Truhe. Dass Ingunn nichts sagte, war ein schlechtes Zeichen.

Sie befürchtete wohl dasselbe wie Annes Eltern. Sie schaute vorsichtig zu Ingunn hinüber. Die saß ganz still und bleich da, mit Martin auf dem Schoß, neben dem Wollklumpen. Was, wenn Ingunn der Mutter alles erzählte? Aber was half es jetzt, Angst zu haben? Sie musste das hier für Jon tun. Das würde Ingunn sicher verstehen. Sie wollte doch wohl auch nur das Beste für ihren Sohn.

Sie reichte Elseby den roten Wollfaden. Aber Elseby wies nur gebieterisch auf sie. »Das kannst du machen, Anne.«

Anne zögerte. Sie trat einige Schritte zurück, doch Elseby hielt sie mit ihrem Blick fest. Demselben Blick wie draußen im Wald und eben erst vor der Feuerstätte. Mit den starken, kraftvollen Augen.

»Du misst vom Ellbogen bis zu den Fingerspitzen«, sagte die weise Frau, ohne den Blick abzuwenden.

Anne blieb stehen und schüttelte den Kopf, aber als Ingunn auf Elsebys Befehl Martin das Hemd ausgezogen hatte und sie selbst sah, wie der magere kleine Körper bebte, legte sie das eine Ende des Wollfadens auf seinen Ellbogen und zog den Faden rasch zu den Fingerspitzen weiter.

»Noch einmal«, befahl Elseby.

Sie machte es ein weiteres Mal. Zog den roten Wollfaden vom Ellbogen bis zu den Fingerspitzen.

»War es jetzt dieselbe Länge?«

Sie nickte. »Ja, die war genau gleich.«

»Noch einmal.«

»Noch einmal?« Sie hoffte, dass Elseby nicht sah, wie ihre Hände zitterten.

»Ja, immer dreimal. Du weißt doch, dass Drei eine magische Zahl ist, eine glückbringende Zahl?«

Anne schüttelte den Kopf. Im Grunde wusste sie es doch, denn oft wiederholte sie etwas dreimal, ohne zu wissen, warum. Es kam ihr eben richtig vor.

»Hm«, sagte Elseby. »War es jetzt genauso lang?«

»Nein, diesmal war es kürzer.« Sie wusste nicht, ob sie ganz richtig gemessen hatte, denn sie hatte sich vielleicht nicht gut genug konzentriert, während Elseby gesprochen hatte. Aber es kam ihr kürzer vor. Und sie wagte auf keinen Fall, es ein viertes Mal zu versuchen. Das würde die Magie vielleicht zerstören.

»Das ist nicht so gut.« Elseby legte ihm die Hände auf die Brust. »Hier tut es weh, nicht wahr?«

Martin nickte, seine Zähne klapperten in dem kleinen Mund, und Ingunn fragte, ob er das Hemd nicht bald wieder anziehen dürfe.

»Mach den Kräutertrank bereit, Anne«, sagte Elseby und hielt ihre Hände noch immer auf Martins Brust.

Anne sah Elseby für einen Moment unsicher an.

»Es ist die kleinste Schachtel.«

Kiefernnadeln, Lungenkraut, Thymian, Gundelrebe, Ampferknöterich, Märzveilchen, Lindenblüten, Salbei, Huflattich und Schafgarbe. Der ganze Sommer war in dieser kleinen Schachtel eingefangen. Anne goss das heiße Wasser über die Tasse mit den getrockneten Pflanzen und legte danach einige Holzscheite in die Feuerstätte. Vom Frieren würde der Junge schließlich nicht gesund werden. Sie dachte daran, wie oft sie auf Beerensuche durch den Wald gegangen war, während Jon seinen kleinen Bruder auf den Schultern getragen hatte. Martin war immer so fröhlich gewesen. Sie auch. Manchmal hatten sie drüben bei der alten Eiche mit ihm gespielt. Im Schutz des hohen Baumes hatten sie Kühe aus Tannenzapfen gebastelt. Sie hatte dünne Zweige gepflückt und in kleine Stücke geschnitten, und Martin hatte sie in die Tannenzapfen geschoben, so dass sie aussahen wie vier Beine. Aber für Jon waren die Tannenzapfen nicht genug. Er baute aus Zweigen, Steinen und Tannenzapfen einen Gutshof mit mehreren Häusern und Zäunen, und sie hatte gedacht, dass er hier seinen Traum abbildete. Sie hatte Kiefernzapfen geholt, und aus denen waren Schafe und Schweine geworden. Und eines Tages hatte sie auf dem Weg nach Sæter Schwarzerlenzapfen gefunden, und Martin hatte Hühner, Katzen und andere kleine Tiere angefertigt, die auf dem Hof des großen Bruders wohnen sollten. Wenn Hans nur gesund würde, dann könnte Jon weiter von seinem Hof träumen.

Wieder zog Elseby das Kreuz aus der Brusttasche. Sie wiederholte den Segen dreimal über der kleinen bleichen Stirn. Dann erklärte sie: »Es ist so weit,

Anne«, und sie zog sich zum Hocker bei der Feuerstätte zurück.

Anne setzte sich neben Martin und ließ ihn aus der Tasse mit dem Kräutertrank trinken. Er hatte Ähnlichkeit mit seinem großen Bruder. Liebe braune Augen. Dunkle struppige Haare. Sie fuhr ihm durch den Schopf und spürte, wie gut ihr das tat. »Das wird dir helfen, Martin.« Dann warf sie einen ängstlichen Blick hinüber zu Ingunn. »Ich wollte sie nur zu Hans holen«, flüsterte sie und spürte, wie sich ihre Augen mit Tränen füllten. »Jon hat mir gesagt, dass er krank ist. Ich wusste nicht, dass es auch Martin schlechtgeht.«

Ingunn lächelte sie an, ihre Augen waren sanft. »Nicht weinen, Anne. Ich weiß ja, dass du es nur gut meinst.« Dann griff sie nach Annes Händen. »Ich habe ja nur Jungs, weißt du. Sie sind auch alle vier wunderbar, aber du warst immer schon meine Kleine.«

Sie spürte, wie Ingunns Worte sie wärmten. Ingunn sah sie an. Das hatte sie immer schon getan. Sie wischte sich die Augen mit dem Ärmel. »Ich habe auch getrocknete Pflanzen für Kirstine bekommen. Sie ist schon den ganzen Winter krank.«

»Wenn ich nur etwas tun könnte, um deiner Mutter zu helfen«, flüsterte Ingunn und deckte Martin mit ihrem Schultertuch zu.

»Mutter fragt sich sicher, wo ich bleibe.« Anne wurde plötzlich unruhig. Was würde die Mutter sagen, wenn Karen ohne sie nach Hause käme? Wenn nur

Karen ihr Versprechen gehalten hatte? Das hier durfte Frau Mustad niemals erfahren.

Ingunn streichelte ihre Hand, als ob sie ihre Gedanken erraten hätte. Dann legte sie Martin, der auf ihrem Schoß eingeschlafen war, auf die Wolldecke und stand auf, um nach ihrem Mann zu sehen.

Elseby nahm das Sieb vom Kessel. Das Mädesüß war zu einem weichen, warmen Brei geworden, den sie auf einem sauberen Leintuch verteilte. Dann faltete sie das Tuch sorgfältig zusammen. »Jetzt kannst du den Umschlag vorsichtig auf die Wunde legen, Anne.«

Anne stand auf und ging zu Elseby hinüber. Fast wie bei einem Ritual überreichte Elseby ihr das Tuch. Es kam Anne jedenfalls sehr feierlich vor.

Der Umschlag war warm. Sie trug ihn vorsichtig zum Bett, legte ihn behutsam auf die Wunde und befestigte das Leintuch, wie Elseby es ihr gesagt hatte. Nur ein einziges Mal wimmerte Hans unter ihren Händen. Das war es, wofür sie gekämpft hatte. Und jetzt war es vollbracht. Sie breitete die Wolldecke über das verletzte Bein aus. Sie wusste nicht, warum Elseby sie um ihre Hilfe gebeten hatte, aber sie wusste, dass es ihr gefallen hatte. Dass es ihr richtig vorkam, richtiger, als auf Mustad Fußböden zu scheuern.

»Jetzt kannst du einen Schnaps trinken, Hans, und dann schläfst du gut.« Elseby beugte sich über ihn und reichte ihm einen kleinen Becher. »Der Umschlag muss bis morgen liegen bleiben. Er zieht den Eiter aus der Wunde und kühlt. Du brauchst dir keine Sorgen zu machen, Ingunn. Der Umschlag wird die Wunde und deinen Mann heilen. Er wird wieder gesund. Und dein Junge auch.«

»Danke«, sagte Ingunn, während Elseby ihr Kopftuch umband und sich zum Gehen bereit machte. »Wir würden dir so gern etwas geben.«

Elseby schüttelte energisch den Kopf.

Wovor hatte sie solche Angst gehabt?, überlegte Anne. Das hier war überhaupt nicht geheimnisvoll gewesen, vielleicht abgesehen von dem Kreuz und den Gebeten. Aber ansonsten …

»Wer ist das?« Ingunn richtete sich plötzlich auf. »Ich glaube, ich habe draußen etwas gehört. Kommen da Jon und die Zwillinge vom Gut zurück?«

»Da kommt die Herrin von Mustad«, sagte Elseby, ohne aus dem Fenster zu schauen.

»Frau Mustad.« Anne keuchte auf. Das konnte doch nicht wahr sein. Sie wich zurück, stellte sich neben Ingunn hinter die Schlafbank und schlug die Hände vors Gesicht. Elseby musste sich geirrt haben.

Plötzlich wurde die Tür geöffnet, und ein kalter Wind füllte die Stube.

Anne kniff die Augen zusammen. Alles wurde grau, so grau, dass sie nichts mehr sehen konnte. Aber als sie die Augen wieder öffnete, war alles klar und deutlich. Mitten im Raum verharrte Elseby in ihrem weiten schwarzen Kleid und ihrem schwarzen Kopftuch, und vor ihr stand Frau Mustad, gekleidet wie zum Sonntagsgottesdienst, in einen warmen Pelzmantel und einen großen weichen Pelzhut. Anne schaute sich verzweifelt um. Nur Martins Röcheln und das Bimmeln der Glöckchen am Geschirr des Pferdes waren zu hören. Sie schob ihre schweißnasse Hand in die von Ingunns und schaute hinüber zu Hans, der bewegungslos unter der Wolldecke lag. Wenn nur Martin aufwachen und schreien könnte, schrill und laut, um das Schweigen zu brechen.

»Ich habe gehört, dass es hier auf Sæter Krankheit gibt.« Frau Mustads Stimme klang ganz ruhig. Sie ging zum Tisch und stellte einen großen Korb mit Lebensmitteln neben Elsebys Reisetruhe. Der Duft von Würsten und Schinken, Butter und Käse und frischgebackenem Fladenbrot füllte die Stube.

Elseby trat neben Frau Mustad. Gelassen sammelte sie Kräuter, Sieb, Kreuz und den roten Faden ein und verstaute alles in ihrer Truhe. Die beiden standen so dicht nebeneinander, dass ihre Kleider einander streiften.

»Frau Mustad«, sagte Elseby. »Wir haben uns lange nicht gesehen.«

Ein Holzscheit kippte in der Feuerstätte um, und die Flammen loderten auf und ließen Frau Mustads Augen aufleuchten. Sie waren dunkel, fast schwarz. »Wer hat das hier erlaubt?«

»Ich bin meine eigene Herrin«, erwiderte Elseby.

»Ich will dich nie wiedersehen, weder hier noch in irgendeiner anderen Kate auf Mustad.« Frau Mustads Stimme zitterte.

In der Feuerstätte knisterte es, und aus dem Kessel, wo die getrockneten Kräuter warm geworden waren, stieg ein starker süßlicher Duft auf und vermischte sich mit dem der Lebensmittel. Wenn ich nur zwischen die beiden treten und alles erklären könnte, dachte Anne. Dann hörte sie, wie die Tür zuglitt, und Elseby war verschwunden.

Ingunn brach das Schweigen als Erste. »Wir sind so dankbar, Frau Mustad.« Sie versank in einen tiefen Knicks.

Martin war jetzt auch aufgewacht und starrte mit großen fragenden Augen zu Frau Mustad hinüber. Hans hatte sich im Bett aufgerichtet, stützte sich auf die Ellbogen und nickte höflich. Nur Anne stand bewegungslos da und wartete darauf, ebenfalls aus dem Haus gewiesen zu werden. Frau Mustad hatte sicher begriffen, wie hier alles zusammenhing.

»Wir werden euch natürlich helfen«, sagte Frau Mustad mit festerer Stimme. Dann schwieg sie lange, schien sich zu sammeln. »Aber Herr Mustad wird Jon auch noch im Wald brauchen, wenn Hans wieder gesund ist.«

Was hatte Frau Mustad da gesagt? Anne unterdrückte einen Schrei. *Das war also die Strafe.* Sie hätte laut rufen mögen, wie ungerecht das war. Alles, was hier im Haus geschehen war, war durch die gute Kraft ermöglicht worden, eine höhere Macht, die den Menschen wohlwollte, und Elseby war eine Dienerin dieser Kraft. Aber sie fand nicht den Mut, auch nur ein einziges Wort zu sagen. Sie hatte Frau Mustad verraten, und nun verriet Frau Mustad sie. Jetzt wartete wohl auch eine Strafe auf Sevald.

Frau Mustad raffte mit einer ruhigen Bewegung ihre Röcke und ging auf die Tür zu. Dort legte sie ihre behandschuhte Hand auf die Klinke und drehte sich langsam um. »Anne.«

Anne richtete sich auf, sie spürte, dass ihre Beine zitterten wie das trockene Laub im Herbst. »Ja, Frau Mustad.«

»Du kannst jetzt nach Sevald gehen. Ich will allein mit Ingunn und Hans reden.«

Anne nahm ihr Schultertuch von der Bank und lief zur Tür.

»Ich hatte mich auf dich verlassen, Anne.« Frau Mustad wandte ihr Gesicht ab. »Geh jetzt.«

Bei der Eiche sank sie in sich zusammen, lehnte den Kopf an den alten Stamm und schluchzte auf. Karen hatte in einem Punkt recht. Es gab keine Gerechtigkeit auf der Welt. Aber es gab gute Kräfte. Im tiefsten Herzen aller Menschen. Doch diejenigen, die Angst hatten, begriffen das nicht. Frau Mustad hatte Angst.

Und sie brachte andere dazu, ebenfalls Angst zu haben und nicht mehr zu glauben. Die Eltern. Ingunn und Hans. Karen. Jon. Anne würde nie aufhören, an die guten Kräfte zu glauben. Niemals. Sie bohrte die Hände in den Schnee.

Plötzlich spürte sie eine Hand auf ihrer Schulter. »Anne, was ist denn passiert?«

»Jon.« Sie hob den Blick. Sein schwarzer Schopf lugte wie immer unter seiner Mütze hervor. Er trug die dicke Friesjoppe seines Vaters, die er im Wald benutzte, und über seiner Schulter lag eine Axt.

»Ist es wegen Vater? Ist mit Vater etwas passiert? Steht deshalb der Schlitten da?« Jon drehte sich um und lief auf die Kate zu.

»Nein, Jon«, rief sie hinter ihm her. »Elseby war hier und hat deinem Vater und Martin geholfen. Und dann kam Frau Mustad. Sie war nicht gnädig. Sie ist immer noch drinnen.«

»Elseby?« Er fuhr herum und kam zu ihr zurück. »Hast du wirklich Ernst gemacht mit dem, was du gesagt hast?«

Sie nickte.

»Was hat Frau Mustad dazu gesagt?«

»Sie hat gesagt, dass sie dich weiterhin im Wald brauchen werden.«

Er ging vor ihr in die Hocke. Vor ihr und der Eiche, die ihr Treffpunkt war. Ihr geheimer Treffpunkt. Wo sie einander einmal versprochen hatten …

»Was hast du getan?«, fragte er.

»Ich wollte nur helfen, Jon.«

»Du hast uns alle in Gefahr gebracht, Anne. Hättest du mich nicht einfach im Wald arbeiten lassen können, bis Vater wieder gesund ist?«

»Hans wäre nicht wieder gesund geworden, Jon. Die Wunde war zu stark entzündet. Das hat Elseby gesagt.«

Jon schleuderte die Axt nach der Eiche, machte auf dem Absatz kehrt und lief den Hang hinab.

Anne erhob sich, raffte ihr Kleid und rannte hinter ihm her durch den Harschschnee. Auf das blaue Licht zu. »Warte, Jon!«

»Aus uns beiden kann jetzt nichts mehr werden. Das ist dir doch klar«, rief er ihr zu. Er blieb stehen und hielt sich an den verschneiten Baumstämmen fest, die am Waldrand aufgestapelt waren. Sie hatte ihn noch nie so erlebt. So entschieden, so gebieterisch, fast wie ein erwachsener Mann. Dann sank er in sich zusammen. Tränen liefen über seine kalten Wangen, und Frostrauch quoll ihm aus dem Mund. »Jetzt werde ich niemals konfirmiert.«

»Jon«, rief sie. »Frau Mustad wird einsehen, dass das so nicht geht. Sowie Hans wieder arbeiten kann, kannst du beim Pastor Unterricht nehmen. Das weiß ich.« Sie wollte noch sagen, dass sie ihre Konfirmation auch aufschieben könnte, dass es doch keine Rolle spielte, wenn sie wartete. Aber sie brachte das nicht über die Lippen. Vielleicht sollten sie und er ja gar nicht für immer zusammen sein? Vielleicht hatte ihr Traum ihr das zeigen wollen? Der Traum, aus dem sie am Vortag erwacht war, der Traum, der ihr so wirklich vorgekommen war und sie mit einer neuen und unbekannten Sehnsucht erfüllt hatte. Vielleicht würde nach diesem Tag alles anders werden? Für Jon und für sie?

John drehte sich um, und ohne ein Wort ließ er sie stehen, ging zurück nach Sæter, durch den tiefen Schnee.

Sie ließ seinen Rücken nicht aus den Augen, bis er hinter einer hohen Schneewehe verschwunden war. Dann stand sie allein da, bis zu den Knien im Schnee. Nur Jons leere Fußspuren waren noch auf dem verschneiten Feld zu sehen. Um sie herum waren weiße Flächen und dahinter weißgekleidete Bäume. Der Wind wehte und zerrte an ihr. Sie war so sicher, dass sie das Richtige getan hatte, und deshalb stand sie fest da, egal, wie stark der Wind wurde. Elseby hatte Hans geheilt. Würste und frischgebackenes Fladenbrot hätten das nicht gekonnt, egal, wie hungrig alle auf Sæter auch waren. Und diese Überzeugung, dass sie das Richtige getan hatte, machte sie stark. Sie hätte Elseby so gern gedankt, aber nach Biri konnte sie nie wieder gehen, das war ihr klar, wenn ihre Familie auf Sevald bleiben wollte.

Sie hob das Gesicht zum Himmel, der von funkelnden Sternen übersät war. Es war so, als ob dieses Seltsame in ihr, das, was sie bisher immer nur als wehe Sehnsucht oder unbegreiflichen Traum wahrgenommen hatte, einer von diesen Sternen wäre. Etwas Klares und Funkelndes. Etwas, das ihr den Weg zeigen könnte.

6

Vardal, Mittsommer 1840

Anne schaute zu Kirstine und der Mutter hinüber, während sie ihre Stiefel zuband. Kirstines Brust hob und senkte sich ruhig. Auch die Mutter atmete regelmäßig. Nichts schien die beiden wecken zu können. Kirstine war im vergangenen Jahr in die Höhe geschossen. Jetzt reichten ihre Zehen fast bis zum Ende des Bettes. Aus ihrem Arbeitskleid war sie plötzlich herausgewachsen, und die Mutter hatte ihr ein von Karen hinterlassenes gegeben. Kirstine war fast schon eine junge Frau. Weiche Formen bekam sie nun auch, selbst wenn sie nach besten Kräften versuchte, sie zu verstecken. Und zum Glück war sie gesund und munter, obwohl sie als kleines Kind so oft krank gewesen war. Aber zum Mittsommertanz durfte sie nicht gehen, sie war ja noch nicht konfirmiert. Kirstine musste an diesem Abend bei der Mutter zu Hause bleiben, während Anne losging.

Sie seufzte. Seit die Brüder in die Gesindestube auf Mustad gezogen waren, war es so leer auf Sevald. Nur sie, die früh aufstehen musste, um zur Arbeit zu gehen. Niemand, der sie anstieß, der sagte, sie müsse sich beeilen, oder bei der Tür ungeduldig auf sie wartete. Es gab so viel, was sie vermisste. Sie vermisste Karen, obwohl sie mit ihr so oft aneinandergeraten war, als sie noch unter einem Dach gelebt hatten. Sie hoffte, dass es ihrer Schwester bei deren Mann gutging. Kinder bekamen sie jedenfalls. Das dritte war schon unterwegs, und alle schienen zu überleben. Am allermeisten jedoch fehlte ihr der Vater. Erst nach seinem Tod war ihr aufgegangen, dass die Erinnerung an ihn sich für immer in ihr eingebrannt hatte. Sein Gesicht. Die Haare. Die Hände. Die Ruhe. Die klugen Augen, die zu ihr herüberschauten. Er war nachts gestorben, als der Polarstern ganz hoch am Himmel stand. Am Morgen war er nicht mehr da gewesen, nur sein Körper lag noch da, wie eine Erinnerung an etwas, das sie einmal beschützt hatte. Natürlicher Tod, stand im Kirchenbuch. *Anders Didriksen, 56 Jahre. Dannebrogträger und Landarbeiter ohne Grundbesitz, verstorben am 17. Januar 1832 auf Sevald.* Der Vater hatte etwas in ihr gesehen, zu dem sie selbst den Weg nicht richtig finden konnte. Das hatte sie so sicher gemacht, so überzeugt davon, dass er etwas von dem wusste, worüber sie sich Gedanken machte, auch ohne dass sie darüber gesprochen hätten. Worte waren zwischen ihnen nicht nötig gewesen. Ein Blick konnte ausreichen, um ihr das Gefühl zu geben, dass er sie verstand. Aber das

Allerwichtigste war vielleicht gewesen, dass er stolz auf sie war, so wie sie war. Obwohl er schon seit acht Jahren tot war, konnte sie sich dabei ertappen, wie sie auf seine Schritte lauschte, auf seine ruhige Stimme, auf die Geräusche aus dem Schuppen. Jetzt fühlte sie sich mit nichts mehr richtig verbunden.

Anne schlich zur Tür und öffnete sie vorsichtig. Draußen zog die Dämmerung herauf. Sie blieb wie immer eine Weile auf der Treppe stehen. Lauschte dem Morgengesang der Vögel, die sich auf den Zweigen versammelt hatten. Offenbar hatte es über Nacht geregnet. Die Luft war frisch und klar. Ein leichter Dunst lag sanft über dem Gras. Sie musste sich jetzt beeilen. Auf Mustad war viel zu tun. Für das große Fest musste alles funkeln. Und danach kam der Tanz. Der Mittsommertanz. Karen würde mit ihrem Mann kommen. Sie freute sich darauf, die Schwester zu sehen, aber es graute ihr auch ein wenig. Wenn die Schwester nur nicht wieder erwähnte, dass Anne noch immer unverheiratet war. Sie war doch nicht die einzige unverheiratete Fünfundzwanzigjährige in Vardal. Sie hob den Blick zum Waldrand. Wenn sich nur der Morgennebel bald lichtete.

Sie stolperte über ein Holzscheit, als sie am Schuppen vorbeiging. Offenbar war es vom Hackklotz gefallen und weitergerollt. Sie versetzte ihm einen Tritt, worauf die alte rostige Sichel umkippte. Sie hob die Sichel wieder auf. Lehnte sie ganz fest an die Wand.

Die Sichel wurde schon seit vielen Jahren nicht mehr benutzt. Nein, jetzt musste sie ihre traurige Stimmung abschütteln und sich auf den Weg machen. Aber sie brachte es einfach nicht über sich. Vielleicht sollte sie lieber zu Hause bleiben? Zu Hause bei der Mutter und Kirstine? Das war fast besser, als zu sehen, wie alle anderen sich amüsierten. Kirstine hatte ihr aus allen Blumen, die auf Sevald wuchsen, einen Kranz geflochten. Ihre kleine Schwester wollte, dass sie zum Tanz ging. Wollte, dass sie froh war. Anne hatte den Kranz dankbar entgegengenommen, hatte ihn sich auf den Kopf gelegt und für Kirstine einige Tanzschritte gemacht. Innerlich aber fühlte sie sich leer, als ob sie nirgendwo mehr hingehörte. Außerdem hatte sie Jon jetzt schon lange nicht mehr gesehen. Zwischen ihnen war etwas Unerklärliches zerbrochen. Er war niemals konfirmiert worden und arbeitete jetzt seit fast zehn Jahren fest im Wald. Wo waren die Jahre geblieben? Sie hatte geglaubt, eine weise Entscheidung zu treffen, als sie ihn auf Distanz gehalten hatte. Sie hatte sich lange an den Gedanken geklammert, dass etwas anderes auf sie wartete als ein Leben mit Jon. Aber jetzt wusste sie es nicht mehr. Dieses Leben hatte sich ihr jedenfalls noch nicht gezeigt. Bei ihren seltenen Begegnungen sprachen sie nie darüber, was auf Sæter geschehen war. Denn was hätten sie sagen sollen? Er würde ja doch nie verstehen, dass sie trotz allem das Gefühl hatte, das, was geschehen war, habe sich gelohnt. Dass sie sich an jenem kalten Tag kurz nach Weihnachten vor zehn Jahren so lebendig gefühlt hatte. So lebendig, dass sie sich noch immer deutlich daran erinnern konnte. An Gerüche, Worte, Menschen, Angst und Zufriedenheit. An jenem Tag hatte sie einen Kampf ausgefochten und gewonnen. Und Hans war danach wieder zu einem der größten und stärksten Arbeiter geworden.

Seither hatte sie sich Frau Mustads Befehlen nie mehr widersetzt. Sie hatte Elseby niemals wiedergesehen. Nur einmal hatte sie versucht, sie zu holen. Das war ein Jahr her, die Mutter hatte viele Tage mit dem Fieber gerungen. Anne hatte Angst gehabt, hatte die Vorstellung nicht ertragen können, die Mutter auch noch zu verlieren. Der Körper der Mutter war verwelkt wie eine Blume, die weder Wasser noch Sonne bekommt. Anne hatte sich auf den langen Weg nach Biri gemacht, war dann aber umgekehrt und hatte beschlossen, die Mutter selbst zu pflegen. Sie wusste noch, was Elseby ihr damals mitgegeben hatte, als Kirstine krank gewesen war. Und obwohl Herbst war und die meisten Pflanzen verfault am Boden lagen, stand der Tüpfelfarn grün und frisch im Wald und schien nur auf sie zu warten. Sie hatte die Pflanze mit der Wurzel ausgerissen und den Stängel vor der Feuerstätte getrocknet, ehe sie ihn mit dem Jagdmesser des Vaters zerhackt hatte. Mehrmals am Tag hatte sie der Mutter geholfen, sich aufzusetzen, und ihr den heißen Absud eingeflößt. Und wenn die Mutter schlief, legte sie ihr die Hand auf die glühend heiße Stirn und betete. Es hatte jedoch gedauert, bis die Mutter die ersten Zeichen der Besserung aufwies, und Anne war absolut davon überzeugt, dass es in der Natur bessere Heilmittel für die Mutter geben musste als Tüpfelfarn. Wenn sie nur gewusst hätte, wonach sie suchen sollte.

Nein, jetzt musste sie wirklich los. Es gab genug zu tun. Die Köchin war mit den Jahren nicht sanfter geworden, und sie würde es gewiss an Frau Mustad weiterreichen, wenn Anne zu spät auf das Gut käme. Frau Mustad hatte sie am Vortag übrigens beiseitegenommen und ihr für den Abend freigegeben. Sie sollte nur bei den Vorbereitungen helfen. *Und dann musst du aufpassen, dass du ja keinen Tanz versäumst.*

Vielleicht machte auch Frau Mustad sich Sorgen, weil Anne keine Verehrer hatte. Offenbar schienen alle darüber nachzudenken. Sie vielleicht weniger als die meisten anderen. Und sie wusste nicht einmal, ob sie überhaupt tanzen wollte. Jon hatte sich schon seit Jahren nicht mehr bei dem Mittsommertanz blicken lassen, den die Familie auf Mustad jedes Jahr für alle, ob hoch- oder niedriggestellt, veranstaltete. Er hatte sie schon lange nicht mehr um die Taille gefasst und sie herumgeschwenkt und sie dabei mit seinen warmen braunen Augen angesehen. Sein Blick hatte jetzt etwas Hartes, etwas, das fast nicht zu ertragen war. Nein, sie war durchaus nicht sicher, ob sie in diesem Jahr überhaupt tanzen würde.

Anne ließ sich auf den Baumstumpf vor dem Schuppen sinken, statt loszulaufen, wie es sonst ihre Art war. Sie hielt Ausschau. Sie war auf allen Seiten von Wald umgeben. Sie atmete tief durch und legte den Kopf in die Hände. In ihrer Brust brannte es. Wie lange sollte sie diese Mutlosigkeit noch ertragen? Morgens war es am schlimmsten. Dann lag der Tag unendlich lang und schwer vor ihr. Aber sie wusste, dass sie bald aufstehen und sich auf den Weg nach Mustad machen würde. Wenn sie an etwas keinen Mangel hatte, dann an Willenskraft. Doch die Freude, wo war die geblieben? Bei diesem Gedanken fühlte sie sich so elend, fast beschämt. Sie hatte so viel Grund, dankbar zu sein. Obwohl der Vater tot war, durften sie immer noch in der Kate wohnen. Es gab genug Arbeit. Kirstine war gesund und munter, und die Brüder hatten ihren Dienst auf dem Hof. Es gab wenig zu essen, aber sie kamen zurecht … Trotzdem kam es ihr vor, als sei in ihr etwas erloschen, obwohl sie so ungeheuer dankbar war. Etwas in ihr, das nicht zum Tanz gehen durfte. Ja, genauso kam es ihr vor. Und dann hatte es doch keinen Sinn, hinzugehen.

Anne erhob sich. Zum Dienst musste sie jedenfalls, Tanz hin oder her. Sie wischte sich Späne vom Kleid, lief den Weg entlang und versetzte ab und zu einem kleinen Stein, der vor ihr auf dem Weg lag, einen Tritt. Dann blieb sie plötzlich stehen. Am Waldrand hatte sich etwas bewegt. Vielleicht ein Reh, das auf dem Feld nach etwas Essbarem suchen wollte. Sie hielt Ausschau. Da drüben ging eine Frau. Vielleicht eine Bettlerin oder eine der armen Kätnerwitwen, die von der Armenkasse von Hof zu Hof gereicht wurden. Erst als die Gestalt im Wald verschwunden war, ging ihr auf, wer es gewesen war. Elseby.

Plötzlich blieb sie unschlüssig stehen. Sollte sie einfach weitergehen und vorgeben, Elseby nicht gesehen zu haben? Sie ging einige Schritte weiter. Dachte an Frau Mustad, die ihr danken würde, wenn sie früh käme. Aber etwas in ihr zwang sie, kehrtzumachen und zurückzurennen, bis der Staub nur so um ihren Rocksaum aufstob. »Elseby«, rief sie. »Elseby! Warte!«

Anne verließ den Weg und lief so schnell sie konnte auf den Wald zu, aber Elseby war nicht zu sehen. Erst als Anne den Pfad in den tiefen Wald einschlug, stand die weise Frau plötzlich mit einem Korb am Arm vor ihr zwischen zwei hohen Tannen. Anne blieb stehen, rang nach Atem und sah Elseby dabei an. Die kohlschwarzen Haare, die unter dem Kopftuch hervorlugten, hatten jetzt einige graue Strähnen, und die ehemals glatte Stirn war gefurcht. Aber der Blick war derselbe. Er zitterte. Zog sie in eine andere Richtung als die, in die sie gehen wollte. Und als Elseby sich dann in Bewegung setzte, lief Anne hinter ihr her.

Elseby bewegte sich leicht und geschmeidig, wie ein Tier auf der Fährte einer Beute. Anne versuchte, ebenso vorsichtig zu gehen, aber gleich darauf trat sie auf einen trockenen Zweig, der unter dem Gewicht ihres Fußes zerbrach, dann streifte sie einen Zweig, der raschelte, als sie ihr Kleid befreite. Sie hatte so oft gedacht, den Wald zu betreten sei, wie eine Kirche zu betreten. Anne verspürte es auch jetzt, bis ins tiefste Herzinnere, etwas Warmes und Geborgenheitschenkendes. Fast als ob hier etwas Unsichtbares auf sie aufpasste.

Sie erreichten eine Lichtung. Um sie herum, auf hohen Erdkuppen, standen große schwere Bäume, und genau vor ihnen war eine einzelne Birke. Der Morgennebel hing zwischen den hellgrünen Blättern. Im tiefen Wald war der Boden trocken und braun, doch hier auf der Lichtung war er grün, in allen Farben von Moos, feuchtem Gras, Halmen und Blättern. Es war der schönste Ort, den sie je gesehen hatte.

Elseby stieg auf eine Erdkuppe und zupfte einen frischen Schößling von einer Tanne, steckte ihn in den Mund und kaute sorgfältig darauf herum. Dann kehrte sie zum Weg zurück und ging weiter. Anne folgte ihr. Wenn sie Elseby nur erklären könnte, wie lebendig sie sich an dem Tag gefühlt hatte, als sie zusammen auf Sæter gewesen waren! Aber dass das Leben sie danach einfach mitgezogen hatte, als ob sie in einem reißenden Fluss trieb, dem sie nicht gewachsen war. Die viele Arbeit auf dem Gut, der Tod des Vaters, die Trauer der Mutter, die Fürsorge für Kirstine, und am

Ende hatte sie nicht einmal mehr gewusst, was ihr damals so ein gutes Gefühl gegeben hatte.

Der Pfad wurde schmaler und war nur noch eine Fährte. Das Unterholz machte das Gehen schwer. Bald lag es hinter ihnen, und eine weite grüne Wiese öffnete sich. Anne blieb ganz still stehen. Was wollte die weise Frau von ihr?

»Morgen ist Johannistag, Anne. Zeit zum Sammeln.« Konnte Elseby ihre Gedanken lesen?

»Aber heute ist auf Mustad so viel zu tun«, stammelte sie. »Es gibt ein Fest und dann den Tanz, und ich habe versprochen zu helfen.«

Elseby ließ ihren Blick nicht los. »Wie geht es denn bei dir zu Hause?«

»Mutter war im vorigen Jahr krank«, sagte Anne und schlug die Augen nieder. »Ich habe versucht, sie selbst zu pflegen, aber das ging nicht so gut.«

»Sie lebt noch, das weiß ich.« Elseby lächelte sie an. »Ich habe euch sonntags auf dem Weg zur Kirche gesehen.«

Anne nickte und fragte sich zugleich, wo Elseby sie wohl gesehen hatte, denn in die Kirche von Vardal kam sie nie. Dann riss sie sich zusammen. »Ja, aber obwohl ich die Pflanzen kenne, weiß ich nicht, welche ich für welche Krankheit nehmen soll, so wie du.«

»Das ist nicht schwer, wenn du das Geheimnis der Weisen kennst.«

»Das Geheimnis der Weisen?«, flüsterte Anne.

»Seit dem Morgen der Zeiten kennen die Weisen dieses Geheimnis. Und dieses Geheimnis haben sie weitergereicht, wenn die Zeit gekommen war.« Elseby bückte sich und pflückte eine Blume. »Jede einzelne Pflanze auf der Erde hat eine Aufgabe, Anne.«

»Wirklich?«, flüsterte Anne.

»Ja, und Gott hat jeder sein Zeichen aufgedrückt, damit die Menschen die Aufgabe erkennen und die Pflanze richtig anwenden können. Jede einzelne Pflanze auf Erden trägt Gottes Fingerabdruck.«

»Gottes Fingerabdruck?«

»Komm«, sagte Elseby. »Dann zeige ich es dir.«

Anne folgte ihr, hielt sich dicht an das schwarze Kleid. Träumte sie? Eben war sie noch aufgestanden, hatte sich schweren Herzens angezogen und auf den Weg nach Mustad gemacht, und jetzt war sie hier, auf einer großen grünen Wiese, zusammen mit Elseby. Wurde sie hier auf die Probe gestellt?

»Was du verstehen musst, ist, dass gleich gleich kuriert.« Elseby pflückte etwas, das Anne als Beinwell erkannte. Die Blüten waren purpurrot und wie kleine Glocken geformt. Der Stängel war borstig und hatte dicke, breite und ebenfalls borstige Blätter. »Sieh mal, Anne, wie Blätter und Stängel zusammengewachsen sind. Das ist das Zeichen, nach dem du Ausschau halten musst. Beinwell kann Beinbrüche wieder zusammenwachsen lassen.«

Plötzlich wurde Anne von Unruhe erfasst. Ihre letzte Begegnung hatte ein zu schlimmes Ende genommen.

»Sieh dir das Lungenkraut an.« Elseby zeigte auf die blauvioletten Blüten mit den schönen gesprenkelten Blättern. »Die Weisen wenden es schon immer an, um Schleim zu lösen.«

Anne erinnerte sich an den Duft des Lungenkrauts aus der Kräutermischung für Martin. »Zeigt die Form denn den Fingerabdruck?«, fragte sie.

»Nicht nur die Form, Anne, auch die Farbe. Sieh dir Berberitze, Schöllkraut und Löwenzahn an. Gelb und stark. Gut gegen Gelbsucht und Gallenschmerzen.«

»Form und Farbe sind also beide wichtig?«

Elseby ließ sie nicht aus den Augen, musterte sie, wie sie die Pflanzen musterte. »Form, Farbe, Geruch und Geschmack«, sagte sie, »sind alle gleich wichtig.« Dann drehte sie sich um und zeigte auf ein kleines Johanniskraut. »Sieh dir die Flüssigkeit an, die aus den kleinen Löchern im Stängel quillt, Anne. Die ist blutrot. Verstehst du?«

Anne nickte. »Für Wunden«, sagte sie stolz. Sie hatte den roten Schnaps, den Elseby ihr auf Biri gegeben hatte, nie vergessen. Der war aus Johanniskraut gemacht worden.

Elseby bückte sich und pflückte einen Blutwurz. »Hier ebenfalls. Gelbe Blüten wie Johanniskraut, aber rotes Mark. Gut gegen Blutungen. Das dichtet Wunden ab.«

»Ich habe etwas beobachtet, aber nie richtig verstanden«, sagte Anne plötzlich und wusste gar nicht, woher sie diesen Mut genommen hatte.

»Was denn?« Elseby trat näher.

»Ich habe oft für Frau Mustad Wacholderbeeren gepflückt. Die benutzt sie für alles Mögliche.«

»Ja, und …« Elseby sah sie gespannt an.

»Diese blauen Beeren«, flüsterte Anne. »Auf diesen blauen Beeren ist ein Kreuz. Das ist ein Zeichen, nicht wahr?«

Elseby nickte mehrmals. »Der Wacholder ist ein heiliger Baum und hat schützende Kraft. Deshalb hat Gott die Beeren mit einem Kreuz gezeichnet, damit wir das begreifen und sie mit Ehrfurcht benutzen.« Elseby streckte den Arm aus, als sie nun langsam weiterging. »Siehst du die Birke da hinten?«

Anne nickte wieder.

»Neben Wacholder nehme ich vor allem Birke. Holz, Rinde, Wurzeln und Saft. Alles ist wertvoll.«

»Aber was ist mit Unkraut? Ist das auch gezeichnet?«, fragte Anne zögernd.

»Ja.« Elseby lachte. »Unkrautpflanzen sind die allerbesten Wundheilerinnen.«

»Wirklich?«

»Das verstehst du, wenn du den Boden ansiehst. Der Boden ist die Haut der Erde. Wo die Erde verletzt ist, wächst zuerst Unkraut, um sie zu heilen. Und was die Erde heilen kann, kann auch die Menschen heilen. Schau doch mal zu dem Feld dort hinüber. Wenn du am Rand entlanggehst, wirst du Vogelknöterich, Breitwegerich und Schafgarbe finden.«

Es war noch immer kühl, da die Sonne noch nicht richtig aufgegangen war, und Annes Kleid war unten vom Tau längst nass geworden. Aber das spielte keine Rolle. Sie merkte es kaum.

»Alle Arten von Huflattich«, sagte Elseby jetzt, »Schierling, Honigklee und Salbei.«

Anne folgte ihr, blieb jedoch stehen, als etwas ganz entsetzlich an ihrer Wade brannte. Es waren frische Brennnesseln. Jetzt muss ich umkehren, dachte sie, ehe es zu spät ist. Sie raffte ihr Kleid mit der einen Hand. Sie hätte schon längst auf Mustad sein müssen. Sie wischte sich eine einsame Träne von der Wange.

»Anne, schau her.«

Sie blickte zu Elseby hinüber, die sie zu sich winkte. Es konnte doch wohl nicht so schlimm sein, noch ein bisschen zu bleiben?

»Hier am Sonnenhang blüht schon allerlei. Und zwar Kamillenblüten, Arnika und Holunder.« Elseby hielt ihr eine Kamillenblüte hin. »Siehst du, dass die gelben runden Blüten unten wie ein Kinderbauch geformt sind?«

Anne nahm die Blüte in die Hand. »Ist das der Fingerabdruck?«, fragte sie neugierig.

Elseby nickte. »Aber das ist noch nicht alles. Der gelbe Blütenansatz ist zweigeteilt.«

»Zweigeteilt?«

»Ja, sieh es dir mal an.«

Anne zupfte vorsichtig ein weißes Blättchen nach dem anderen ab. Am Ende hatte sie nur noch den unteren Teil der Blüte. Und den zerteilte sie dann.

»Was siehst du?«

»Das ist hohl.«

»Genau. Ein Hohlraum. Wie der Schoß einer Frau.« Elseby lächelte sie an. »Das ist die Antwort auf deine Frage. Genau so, Anne, musst du jede einzelne Pflanze untersuchen. Dann wirst du am Ende verstehen, welche Pflanze du gegen welches Leiden anwenden kannst. Das ist das Geheimnis der Weisen.«

Anne stand ganz still da und zerteilte die Blüte in ihren Händen. »Warum erzählst du mir das alles?«

»Weil du bereit bist.«

Wie meinte Elseby das wohl? Anne war verwirrt, wollte so gern fragen, was das alles bedeutete, aber dann riss sie sich zusammen. Elseby hatte sich inzwischen gebückt und bohrte mit einem spitzen Gerät im Boden.

»Baldrian, Hundszunge, Blutwurz, Bibernelle und Kalmuswurzel«, sagte Elseby, während sie eine Wurzel nach der anderen aus dem Boden zog. Dann kratzte sie die Erde von einer und reichte sie Anne. »Versuch es mal hiermit.«

Anne untersuchte die Wurzel voller Eifer. Form, Farbe und Geruch.

»Probier mal«, sagte Elseby. »Stell fest, ob sie süß ist.«

Anne biss hinein. Kaute und spuckte aus. Nein, süß war das bestimmt nicht. »Bitter«, sagte sie und schnitt eine Grimasse. Dann blieb sie stehen. Etwas bewegte sich, wuchs und wurde so groß, dass sie es fast nicht ertragen konnte. Es war, als wüchse, was auf der Wiese stand, nun auch in ihr.

»Gerade jetzt hat sie die größte Kraft«, flüsterte Elseby.

»Warum hat sie gerade jetzt die größte Kraft?« Annes Stimme zitterte.

»Spürst du es, Anne?«

»Ja, aber es tut weh.«

»Gleich wird sie keimen. Alles, was du um dich herum siehst, hat seine eigene Lebenskraft.«

»Wirklich?«

»Ja. Und jede Knospe tut weh, ehe sie ausschlägt.«

Tränen liefen ihr über die Wangen. Anne versuchte sie mit ihren erdigen Fingern abzuwischen. »Ich war schon einmal hier«, weinte sie. »Das ist lange her. Ich weiß es jetzt wieder. Lange, ehe ich dir damals im Wald zum ersten Mal begegnet bin. Lange, ehe du Breitwegerich auf meine Wunden gelegt hast. Da stand ich hier, und alles hatte so klare und starke Farben wie jetzt.«

Die Sonne war aufgegangen, ihre goldenen Strahlen trafen die gelben runden Blütenköpfe und den Bach, der unterhalb der Wiese vorbeifloss.

»Du kannst sehen, Anne. Klarsicht ist deine Gabe, und diese Blumen haben dich dazu gebracht, dich daran zu erinnern. Deshalb habe ich das Geheimnis an dich weitergereicht. Nur wer mit dem innersten Auge sehen kann, kann das Geheimnis der Weisen verstehen. Durch Liebe.«

»Stimmt das?« Anne schaute verwirrt von den gelben Blüten zu Elseby hinüber.

Elseby nickte. »Huflattich. Sie vibrieren im selben Takt wie dein Herz, diese gelben Blüten.«

»Aber warum tut es so weh, wenn das meine Gabe ist?«

»Alles, was deine Gabe einhüllt, birst jetzt. Ich bin sicher, dass es nicht so wehgetan hat, als du zum ersten Mal hier warst.«

»Nein, da war es nur schön. Ich war sicher nicht älter als fünf. Ich war allein hier. Seither habe ich nicht mehr daran gedacht.« Sie richtete sich auf, plötzlich begriff sie, was Elseby gesagt hatte. »Es war immer so viel anderes«, flüsterte sie.

»Dann birst jetzt alles andere, woran du seit damals gedacht hast. Du musst jetzt zurück und sie holen, Anne. Deine Gabe. Das passiert jetzt. Sie wartet nun schon lange genug auf dich.«

7

Als Anne das Tor öffnete und den Hofplatz vor dem Gutshaus betrat, musste sie an das allererste Fest denken, bei dem sie auf Mustad ausgeholfen hatte. Damals war sie durch den Neuschnee gestapft, um hinzugelangen. Jetzt war sie über plätschernde Bäche und weiches Moos getanzt und hatte an alles gedacht, was Elseby ihr erzählt hatte. Die Geheimnisse der Weisen. Wenn nur das ganze Jahr Sommer sein könnte, dann würde sie jeden Tag üben, die Pflanzen zu lesen.

Sie bückte sich und pflückte eine Glockenblume und dann eine Margerite und steckte beide in den lockeren Zopf, den sie sich um den Kopf gelegt hatte. Es konnte doch nicht schlimm sein, wenn sie es für sich behielt.

Frau Mustad trat aus der Tür und lächelte sie an. »Na, da bist du ja, Anne.«

Anne hatte einen anderen Blick und vielleicht einen Tadel erwartet, weil sie so spät kam, aber Frau Mustad war offenbar guter Stimmung. Sie trug ein grünes Kleid und einen schön um ihren Hals liegenden Spitzenkragen. Ihre Augen strahlten, und ihre Wangen hatten eine frische Farbe. Es war deutlich, dass sie aufblühte, wenn Gäste auf den Hof kamen.

»Ich brauche einen Grog für einen unserer Gäste, für Fräulein Øyset. Kannst du die Köchin bitten, ihn zuzubereiten? Am besten sofort.«

Anne machte einen Knicks. »Ja, Frau Mustad.« Dann fielen ihr ihre Hände ein, und sie versteckte sie vorsichtig in ihren Rockfalten. Sie mussten sauber geschrubbt werden. Nicht einmal die Köchin durfte sehen, wie schmutzig sie waren.

Frau Mustad eilte weiter zu einem Wagen, der jetzt auf den Hof gerollt kam. Aber dann fuhr sie herum. »Geh jetzt ins Haus und hilf dabei, Anne. In der Küche ist so viel zu tun. Alle müssen heute zupacken.«

»Ja, natürlich, Frau Mustad.«

»Fräulein Øyset sitzt in der guten Stube. Sie ist den ganzen weiten Weg aus Christiania gekommen, und die Reise hat ihr offenbar zugesetzt. Sie hat einen hässlichen Husten, und ihr Onkel, der sie begleitet, macht sich Sorgen um sie.«

Anne lief in die Küche und kam an zwei Dienstmädchen vorbei, die mit Tabletts zu den Gästen auf der Terrasse hinausliefen. Sie kicherten, als sie in die Küche kamen. Sie freuten sich sicher auf den Tanz. Und es war immer spannend, wenn Gäste von weit her kamen, am besten aus Christiania. Da war Frau Mustad nicht die Einzige. Viele fanden zu Mittsommer den Weg nach Mustad, von den Kätnerstellen und den umliegenden Höfen. Die Mädchen stellten Bierkrüge auf ihre Tabletts und liefen wieder hinaus auf die Terrasse.

»Ein Gast braucht einen Grog«, sagte Anne zur Köchin. »Frau Mustad hat gesagt, ich soll ihn ihr sofort bringen.«

»Hast du den Verstand verloren, Mädchen? Niemand trinkt mitten im Sommer Grog. Gib ihr etwas Kaltes zu trinken«, fauchte die Köchin und fuhr sich mit dem kräftigen Arm über die Stirn.

»Aber Frau Mustad hat das gesagt«, beharrte Anne.

»Dann musst du den selbst kochen.«

Anne kam ein Gedanke. In ihrer Rocktasche hatte sie eine kleine Flasche mit Morgentau, und in der Brusttasche einige frische Kamillenblüten. *Du wirst schon Verwendung dafür haben,* hatte Elseby gesagt. *Noch vor Sonnenuntergang.* Anne sah die weise Frau vor sich, als sie ein großes Leinentuch über das feuchte Gras gebreitet hatte. *Das muss hier liegen, bis es durchnässt ist. Tau heilt, wenn er jetzt gesammelt wird.*

Sie holte einen kleinen Topf und wärmte das Wasser aus der Flasche auf. Dann kippte sie die Blüten hinein und ließ sie ziehen, während sie ihre Hände sauber schrubbte.

»Hier riecht es nach Äpfeln«, schimpfte die Köchin. »Wo kommt das denn her?«

Anne hatte ihr den Rücken zugekehrt und machte sich so breit sie konnte, um den Topf zu verdecken.

Sie wusste, dass Kamillenblüten ähnlich rochen wie Äpfel. »Das kommt von draußen«, flüsterte sie.

Die Köchin grunzte und ging hinaus. Anne sah sie mit den Händen in den Seiten zum Vorratshaus watscheln. Rasch zog sie ein Sieb aus dem Schrank und füllte die Tasse.

Fräulein Øyset saß auf dem Diwan vor dem Fenster, wie Frau Mustad gesagt hatte, gleich unter der schweren Samtportiere, die auf der einen Seite befestigt war. Anne blieb für einen Moment stehen. Die junge Dame war ja so schön. Ihr Gesicht war golden und umkränzt von kastanienbraunen wogenden Haaren, die am Hinterkopf zu einem weichen Knoten aufgesteckt waren. Ihr Kleid war aus hellblauem Samt, und an ihren Ohren hingen weiße Perlen. Anne sah sofort, dass ihre Lippen so rot waren wie die Georginen, die in Frau Mustads Garten wuchsen. Dann schlug sie die Augen nieder und errötete, weil sie sie angestarrt hatte.

»Ist der Grog für mich? Frau Mustad denkt wirklich an alles.« Fräulein Øyset hustete leise.

Anne machte einen Knicks. Ging zu dem kleinen runden Tisch und stellte der Besucherin die Porzellantasse hin.

Fräulein Øyset griff danach.

Anne kniff die Augen zusammen. Hielt den Atem an. Sie konnte die Spannung kaum ertragen. Was sie hier servierte, schmeckte durchaus nicht wie Grog, das wusste sie nur zu gut.

Fräulein Øyset nippte vorsichtig und schaute überrascht zu Anne auf. »Hast du diesen Grog gekocht?« Mit einer eleganten Bewegung stellte sie die Tasse wieder auf den Tisch.

»Nein, das war die Köchin«, flüsterte Anne.

»Die Köchin?«

»Ja, und sie ist im Moment nicht gut gelaunt, weil der Schmied ihr einen Zahn gezogen hat, und es war nicht der richtige Zahn, also hat er noch einen gezogen.«

Fräulein Øyset lachte und hielt sich dabei die Hand vor den Mund. »Was für eine Geschichte.«

Anne schaute zu Boden. Ihre Wangen wurden noch heißer. So wurden in Christiania vielleicht keine Zähne gezogen.

»Ja, ich kann verstehen, dass die Köchin schlecht gelaunt war, denn so einen schrecklichen Grog habe ich noch nie getrunken. Das ist ja nur Wasser. Noch dazu lauwarm.«

Jetzt konnte Anne es nicht mehr ertragen. Sie musste die Wahrheit gestehen. »Es war nicht die Köchin, ich war das«, stammelte sie.

»Wie meinst du das?« Fräulein Øyset machte ein verwirrtes Gesicht.

»Ich dachte, das würde Ihnen guttun. Frau Mustad hat gesagt, Sie fühlten sich nicht wohl, hätten einen scheußlichen Husten.«

»Du wolltest mir helfen?« Fräulein Øyset hustete wieder und hielt sich beide Hände vor den Mund, wie um den Husten aufzuhalten. »Wie lieb von dir«, sagte sie, als der Husten sich gelegt hatte.

»Trinken Sie alles.« Anne trat einen Schritt näher. »Das wird Ihnen guttun.« Sie fühlte sich plötzlich wieder stärker.

»Erst musst du mir sagen, was das ist.« Fräulein Øyset sah sie aus großen, vertrauensvollen Augen an.

Anne zögerte einen Moment, blickte sich dann um und sagte leise: »Was Sie da trinken, sind Morgentau und Kamillenblüten, Fräulein Øyset, vor Sonnenaufgang gesammelt.«

Fräulein Øyset blies sich vorsichtig eine braune Haarsträhne aus den Augen. »Tau und Kamilleblüten?«

»Ja, und jetzt, wo alles keimt, haben sie besondere Kraft.«

»Aber woher weißt du, dass mir das helfen kann?«

»Das ist das Geheimnis der Weisen«, flüsterte Anne und schaute sich noch einmal um. »Das darf ich nicht verraten.«

»Aber du kennst dieses Geheimnis?« Fräulein Øyset beugte sich zu ihr vor und flüsterte jetzt ebenfalls.

Anne nickte und merkte, wie sehr sie zitterte. »Frau Mustad würde das niemals erlauben, wenn sie es wüsste.«

»Aber wenn du anderen helfen kannst, darfst du

das doch nicht verbergen?« Fräulein Øyset legte den Kopf ein bisschen schräg.

»Nein«, erklärte Anne. »Ich meine, ich weiß noch nicht so recht.« Sie fuhr sich mit schweißnassen Händen über den Rock. »Ich versuche, meinen Weg zu finden.«

»Tun wir das nicht alle?«, fragte Fräulein Øyset seufzend. »Das Leben wird selten so, wie wir es uns erträumt haben.«

»Wissen Sie, Fräulein Øyset, dass jede einzelne Pflanze auf der Erde Gottes Fingerabdruck trägt?«

Fräulein Øyset schüttelte den Kopf, und die Perlen schwangen hin und her und trafen mit weichem Aufschlag ihren Hals.

»Ich glaube, das gilt auch für Menschen. Ich glaube, wir sind ebenfalls gezeichnet.«

»Glaubst du das wirklich?«, fragte Fräulein Øyset und sah sie nachdenklich an.

»Ja, das habe ich erst heute begriffen. Dass Gott uns Gaben gibt, denen wir die Treue bewahren müssen, und dass das unsere Freude ist.« Anne wich zurück, als sie das gesagt hatte. Woher nahm sie das bloß? Was brachte sie dazu, einer feinen jungen Dame aus Christiania ihr Herz auszuschütten?

»Ach, ich wünschte, ich könnte den ganzen Abend mit dir reden. Mir graust so vor dem Fest. Mein Onkel wollte unbedingt mit mir herkommen. Er ist nämlich mein Vormund. Das wurde er, nachdem mein Vater in Konkurs gegangen war. Er sagt, es würde mir guttun, aus der Stadt herauszukommen. Aber ich kenne hier niemanden.« Fräulein Øyset sah Anne bittend an. »Kannst du nicht noch ein bisschen hierbleiben?«

»Doch«, flüsterte Anne unsicher.

Plötzlich wurde die Tür geöffnet, und Frau Mustad kam herein. »Ich würde Ihnen so gern den Garten zeigen, Fräulein Øyset.« Sie breitete die Arme aus »Die Georginen sind jetzt so schön.«

»Gern. Ich muss nur schnell diesen köstlichen Grog austrinken.«

Anne schaute zu Fräulein Øyset hinüber, während die wieder die Tasse an den Mund hob. Warum musste Frau Mustad gerade jetzt hereinplatzen?

Frau Mustad ging zur Verandatür und öffnete sie sperrangelweit. Eine sanfte Brise füllte das Zimmer mit Vogelzwitschern und süßen Düften aus dem Garten.

Fräulein Øyset zwinkerte Anne zu und stellte die Tasse ab. Dann erhob sie sich, packte mit einer Hand ihren hellblauen Samtrock und folgte Frau Mustad nach draußen.

Der Tanzplatz war geschmückt mit Birkenreisern und Blumengirlanden in allen Regenbogenfarben. Daneben loderte ein Feuer und leuchtete die festlich gekleideten Tanzenden an. Anne erkannte mehrere

Mägde vom Hof. Aber jetzt waren die Arbeitskleider mit dem Sonntagsstaat vertauscht worden, und einige Mädchen hatten rote Halstücher umgebunden. Andere Mädchen von anderen Höfen, die sich das leisten konnten, trugen weiße Röcke und farbenfrohe Mieder mit Silberschmuck am Hals und weiße Kopftücher. Die Burschen hatten sich ebenfalls feingemacht, mit Hemden, Westen und Jacken, und manche trugen sogar einen Hut. Anne sah dem Tanz von einer Felskuppe aus zu. Sie hatte nach dem langen Arbeitstag nach Hause gehen wollen, doch dann war sie dem Weg hinter dem Gutshaus zu Lachen und Musik gefolgt.

Plötzlich berührte eine Hand ihre Schulter. Sie schaute auf. »Jon!«, rief sie glücklich. »Du bist ja doch gekommen!«

Jon trug eine Weste über seinem Hemd und hatte ein Messer im Gürtel. Sein widerspenstiger Schopf war glatt nach hinten gekämmt. Er lächelte sie an und fragte: »Ja, hätte ich das nicht tun sollen?« Dann setzte er sich neben sie ins Gras und stützte sich auf die Ellbogen.

Sie musterte ihn. Bewunderte sein sommerbraunes Gesicht, die dunklen Augen, die unter den schwarzen Brauen glücklich aussahen, und die feinen Fältchen, die jetzt aufgetaucht waren und ihn älter aussehen ließen. Dann lächelte sie über die langen Beine in der schwarzen Hose und den Fuß, der den Takt trat.

»Ich habe mich auf Mustad um eine Kätnerstelle beworben«, sagte er und starrte zum Tanzplatz hinüber. Gewiss hatte er ihren Blick gespürt.

»Was, wirklich?« Sie beugte sich vor, um besser hören zu können.

»Ich habe gleich nach Weihnachten gefragt. Ich hatte gehofft, jetzt im Frühling eine zu bekommen. Ich wollte es dir erst sagen, wenn alles geklärt wäre.« Er schaute sie an, und jetzt lag wieder Ernst in seinen Augen. »Aber Tollef hat nein gesagt.«

»Das ist schade, Jon.«

»Aber ich gebe nicht auf«, erklärte er. »Ich werde Ole Mustad fragen, ob ich auf Brusveen eine Pacht bekommen kann.«

»Brusveen«, sagte sie laut und schloss die Augen.

Ole Mustad hatte die Tochter von Hans Skikkelstad geheiratet und war auf den neuerbauten Gutshof übergesiedelt. Die Braut hieß Anne Marie, genau wie sie, aber damit endeten auch die Ähnlichkeiten. Sie erinnerte sich an die Hochzeit und noch besser an die Taufe des kleinen Hans. Während Anne Marie lachte und die Dienstmädchen herumscheuchte, von einem Zimmer auf Brusveen in das andere, hatte Anne geputzt. Sie lag auf den Knien auf dem Boden und schrubbte die Vorstube, das Esszimmer und die Hinterstube, und ihre Hände wurden rot und rissig. Für die, die unter einem Glücksstern geboren waren, fügte sich offenbar alles zum Guten. In dem Jahr, als sie und Jon geboren worden waren, hatten zweifellos nicht viele Glückssterne über Sæter gestanden.

Anne erhob sich und wischte sich ihren Rock ab. »Komm, jetzt wird getanzt.«

»Ich kann doch nicht tanzen. Das weißt du.« Er lächelte sie an.

Sie streckte die Hände nach ihm aus. »Zusammen werden wir das schon schaffen.«

Jon stand auf, blieb stehen und zögerte einen Moment, dann nahm er ihre Hand in seine große Faust und drückte sie.

Sie spürte Karens Blick im Nacken, als sie den Grashang hinabging. Aber ihr war es egal, was ihre Schwester dachte. Einmal hatte Karen gesagt, aus Jon würde nie etwas werden. Sie solle sich lieber anderswo nach einem Verehrer umsehen. Anne hatte nur geschnaubt. Jon war ihr Freund, so war das. Sollte Karen doch denken, was sie wollte. Energisch zog sie Jon auf den Tanzplatz, und sie mischten sich in das Gewimmel der vielen anderen, die sich schweißnass und fröhlich in dieser warmen Sommernacht bewegten. Dann wurde die Musik plötzlich leiser, ein langer, zitternder Ton kam von der Geige, und sie spürte, wie Jon sich an sie drückte. Er roch nach feuchtem Gras und Schweiß. Sie schloss die Augen und ruhte an seiner warmen Brust, spürte sein Herz, es hämmerte jetzt nach dem Tanz, genau wie ihres. Aber jetzt war alles still und schön, und sie hörte nur diesen Ton, der einfach kein Ende nahm. Sie spürte Jons Atem, zuerst an ihren Haaren, dann an ihrer Stirn, ihren Augen, ihren Wangen und endlich am Mund. Und in diesem Moment öffnete sie die Augen und sah *ihn*.

Gleich in der Nähe saß Fräulein Øyset auf einer Bank und sah dem Tanz zu. Hinter ihr stand ein Mann und hatte ihr die Hand auf die Schulter gelegt. Und obwohl sie die Finger des Mannes nicht erkennen konnte, wusste sie genau, wie sie aussahen. Sie hatte diese weißen Hände nie vergessen. Sie erinnerte sich an alles, was in jener Nacht in der Bibliothek passiert war, als wäre es erst gestern gewesen. Was machte der Fremde hier zusammen mit Fräulein Øyset?

Plötzlich glühte ihr Gesicht. Sie fühlte sich nicht wohl. Ohne zu überlegen, was sie tat, verließ sie die Tanzfläche mit raschen Schritten.

»Wo willst du hin?«, rief Jon hinter ihr her.

»Ich bin müde, ich will nach Hause.« Anne drehte sich um und sah die Enttäuschung in seinem Gesicht. Sie wollte nur noch weglaufen, allein sein, aber sie zwang sich dazu, stehen zu bleiben und auf ihn zu warten. Es war ungerecht Jon gegenüber, das wusste sie, aber es war, als hätte sie keine Herrschaft mehr über sich selbst. Und als er neben sie trat, ging sie sofort weiter den Weg auf das Haupthaus zu.

»Ihr könnt ja auch nicht in alle Ewigkeit auf Sevald wohnen«, rief er hinter ihr her.

Was wollte er damit sagen? Sie blieb stehen, dann hob sie ihren Rock und lief weiter den Hang hoch.

»Das weißt du doch selbst. Deine Mutter ist eigentlich Gemeindearme, und es steht ja nicht fest, dass Frau Mustad auf Dauer für sie sorgen wird. Vielleicht wird sie auf einen anderen Hof geschickt. Und wo willst du dann mit Kirstine hin? Kirstine ist ja nicht einmal konfirmiert!«

»Du bist so gemein«, rief sie und lief weiter.

Er hatte sie bald eingeholt. »Ich wollte dich nicht verletzen, Anne.« Er sah jetzt verwirrt und verzweifelt aus.

»Das weiß ich, Jon.« Sie blieb stehen. Starrte zu Boden.

»Du weißt, dass ich nur dein Bestes will.«

»Ich habe mein Tuch in der Küche vergessen. Ich hol es nur schnell, dann kannst du mich nach Hause bringen.« Sie ließ ihn stehen, er sollte nicht sehen, wie sehr sie zitterte.

Warum hatte sie sich so aufgeregt? Was hatte sie dermaßen aus der Fassung gebracht?

8

Früher einmal hatte sie geglaubt, Elseby habe sie verhext. Als sie nun hier neben der weisen Frau über den Weg ging, lächelte sie über diese Erinnerung. Es war bei ihrer ersten Begegnung gewesen. Im Wald, zwischen dem Bach und Mustad, als Elseby ihr Breitwegerichblätter um die Wunde gewickelt hatte. Jetzt nutzte Anne jeden freien Moment in Wald oder auf den Wiesen, allein oder zusammen mit Elseby. An einem Tag sammelten sie Rinde und Zweige, an einem anderen Blätter und Pflanzen. Die Rinde wurde in lange Streifen zerteilt, die Zweige schnitten sie in fingerdicke Scheiben, wenn der Saft in den Stamm gewandert war. Bei Blättern und Pflanzen fand Anne es schwieriger, den richtigen Augenblick zum Sammeln zu wissen. Sie hielt sich sorgfältig an Elsebys ausführliche Erklärungen. Einige Sorten mussten gesammelt werden, wenn noch Kospen vorhanden waren, andere erst nach Beginn der Blüte. Am selben Tag musste alles gereinigt werden, jede Sorte für sich, um dann im Schatten an der Luft getrocknet zu werden. Je schneller, desto besser. Das galt auch für Rinde und Zweige, im Schatten an der Luft trocknen, oft umdrehen, damit Farbe und Geschmack erhalten blieben. Aber das Wichtigste war die Kraft, die ihnen innewohnte, ihre Eigenschaft als heilende Kräuter.

Sie saßen zusammen auf Elsebys Treppe auf Biri, barfuß. Ihre Stiefel hatten sie nach ihrer Rückkehr sofort ausgezogen. Sie waren warm und verschwitzt nach der langen Wanderung. Aber sie fühlte sich absolut nicht müde. Elseby konnte ihr gar nicht genug beibringen. Anne wackelte mit ihren nackten Zehen. Es kam ihr so richtig vor, hier zu sein. Sie wusste nicht genau, wie gut Elseby lesen und schreiben konnte. Aber die Pflanzen las sie jedenfalls. Und von Elseby hatte sie gelernt, das ebenfalls zu tun. Und nicht nur das. Jetzt konnte sie blutreinigende Tees aus Schafgarbe und Stiefmütterchen, Erdbeerblättern und Löwenzahn und beruhigende Getränke aus Zitronenmelisse, Wacholderbeeren und Kiefernnadeln anrühren. Jetzt wusste sie bei vielen Leiden Rat, bei entzündeten Adern, Kopfschmerzen, Gicht und Bronchitis. Elseby hatte sie sogar gelehrt, Lungenentzündung, Keuchhusten und Ekzeme mit den in Vardal wild wachsenden Pflanzen zu heilen. Aber was sollte sie mit diesem Wissen anfangen? Frau Mustad würde sie niemals weiter auf dem Hof beschäftigen, wenn sie als Elsebys Gehilfin bekannt würde. Und was sollte aus der Mutter und Kirstine werden, wenn sie sich Frau Mustads Willen widersetzte? Das konnte sie sich ja vorstellen. Die Mutter würde im Armenhaus dahinsiechen, und Kirstine würde auf einen fremden Hof geschickt werden. Die schöne, liebe Kirstine, die von allen immer nur das Beste dachte. Allen, die ihr vor der Kirche begegneten, schenkte sie ihr strahlendes, vertrauensvolles Lächeln. Plötzlich verspürte Anne die alte Hoffnungslosigkeit und die drückende Unruhe, die sie in den letzten Jahren erfüllt hatten. Warum konnte sie diese Gefühle nicht einfach abschütteln? Warum konnte sie sich nicht frei fühlen? Das tun, was ihr richtig vorkam?

»Wer geboren ist, um weise zu sein, weiß, was das Schicksal ist«, sagte Elseby und drehte einige Wacholderbeeren, die zum Trocknen auf der Treppe lagen, zwischen ihren Fingern.

»Wie meinst du das?« Anne sah die weise Frau an. Ihr schwarzes Kopftuch lag neben den blauen Beeren, und die schwarzen Haare klebten schweißnass an Elsebys Kopfhaut.

»Dir ist das Schicksal zugeteilt worden, Anne, Menschen zu helfen, die krank sind und leiden.«

»Aber woher weißt du das, Elseby?«

»Weil du berufen bist.«

»Berufen?«

»Ja, spürst du nicht, wie du in alle Richtungen gezogen wirst? Spürst du nicht, wie gleichzeitig etwas von außen und von innen an dir zieht?«

»Doch.« Sie fühlte sich jedenfalls zu allem, was Elseby ihr zeigte, mit Macht hingezogen. Das spürte sie bis in die Seele hinein. Aber was sollte aus denen zu Hause werden, wenn sie diesem Ruf folgte? Nein, das war einfach unmöglich. Sie setzte sich gerade und schaute zu Elseby auf. »Aber wenn es meine Pflicht ist … wenn du damit recht hast, dass ich berufen bin …«

»Vielleicht kommt es dir im Moment eher wie eine Pflicht vor als wie eine Gabe, Anne.« Elseby lächelte und streichelte Annes Wange. »Aber eines Tages wirst du die Liebe finden, und dann wirst du feststellen, dass sich dein Schicksal in eine Berufung verwandelt hat.«

»Glaubst du?«

Elseby lächelte nur und sammelte die blauen Beeren in ihrem Kopftuch, ehe sie zu Johannes ins Haus ging.

Anne schloss die Augen. Im Haus wurde gelacht. Es war schön, das zu hören, aber zugleich tat es ihr in der Brust weh. Sie atmete tief durch. Versuchte, ein Bild von der Liebe vor sich zu sehen. Doch das war unmöglich. Die Liebe wollte sich ihr nicht zeigen. Das stand fest. Sie gab auf und hob das Gesicht in die Sonne. Die warmen Strahlen liebkosten ihr Gesicht. Die Sonne ist die eigentliche Kraft, dachte sie. Die Sonne. Dann sog sie die Düfte aus ihrer Umgebung in sich ein. Die der Beeren, die neben ihr auf der Treppe lagen, die der Tannen, welche die Hütte umstanden, die des warmen Grases unter ihren Füßen, die der an der Hüttenwand zum Trocknen aufgestapelten Holzscheite. Sie lauschte den zwitschernden Vögeln, den rauschenden Baumwipfeln und einem kühlen Wind, der ihre Wangen streichelte. Dann änderte sich etwas. Das weiße Licht erfüllte sie. Sie atmete tief und ruhig. Das Licht wurde stärker, das Bild verschwamm, und plötzlich schien sie sich an einem anderen Ort zu befinden, auf einer anderen Treppe, zwischen hohen Birken, umgeben von einer weiten grünen Wiese. Das war die Liebe, Anne sah sie nicht, aber sie spürte sie. Spürte etwas, das ihr bei der Aufgabe half, die ihr zugeteilt worden war. Das sie liebevoll stützte, damit sie ihr Schicksal erfüllen könnte.

Dann kam der Herbst. Der wärmste Herbst seit Menschengedenken. Das sagten jedenfalls die alten Leute. Vor Ende der Getreidemahd fiel nicht ein einziger Regentropfen vom Himmel. Es war so heiß, dass die Luft stillstand. Die Frauen, junge wie alte, sammelten die Ähren, banden sie zu Garben und befestigten sie zum Trocknen an Stangen. Auch Anne war dabei, zusammen mit ihrer Mutter und Kirstine. Die Mutter war gern dabei, auch wenn sie nicht mehr viel schaffte. Sie hatte sich zum Schutz vor der gleißenden Sonne ein weißes Tuch um den Kopf gebunden, und Kirstine ging neben ihr und sammelte die Ähren, die die Mutter übersehen hatte. Im Herbst wurde alles gepflückt und geerntet. Die Äpfel aus dem Obstgarten wurden in Körben in die Küche von Mustad und später in den Keller getragen. Rote Johannisbeeren wurden zu Saft gekocht, Pflaumen zu Mus. Möhren, Rüben und Rettiche mussten geerntet werden, und die Kartoffeln wurden aus der Erde gezogen und im Kartoffelkeller gelagert.

Anne saß auf einer Bank auf dem Hofplatz und schnitt das Grün von den Möhren, trennte große und kleine. Ab und zu wischte sie sich den Schweiß von der Stirn. Plötzlich sah sie Jon mit einer Schubkarre voller Kartoffeln kommen. Er hatte sich die Hemdsärmel bis über die Ellbogen aufgekrempelt. Er sah verschwitzt und warm aus. Sein Hemd war auf der Brust durchgeweicht.

Sie beugte sich vor, um ihm zuzuwinken, aber er ging vorüber, ohne sie auch nur eines Blickes zu würdigen. Sie verspürte einen Stich im Herzen. Er hatte nicht mehr mit ihr gesprochen, seit er sie nach dem Tanz nach Hause gebracht hatte. Es war deutlich, dass er ihr aus dem Weg ging. Wenn sie nur selbst begriffen hätte, was an jenem Abend in sie gefahren war. Sie stand auf, um ihm nachzulaufen. Sie mussten sich versöhnen.

»Anne!«, rief Frau Mustad von der Küchentür her. Auch sie trug ein Arbeitskleid. »Wir brauchen dich heute Abend länger, Anne.« Dann lief sie über den Hofplatz, ohne Anne anzusehen oder ihr zu sagen, wozu sie gebraucht wurde. Aber das war nicht so schlimm. Die Köchin war über alle Aufgaben informiert, und Jon war jetzt ohnehin verschwunden.

Anne seufzte, wischte sich das Möhrenkraut von der Schürze, legte die Möhren in einen Korb und ging zur Küche. Die Sonne blendete sie für einen Moment, und als sie die Augen wieder öffnete, stand Jon vor ihr. Offenbar hatte er sie beobachtet. Sein Gesicht sah sonnenverbrannt aus, als sie ihn nun aus der Nähe betrachtete. Er wischte sich mit dem Ärmel den Schweiß von der Brust und blies einige lästige Fliegen weg, während er Anne ansah.

»Jon«, sagte sie zaghaft.

Zwei Mägde kamen an ihnen vorbei, schauten zu Jon hinüber und kicherten.

»Kannst du mit nach Sæter kommen?«, fragte er, sobald die Mädchen verschwunden waren.

»Nach Sæter?« Sie blickte ihn fragend an. »Aber Frau Mustad hat mir gerade gesagt, dass ich auch heute Abend arbeiten muss. Ich kann hier jetzt nicht weg.«

»Es geht um Mutter«, sagte er leise. »Sie ist krank, und sie hat mich gebeten, dich zu holen. Ich hätte dir das nicht gesagt, wenn es nicht eilig wäre.« Seine Stimme zitterte.

»Ist Ingunn krank?« Anne presste den Korb an sich.

Er nickte. »Sie hat vor einigen Tagen schon nach dir gefragt, aber ich wollte noch warten.« Er trat näher. »Das hätte ich nicht tun dürfen. Jetzt eilt es, Anne.«

»Warum holst du nicht Elseby?«, fragte Anne trotzig und trat einen Schritt dichter an ihn heran. »Du weißt ja wohl noch, wie sie damals deinem Vater und Martin geholfen hat.«

»Mutter will, dass du kommst.« Er schaute zu Boden und verstummte, da nun Tollef ein Pferd über den Hofplatz führte.

»Ich komme, so schnell ich kann. Das verspreche ich.«

Erst als die letzten Sonnenstrahlen schräg durch die Bäume fielen, kam Anne auf Sæter an. Der Anblick der funkelnden blutroten Blätter war so schön, dass sie für einen Moment stehen blieb. Es war, als ob es ihr neue Kräfte gäbe, einfach dort zu stehen und den Anblick in sich aufzunehmen, die Kräfte, die sie im Laufe des Tages aufgebraucht zu haben glaubte. Sie hatte sich ganz leer gefühlt, als sie die Küche auf Mustad verlassen hatte, nachdem sie dort alle vorhandenen Töpfe und Tiegel geschrubbt hatte. Aber als sie nun hier stand, fühlte sie sich plötzlich eins mit allem Leben, das den kleinen Hof umgab, mit Vögeln, Bäumen, der Erde und dem Himmel. Alles war friedlich und gut. Dann klopfte sie vorsichtig an die Tür und ging hinein.

Als Erstes sah sie Hans. Sein Gesicht war von der Sonne gezeichnet, genau wie das von Jon. Er schaute ihr ängstlich entgegen. Sie hatte ihn dort unten auf den Feldern gesehen, wie er mit kräftigen Bewegungen die Sichel im Korn geschwenkt hatte. Aber jetzt kam er ihr nicht mehr stark vor. Seine Augen waren blank. Es sah aus, als ob er geweint hätte.

Jon und Martin saßen schweigend am Tisch. Die Zwillinge hockten auf der Bank unter dem Fenster. Anne nickte ihnen allen der Reihe nach zu, aber nur Martin und die Zwillinge erwiderten dieses Nicken. Jon ignorierte sie, als ob sie plötzlich zu einer Fremden geworden wäre. Sollte sie gehen, jetzt, da sie endlich hier war? Er müsste ihr doch eigentlich behilflich sein, wenn das hier gutgehen sollte? Sie ging weiter zum Bett.

Ingunn schaute aus großen, trüben Augen zu ihr auf. Ihre Haare waren dünn und grau, ihre Wangen aschgrau, eingesunken und fleckig, und im Mund fehlten mehrere Zähne. Ingunn war seit Tagen nicht mehr auf dem Feld gewesen. Warum war Anne das nicht aufgefallen? Sie hätte doch begreifen müssen, dass hier etwas nicht stimmte. Aber sie war so sehr mit sich und allem beschäftigt gewesen, womit sie ihre Tage so gern gefüllt hätte, dass sie offenbar alles andere vergessen hatte.

Anne griff nach der mageren Hand. Die war kalt und schlaff. Sie versuchte, die Hand zu wärmen. Hob sie an ihr Gesicht. Hielt den Mund daran und blies.

»Kannst du helfen, Anne?« Erst jetzt war Jon hinter sie getreten. Das war ein gutes Gefühl.

»Ich werde es versuchen.« Sie fühlte sich stark. Wenn Frau Mustad jetzt hier gewesen wäre, hätte sie ihr erklärt, dass sie das hier einfach tun musste. Sie faltete die Hände. Dann fing sie an zu beten. Es war wohl kein so starkes und kraftvolles Gebet wie die, die Elseby sprach, aber ihr Vaterunser konnte Anne ja doch. Das musste reichen.

Nach dem Gebet legte sie Ingunn die Hände auf den Kopf und ließ sie dort liegen. Anne hatte manchmal ihre Mutter begleitet, um nach kranken Nachbarn oder Freundinnen zu sehen, die Kätnerinnen in Vardal verließen sich nur selten auf ihre eigenen Fähigkeiten. Sie halfen, wo Hilfe benötigt wurde. Sie trösteten und hüteten Kinder, holten Wasser vom Bach, wuschen Kleider und kochten füreinander. Es kam auch vor, dass sie feuchte Lappen auf eine fieberheiße Stirn legten oder bei einer Entbindung halfen, wenn die Hebamme nicht rechtzeitig kommen konnte. Aber wenn sie sich wie Elseby verhielt, wenn sie Gebete sprach und Pflanzen holte, um damit Ingunns Leiden zu mildern, was würde Jon dann von ihr denken? Doch das war ihre Pflicht, also sollte er denken, was er wollte. Sie war jetzt bereit, das hier zu tun. Jedenfalls wenn sie Elseby glauben wollte.

Elseby nahm den roten Faden, um zu sehen, was Kranken fehlte. Anne hatte keinen roten Faden. Einen Moment lang war sie ratlos. Sie musste sich jetzt auf sich selbst verlassen. Sie schloss die Augen. Wenn

Hellsicht ihre Gabe war, dann würde sie jetzt einsetzen und ihr helfen.

Sie bewegte die Hände über Ingunns Körper. Als sie in den Händen ein heißes Prickeln verspürte, legte sie sie vorsichtig auf den Leib der Kranken. »Tut es hier weh, Ingunn, hier im Bauch?«

Ingunn nickte. »Das ist schon lange so. Ganz unten im Bauch. Ich dachte, das würde von selbst wieder aufhören.«

Anne drehte sich zu Jon um und sagte mit gebieterischer Stimme: »Ich brauche Eichenrinde.« Dann drehte sie sich abermals um und befahl Hans, in der Feuerstätte einzuheizen und Wasser heiß zu machen.

Schon bald kam Jon mit großen Stücken Eichenrinde zurück und legte sie auf den Tisch.

Anne schnitt die Rinde in kleine Stücke und spürte dabei seine Blicke. Dann warf sie die Rindenstücke in das kochende Wasser und siebte kurz darauf die Flüssigkeit durch.

»Das musst du mehrmals am Tag trinken, Ingunn. Und wenn du nichts mehr hast, müssen deine Söhne einen neuen Absud für dich kochen.« Sie lächelte und streichelte Ingunns magere Wangen. »Dann wirst du bald wieder essen mögen. Du verlierst alle Kraft, weil du keine Nahrung hinunterbringst. Deine Schmerzen werden vergehen, das weiß ich. Du hast so viel Stärke in dir, Ingunn. Das schaffst du.«

Ingunn lächelte ihr zu. Plötzlich leuchteten ihre

trüben Augen. Es sah fast aus, als ob Annes Worte ihr ebenso viel Stärke gegeben hätten wie der Heiltrunk.

Eine Woche darauf machte sich Anne abermals auf den Weg nach Biri. Es war jetzt an der Zeit, Wurzeln und Wurzelstöcke zu sammeln. Elseby hatte ihr erklärt, das mache man am besten im Herbst, wenn das Laub gefallen sei.

Sie wuschen und bürsteten die Wurzeln vor Elsebys Hütte, dann sortierten sie sie nach Arten. Danach zogen sie die Wurzeln auf Schnüre auf und hängten sie im Schatten auf, damit sie schnell trocknen könnten. Johannes half ebenfalls. Er sägte die gröberen Wurzeln der Länge nach durch, ehe er sie an Schnüren aufhängte. Anne spürte, dass es ihm gefiel, dass sie dabei war. Er lächelte sie durch seinen roten Bart an. Dann versetzte er Elseby einen Rippenstoß und lachte. Und Elseby lächelte verlegen zurück, hob die Katze hoch, die ihnen um die Beine strich, und gab ihr einen Kuss auf den Kopf. Doch, sie verstand das, was Elseby über die Liebe sagte, die sichere, gute Hand, die sie stützte. Würde Jon sie nun stützen, nachdem sie seiner Mutter geholfen hatte? Anne atmete die klare Herbstluft ein, hob das Gesicht und entdeckte einen Vogelzug. Nirgendwo auf der Welt konnte es wohl mehr Himmel geben als gerade hier. Warum zogen alle Vögel davon, wenn der Winter kam? Wo versteckten sie sich?

»Ich war bei Ingunn auf Sæter.« Anne ließ ihren Blick von den Vögeln zu Elseby wandern. »Sie war krank.«

»Was hast du gemacht?« Elseby sah sie mit ihren starken Augen an.

»Ich habe für sie gebetet und sie gesegnet. Und dann habe ich Rinde von der Eiche vor dem Haus benutzt.«

»Und …?« Elseby hängte die letzte Wurzel auf.

»Es geht ihr schon besser. Ich habe in der vergangenen Woche jeden Tag nach ihr gesehen. Sie sitzt jetzt aufrecht im Bett, isst und hat wieder Farbe in den Wangen.«

Elseby nickte ihr zu. »Das hast du gut gemacht, Anne.«

»Danke«, sagte Anne stolz. »Aber offenbar hat es sich herumgesprochen, denn Frau Mustad hat mich gestern gefragt, ob ich in letzter Zeit auf Sæter gewesen sei.«

»Und du hast geantwortet?«

»Ich habe geantwortet, dass ich dort gewesen sei, weil Ingunn krank war.«

»Das war wirklich mutig von dir.«

»Wenn ich mutig gewesen wäre«, sagte Anne. »dann hätte ich gesagt, dass ich auf der Welt bin, um Menschen zu helfen, die leiden und krank sind. Dass ich dazu die Kraft in mir habe. Dass ich berufen bin.«

»Liebe Anne«, sagte Elseby und seufzte, »eines Tages wird sich alles finden. Das weiß ich. Aber dann wird Frau Mustad wohl kein Teil deines Lebens mehr sein.« Es war nicht schwer zu sehen, dass die weise Frau weitere Bemerkungen hinunterschluckte.

Anne seufzte und wischte sich Erde von den Händen. »Ich weiß nicht. Jetzt ist bald wieder Winter. Wenn dann der Frost einsetzt, wird geschlachtet, dann kommt der Hausputz vor Weihnachten, dann ist das Jahr zu Ende, und ein neues beginnt, ohne dass sich etwas geändert hat.«

»Aber etwas hat sich doch wohl geändert?« Elseby streichelte ihre Schulter und ging ins Haus.

Anne blieb sitzen und dachte daran, was Elseby gesagt hatte. Sie lehnte den Kopf an die teerbraune Wand und schloss die Augen. Dann legte sie die Hand auf die Brust. Ihr Herz hämmerte. Es war, als ob Erde und Himmel und alles, was es auf der Welt gab, in ihr in Bewegung gesetzt wurden. Das weiße Licht. Es war stärker als bisher. Langsam klärte sich ihre Sicht wieder. Der Ort zwischen den hohen Birken. Sie war früher dort gewesen. Aber etwas war jetzt anders. Etwas bewegte sich. Sie sprang von der Treppe auf, als ob sie dadurch besser sehen könnte. Über die weite grüne Wiese gingen Menschen. Und sie wartete schon auf diese Menschen, nahm sie freundlich in Empfang.

9

Der Winter hatte in diesem Jahr früh eingesetzt, und Anne hatte Angst, dass ihr Brennholz nicht ausreichen würde. Sie wandte den Blick von dem vielen Schnee ab und ging in den Schuppen. Sie seufzte beim Anblick des jämmerlichen Holzstapels, der ihnen noch blieb, und raffte einen Armvoll Holzscheite zusammen. Sie hoffte, dass sie zu Weihnachten vom Gutshof eine Holzzuteilung erhalten würden, aber sie traute sich nicht, darum zu bitten. Wenn nur der Vater da gewesen wäre. Verzweiflung überkam sie.

Sie wurde aus ihren Gedanken gerissen, als sie Glöckchenklang und Hufschlag auf dem verschneiten Boden hörte. Ein Schlitten glitt auf den Hofplatz. Sie ging nach draußen. Stand still und wartete, bis das Pferd vor ihr stehen geblieben war. Der Wind peitschte ihren Rücken und wehte kitzelnde Haarsträhnen auf ihre Wangen. Da sie die Holzscheite im Arm hatte, konnte sie die Haare nicht wegstreichen, deshalb schüttelte sie den Kopf, und ein Windstoß befreite sie von den Strähnen.

Das Pferd kannte sie vom Gutshof her, und jetzt sah sie im Schlitten Frau Mustad. Was wollte die hier auf

Sevald? Wenn sie nur keine schlechten Nachrichten brachte! Anne rechnete immer mit schlechten Nachrichten, immer hatte sie einen wehen Stein in der Brust.

Einer der Knechte vom Hof ließ die Zügel los und sprang vom Schlitten, um Frau Mustad beim Aussteigen zu helfen. Anne erkannte ihn sofort, denn er erinnerte sie an ihren Vater. Die freundlichen Augen, die ruhigen Bewegungen, die beruhigende Stimme. Sie machte einen Knicks vor Frau Mustad, die in ihrem Pelz warm aussah. Aber sie selbst, wie sah sie aus? Auf jeden Fall nicht so ordentlich wie sonst, wenn sie ihren Dienst antrat. Ihre nassen Haare klebten an ihrer Haut. Um die Schultern lag das verschossene Schultertuch ihrer Mutter. Löchrige Handschuhe. Sägespäne, die am Kleid klebten wie trockene Brotkrümel. Nasse Stiefel, weil sie es noch nicht geschafft hatte, zwischen Stube und Schuppen einen Weg auszutreten.

»Wie gut, dass du hier bist, Anne. Ich muss etwas mit dir besprechen.« Frau Mustad starrte sie gebieterisch an, und Anne schaffte es nicht einmal, sie willkommen zu heißen. Dann stimmte es vielleicht doch, dass es sich herumgesprochen hatte, dass sie sich den ganzen Sommer und Herbst hindurch immer wieder im Wald mit Elseby getroffen hatte. Wollte Frau Mustad darüber reden? Der wehe Stein in ihrer Brust wurde immer größer.

Die Mutter saß mit einer verschlissenen dünnen Wolldecke über den Knien am Tisch und stopfte ein Paar Strümpfe, Kirstine kochte über der Feuerstätte Wassergrütze, als sie hereinkamen. Das Feuer wollte wohl nicht richtig brennen, denn die ganze Stube roch nach Rauch. Schnell legte Anne zwei Holzscheite auf die schwelende Glut, sie durften doch jetzt, wo Frau Mustad da war, nicht an Wärme sparen. Dann streifte sie sich eilig die Holzspäne vom Kleid, wischte sich die Hände an der Seite ab und räusperte sich.

Kirstine versank in einem tiefen Knicks und lief rot an, und die Mutter erhob sich eilig, als sie sah, wer da mit ihrer Tochter die Hütte betreten hatte.

»Wir haben dich jetzt schon lange nicht mehr auf Mustad gesehen, Marte. Wie geht es dir denn?« Frau Mustad legte ihren Mantel nicht ab. Und ihre Handschuhe auch nicht.

Die Mutter strich sich die dünnen grauen Haare glatt. Plötzlich waren auf ihren mageren Wangen kleine rosenrote Flecken aufgetaucht. »Ich war den ganzen Winter so krank. Ich weiß nicht, was es ist, aber ich kann kaum auf den Beinen stehen …«

»Du hast uns viele Jahre lang große Freude gemacht, Marte. Deine Söhne und Töchter auch«, sagte Frau Mustad mit fester Stimme.

»Danke«, sagte die Mutter. Ein Lächeln breitete sich über das bleiche Gesicht aus. Dann zog sie ihren

Stuhl hervor, legte eine Decke darüber und bat Frau Mustad, sich zu setzen.

»Anders Didriksen war auch ein guter Arbeiter. Traurig, dass er uns so früh verlassen musste.« Frau Mustad nahm seufzend Platz.

»Können wir Ihnen etwas anbieten, Frau Mustad?« Die Stimme der Mutter klang heiser und brüchig, aber es war nicht schwer zu sehen, dass sie stolz über diesen Besuch war. Sie holte eine Tasse aus dem Eckschrank. »Etwas Heißes zu trinken? Anne kann einen Tee aus den Pflanzen kochen, die sie im Sommer gesammelt hat.«

Annes Wangen wurden heiß. Frau Mustad durfte jetzt nicht in ihre Richtung blicken. Obwohl sie oft Kirstine mit in den Wald genommen hatte, um Blumen und Beeren zu suchen, hatte sie weder ihr noch der Mutter von ihren Treffen mit Elseby erzählt, deshalb verriet die Mutter sie, ohne das zu wollen. Falls Frau Mustad etwas merkte. Und das tat sie sicher. Frau Mustad war eine scharfe Beobachterin. Anne würde diesmal jedoch Elseby verteidigen, wenn es sein müsste. Und sich selbst auch.

»Nein, danke«, wehrte Frau Mustad ab. »Ich will euch keine Ungelegenheiten machen.« Sie rutschte unruhig auf dem Stuhl hin und her. »Ich komme aus einem besonderen Grund.«

Anne richtete sich auf. Das taten auch die Mutter und Kirstine. Jon hatte gesagt, dass sie hier nicht ewig bleiben könnten. Da hatte er sicher recht gehabt.

Frau Mustad schob ihre behandschuhte Hand unter ihr Kleid. »Es ist ein Brief aus Christiania gekommen.«

»Ein Brief?« Das wäre jedenfalls der erste Brief, der je nach Sevald gelangt war.

»Er ist für dich, Anne.« Frau Mustad reichte ihr mit trauriger Miene einen Umschlag.

»Für mich?« Anne saß unschlüssig mit dem Umschlag in der Hand da. Der Umschlag war weiß und hatte einen roten Stempel. Sie spielte unsicher daran herum.

»Nun lies doch schon«, sagte die Mutter ungeduldig. Sie hatte sich auf den Hocker bei der Feuerstätte gesetzt. Jetzt beugte sie sich gespannt zu Anne und dem Brief vor.

Wenn doch Karen hier wäre, dann könnte sie vorlesen. Aber Karen würde das vielleicht auch nicht besser schaffen. Keine von ihnen hatte mehr als ein »genügend« bei der Konfirmation erhalten. Vorsichtig zog Anne den Brief aus dem Umschlag. Die kleine Schwester hing ihr über der Schulter. »Vorsichtig«, bat sie. »Vorsichtig, Kirstine.« Ihre Hände zitterten. Das dünne Papier schien ihr jeden Moment zwischen den Fingern zerreißen zu können.

»Was steht da, Anne?« Kirstine zog ihren Hocker ganz dicht an Annes heran.

Große Schlingen formten Wörter, die sie nur mit Mühe entziffern konnte. Die Buchstaben sahen auch ganz anders aus als die in den Büchern. Sie fuhr mit dem Zeigefinger unter den Buchstaben entlang, wie sie es damals mit dem *Buch des Pontoppidan* gemacht hatte. Versuchte, aus den Buchstaben Wörter zu bilden. Wenn sie sich nur Zeit ließ, konnte sie alles lesen. Obwohl sie niemals schreiben gelernt hatte – lesen konnte sie doch. In der Dorfschule hatten sie gesagt, es sei wichtig, sich zu konzentrieren. Aber vor so vielen Leuten war das plötzlich schwer. »Bitte, lesen Sie vor, Frau Mustad«, stammelte sie. Ihre Wangen glühten.

»Ich weiß, was darin steht«, sagte Frau Mustad mit gedämpfter Stimme. »Eine wohlhabende Familie in Christiania sucht ein Dienstmädchen.«

»Dienstmädchen?«, wiederholte Anne leise.

»Ja«, sagte Frau Mustad, lächelte und legte dabei den Kopf ein wenig schräg. »Wir kennen die Familie schon lange. Es sind wirklich anständige Leute. Der Mann ist in Nes in Romerike aufgewachsen als eines von vielen Geschwistern. Sein Vater, der ein enger Freund meines ersten Mannes war, war Großgrundbesitzer, ihm gehörten mehrere Güter und große Waldbereiche mit Mühlen und Sägewerken. Und die junge Gattin kommt von einem Herrensitz bei Kongsvinger.«

»Aber warum schreiben die mir einen Brief?«

»Weil dort steht, dass sie sich Anne Marie Andersdatter als Dienstmädchen in ihrem Haus wünschen.«

Sicher war damit eine andere gemeint. Anne kannte in Vardal noch andere, die Anne Marie hießen.

»Ich lasse dich ja nur ungern gehen«, sagte Frau Mustad und seufzte. Plötzlich sah sie unter ihrem Pelzhut alt und müde aus. »Aber für dich ist es eine große Chance, Anne.«

»Ich verstehe das nicht. Ich kenne niemanden in Christiania. Woher wissen die meinen Namen?«

»Ach, den habe ich im vergangenen Sommer Fräulein Øyset genannt. Der jetzigen Frau Øyset, meine ich.«

»Fräulein Øyset?«, fragte Anne verwirrt.

»Sie hat Herman Øyset geheiratet, der nach dem Konkurs ihres ältesten Bruders als ihr Vormund eingesetzt worden war.«

Herman Øyset, so hieß er also?

»Anne.« Kirstine packte sie. Ihre Hand war heiß und feucht. »Du willst mich doch nicht verlassen?«

»Ich wusste nicht, dass sie verlobt waren«, flüsterte Anne.

»Nein, wir hatten auch nicht damit gerechnet, dass er so einfach seine Nichte heiraten würde.« Frau Mustad setzte sich gerade. »Aber das hat er also getan. Herr Øyset und Fräulein Øyset haben kurz vor Weihnachten in der Erlöserkirche in Christiania geheiratet.«

Anne wurde es schwindlig. Sie erhob sich, ging ans Fenster und schaute hinaus zu den weißen Feldern und dem Wald dahinter.

»Øyset ist Goldschmied und Juwelier und hat offenbar viel Erfolg«, sagte nun Frau Mustad, die Annes Verwirrung nicht bemerkt zu haben schien. »Und jetzt brauchen sie also ein neues Dienstmädchen.«

»Aber Anne kann uns doch nicht verlassen«, sagte die Mutter und erhob sich so plötzlich, dass ihr Hocker gegen den Rand der Feuerstätte kippte. Ihre Stimme klang plötzlich lauter und klarer als seit vielen Jahren.

»Nun kann ja Kirstine bald in Dienst gehen«, sagte Frau Mustad verständnisvoll und beugte sich zur Mutter vor, die gerade den Hocker aufhob. »Und es ist eine Möglichkeit, die Anne nicht wieder bekommen wird. Deine Tochter kommt in ein überaus wohlhabendes Haus.«

Anne sah zuerst Frau Mustad an, dann ihre Mutter und endlich Kirstine. Ihre Schwester schaute zu Boden und machte sich an ihrem Kleid zu schaffen. Anne wusste, dass sich ihre Mutter Frau Mustads Ratschlägen oder Wünschen niemals widersetzen würde. Aber sie konnte doch nicht einfach nach Christiania gehen, sie war hier in Vardal zu Hause. Sie hatte sich nie vorgestellt, anderswo zu wohnen als hier im Dorf. Plötzlich wusste sie nicht, was sie sich vorgestellt hatte, falls überhaupt irgendetwas.

Sie hatte sich immer gedacht, dass sie wie alle anderen das Leben hinnehmen müsste, das für sie bestimmt war, doch jetzt begriff sie zum allerersten Mal, dass es im Leben viele Möglichkeiten gab.

Zwei Wochen lang dachte Anne über den Brief nach. Abends saß sie im Schuppen in der Ecke, ließ sich auf den Hackklotz sinken und schlug die Hände vors Gesicht. Sie hatte fast die ganze Zeit Bauchweh und brachte kaum einen Bissen hinunter, so hungrig sie auch war. Ab und zu fühlte sie sich zu diesem neuen, unbekannten Leben in Christiania hingezogen, verspürte fast Sehnsucht danach. Diese Sehnsucht erlosch jedoch immer ganz schnell. Sie flackerte nur in winzigen Momenten auf. Sie musste bei der Mutter bleiben und ihr helfen. Es gab keine andere Möglichkeit. Aber ein solches Leben wünschte sie sich doch gar nicht. Und wenn sie das nicht wollte, musste sie an einen Ort gehen, wo ein anderes Leben möglich war.

Anne sah den mageren Leib vor sich, die harte Arbeit, jahraus, jahrein. Im Winter auf Mustad Fußböden schrubben, im Herbst die langen heißen Tage auf den Feldern, die Stunden mit der Wäsche am Fluss im Sommer, die Trauer in den Augen der Mutter, den Verlust von Kindern und Ehemann. Die Einsamkeit. Sie blies auf ihre kalten Finger, damit die Nagelhaut nicht einriss. Wenn nur dieser Brief nicht gekommen wäre.

Eines Abends Ende Januar kam ihr ein neuer Gedanke. Wenn sie ihre Gabe hier in Vardal verwenden könnte, brauchte sie doch nicht wegzugehen. Vielleicht könnte *sie* Elsebys Erbe antreten. Dann verdrängte sie den Gedanken so schnell, wie er gekommen war. Obwohl Elseby über vierzig war, war sie noch stark. Und es war nicht unmöglich, dass ihre Tochter eines Tages an ihre Stelle treten würde. Und außerdem, wie sollte Anne denn Elsebys Platz einnehmen, wo Frau Mustad so sehr dagegen war? Nein, das wäre unmöglich.

Plötzlich wurde sie aus ihren Gedanken gerissen. Sie hörte Schritte, die auf den Schuppen zukamen.

»Kirstine, bist du es?« Sie sprang auf und riss die Tür auf, sah aber nur den Wind, der über den Harschschnee strich. Sicher hatte sie sich verhört.

Sie rieb die Hände aneinander und wollte einige Holzscheite aufheben, da hörte sie jemanden an der Tür. Sie fuhr herum.

Es war Jon. Frostrauch quoll aus seinem Mund. Sein Schopf und seine Nasenlöcher waren weiß vereist. »Marte hat gesagt, du bist zum Holzholen in den Schuppen gegangen.«

»Du siehst ja witzig aus.« Sie lachte. Merkte, wie gut es tat, ihn zu sehen. Wenn er abends den weiten

Weg hergekommen war, war es sicher wichtig. »Ist auf Sæter alles in Ordnung?«

Jon nickte und schaute zu Boden, wirkte fast ein wenig verlegen über diese Frage.

»Und Ingunn?«

»Der geht es viel besser, und Frau Mustad hat gesagt, dass sie nicht zum Dienst zu kommen braucht, solange Vater und ich in den Wald gehen.« Dann sagte er leiser: »Es war gut, dass du ihr helfen konntest.« Er hatte ihr schon einmal gedankt, hatte genau dasselbe gesagt, mehr aber auch nicht. Jetzt stand er da und wusste offenbar nicht wohin mit seinen Händen. »Es ist kalt hier im Schuppen.« Er nieste und wischte sich die Nase mit dem Ärmel seiner Joppe ab.

Sie schaute die hohe Gestalt an, die sich bücken musste, um im Schuppen stehen zu können. Nasser Schnee lief über die graue Filzjoppe. Wenn sie wegging, würde sie auch ihn im Stich lassen. »Komm doch mit ins Haus«, sagte sie rasch. »Dann freut sich Kirstine.«

Er nickte, blieb aber stehen, als sie die Tür öffnete.

»Ja und Mutter auch. Sie möchte sicher Neues von Sæter hören. Sie spricht so oft von Ingunn, macht sich Sorgen um sie.«

Er nickte wieder und starrte sie an.

»Komm schon, Jon, ehe der ganze Schnee hereingeweht wird.« Dann drehte sie sich um und packte seinen nassen Jackenärmel. »Du brauchst nicht zu erzählen, dass ich ihr geholfen habe.«

Er sah sie an, als ob er kein Wort von ihrer Rede gehört hätte.

»Jon.«

»Ich weiß von dem Brief«, sagte er und schlug die Augen nieder.

»Ach.« Sie wusste nicht, ob sie erleichtert oder traurig war, weil er es nicht von ihr direkt gehört hatte.

»Martin hatte es auf dem Hof gehört. Aber du hast doch wohl nicht vor, nach Christiania zu gehen?«

»Ich weiß nicht, Jon. Frau Mustad sagt, dass ich so eine Chance kein zweites Mal bekommen würde.«

»Aber ich finde bestimmt bald eine Pacht, wenn es erst Frühling wird, das weiß ich. Eine Kate mit einem kleinen Stück Land.«

»Ich habe mich noch nicht entschieden.« Sie verließ den Schuppen. Fröstelte und lief zur Hütte hinüber.

»Du glaubst, dass ich das nicht schaffen werde, wo ich nicht lesen kann und nicht konfirmiert bin?« Jon kam hinter ihr her.

Sie blieb stehen. Schlang sich die Arme um den Leib, um sich vor dem Wind zu schützen. »Ich glaube an dich, Jon. Ich kenne deine Träume. Das war immer schon so. Aber du musst auch selbst daran glauben. Komm jetzt mit ins Haus, dann kriegst du etwas Heißes zu trinken.«

»Wirst du gehen, Anne?«

»Komm, Jon.« Sie nahm seine Hand. »Hier draußen frieren wir uns doch zu Tode.«

Anne lag bis tief in die Nacht hinein wach und wälzte sich in dem kalten Bett von einer Seite auf die andere. Jon war so still gewesen. Aber Kirstine hatte sich über den Besuch gefreut. Die Mutter auch. Das war nicht schwer zu sehen. Die Mutter hatte ihm ein Stück Pökelfleisch angeboten, das sie lange aufbewahrt hatte, und Kirstine war um ihn herumscharwenzelt und hatte für ihn Kaffee über der Feuerstätte heißgemacht. Anne war wie er ebenfalls still gewesen. Sie und Jon hatten nebeneinander vor der Wärme gesessen, und einmal hatte sie gemerkt, dass er sich dichter an sie anlehnte, wenn die Mutter und Kirstine das nicht sahen. Sie hatte es so schön gefunden, dass er dort war. Hatte das Gefühl gehabt, dass es richtig war, dass er hier mit ihnen zusammen auf Sevald war. Doch zugleich war alles so schwierig.

Gegen Morgen fuhr sie aus dem Schlaf hoch und setzte sich auf. Sie hob die Hände an die Brust. Ihre Hände wurden schweißnass. So als hätte der Alb dort auf ihrer Brust gesessen. Elseby hatte gesagt, sie sei vom Schicksal berufen. Der *Schicksalsruf*. Die weise

Frau hielt eine Krone vor sie hin. Eine Krone aus lauterem Gold, geschmückt mit Perlen und Edelsteinen. Aber Anne weigerte sich, die Krone anzunehmen. Drückte sie weg und schrie. Sie rang um Atem und sah sich ängstlich in der Stube um. Alles, was so vertraut gewesen war, wirkte plötzlich beängstigend.

Sie schaute zur Mutter und zu Kirstine hinüber. Beide schliefen tief. Sie sahen so friedlich dabei aus. Und sie selbst war immer so zerrissen.

Seit der Brief gekommen war, konnte sie keine Ruhe finden. Sie wagte nicht, sich wieder hinzulegen, der Traum könnte ja weitergehen. Deshalb setzte sie die Füße auf den kalten Boden und schlich sich zur Feuerstätte hinüber, legte zwei neue Holzscheite hinein und setzte sich mit einer Decke über den Knien davor. Ihr schauderte. Alles hatte so echt gewirkt.

Endlich fing das Holz ein wenig Feuer aus den erbärmlichen Glutresten. Sie dachte daran, wie oft sie hier mit dem Vater gesessen und die Wärme gehütet hatte. Wie sollten die beiden anderen ohne sie zurechtkommen? Die Mutter war zu alt für den Dienst auf Mustad und Kirstine zu jung. Der Schicksalsruf? Das einzige Schicksal für sie bestand darin, zu Hause zu bleiben. Darauf zu warten, dass Jon irgendwann in Zukunft eine Pacht fand. Denn alle Kätnerstellen, von denen sie wusste, waren vergeben.

Am nächsten Tag rief Frau Mustad sie in die Bibliothek. Anne machte einen Knicks. Wusste, was Frau Mustad wollte.

»Es fällt dir schwer, dich zu entscheiden, Anne.« Frau Mustad trug ein dickes Wollkleid. Um ihre Schultern lag ein graues gestricktes Tuch. Sie stand dicht beim Kamin und hustete. Frau Mustad brütete offenbar irgendeine Krankheit aus.

»Ich bin sehr dankbar für das Angebot, Frau Mustad«, sagte Anne und versuchte, ihre Unsicherheit zu verbergen.

»Für deine Mutter und Kirstine wird gesorgt.«

»Aber sie sind so daran gewöhnt, dass ich mich um sie kümmere.« Anne trat jetzt näher, um Frau Mustad davon zu überzeugen, wie wichtig es war, dass sie zu Hause blieb.

»Bist du ganz sicher, dass du deshalb nicht nach Christiania willst, Anne?« Frau Mustads Stimme klang jetzt gebieterisch. Verlangte eine Antwort von ihr.

Anne wurde rot und schlug die Augen nieder. Dachte Frau Mustad an Jon, oder dachte sie an Elseby? Vielleicht dachte sie an Elseby und wollte Anne deshalb wegschicken. Vielleicht war das hier eine Strafe, so wie Jon einmal bestraft worden war. Nein, Frau Mustad meinte es sicher nur gut. Und außerdem war Anne Frau Øyset doch begegnet. Die war doch freundlich durch und durch. Und Herrn Øyset kannte sie auch schon. Hier aus der Bibliothek. Er hatte dort gestanden, wo jetzt Frau Mustad stand. Hatte sie geneckt. Bestimmt würde er sich nicht an sie erinnern. Aber sie erinnerte sich an ihn. Und jetzt wollten ihre Wangen nicht aufhören zu glühen.

»Na gut, wenn du nicht willst, dann muss ich eine andere finden, die ich an deiner Stelle schicken kann. Es gibt genug Mägde, die alles darum geben würden, in ein wohlhabendes Haus in Christiania zu kommen.« Frau Mustad strich sich die grauen Haare glatt.

»Aber Fräulein Øyset wollte doch mich«, sagte Anne und richtete sich auf.

»Da hast du allerdings recht.« Frau Mustad runzelte die Stirn.

»Ich möchte so gern, aber ich kann mich nicht richtig entscheiden.«

»Ja, wenn du das Angebot nicht annimmst, dann musst du herziehen, in die Mägdekammer. Wir werden mehr Hilfe auf dem Hof brauchen, wenn eine andere an deiner Stelle zu Øysets geht.«

Anne erstarrte. Der Weg von Sevald hierher war lang, aber mit den anderen Mägden zusammenzuwohnen, rund um die Uhr ihren Klatsch und ihre Klagen anhören zu müssen, das wäre wirklich viel schlimmer, als hin- und herwandern zu müssen. Und schlimmer als die Kälte. Sie war auch nicht wie Karen. Wenn sie auf Sevald wohnte, war sie immerhin frei. Konnte hinaus in die Natur gehen. Konnte an ihren freien Tagen Elseby besuchen. Nein, unter Frau

Mustads Aufsicht hier wohnen, das wollte sie auf keinen Fall.

»Ich verlange eine Antwort von dir, Anne, spätestens übermorgen. Danach schreibe ich an Frau Øyset und sage ihr, wer kommt. Länger kann sie nicht warten.«

Anne knickste. »Ja, Frau Mustad.«

Elseby war allein, als Anne am nächsten Tag nach Biri kam. Johannes und die Kinder waren irgendwo draußen beschäftigt. Anne hatte mit einem Knecht vom Gut fahren können, der nach Norden musste. Zum Glück war er nicht redselig, hatte nicht gefragt, wo sie hinwollte.

Es war schön, mit Elseby unter vier Augen sprechen zu können. Anne brauchte das. Sie legte den Kopf an die Schulter der weisen Frau und weinte.

»Vielleicht ist Christiania ein Ort, wo du deine Gabe nutzen kannst, ohne die ganze Zeit überwacht zu werden«, tröstete Elseby.

»Meinst du?«, schluchzte Anne.

»Ich weiß nicht. Ich war niemals dort. Aber sicher werden die Leute da genauso krank wie hier.«

»Vielleicht haben sie in Christiania nicht solche Angst, Elseby.« Sie spürte, wie Elsebys gute warme Hände über ihre Wange strichen. »Vielleicht werde ich mir da nicht so anders vorkommen. Vielleicht muss man in der Stadt nicht alles verstecken.«

»Auch hier musst du dich doch nicht vor allen verstecken, Anne. Es ist ja nur, dass Frau Mustad eine solche Trauer im Herzen trägt, dass sie es nicht mehr öffnen kann.«

»Was für eine Trauer, Elseby?« Anne wischte sich die nassen Wangen und sah die weise Frau an.

»Wenn du glaubst, dass es leichter für dich wird, wenn du es weißt, dann erzähle ich es dir. Aber es spricht niemand mehr darüber. Das hast du vielleicht begriffen.«

»Es wäre leichter für mich, es zu wissen.« Anne richtete ihren Blick auf die Schachtel mit den Märzveilchen.

»Na gut, dann erzähle ich es dir.« Elseby setzte sich gerade. »Frau Mustad hat einmal ein Kind verloren. Du warst damals noch sehr klein. Es war ein schönes Mädchen von vier Jahren.«

Anne sah jetzt Elseby an. Dann hatte Karen damals doch nicht unrecht gehabt. »Warst du dabei?«

Elseby nickte.

»Und konntest du die Kleine nicht retten?«

Elseby schüttelte den Kopf. »Es war zu spät.« Zum ersten Mal sah Anne Tränen in den schwarzen Augen. »Die Kleine war durch das Eis gebrochen, als sie mit ihrer Mutter und den Brüdern den Schlitten entgegenging, die vom Markt kamen, über den Mjøsa. Es war Ende Februar. Als sie den Schlitten ihres Vaters sah, rannte sie hinaus auf das Eis, um ganz schnell bei ihm zu sein. Niemand konnte begreifen, wie es passieren konnte, denn das Eis war winterdick, sie muss in eine offene Stelle gefallen sein.«

»Und niemand konnte sie retten?«

Elseby schüttelte noch einmal den Kopf. »Frau Mustad hat so tief und so lange getrauert, dass sie jemanden brauchte, um ihre Trauer abzulegen, wenn sie damit leben wollte. Deshalb hat sie ihre Trauer in Zorn verwandelt, denn Zorn ist leichter zu ertragen.«

Anne sah Frau Mustads traurigen Blick vor sich. Sie erinnerte sich an die Wärme, die sie von Frau Mustad bekommen hatte, als sie noch klein gewesen war.

»Es hat immer schon weise Frauen in den Dörfern gegeben, Anne. Soviel ich weiß, waren die meisten beliebt und angesehen. Die Natur ist doch ein Teil der Menschen, die hier leben. Weise genannt zu werden ist eine Ehre.«

»Aber Frau Mustad fürchtet die bösen Kräfte.« Anne setzte sich gerade. »Du hast nie mit mir darüber gesprochen, Elseby. Und neulich nachts hatte ich einen schlimmen Traum …«

»Was möchtest du denn wissen, Anne?«

»Alles«, sagte Anne. »Ich hatte so Angst, dass der Alb mich holen könnte, dass das Böse Macht über mich gewonnen hätte.«

Elseby machte ein ernstes Gesicht. »Es gibt gute und böse Kräfte«, sagte sie.

Anne bekam eine Gänsehaut, aber sie musste es jetzt wissen.

»Die bösen Kräfte schlagen einen Menschenleib mit Krankheit, die guten heilen ihn.«

»Wirklich?«

Elseby nickte. »Wenn du vor einem leidenden Menschen stehst, musst du als Erstes feststellen, welches Böse sich in seinem Körper festgesetzt hat.«

»Zuerst kommt der Segen«, sagte Anne und hoffte im selben Moment, dass Elseby sie nicht für eine hielt, die alles besser zu wissen glaubte.

»Der Segen kommt immer zuerst«, bestätigte Elseby, »um den Kranken Schutz zu geben. Aber danach musst du feststellen, welche bösen Kräfte sich im Körper festgesetzt haben.«

»Der rote Faden?«, fragte Anne.

»Ich nehme einen roten Faden und messe«, sagte Elseby »Andere weise Frauen gießen in Blei.«

»Sie gießen in Blei?«

»Ja. Sie erhitzen einen Bleiklumpen, bis der schmilzt, und dann gießen sie das flüssige Blei in eine Tasse voll Wasser. Die Form, die das Blei beim Erstarren annimmt, zeigt, welche Kräfte sich in dem kranken Menschen niedergelassen haben.« Elseby durchbohrte Anne mit ihrem Blick. »Aber es geht nicht so sehr darum, wie, sondern dass die bösen Kräfte überhaupt entlarvt werden. Denn sowie das passiert ist, fangen sie an, die Macht über die Kranken zu verlieren.«

»Wirklich?«

»Ja, das ist wie mit einem Troll. Der platzt ja, wenn er ans Licht kommt.«

Elseby durfte jetzt nicht über Trolle oder Teufel sprechen. Anne hatte ohnehin schon Sorgen genug.

»Noch wichtiger aber sind die Pflanzen, Anne.« Elseby legte ihre Hand auf Annes. »Die Pflanzen, die wir trocknen und aus denen wir Salbe machen, die Pflanzen, die wir in Alkohol einlegen oder die wir zu heißen Getränken, Dampfbädern oder Umschlägen verarbeiten. Die sind die wirkliche Medizin.«

»Aber was ist mit den Zaubersprüchen, die ich von dir gehört habe?«, flüsterte Anne. »Ich kenne nur Gebete.«

Elseby erhob sich, ging zu ihrer Truhe hinüber und nahm das schwarze Buch heraus. Das Buch, von dem Elseby gesagt hatte, dass alle ihre Kräuterrezepte darin ständen. »Wenn du lernen willst, Anne, musst du aufhören, dich hiervor zu fürchten.« Dann setzte sie sich auf den Stuhl vor dem Fenster und fing an, kryptische Sprüche vorzulesen, die Schmerzen, Krankheiten und Zahnweh lindern oder Blut stillen sollten.

Anne versuchte, sich diese fremd klingenden Wörter zu merken, aber die waren wie die Vögel im Herbst, sie flogen weg, und Anne wusste nicht, wohin.

»Du kannst auch eigene machen«, sagte Elseby, als sie fertig war. »Solche, die für dich passen. Die nach Christiania passen. Schönere Sprüche. Bessere.«

»Aber ich kann doch nicht weg von hier. Von aller Verantwortung. Wie soll ich denn den richtigen Weg aussuchen können, Elseby?«

»Das ist nicht so schwer, Anne. Deine Berufung hast du von Gott, und sie ist deine größte Verantwortung. Du musst den Weg wählen, der dich dahin führt, wo du deine Gabe am besten anwenden kannst.«

In diesem Moment ging die Tür, und Johannes kam herein. Draußen hörte Anne die Kinder. Sie spielten im Schnee und lachten.

»Johannes bringt dich nach Hause«, sagte Elseby. »Es ist ein weiter Weg, und bald wird es dunkel.«

Anne spürte plötzlich etwas Hartes in der Hand. Es war zu spät, etwas zu sagen. Sie schaute nach unten. Elseby hatte ihr das schwarze Buch gegeben. Es brannte sich in ihre Hand ein. Sie wollte es loslassen, wagte das jedoch nicht.

»Ich kann es auswendig, Anne. Jetzt gehört es dir. Alles, was ich weiß, steht darin. Alle Kräuterrezepte, Gebete und Zaubersprüche, die Geheimnisse der Weisen.« Elseby richtete sich auf. »Es wird dir helfen.«

10

Der Spaten, der auf Sevald stand, war dunkel vor Erde und Alter. Der Spaten des Vaters. Weder die kräftigen Herbststürme noch die kalten Winterwinde hatten ihn umwerfen können. Seit neun Jahren lebten sie auf Sevald nun schon ohne den Vater. Wäre er mit ihrer Entscheidung einverstanden gewesen? Anne ging zum Spaten und hob ihn hoch. Hielt ihn in die Luft, in den Himmel, wie um sich die Bestätigung zu holen, dass der Vater ihre Wahl unterstützte, als ob sie erwartete, dass der Himmel sich öffnete und der Vater ihr ein Zeichen gab, dass am Ende alles gut werden würde. Dann drückte sie den Spaten an sich und weinte. An diesem Tag hatte Frau Mustad ihre Antwort erhalten.

Sie ging weiter zum Schuppen und stellte den Spaten neben Holz und Hackklotz, zu Sichel und Axt. So! Nun konnte er hier stehen. Sie hatte jedenfalls den Mut gehabt, selbst wenn das sonst niemand in all diesen Jahren gewagt hatte. Nicht einmal ihre Brüder hatten den Spaten angerührt, wenn sie zu Besuch gekommen waren. Sie seufzte und ging zurück zum Haus. Da sah sie es plötzlich. Dort, wo der Spaten gestanden hatte, war ein schneefreier Fleck. Sie lief hinüber. Grünes Gras leuchtete ihr durch den Schnee entgegen. Sie bückte sich und fuhr mit der Hand darüber. Dann lächelte sie. Zwischen den Grashalmen wuchs eine einzige kleine Kamille.

»Geh nicht weg, Anne.«

Sie hob den Kopf und blickte in Kirstines blaue Augen. Die waren so traurig. Das waren sie schon, seit der Brief gekommen war. Kirstine, die sonst so munter war, wirkte plötzlich düster, fast wie die Mutter. Abends hörte Anne, wie Kirstine sich in den Schlaf weinte, wenn sie glaubte, die anderen seien schon eingeschlafen.

Nicht einmal den Gewürzkuchen, den Frau Mustad ihr mitgegeben hatte, wollte Kirstine anrühren, und die Wassergrütze, die die Mutter gekocht hatte, warf schon Risse. Anne schüttelte den Kopf. Verdrängte diese Gedanken.

»Du darfst jetzt nicht frieren, Kirstine. Komm, wir gehen ins Haus.«

»Nein, lass uns hier draußen bleiben.«

Anne legte das Schultertuch um Kirstine und zog sie an sich. Die Schwester war schon fast so groß wie sie. Sicher würde sie ihr bald über den Kopf wachsen. Was hatte sie sich bloß gedacht? Wie konnte sie Kirstine hier in der abgelegenen, vom Wind gebeutelten Kate allein lassen? Sie musste dafür sorgen, dass die Schwester gesund blieb, zum Unterricht ging und konfirmiert wurde, dass sie sich von den gierigen

Burschen fernhielt, die tranken und sich beim Mittsommertanz prügelten.

»Der Schnee glitzert«, sagte Kirstine.

Anne nickte und rang sich ein Lächeln ab. »Das ist schön, nicht wahr?«

»Nimm mich mit.« Die hellen blauen Augen leuchteten ihr plötzlich entgegen.

Anne schüttelte entschieden den Kopf.

»Warum nicht?«

»Du bist zu klein. Du bist erst elf. Und jetzt frierst du, das sehe ich. Rein mit dir.«

»Nein.« Die Unterlippe bebte, und bald weinte Kirstine so bitterlich, dass ihr magerer Leib bebte. »Ich bin bald zwölf, und ich will bei dir wohnen.«

Es brannte in ihrer Brust. Aber das hier musste sie tun. Sie war die einsame Kamille. Sie würde es schaffen. Sie musste dorthin gehen, wo sie ihre Gabe am besten anwenden könnte. Deshalb flüsterte sie in die weichen Haare: »Sowie du konfirmiert bist, kannst du auch nach Christiania kommen. Ich kann mit Frau Øyset reden, bei der ich dienen werde, vielleicht kann sie dir einen Posten verschaffen.«

»Was ist mit Mutter?«, schluchzte Kirstine und wischte sich die nassen Wangen ab.

Anne legte die Arme um das zitternde Kind. »Frau Mustad hat versprochen, sich um sie zu kümmern. Ich lasse dich holen, Kirstine, sobald ich eine Arbeit für dich weiß.«

»Versprichst du mir das, Anne?«

»Ja.«

»Ganz sicher?«

»Auf Ehre und Gewissen, Kirstine. Du wirst fast nicht merken, dass ich weg war, so schnell sehen wir uns wieder.«

Eine Woche darauf wurde sie davon geweckt, dass ihre Mutter ein Feuer entfachte. Die Mutter hatte sich schon zurechtgemacht. Sie trug ihr Sonntagskleid und hatte die dünnen grauen Haare zu einem Knoten hochgesteckt. Anne sah ihr zu, wie sie sich bückte und aus dem Schrank ein Stück Dörrfleisch und ein Brot nahm.

»Aber was ist mit euch, Mutter? Du kannst doch nicht deinen ganzen Vorrat verschenken.« Anne zog ihr Wollkleid an und trat neben die Mutter.

»Du brauchst etwas zu essen auf der langen Reise.« Die Mutter steckte die Lebensmittel in Annes Bündel.

»Danke, Mutter.«

Die Mutter reichte ihr ein Paar dicke Wollstrümpfe. Ihre Wangen waren bleich. »Du hast doch wohl Felle auf dem Schlitten?«

»Bestimmt«, sagte Anne beruhigend. Sie zog die Strümpfe an und band dann die Stiefel zu. Sie durfte jetzt nicht weinen. Sie musste noch eine kleine Weile stark bleiben.

»Und jetzt pass auf dich auf. Anne. Du kommst in eine große Stadt. Mit vielen Gefahren.«

»Das verspreche ich, Mutter.«

»Du kommst doch hoffentlich zu guten Menschen?«

Sie nickte. Sie hatte diese Fragen schon so oft beantwortet. Allesamt.

Die Mutter ging zum Fenster. »Es ist ein schöner Tag. Kalt, aber schön.«

Anne merkte, dass sie zitterte. Es wäre doch bestimmt noch möglich, sich die Sache anders zu überlegen? »Frau Mustad wird für euch sorgen, Mutter. Das hat sie gesagt. Morgen bekommt ihr Holz. Und sicher auch etwas zu essen. Sie hat versprochen …«

Die Mutter nickte. »Das war immer schon so. Niemand hat so treu zu uns gehalten wie Frau Mustad.«

»Danke für alles, Mutter.«

Die Mutter drehte sich zu ihr um. Ihre Augen waren groß und traurig.

»Ich weiß, dass etwas auf mich wartet, Mutter. Das weiß ich ganz einfach.«

»Auf uns alle wartet etwas, Anne«, sagte die Mutter. Dann kam sie auf Anne zu, mager und in sich zusammengesunken, und hielt sie mit dem Blick fest, als ob sie sie nie wieder aus den Augen lassen wollte. Dann spürte Anne es. Die Mutter legte liebevoll die Arme um sie, drückte den Kopf an ihre Brust und hielt sie fest.

Anne hatte das Gut nie schöner erlebt. Es lag im Morgenlicht gebadet da. Ihr ganzes Leben hatte sich bisher um das Gut gedreht. Und jetzt würde sie diesen Kreis erweitern. Viele winkten, als der Schlitten durch das Tor fuhr. Sie hatte das schon oft gesehen. Jedes Jahr, wenn der Schlitten mit Waren vollbeladen war, standen Herr und Frau Mustad, Ole und Tollef und das Gesinde auf dem Hofplatz und wünschten Glück für die Reise zum großen Markt von Christiania.

Sie hielt fieberhaft zwischen den vielen Menschen nach einem schwarzen Schopf Ausschau. Ole und Didrik standen in der ersten Reihe. Sie wischte sich mit dem Fäustling die Tränen ab. Er war also nicht gekommen.

Der Schlitten setzte sich in Bewegung. Plötzlich sprang Ole auf den Weg und lief hinter dem Schlitten her über das Feld.

»Ole«, rief sie ihm zu. »Du musst dich um Mutter und Kirstine kümmern. Das musst du mir versprechen.« Sie ließ ihn nicht aus den Augen, doch als der Schlitten am Friedhof vorbeikam, wo der Vater und die Geschwister begraben waren, war Ole verschwunden.

Zwei Schlitten machten sich auf die Reise, einer von Mustad und einer von Brusveen, und auf jedem Schlitten saß ein Knecht. Sie waren auf der Kutschstation Hunn verabredet, denn hier würden sie auch die neuesten Nachrichten über Wegverhältnisse und Wetter unterwegs erfahren.

Jakob Hund, der Postkutscher, begrüßte sie fröhlich, schwenkte eifrig den Hut, als sie auf den Hofplatz fuhren, und führte Anne in den Raum, wo die Reisenden auf die Weiterfahrt warten konnten. Sie fand einen Platz auf einer Bank. Es war jedenfalls besser, hier zu warten als draußen in der Kälte.

Ein Holzofen in der Ecke knisterte. Anne rückte näher heran und hielt ihr Bündel mit beiden Händen auf ihren Knien fest. Das schwarze Buch hatte sie heimlich ganz nach unten gelegt, als die Mutter ihr die warmen Strümpfe herausgesucht hatte. Die Mutter wäre bestimmt erschrocken, wenn sie gesehen hätte, was Anne auf die Reise nach Christiania begleiten sollte. Aber es war ein Geschenk von Elseby, und Elseby hatte gesagt, es werde ihr helfen. Sie drehte sich um. Aus dem Nebenzimmer roch es nach Fleischsuppe. Jakobs Frau verkaufte sie an die Reisenden. An die, die Geld hatten. Anne kannte sie und ihren Mann von den Festen auf Mustad. Sie selbst würde unterwegs den Proviant essen, den die Mutter ihr mitgegeben hatte. Aber sie hatte solche Bauchschmerzen, dass sie die Vorstellung, etwas zu essen, nicht ertragen konnte.

Jakob lief ein und aus und rief die Reisenden auf, deren Schlitten zur Weiterfahrt bereit waren. Sie starrte erwartungsvoll zur Tür, sobald sie geöffnet wurde. Es war ein kalter Tag, genau wie die Mutter gesagt hatte. Kalt, aber schön. Sie schaute kurz zu dem eisblauen Himmel hoch, wie würde die Reise wohl verlaufen?

Manche wechselten die Pferde, andere kamen herein und erkundigten sich nach einer Übernachtungsmöglichkeit. Jakob erklärte, dass auf Hunn nur selten jemand vom Wetter festgehalten würde, wie es auf den Kutschstationen weiter nördlich in den Bergen so oft vorkam. Anne hörte diesem Geplauder zu. Vor allem waren hier Männer unterwegs. Einige hatten denselben Weg wie sie, nach Christiania zum Markt, die meisten jedoch waren Fuhrleute und brachten Getreide, Felle und Geräte in die Gegenrichtung, zu einer Kupfermine oben in den Bergen. Anne stand auf, um hinauszugehen, aber in diesem Moment wurde die Tür geöffnet, und Jons braune Augen leuchteten ihr entgegen.

Anne stürzte auf ihn zu.

»Dein Schlitten ist bereit«, sagte er und räusperte sich. »Jakob hat gesagt, ich sollte dir Bescheid geben.«

Sie gingen schweigend nebeneinander über den Hofplatz. Der Schlitten von Brusveen stand neben dem von Mustad.

»Leb wohl, Jon«, flüsterte sie und hörte selbst, wie sehr ihre Stimme zitterte.

Jon half ihr auf den Schlitten. »Du darfst nicht frieren.« Er legte ihr sorgsam die Felle über die Knie.

Sie konnte sehen, dass er ebenfalls mit den Tränen kämpfte.

Dann glitt der Schlitten von Hunn fort. Sie saß ganz still da, bis sie Vardalsåsen hochfuhren. Etwas war in ihr zu Eis erstarrt.

Erst als sie sich dem Gipfel näherten, schaffte sie es, sich umzusehen. Und für einen Moment sah sie die Landschaft im Sommer, wenn Vardal dort mit weiten wogenden Feldern und Wiesen lag. Die Äcker waren golden, und auf den Wiesen wuchsen Blumen und Pflanzen, und jede davon war von Gottes Fingerabdruck gezeichnet. Und dahinter ahnte sie niedrige bewaldete Hügel mit Flüssen und Bächen. Aber jetzt war Winter, Schnee lag auf den Feldern und Eis auf den Seen.

Sollte sie nicht hier sein, wenn alles wieder anfing, zu keimen und zu wachsen?

TEIL ZWEI

Die Seerose

11

Christiania, Februar 1841

Grauer Schnee spritzte auf, als sie in die Stadt fuhren. Kleine Kinder in Lumpen liefen neben ihnen her, schmutzig und mager waren sie und streckten die Hände aus. Das sollte Christiana sein?

Zu Hause war es um diese Tageszeit glitzernd klar und blau, und der Schnee lag wie eine kreideweiße Decke über den Feldern. Hier, in den engen Gassen, zwischen kleinen teerbraunen Häusern wirkte alles nur neblig und grau. Der Schnee war gar kein Schnee, sondern Eis und Matsch. Die Kinder waren sicher durchnässt und froren mindestens so sehr wie sie.

Auf dem letzten Stück vor Stortorvet fuhren sie hinter vielen anderen Schlitten. Erst jetzt entdeckte Anne auf einigen der anderen Schlitten Frauen. Hatten die dasselbe Ziel wie sie? Hatten sie auch einen Dienst bei einer feinen Familie gefunden?

Sie waren über Vardalsåsen, Land und Randsfjord gefahren. Durch Wälder und über Seen, die Anne nie zuvor gesehen hatte. Einmal hatte sie sogar auf einer

Kutschstation übernachtet. Zum allerersten Mal in ihrem Leben. Dort waren nur Männer gewesen und eben sie selbst. Der Knecht von Mustad hatte sie nicht aus den Augen gelassen. Sicher hatte Frau Mustad ihm das aufgetragen. Anne war früh schlafen gegangen, hatte aber später kaum das Gefühl gehabt, ein Auge zugetan zu haben. Perlenohrringe, Samtkleider, rote Lippen und schlanke weiße Hände waren ihr durch den Kopf gewirbelt und hatten sich mit Lachen und Johlen aus der Schankstube vermischt. Und die ganze Zeit hatte dahinter ganz still Kirstines Bild gelegen. Am Ende war sie wohl doch eingeschlafen, denn als sie die Augen aufschlug, glaubte sie zu Hause auf Sevald zu sein, und sie wollte beschützend die Arme um ihre kleine Schwester legen. Im Winter hatten sie sich immer eng aneinandergeschmiegt, um warm zu bleiben, genau wie sie es früher mit Karen getan hatte, vor deren Hochzeit. Eines Tages würde sie ihre kleine Schwester zu sich holen.

Die Vorstellung, Kirstine helfen zu können, wärmte, aber nur im Herzen. Sie fror jetzt so sehr, dass ihre Zähne klapperten. Sie hustete und zog das Fell über ihre Brust. Sicher verdankte sie den schlimmen Husten dem ersten Tag der Reise. Es hatte den ganzen Tag geschneit, und sie war nass und kalt geworden. Erst als sie am dritten Tag die steilen Hänge von Krokkleiva hinter sich gebracht hatten, ließ sich die Sonne sehen. Sie schien so wunderbar auf Anne herab, wärmte sie, während sie durch Krokskogen und dann hinein nach Lommedalen glitten. Der Schnee lag schwer auf den Bäumen, der Himmel hatte einen hellroten Schimmer, und winzige Schneeflocken funkelten so freundlich, als ob sie ihr eine gute Reise wünschen wollten.

Aber dieses kleine Glücksgefühl war mit der Sonne verschwunden. Ihre Beine waren wie Eis. Die Finger auch. Und jetzt konnte sie sich kein bisschen mehr freuen, obwohl sie fast am Ziel waren. Sie hätte eher weinen mögen. Der Knecht von Mustad hatte ihre Verstimmung wohl bemerkt, denn er zog eine Flasche aus der Jackentasche und reichte sie ihr. Sie lächelte dankbar, schüttelte jedoch den Kopf und richtete ihren Blick auf einen Mann in einem langen Mantel mit einem Milcheimer in der Hand. Er ging mit bestimmten Schritten in dieselbe Richtung wie die Schlitten. Die Kinder, die ihnen gefolgt waren, scharten sich nun um den Mann und schienen die Schlitten für einen Moment zu vergessen. Aber der Mann schlug nach ihnen wie nach lästigen Fliegen. Dann liefen sie wieder neben den Schlitten her. Ob die Kinder wohl hier wohnten, in diesen Häusern?

Zwischen den Häusern standen schmale und schiefe Schuppen und hier und dort ein Stall, und dazwischen gab es weder Licht noch Luft. Das hier sah elender aus als jede Kate, die Anne je gesehen hatte. Es stank überall wie eine Mischung aus Stall und verfaultem Fisch. Anne hielt sich die Hand vor den Mund und schluckte einige Male. Gab es denn hier in dieser Stadt nichts Schönes, worauf sie ihren Blick richten könnte?

Als sie wieder hochblickte, entdeckte sie einen Kirchturm. War das die Erlöserkirche, wo die junge Dame ihren Onkel geheiratet hatte? Der Schlitten machte einen Ruck. Jetzt waren sie sicher bald am Ziel, denn die Kirche lag offenbar an dem Platz, an dem der Markt abgehalten wurde. Nun konnte Anne sie deutlich sehen. Sie war groß und mächtig, eine richtige Steinkirche, viel größer als die rotgestrichene Holzkirche in Vardal, die Anne kannte. Und nun konnte sie die Tränen nicht länger zurückhalten. Sie wandte ihr Gesicht ab, damit der Knecht sie nicht weinen sah, und wischte sich die Tränen rasch mit einem Zipfel ihres Schultertuchs ab.

Plötzlich war alles ganz anders. Die Kinder verschwanden im Gewimmel aus Menschen, Tieren und Schlitten. Ihr eigener Schlitten hielt an, und der Knecht sprang herunter und tauchte ebenfalls im Getümmel unter. Sie konnte nur noch seine graue Mütze sehen. Sie blieb sitzen und starrte. Alles war genauso, wie es ihr beschrieben worden war. Nein, nicht genauso. Es war so viel mehr. So viel größer. Dann war der Knecht wieder da und bedeutete ihr ungeduldig, vom Schlitten zu steigen. Anne war am Ziel.

Frau Mustad hatte gesagt, sie solle sich nach der Akersgate 5 erkundigen. Anne schaute sich um. Es gab so viele Menschen, die sie fragen könnte, aber aus irgendeinem Grund schaffte sie das nicht. Es war, als ob sie die Sprache verloren hätte, als ob sie in einem fremden Land stände, wo niemand sie verstehen würde.

Eine große und breitbeinige Marktfrau mit einem Korb voller duftender Kuchen stellte sich vor Anne. Die Frau schob einen schmutzigen Handschuh ohne Finger in ihren Korb, zog einen Kringel hervor und schwenkte ihn mit zahnlosem Lächeln vor Anne. »Willst du?«

Der Marktplatz drehte sich vor Annes Augen. Sie musste weg von dort. Aber es gab hier ebenso viele Himmelsrichtungen wie in der Kutschstation Hunn. Wohin sollte sie gehen? Hier hatte sie keinen Knecht mehr bei sich, der ihr die Richtung zeigte. Die Kirche. Sie ließ ihren Blick daran haften, als wäre die Kirche das einzige Sichere, das es noch auf der Welt gab, während sie stolpernd an Buden mit Korn, Mehl und Salz, Butter, Käse und Gemüse vorbeilief. Vorbei an Häuten und Fellen und lebenden Tieren. Bis sie dann vor einer Brücke stand. Auf der anderen Seite würde es sicher ruhiger sein.

Sie holte tief Luft und ging hinüber. Aber auch auf dem anderen Ufer liefen die Menschen an ihr vorbei, auf dieselbe Weise. Niemand nickte oder grüßte oder wollte wissen, wer sie war oder wohin sie wollte. Ihre

Füße waren nass, kalt und müde. Sie biss die Zähne zusammen, setzte sich auf eine unebene Steintreppe und hielt das Bündel auf den Knien. Menschen eilten vorbei, die meisten in Richtung des Marktplatzes, von dem sie gekommen war. Niemand sah sie an. Nicht einmal die Kinder, die neben ihren Müttern herliefen, schienen es interessant zu finden, dass sich hier mitten im Winter jemand auf die Treppe gesetzt hatte.

Plötzlich schaute sie auf. Etwas war anders. Eine junge Frau mit einem verschlissenen Kleid und einem Kopftuch war neben ihr stehen geblieben. Auf ihrer Hüfte hing ein kleines Mädchen und schaute mit trübem Blick auf Anne herunter. Ihre Augen waren bleich, und die Haut war fahl. Anne setzte sich gerade und lächelte die beiden an. »Ist deine Kleine krank?«

Die junge Frau nickte und lächelte müde. »Ja, sie ist drei Jahre alt, aber auf ihren Beinen kann sie nicht stehen.«

»Kannst du dir nirgendwo Rat holen?«

»Glaubst du, solche wie wir hätten Geld für den Doktor? Wo kommst du denn bloß her?« Sie lachte düster.

Anne achtete nicht auf die letzte Frage. »Nein, mit Doktoren kenne ich mich nicht aus. Aber es gibt doch sicher weise Frauen in der Stadt?«

»Weise Frauen?« Die Frau schüttelte den Kopf. »Den Kranken dürfen nur die Doktoren helfen. Wer sich mit Quacksalberei versucht, wird ins Zuchthaus gesteckt.«

»Quacksalberei«, wiederholte Anne. »Was ist das?«

Die junge Frau sah sie fassungslos an und zuckte mit den Schultern. Sie wirkte so erschöpft wie eine alte Frau. Dann ging sie mit ihrem Kind weiter.

Anne sah den beiden hinterher. Hier in der Stadt war wohl vieles nicht besser als zu Hause, sondern eher viel schlimmer. Wenn man einander nicht einmal helfen durfte. Deshalb war sie doch gekommen. Quacksalberei? Zuchthaus. Die Schwäche, daran litt die Kleine. Da war sie sich sicher.

Ein Junge mit einem Karren, auf dem ein kleinerer Junge saß, kam auf Anne zu. Er sah freundlich aus, und außerdem pfiff er vor sich hin.

Sie erhob sich und räusperte sich. »Entschuldigung, weißt du, wo die Akersgate 5 ist?«

Der Junge schaute zu ihr hoch. »Ja, willst du mitfahren?« Er lachte. Sein Gesicht war von Sommersprossen übersät.

Sie lächelte. »Du ziehst wohl besser deinen Bruder als mich.«

»Du musst über die Brücke. Also nicht hier lang, sondern in Richtung Fjord.« Er zog eine Hand aus der Tasche und zeigte mit einem roten verfrorenen Finger in die Richtung, aus der Anne gekommen war.

»Zum Fjord?« Sie hatte gehört, dass Christiania an einem Fjord lag, dem Christianiafjord. Dass dort im

Sommer große Segelschiffe fuhren, dass er im Winter jedoch zu Eis gefror, genau wie der Mjøsa.

»Ja, du musst bis zur Festung gehen. Wenn du da den Wind vom Fjord spürst, dann stehst du vor der Akersgate 5.«

»Danke.« Sie wischte sich Schnee vom Kleid und machte einen Knicks. Endlich hatte sie eine Menschenseele gefunden, die ihr den Weg zeigte.

12

Akersgate 5

Ein schönes Holzhaus mit zwei Stockwerken und einer Mansarde. Unten waren alle Fenster mit Blenden verschlossen, aber im ersten Stock war hinter einem Fenster ein schwaches Licht zu sehen. Anne ging durch einen Torweg und weiter in einen dunklen Hinterhof. Es roch nach Stall. Plötzlich spürte sie, wie etwas Weiches um ihre Beine strich. War das eine Katze oder eine Ratte? Sie stürzte mit hämmerndem Herzen zurück in den Torweg. Und dort, gerade dort, wo sie stand, fand sie die Haustür.

Sie klopfte an, aber nichts passierte. Deshalb drückte sie auf die Klinke und schob vorsichtig an der Tür. Die große Tür kreischte, als sie aufglitt. Ein dunkles Treppenhaus. Anne hätte am liebsten die Flucht ergriffen, wäre zurück nach Vardal gelaufen, wenn das möglich gewesen wäre. Rasch zog sie die Tür wieder zu. Nein, sie musste hinein, ehe sie sich halb tot fror. Sie war in die Akersgate 5 bestellt worden, das stand im Brief, weshalb hatte sie also solche Angst?

Als sich ihre Augen an die Dunkelheit gewöhnt hatten, bemerkte sie ein Schild. Sie beugte sich vor, legte einen Finger unter die Buchstaben und las: *Herman Øyset, Goldschmiede.* Sicher führte die Tür in den Raum, dessen Fenster mit Blenden verschlossen waren.

»Hallo?« Die Stimme kam aus dem ersten Stock. Das musste Frau Øyset sein.

»Hallo?«, rief Anne zaghaft zurück und stieg langsam die Treppe hoch.

Auf dem Absatz erwartete Frau Øyset sie mit einer Kerze in der Hand. »Du bist das also. Aber meine Liebe, wie siehst du denn aus?«

Anne knickste und schlug die Augen nieder. »Guten Abend.«

»Mitten im Winter bist du so dünn angezogen? Du musst doch durchgefroren sein. Komm ganz schnell herein.« Frau Øyset winkte sie zu sich.

Im warmen Licht der Kerze konnte Anne sie jetzt deutlicher sehen. Ihr Gesicht war golden. Die kastanienbraunen Haare waren zu einem weichen Knoten auf dem Kopf zusammengesteckt. Ihre Lippen waren noch immer so rot wie Frau Mustads Georginen. Ihr Kleid war diesmal aus tiefrotem Samt, aber ihre Perlenohrgehänge waren dieselben wie bei ihrem Besuch auf Mustad. Doch erst jetzt, als sie ihr gegenüberstand, ging Anne auf, wie armselig sie selbst wirken musste. Sie hatte das Gefühl, diesen Unterschied mit Karens kritischem Blick zu sehen. Sie senkte den

Kopf. Sie roch gewiss auch nicht mehr gut. Um die Schultern trug sie das Schultertuch, das sie auf der Reise nachts über sich gebreitet hatte. Noch immer hingen Strohreste daran. Die Stiefel waren nass, und an einem fehlten Sohle und Schnürsenkel. Die Sohle war sicher unterwegs herabgefallen, und sie würde sie vielleicht niemals wiederfinden. Das Kleid wies auf der einen Seite einen großen Riss auf. Es war am Schlitten hängengeblieben, als sie auf einer Kutschstation ausgestiegen war. Rasch fasste sie den Wollstoff mit ihrer freien Hand zusammen. Die Mutter hatte ihr zum Glück Nadel und Faden mitgegeben.

»Du musst dir trockene saubere Kleider anziehen, ehe ich dir das Haus zeige«, sagte Frau Øyset eifrig.

»Ich habe nur dieses Kleid«, sagte Anne leise. »Abgesehen von meinem Sonntagskleid.«

»Du kannst das Arbeitskleid und die Schürzen von Johanne übernehmen, unserem vorigen Dienstmädchen.« Frau Øyset machte plötzlich ein ernstes Gesicht. »Sie hatte auch nicht viel bei sich, als sie gekommen ist. Sie war den ganzen Weg von Gol her zu Fuß gegangen, und sie sah nicht besser aus als du. Wir mussten Kleider für sie nähen lassen. Hast du wenigstens Arbeitsschuhe bei dir?«

Anne schüttelte beschämt den Kopf. »Nein, ich habe nur diese Stiefel.«

»Dann kannst du auch Johannes Arbeitsschuhe übernehmen. Du findest alles im Mädchenzimmer.«

Frau Øyset trippelte vor ihr her durch die Küche und führte sie in eine danebengelegene Kammer. »Ich warte im Wohnzimmer auf dich, und dann zeige ich dir das Wichtigste.«

Anne schloss vorsichtig hinter sich die Tür und ließ sich mit dem Bündel in den Armen auf das Bett sinken. Kein Wunder, dass die Reise so weit gewesen war, hier war doch alles so fremd. Die Tränen brannten auf ihren kalten Wangen. Sie war so erschöpft und so allein. Es war offenbar anders, in der Stadt allein zu sein als im Wald oder auf der Wiese. Die Kälte war auch anders. Im Kamin in der Küche brannte ein Feuer, das hatte sie gesehen, aber der Stadtfrost hatte sich schon in ihren Knochen festgesetzt.

Dann fand sie sich plötzlich undankbar. Frau Øyset hatte sie so freundlich empfangen. Und sie hatte doch an Frau Mustad geschrieben, um Anne kommen zu lassen. Anne wischte sich die Tränen ab und stand auf. Das hier würde schon gutgehen.

Vor ihr stand ein kleiner Tisch mit einer Decke mit Spitzenrand. Vorsichtig fuhr sie mit den Fingerspitzen darüber. So eine Decke hatten sie auf Sevald jedenfalls nie gehabt. Die Spitzen hier waren noch zarter und feiner als die an den Tischdecken auf dem Gutshof. Unter dem Tisch standen eine weiße Waschschüssel und eine Kanne, so ein Waschgeschirr, von dem Karen immer geträumt hatte, und in einer Ecke gab es einen kleinen Holzofen, in dem kein Feuer brannte. Aber darunter lag ein Stapel Holzscheite.

Und dort, an einem Haken an der Wand, hingen die Arbeitskleider. Ein hübsches schwarzes Kleid mit einem frischgestärkten weißen Kragen und zwei Schürzen. Das hatte also Johanne gehört. Johanne, die nicht mehr hier war. Johanne, die den ganzen Weg von Gol nach Christiania zu Fuß zurückgelegt hatte. Wo war sie jetzt?

Anne berührte den Stoff vorsichtig. Der war so weich! Ganz anders als der alte Wollstoff, an den sie gewöhnt war. Rasch zog sie die Stiefel, die nassen Strümpfe und das Kleid aus, und dann stand sie nackt da. Vor lauter Kälte bekam sie Gänsehaut. Sie fuhr sich mit den Händen über die Brust und den Bauch, und sie spürte unter ihren Fingern die Rippen. Dann nahm sie das Arbeitskleid vom Haken und zog es an, band sich eine Schürze um und strich den Kragen um ihren Hals gerade. Jetzt hätte ihre Mutter sie sehen sollen.

Plötzlich fiel ihr das schwarze Buch ein. Rasch zog sie es aus ihrem Bündel und versteckte es unter der Matratze. Das Bündel schob sie dann unter das Bett. Es enthielt nur noch einen kleinen Salbtopf und eine Dose mit getrockneten Himmelsschlüsselblüten, ihren Proviant hatte sie schon längst verzehrt. Sie fuhr sich mit den Fingern durch die langen Haare, dann band sie sich einen Knoten und befestigte ihn mit Haarspangen. Schließlich zog sie noch die Arbeitsschuhe an.

Die Küche in der Akersgate 5 war größer als die gesamte Stube auf Sevald, aber kleiner als die Küche auf Mustad. Die Regale an der Wand waren gefüllt mit Tellern und Tassen, und unter dem Ausgussbecken befand sich ein Schrank. Unter dem Fenster standen ein kleiner Tisch und ein einsamer Stuhl, und an einem Ende der Küche gab es eine Speisekammer. Das Einzige, was sie an Sevald erinnerte, waren der Tisch und der Stuhl unter dem Fenster.

Frau Øyset ging zur Tür der Speisekammer hinüber und öffnete sie. Anne holte tief Luft und sog eine Mischung aus Zimt, Zucker, Nelken, Pfeffer und anderen undefinierbaren Gewürzen ein. »Deine Aufgabe, Anne, ist es, das Haus sauber und ordentlich zu halten, zu kochen und zu servieren. Und an den Tagen, an denen ich nicht ausgehe, musst du einkaufen.« Frau Øyset lächelte sie an.

»Ja, Frau Øyset.« Anne knickste und merkte plötzlich, wie sich ihr Magen zusammenkrampfte. Sie arbeitete gern hart, das war nicht das Problem, aber sie wusste doch nichts darüber, wie ein Dienstmädchen in der Stadt lebte. Sie wusste auch nicht viel darüber, wie ein Dienstmädchen auf dem Lande lebte. Sie war doch nur eine Magd, eine, die putzte und Kleider wusch.

»Das ist dein Eingang.« Frau Øyset zeigte auf eine schmale Tür am anderen Ende der Speisekammer. »Die führt in den Hinterhof und zur Waschküche. Boten, die Waren bringen, und andere Dienstboten müssen auch diesen Eingang nehmen. Der Haupteingang ist für meinen Mann und mich und für Gäste.«

Ihre Wangen brannten. Sie war also falsch gegangen. Frau Øyset wirkte jedoch durchaus nicht streng. Sie lächelte noch immer, als sie auf den Holzofen in der Ecke zeigte. »Im Winter musst du um fünf aufstehen, denn dann musst du einheizen. Das Haus muss warm sein, wenn wir aufstehen. Holz holst du aus dem Schuppen im Hinterhof. Du musst Morgenkaffee und Frühstück machen. Am Vorabend stellst du Teller, Tassen, Besteck und Gläser auf ein Tablett, damit es morgens nicht unnötig laut wird.«

Anne nickte, ihr Gesicht glühte noch immer. Das hier war alles so überwältigend, und sie hatte solchen Hunger. Wenn sie sich nur alles merken könnte, was Frau Øyset sagte.

»Herman steht gern früh auf, ich schlafe lieber lange. Jetzt ist er übrigens verreist.«

Anne seufzte erleichtert.

»Was ist los?« Frau Øyset lächelte sie an.

»Nichts«, sagte Anne und merkte, wie heiß ihr wurde. »Ich versuche nur, mir das alles zu merken.«

»Das schaffst du bestimmt.« Frau Øyset lächelte freundlich. »Komm, dann zeige ich dir den Rest.«

Der lange Flur wies auf beiden Seiten Türen auf, und Frau Øyset zeigte eifrig, wenn sie etwas erklärte. »Küche und Mädchenzimmer liegen zum Hinterhof. Auf der anderen Seite findest du die gute Stube, das Esszimmer, das Arbeitszimmer meines Mannes und das Schlafzimmer.« Sie trippelte bis zum Ende des Flurs und öffnete die Tür zu einem großen Raum.

Anne sah von der Türöffnung her ein großes Bett mit weichen Kissen und Decken. Einen Moment lang dachte sie an die Schlafbank zu Hause, an den flachen kalten Strohsack und die dünnen Wolldecken. Dann dachte sie an Kirstine.

»Die Vorhänge sind dick, sie halten die Abendsonne ab.« Frau Øyset ging zum Fenster. »Komm. Fühl mal, wie weich sie sind.«

Anne ging einige Schritte in das Zimmer. Auf jeder Seite des Bettes stand ein Sessel mit besticktem Rücken, und auf einem Tisch unter dem Fenster lag ein Buch. Neben dem Buch stand ein Leuchter mit einer Kerze. Sicher hatte sie die von der Straße her gesehen. Dann ging sie zu den Vorhängen und fuhr vorsichtig mit der Hand über den Stoff. Der war wirklich weich.

»Das ist das Arbeitszimmer meines Mannes.« Frau Øyset ging weiter und öffnete die Tür zum Nebenzimmer.

Das Zimmer war so schmal und länglich wie ihre Kammer, aber es war anders eingerichtet. Ein dunkler Schreibtisch stand unter dem Fenster, daneben ein Stuhl mit hoher Rückenlehne und Ledersitz. Es fiel ihr schwer, hier zu atmen. Sie wollte weg, doch Frau Øysets rotes Samtkleid füllte die ganze Türöffnung.

»Hier schläft er. Ich huste nachts so schrecklich, musst du wissen. Und er braucht Ruhe. Er hat so viel Arbeit. Immer neue Bestellungen. Aber ich bin sicher bald gesund, wenn nur die Winterkälte aufhört.« Endlich drehte sich Frau Øyset um.

Anne folgte ihr eilig, machte einen unbemerkten kleinen Sprung und versuchte, den anmutigen Trippelschritten der Gnädigen zu folgen.

»Das ist die gute Stube.« Frau Øyset ging hinein und legte eine Hand auf das geschwungene Sofa, das mitten im Zimmer stand. »Das benutzen wir nur an Feiertagen und wenn Gäste kommen.«

Das Sofa war mit demselben Samtstoff überzogen, aus dem das Kleid genäht war. Anne hätte gern gelächelt. Sie drehte sich um und bewunderte die Wand mit den vielen Bildern. Sie blieb vor einem stehen, einem Gutshof inmitten gelber Äcker. Ihre Brust tat weh. Sie ließ ihren Blick rasch zu dem dicken Teppich weiterwandern.

»Hier drinnen wird nur eingeheizt, wenn wir Gäste haben. Aber natürlich musst du jeden Tag staubwischen.« Frau Øyset hatte sich auf das geschwungene

Sofa gesetzt, und das Sofa und Frau Øyset waren plötzlich zu einem großen roten wogenden Meer geworden. So stellte Anne sich ein Meer jedenfalls vor.

»Woher kommen diese vielen schönen Möbel und Gemälde?« Sie bereute diese Frage sofort. Ein Dienstmädchen hatte zu schweigen. Sie hatte jedoch auf seltsame Weise das Gefühl, Frau Øyset zu kennen. Und fragen zu dürfen.

»Von Herman«, sagte Frau Øyset. Sie sah stolz aus. »Er kauft mir gern schöne Dinge, wenn er auf Reisen ist. Er macht mir gern eine Freude.«

»Hat Herr Øyset auch die für Sie gekauft?« Auf einem runden Tisch stand eine Kanne, die so blank war, dass Anne sich bestimmt darin spiegeln könnte. Sie beugte sich vorsichtig vor, um zu sehen, ob sie sich wirklich darin sehen konnte.

»Die darfst du niemals anfassen«, rief Frau Øyset und stürzte herbei. Der rote Stoff ihres Kleides folgte ihren Bewegungen. Doch so eilig, wie sie aufgesprungen war, krümmte sie sich dann in einem Hustenanfall.

»Entschuldigung.« Anne zog rasch die Hände zurück, obwohl sie gar nichts berührt hatte, und sah besorgt zu Frau Øyset hinüber.

»Das ist eine Weinkanne«, sagte diese, als sie den Husten unter Kontrolle gebracht hatte. »Eine Weinkanne aus echtem Silber. Eigentlich dürfte die gar nicht hier sein. Die ist bestellt und muss ins Schloss geliefert werden, sowie Herman nach Hause kommt. Sie gehört zum Kirchensilber in der neuen Schlosskapelle.«

»Ins Schloss?«, wiederholte Anne verwundert.

»Ja. Das hat Frau Mustad doch sicher erzählt?«

»Nein, was denn?«

»Mein Mann ist der bekannteste Juwelier und Goldschmied in Christiania. Er hat diese Weinkanne geschmiedet. Schau mal! Hier ist sein Stempel!« Frau Øyset hob die Kanne vorsichtig mit den Fingerspitzen hoch und zeigte auf den unten eingestanzten Namen.

»Øyset«, las Anne vor und sah im selben Augenblick Fingerabdrücke auf der Kanne. Sie waren nicht von ihr, aber sie würde jedenfalls am nächsten Morgen als Erstes die Kanne polieren. Sie schluckte. »Frau Mustad hat nur gesagt, dass Sie ein Dienstmädchen brauchen.«

Frau Øyset lächelte listig, fast wie ein verwöhntes Kind, das seinen Willen durchgesetzt hat. Dann ging sie zum Sofa und setzte sich wieder. »Ich habe so viel an unsere Begegnung im Sommer gedacht.«

Bei Frau Øysets Worten fuhr Anne hoch. Sie hätte so gern gesagt, dass es ihr auch so gegangen sei. Sie wollte so gern fragen, ob der Grog geholfen habe, aber warum fand sie die Worte nicht, wenn sie sie brauchte? Warum konnte sie nicht sagen, dass sie seit damals viel mehr gelernt hatte? Dass sie nach Christiania gekommen war, weil sie sich dazu berufen fühlte?

»Ich habe viel daran gedacht, was du über Freude gesagt hast«, sagte nun Frau Øyset mit leuchtenden Augen. »Dass Gott uns Gaben gegeben hat, denen wir treu sein müssen, und dass darin die Freude liegt. Ich habe mich seither so oft gefragt, was wohl meine Gabe ist.«

Hatte Frau Øyset wirklich darüber nachgedacht, was Anne gesagt hatte? Anne hatte das Gefühl, sich nicht mehr richtig konzentrieren zu können. Anne folgte Frau Øyset ins Wohnzimmer.

»Hiermit klingeln wir, wenn serviert werden soll.« Frau Øyset hob eine kleine Glocke hoch, die ebenso spiegelblank war wie die Weinkanne. Die Glocke stand mitten auf einem ovalen Esstisch, um den acht Stühle mit hohem Lehnen standen. »Jeden Morgen, wenn ich aufstehe, reden wir beide darüber, was du einkaufen und kochen sollst. Wenn wir Gäste haben, wirst du das natürlich früher erfahren. Obwohl wir nicht so oft Gäste haben.« Die letzten Worte schien sie vor allem an sich selbst zu richten. Dann ließ sie das Glöckchen bimmeln, dass der Kronleuchter nur so sang, und sie lachte. »Das Frühstück nehmen wir hier nicht so genau. Herman ist oft unten in der Werkstatt, und mir reicht ein Tablett im Wohnzimmer. Ein gekochtes Ei, ein Stück Brot, Marmelade. Tee. So ungefähr.«

Anne war es plötzlich schwindlig. Sie fühlte sich am ganzen Leib wie benommen. Sie hatte geglaubt, es sei der Hunger, der an ihren Innereien riss, dass ihr deshalb so schlecht sei. Sie hatte seit dem frühen Morgen nichts mehr gegessen. Aber das war es nicht allein, das begriff sie jetzt, es war die Angst, die sie überwältigt hatte. Sie konnte doch nur die einfachste Hausmannskost zubereiten. Ängstlich schaute sie sich um. Sie brauchte etwas, worauf ihr Blick ruhen konnte. Etwas, das ihr Vertrauen machte. Sie blickte aus dem Fenster. Dort draußen musste es einfach etwas geben, das sie beschützte. Etwas, das größer war als sie selbst, größer als Frau Øyset und ganz Christiania.

Der Vollmond. Jetzt sah sie ihn. Derselbe klare Mond, der über Sevald leuchtete. Sie war nach Christiania gekommen, weil sie eine Aufgabe zu erfüllen hatte. Weil sie berufen war. Sie durfte sich nicht von ein paar Mahlzeiten abschrecken lassen, die zuzubereiten waren. Sie würde es schaffen. Und sie würde ihren Weg finden. Genau wie Elseby gesagt hatte.

13

Frau Øyset hatte ihr den Weg zum Brunnen erklärt: Du gehst bis ans Ende der Akersgate in Richtung der Festungsmauern und danach ein kurzes Stück die Rådhusgate hinunter. Dann kommst du zum Christiania Torv. Den Brunnen findest du gleich vor dem alten Rathaus. Es ist ein kurzer Weg. So viel Glück haben nicht viele.

Anne zog das Schultertuch an ihr Gesicht. Es war nicht so schneidend kalt wie zu Hause, aber vom Fjord her wehte ein kalter Wind und ließ sie zittern. Der Wind ging ihr durch Mark und Bein. Zu Hause waren die Morgen so still gewesen, und die Luft war rein und klar. Hier war alles anders. Gerüche, Geräusche, Licht. Wenn sie vor der Akersgate 5 stand, sah sie nur die Reihe der Häuser und am Ende der Straße die Festungsmauer. Der blaue Himmel war das Einzige hier, was sie an die Morgen auf Sevald erinnerte, abgesehen davon, dass sie hier nur einen Zipfel des Himmels sah.

Ein Schlitten fuhr an ihr vorbei, als sie gerade in die Rådhusgate abbog. Sie hätte nicht geglaubt, dass um diese Zeit außer ihr noch jemand unterwegs sein könnte. Ehe sie losgegangen war, hatte sie den Ofen in der Küche geheizt, und während sich die Wärme ausbreitete, hatte sie Brot, echtes Brot, aus der Speisekammer geholt und sich satt gegessen. Das hätten die Mutter und Kirstine wissen sollen. Dann war der wehe Kloß in ihrem Hals wieder da. Vergeblich versuchte sie, diesen Kloß hinunterzuschlucken.

Drei junge Frauen standen vor dem Brunnen. Anne sah sie schon aus der Ferne. Alle drei drehte sich um und sahen ihr neugierig entgegen, als sie näher kam. Die eine war viel älter als sie, die anderen schienen noch ziemlich jung zu sein. Sie wollte nicht zurückstarren, aber sie brauchte auch nicht lange, um zu begreifen, dass die anderen Dienstmädchen waren, genau wie sie. Alle trugen dunkle Kleider mit frischgestärkten weißen Kragen, schwarze Schürzen und dicke Schultertücher, dazu in jeder Hand einen leeren Zinkeimer.

Sie stellte sich hinter den dreien an. Wartete darauf, dass sie an die Reihe kam. Die anderen stammten offenbar aus unterschiedlichen Gegenden, denn keine sprach so wie die anderen. Anne kam es vor, als hätten sie sich länger nicht gesehen, so viel wie sie einander zu erzählen hatten. Gerade das war nicht so viel anders als zu Hause. Auf solche Plaudereien hatte Karen sich immer gefreut, wenn sie zur Arbeit nach Mustad ging, während sie selbst immer versucht hatte, dem zu entgehen. Karen begeisterte sich für Klatsch, was Anne langweilig fand. Sie wusste, dass manche sie für hochnäsig hielten, weil sie sich zurückhielt, Karen hatte sie oft genug daran erinnert. Aber hier kannte sie ja niemand als die schweigsame Anne, die gern allein durch Wiesen und Wälder streifte, hier konnte sie zu einer anderen werden.

»Hallo, ich heiße Anne«, sagte sie, leiser als sie es vorgehabt hatte, aber die anderen hatten es offenbar gehört.

»Guro aus Valdres«, sagte die Älteste.

»Sofie aus Hadeland.«

»Åse aus Arendal.«

»Und woher kommst du?« Guro sah sie an.

»Vardal«, antwortete Anne und hob den Kopf. »Dem schönsten Ort der Welt«, fügte sie hinzu.

»Das kann nicht sein«, sagte Åse. »Das ist Arendal.«

»Nein, Valdres«, erklärte Guro.

»Was ihr so redet. Ihr wart ja alle noch nicht in Hadeland«, sagte Sofie.

Die anderen lachten, und Anne lachte mit. Aber sie war mit dem Schlitten durch Hadeland gefahren. Sie wusste, wie sich die Felder durch das Tal zogen und wie der Schnee sanft auf den Tannen lag. Sie hatte sogar am Randsfjord eine große Herde Damwild gesehen. Doch das sagte sie nicht. Das Gespräch hatte schon ein anderes Thema erreicht.

»Es ist viel zu viel zu tun«, klagte Guro. »Die Gnädige ist so streng, das ist nicht auszuhalten.«

»Geht mir auch so«, sagte Åse. »Wo arbeitest du denn, Anne?«

»In der Akersgate 5. Bei Herrn und Frau Øyset.«

Guro stemmte die Hände in die Seiten und musterte sie forschend. »Ach, du hast also Johannes Stelle übernommen.«

Anne holte tief Luft und wollte fragen, weshalb Johanne ihren Dienst so rasch verlassen hatte. Sie hier schienen die Antwort zu wissen. Aber nun schloss sich ein neues Dienstmädchen der Gruppe an, und alle wandten sich ihr zu. Gleich darauf hatte Anne die ganze Johanne vergessen, denn die Neue erinnerte sie so sehr an Karen, auch wenn Farben und Gestalt anders waren. Die Neue war nicht besonders groß, ihr Körper war schmächtig und ihre Miene freundlich, es musste also etwas anderes sein, etwas in den Augen, eine Festigkeit vielleicht oder ein Kampfwille. »Ich heiße Anne«, sagte sie und machte einen Knicks.

»Hanna«, sagte die Neudazugekommene. Dann drehte sie sich mit einem breiten Lächeln zu den anderen um. »Stellt euch vor, ich habe eine Stelle beim Schuhmacher.«

»Wie schön, Hanna!«, rief Sofie.

»Ich hatte keine feste Arbeit wie die anderen.« Hanna drehte sich zu Anne um. »Das Gesindekontor wollte mich nicht nehmen. Ich komme aus Christiania, und die vermitteln nur Bauernmädchen. Niemand hat Vertrauen zu uns, die wir in dieser elenden Stadt geboren und aufgewachsen sind. Aber wir arbeiten genauso hart wie alle anderen.«

»Die Gnädigen wollen nur Mädchen vom Lande«, sagte Guro.

»Die Männer auch.« Åse stemmte die Hände in die Seiten und schaute Anne herausfordernd an. »Du weißt vielleicht nicht, dass deine schöne Gnädige ihren Onkel geheiratet hat?«

»Woher weißt du das?«, rutschte es Anne heraus. Wurde darüber geklatscht? Einen Moment fühlte sie sich gekränkt, weil es um Frau Øyset ging.

»Weil Johanne das gesagt hat. Sie war jeden Tag hier am Brunnen, genau wie du. Bis sie aufhören musste.«

Sie musste aufhören? Anne wollte schon fragen, warum, aber in diesem Moment schepperte ein Karren vorbei, und der Junge, der ihn zog, pfiff und lachte sie an. Die Mädchen kicherten, und dann fingen sie endlich an, ihre Eimer zu füllen.

Anne eilte heimwärts. Sie sehnte sich danach, in der warmen Küche zu sitzen und über alles nachzudenken, was sie an diesem Morgen erlebt hatte.

»Warte«, rief jemand.

Sie drehte sich um und sah Hanna, die ihr mit schnellen Schritten hinterherkam. Die Eimer schwangen hin und her, und das Wasser schwappte über.

»Wir können zusammen gehen. Der Schuhmacher wohnt ganz hinten in der Akersgate.« Hanna hatte sie jetzt eingeholt.

Anna nickte, suchte nach etwas, das sie sagen könnte.

»Warum bist du so schnell gegangen?«

»Ich muss zurück. Heute ist mein erster Tag.«

Hanna schaute sie von der Seite an. »Mach dir nichts aus dem ganzen dummen Gerede. Die Mädchen sind schon in Ordnung, wenn du sie erst mal näher kennenlernst.«

Anne nickte noch einmal und wollte weitergehen, aber Hanna stellte die Eimer auf den Boden. Anne blieb stehen, hielt ihre jedoch fest. Die Henkel schnitten in ihre Handflächen.

»Ich habe auch so allerlei über deine Leute gehört. Deine Herrschaft, meine ich. Johanne war nicht gerade die Schweigsamste am Brunnen. Das Letzte, was sie erzählt hat, war, dass die Gnädige nicht weniger als fünf Jahre bei Herrn Øyset im Haus gewohnt hat, ehe sie geheiratet haben.«

Doch, das konnte vielleicht stimmen. Im vorigen Sommer, als die beiden Mustad besucht hatten, war er ja ihr Vormund gewesen. Anne packte ihre Eimer fester und ging weiter.

Hanna gab sich große Mühe, mit ihr Schritt zu halten, und bald würde wohl kein Wasser mehr in ihren Eimern sein, so wie es schwappte. »Hast du schon mal von der *Ballgesellschaft Vereinigung* gehört?« Ihr war offenbar klar, dass das neue Dienstmädchen für Klatsch nicht zu haben war.

Anne schüttelte den Kopf.

»Das ist ein Verein in der Stadt, wo die jungen reichen Mädchen passende Ehemänner finden. Da machen sie einander den Hof.«

»Sie machen den Hof?«

»Ja, sie machen den Hof. Weißt du nicht, was das ist?«

»Nein«, sagte Anne lachend.

»Dann hast du ja noch allerlei zu lernen.« Hanna lachte auch. Dann hob sie wieder ihre Eimer auf.

»Ich bin nicht bei einer vornehmen Familie«, sagte Hanna, als sie die Akersgate 5 erreicht hatten. Es war nicht weit gewesen. Anne hatte Glück, genau wie Frau Øyset gesagt hatte. Hanna redete jedoch weiter. Sie hielt wohl nie den Mund. »Ich mache Grobarbeit, wann immer es Arbeit gibt.« Hanna verdrehte die Augen. »Ich habe deinen Leuten Wasser gebracht, als sie kein Mädchen hatten, aber im Haus wollten sie mich nicht haben. Ich sehe nicht brav genug aus, verstehst du. Und jetzt bin ich bei dem schmutzigen Schuhmacher. Aber der ist nett. Jedenfalls meistens.«

»Das ist schön, Hanna. Dann können wir zusammen zum Brunnen gehen.« Hanna gefiel ihr. Und es war schön, jemanden in der Stadt zu kennen. Gegen Hanna war sicher nichts einzuwenden. Für einen

Moment dachte sie an Frau Mustad. Ob die Hanna wohl eingestellt hätte? Aber sie kannte die Herrin von Mustad gut genug, um zu wissen, dass sie sehr auf Manieren achtete.

»Die Männer küssen den Mädchen die Hand. Sie tragen Handschuhe und Ballkleider und werden zum Tanz aufgefordert. Sie bekommen Tee und Kuchen.« Hanna stellte die Eimer ab und hob sie dann wieder hoch.

»Beim Schuhmacher?«

Hanna lachte. »Bei der Ballgesellschaft natürlich.« Dann machte sie auf der Straße einige Tanzschritte, um zu zeigen, wie die reichen jungen Mädchen tanzten. Sie drehte sich immer wieder um sich selbst, und sie bemerkte den Schlitten erst, als der sie schon erreicht hatte. Sie sprang zur Seite, glitt dabei aber auf einem Eisbuckel aus und fiel mit dem Gesicht auf den Boden. Die Eimer kippten um und lagen dann neben ihr.

Anne bückte sich eilig, um ihr beim Aufstehen zu helfen.

»Ich muss neues Wasser holen.« Hanna weinte. »Den Posten beim Schuhmacher darf ich nicht verlieren.« Aus einem tiefen Riss in ihrer Lippe tropfte Blut.

»Ich mache das für dich, Hanna.«

Hanna wehrte sich, aber Anne war stärker als sie, führte sie in den Hinterhof und setzte sie auf die Treppe. Erst jetzt fiel ihr auf, dass Hanna nicht die übliche Dienstmädchenkleidung trug. Ihr Kleid war nicht aus festem dickem Stoff, und sie hatte keinen weißen Kragen um den Hals liegen. Nicht einmal ein Schultertuch hatte sie. Sie musste schrecklich frieren.

Blutstropfen fielen in den weißen Schnee.

Anne nahm ihr Tuch ab. »Drück das auf die Wunde, während ich neues Wasser hole. Ich bin gleich wieder da.«

Als sie zurückkehrte, wartete Hanna an der Stelle, wo Anne sie verlassen hatte. Fast wie ein kleines Kind. Ihre Lippen waren jetzt blau vor Kälte.

»Wie alt bist du?« Anne stellte die vollen Wassereimer ab.

»Sechzehn, fast siebzehn«, murmelte Hanna hinter dem Schultertuch.

Es tat weh, die zusammengesunkene Gestalt auf der eiskalten Treppe zu sehen. »Leg dir das Tuch um die Schultern, Hanna, dann sehe ich mir mal deine Wunde an.«

Hanna gehorchte und schaute vertrauensvoll zu ihr auf.

»Die Wunde ist tief, Hanna. Tut sie sehr weh?«

»Es brennt nur ein bisschen«, sagte Hanna tapfer.

»Ich kann deine Wunde heilen.« Anne legte ihr die Hand auf die Schulter.

»Wirklich?« Hanna klapperten die Zähne.

»Ja, ich habe gelernt, wie man Salben macht«, sagte Anne eifrig. »Ich kenne zu Hause in Vardal eine weise

Frau, und sie hat mich angelernt. Ich habe einen kleinen Krug von zu Hause mitgebracht.«

»Das darfst du keinem Menschen erzählen.« Hanna blickte plötzlich ängstlich zu ihr hoch, und durch die abrupte Bewegung fing die Wunde wieder an zu bluten.

»Wieso nicht?« Anne hob die Augenbrauen und starrte die andere verständnislos an.

»Hast du nicht von Mutter Sæther gehört?«

»Nein. Wer ist das?«

»Die war schon mehrmals im Zuchthaus. Außer den Doktoren darf niemand Kranken helfen. Sie wird als Quacksalberin bezeichnet.«

»Quacksalberin«, wiederholte Anne. Auch die junge Mutter mit dem kranken Kind hatte von Quacksalberei gesprochen. »Was für ein hässliches Wort! Was bedeutet das?«

»Das bedeutet, dass Leute behaupten, Kranke heilen zu können, auch wenn sie gar nicht Medizin an der Universität studiert haben, und das ist verboten.«

»Verboten?« Das konnte doch nicht stimmen, es konnte ja wohl nicht verboten sein, anderen zu helfen. Elseby war nie mit Strafen gedroht worden, nur mit Frau Mustads Zorn. Anne spürte, wie es in ihr kochte. Sie hätte Mutter Sæther gern verteidigt, auch wenn sie die gar nicht kannte. Wer hatte diese Gesetze denn überhaupt gemacht? Diese Leute konnten die Geheimnisse der weisen Frauen auf keinen Fall kennen. »Ich habe heilen gelernt, Hanna, heilen mit Pflanzen«, sagte sie eindringlich. »Ich weiß, dass das möglich ist. Du musst mir vertrauen.«

»Aber wir dürfen es nicht verraten.« Hanna schaute ihr ins Gesicht. »Denn für dich könnte das schlimmer werden als für mich.«

Anne spürte, wie sich ihre Brust zusammenzog. Wenn sie sich in dem für sie bestimmten Weg geirrt hatte, dann wäre es doch besser gewesen, zu Hause in Vardal zu bleiben. Anne lief die Hintertreppe hoch und schlich sich in die Küche und in ihre Kammer. Dort fiel sie auf die Knie und zog das Bündel unter dem Bett hervor. Sie nahm den kleinen Krug heraus, öffnete ihn und roch daran.

Sie hatte die Salbe aus Knabenkraut gemacht. Sie hatte die Pflanzen früh am Morgen gepflückt, lange vor Sonnenaufgang. Es war ein gutes Mittel, um Wunden zu heilen, konnte aber auch einem trauernden Herzen Linderung verschaffen. Sie freute sich so, dass sie diese Salbe mitgenommen hatte. Hanna würde sie jedenfalls helfen können.

»Bald ist alles wieder gut.« Anna verteilte die Salbe vorsichtig mit den Fingerspitzen um die Wundränder.

Hanna hielt ganz still und verzog kein einziges Mal das Gesicht.

»Die Salbe ist aus einer Orchidee gemacht, das ist

eine magische Blume. Vielleicht sogar eine der magischsten, die es überhaupt gibt.«

»Wirklich?«, flüsterte Hanna.

»Ja«, flüsterte Anne zurück. »Und sie ist nicht wegen ihrer Schönheit magisch, sondern wegen ihrer Wurzel. Die ist hell und weiß und geformt wie die Hand der Jungfrau Maria. Deshalb kann die Salbe dich heilen und dich beschützen.«

Hanna schaute verwundert zu ihr hoch. Dann sagte ich: »Ich weiß auch etwas über Blumen.«

»Was denn, Hanna?« Annes Wangen wurden jetzt heiß. Es hatte also seinen Grund, dass dieses Mädchen ihr sofort gefallen hatte.

»Ich weiß etwas über Hirtenglocken«, sagte Hanna ernst. »Das hat meine Mutter mir beigebracht, als ich noch klein war, ehe sie mich weggegeben hat.«

»Hirtenglocke«, wiederholte Anne neugierig. »Was ist das?«

»Weißt du das nicht, wo du doch vom Land kommst?«

»Nein, erzähl.« Anne war richtig aufgeregt. Sie hatte außer mit Elseby noch nie mit jemandem über diese Dinge gesprochen.

»Hirtenglocke ist dasselbe wie Löwenzahn.«

»Das wusste ich nicht. Warum heißt das so?«

»Weil sich der Löwenzahn am frühen Morgen öffnet und am späten Abend schließt. Deshalb wird er Hirtenglocke genannt.«

»Stimmt das?« Anne setzte sich neben Hanna.

»Warte nur bis zum Sommer. Dann wächst Löwenzahn an mehreren Stellen bei den Schuppen hinter dem Schuhmacherhaus. Da oben gibt es noch andere Blumen, aber die öffnen und schließen sich zu ganz anderen Zeiten als der Löwenzahn.«

»Du meinst also, dass jede Blume ihre eigene Zeit hat?«

Hanna lachte. »Vielleicht lenkt jemand an einem geheimen Ort die Blumen, damit wir eine Vorstellung von der Zeit bekommen?«

»Das habe ich mir noch nie überlegt«, sagte Anne ernst. Sie schaute zum Küchenfenster hoch. Bestimmt wartete Frau Øyset schon auf sie, vielleicht war sie wach geworden, als Anne die Salbe geholt hatte. »Ich muss jetzt gehen, Hanna.«

Hanna packte ihr Kleid, als sie sich erheben wollte. »Aber ich weiß noch mehr über Blumen und Zeit.«

»Was denn, Hanna?« Anne setzte sich wieder.

Hanna sah sie mit stolzem Blick an. Sie schien die Wunde fast vergessen zu haben. »Ich weiß, dass es eine Blume gibt, die tagsüber geschlossen ist und nachts offen.«

»Welche denn?« Das hier war spannender als jeglicher Klatsch am Brunnen. Ach, wenn Hanna nur Elseby kennenlernen könnte.

»Die Seerose«, sagte Hanna ernst und fing Annes Blick ein. »Eines Nachts habe ich mich aus dem Haus geschlichen und mich hinter den Teich gesetzt. Da, wo ich aufgewachsen bin, war so viel Krach, weißt du, und wenn es ganz besonders schlimm war, war es nicht so schrecklich, draußen im Dunkeln zu sitzen.« Hanna verzog für einen Moment schmerzlich das Gesicht, dann redete sie eifrig weiter. »Ich hatte schon lange sehen wollen, wie sich die Seerose öffnet und schließt, aber das habe ich nie geschafft. Aber als ich dann mitten in der Nacht im Dunkeln dasaß, habe ich entdeckt, dass die Seerose offen war. Sie lag da auf dem Teich und spiegelte sich im Mondlicht, ganz weiß, wie der reinste Schnee.« Sie hob vorsichtig die Hand an ihre wunde Lippe. »Am Morgen bin ich dann wieder hingelaufen, um zu sehen, ob sie noch immer offen war.«

»Und war sie das?« Anne zitterte innerlich, als ob sie jetzt in ein tiefes Geheimnis eingeweiht werden sollte.

»Nein, sie war geschlossen.« Hanna rutschte noch dichter an sie heran. »Aber in der nächsten Nacht bin ich wieder hingeschlichen, um zu sehen, ob dasselbe passierte, und als sie sich öffnete, war sie hellrot.«

»Hellrot.« Anne kostete dieses Wort aus. Dann schloss sie die Augen. Sie sah vor sich die Seerose, die sich im Mondlicht spiegelte. Etwas musste sie verwandelt haben.

14

Anne strich mit den Fingern über das geschwungene Samtsofa. Dann setzte sie sich und legte brav die Hände in den Schoß, so wie Frau Øyset saß, während Anne Staub wischte. Draußen wieherten zwei Pferde. Das Zaumzeug eines vorüberfahrenden Schlittens zischte. Herr Øyset konnte jeden Moment von der Reise zurückkehren. Er war nun schon seit drei Wochen unterwegs. Frau Øyset lief schon den ganzen Tag ruhelos hin und her. Am Ende hatte sie Hut und Mantel genommen und war einkaufen gegangen. Frau Øysets Spannung hatte auch auf Anne übergegriffen. Sie stand auf, strich ihren Rock glatt und wanderte in dem schönen Zimmer hin und her.

Sie blieb bei dem runden Tisch stehen. Dort stand die Weinkanne. Die Kanne, die für die Schlosskapelle bestimmt war. Das hätte die Mutter wissen sollen. Oder der Vater, dem eine Medaille mit der königlichen Krone überreicht worden war. Einige Male hatte sie das Gefühl, dass der Vater in ihrer Nähe sei, obwohl er tot war. Diese Vorstellung schenkte ihr Geborgenheit. Sie holte das Staubtuch aus der Küche. Wenn sie die Kanne polierte, berührte sie die ja eigentlich nicht, sondern entfernte nur alle Spuren. Wenn die Kanne wirklich ins Schloss sollte, durften doch keine Fingerabdrücke darauf zu sehen sein, egal von wem. Jeder Abdruck wäre einer zu viel.

Sorgfältig putzte sie die Kanne ein weiteres Mal, und als sie fertig war, beugte sie ihr Gesicht dicht darüber. Doch, sie konnte sich darin spiegeln. Ihre Haare waren flachsgelb und ihre Wangenknochen hoch. Vielleicht hatte sie doch ein wenig Ähnlichkeit mit ihrer Mutter. Sie lächelte, zufrieden mit dem, was sie sah. Ihre Lippen waren weich und rund und ziemlich rot, aber längst nicht so rot wie die von Frau Øyset. Ihre Augen waren klar und blau, aber unter den Augen hatte sie dunkle Ringe. Sie hatte nicht viel geschlafen, seit sie nach Christiania gekommen war. Zu Hause hatte sie sich oft im Bach gespiegelt, aber sie hatte sich nie in die Augen geblickt. Einmal hatte sie gehört, die Augen seien der Spiegel der Seele, aber wie sollte es möglich sein, dass sie in ihre Seele schaute und doch das Gefühl hatte, die Augen einer Fremden zu sehen?

»Willkommen in Christiania.«

Sie wich einige Schritte zurück und stieß dabei gegen den runden Tisch, so dass die Weinkanne klirrte. Dabei hielt sie sich die Hände mit dem Staubtuch beschützend vor die Brust. Wie lange beobachtete er sie schon? Und sie würde ihn gleich ansehen müssen, sonst hätte sie doch keine Manieren. Sie hob den Blick, machte einen Knicks, und ihr wurde gleichzeitig ganz heiß. Er war größer als in ihrer Erinnerung. Aber die graublauen Augen, die gerade Nase und das Grübchen im Kinn waren dieselben. Und auch die weichen Locken. Sie sah wieder zu Boden, ahnte seine schlanken Hände. Würde er sie auch diesmal necken?

»Es ist schön, dass du jetzt hier bist, meine Frau hat sich auf dich gefreut. Wo steckt sie denn übrigens? Ruht sie sich gerade aus?« Sie merkte, dass er sie forschend musterte.

»Frau Øyset ist einkaufen gegangen.« Ihre Stimme schlug in eine höhere Tonlage um. Sie räusperte sich.

»Ach was?« Er machte ein überraschtes Gesicht. »Sie fühlt sich also besser. Da siehst du, du hast ihr schon gutgetan … Anne? So heißt du doch?«

Sie nickte, spürte, wie ihr Herz schlug. Wovor hatte sie solche Angst?

»Meine Frau hat gesagt, du seist eines der besten Dienstmädchen von Mustad.«

Sie stand ganz still da, hielt den Atem an, was sollte sie denn darauf antworten?

»Stimmt das?« Er fuhr sich mit den Fingern durch die Haare. Die Locken fielen ihm weich in die Stirn.

Ohne zu überlegen, versteckte sie die Hände hinter dem Rücken, schüttelte den Kopf und sagte: »Das weiß ich nicht.«

Er lachte und lächelte sie an. »Du hättest ja sagen können, weißt du.« Dann machte er auf dem Absatz kehrt und ging hinaus in die Diele.

Ihre Wangen glühten. Er hatte es wieder getan – sie geneckt. Sie ließ einen Finger vorsichtig über die weichen hellgrünen Blätter der Blume neben ihr gleiten. Was hatte er gesagt? Dass sie Frau Øyset guttat? Dann entdeckte sie ein Blatt, das am Rand braun geworden war. Sie zupfte es vorsichtig ab. Blieb stehen. Besser, sie blieb erst mal hier in diesem Zimmer. Sie wollte nicht sofort eine weitere Begegnung mit ihm riskieren. Aber dann fuhr sie zusammen. Die Haustür wurde geöffnet. Und nun würde sie etwas unternehmen müssen.

»Herman! Herman, bist du zu Hause?« Das war Frau Øyset. Gewiss hatte sie draußen den Schlitten gesehen.

Dann hörte sie seine Schritte in der Diele. »Da bist du, liebe Andrea. Ich bin so schnell ich konnte nach Hause gekommen. Ich habe eine Überraschung für dich.« Seine Stimme klang weich. »Theaterkarten für morgen Abend.«

Anne verbarg das braune Blatt in der Hand und lief hinaus in die Küche. Für einen kurzen Moment sah sie die beiden zusammen, dort draußen, er hatte ihr den Arm um die Taille gelegt, sie schaute zu ihm auf. Dann richtete Anne sich gerade auf und machte sich an Kartoffeln und Gemüse für den Braten, den Frau Øyset für diesen Abend bestellt hatte.

Am nächsten Morgen war ihr schwindlig, als sie aufstand. Die beiden hatten nichts über die Mahlzeit des Vorabends gesagt, aber beim Abräumen hatte sie zu ihrer Erleichterung gesehen, dass sie eifrig zugelangt hatten. Jedenfalls Herr Øyset. Frau Øyset aß wie ein Vögelchen, das hatte Anne schon längst registriert. Sie hatte dankbar an die Frauen am Brunnen gedacht. Ohne deren gute Ratschläge hätte sie hier in der Küche niemals überlebt. Daran dachte sie, als sie einzuschlafen versuchte. Sie hatte ihr Glück mit einem Honigkuchen versucht, doch der war zu Krümeln zerfallen. Und sie wusste, dass Frau Øyset ihr zwar nach den Mahlzeiten dankte, dass aber nichts, was sie servierte, richtig zubereitet war. Und dann hatte sie angefangen, an zu Hause zu denken. Da hätten sie sich jedenfalls über den Kuchen gefreut, egal, wie der aussah. Sie hatte den mageren, gekrümmten Körper der Mutter vor sich gesehen, die wunden, geschwollenen Hände. Sie vermisste sie alle so. Die Mutter, Kirstine, die Brüder auf Mustad, Jon. Sie hatte sich die Decke über den Kopf gezogen und geweint. Sie hatte kaum die Augen zugemacht, obwohl die Matratze weich war und die Bettwäsche aus Leinen. Aber sie war dann doch eingeschlafen, denn als sie aufwachte, wusste sie noch, dass sie einen bösen Traum von Kirstine gehabt hatte. Dass die zu Hause auf Sevald krank im Bett lag, mit trüben Augen und fieberheißen Wangen. Und dass Frau Mustad sich weigerte, Elseby zu ihr zu holen. Egal, wie sehr die Mutter auch bettelte und flehte, Frau Mustad wollte nicht nach der weisen Frau schicken. Sie war im Bett aufgefahren und dann dort sitzen geblieben. Frau Mustad musste Elseby holen, sonst würde Kirstine nicht überleben.

Anne spritzte sich Wasser ins Gesicht, streifte das Kleid über ihren Kopf und band sich die Schürze fest um die Taille. Dann steckte sie die Haare hoch und richtete sich auf. Jetzt musste sie sich auf die tägliche Arbeit konzentrieren. Es gab genug zu tun.

»Guten Morgen, Anne. Habe ich dich erschreckt? Das wollte ich nicht. Ich habe heute fast kein Auge zugemacht. Ich habe zu lange in der Werkstatt gesessen und gearbeitet, nachdem Andrea zu Bett gegangen war. Verflixt, wie die Zeit dahinfliegt, wenn man arbeitet.« Herr Øyset stand am Küchentisch und aß Bratenreste. Er sah hungrig aus, fast gierig, wie ein Knecht, der zu Weihnachten Fleisch bekommt.

Sie machte einen Knicks. Da war sie also nicht die Einzige, die in dieser Nacht schlecht geschlafen hatte. Aber er wirkte gar nicht so müde wie sie. Sie wich zwei unsichere Schritte zurück. Wollte schon um Entschuldigung bitten und wieder in ihre Mädchenkammer gehen. Sie konnte doch einfach behaupten, dort etwas vergessen zu haben. Aber vielleicht wäre es besser, sich nichts anmerken zu lassen und im Ofen einzuheizen. Es war morgenkalt in der Küche, und bestimmt würde er ihr ohnehin bald befehlen, Feuer zu machen.

Sie ging zum Ofen und legte Holz und Torf hinein, doch egal, wie oft sie zu Hause auch Feuer gemacht hatte, es gelang ihr nicht, die Flammen zupacken zu lassen. Es war fast unmöglich, Holz, das direkt aus dem Hinterhof kam, zum Brennen zu bringen. Das Holz hier im Haus war wohl nicht an einer Südwand getrocknet worden. Der Geruch von Rauch und Feuchtigkeit füllte die Küche. Sie drehte sich vorsichtig um, um zu sehen, ob er gegangen war.

»Wo wir schon hier stehen, würde ich gern kurz mit dir sprechen.« Herr Øyset wischt sich den Mund ab. Offenbar hatte er sie beim Feuermachen beobachtet.

Sie sah unsicher zu ihm hinüber.

»Aber nicht hier«, sagte er nun. »Andrea schläft gern lange, das hast du sicher schon gemerkt.« Er öffnete die Küchentür und winkte ihr. »Ja, komm mit nach unten in die Werkstatt. Es ist besser, wenn wir sie nicht wecken.«

Jeden Tag, wenn sie vom Brunnen kam, hatte sie zur Werkstatt hinübergeschaut und sich gefragt, wie es dort wohl aussah. Jetzt aber, als sie dorthin eingeladen wurde, wollte sie es fast nicht wissen. Doch sie wagte nicht, ihm nicht nach unten zu folgen.

Er drehte den Schlüssel um und öffnete die Tür. Sie blieb ganz still in der Türöffnung stehen, bis alle

Blenden entfernt waren und bleiches Morgenlicht den Raum füllte. Nun trat sie ein. In einer großen Feuerstätte am Ende des Raumes schwelte noch ein wenig Glut. Er hatte offenbar bis spät in die Nacht Holz nachgelegt. Unsicher blieb sie stehen und sah sich um. Mitten in dem Raum stand ein großer Arbeitstisch, und hinter diesem Tisch sah sie einen dunklen Schrank, der bis zur Decke hoch reichte. Neben der Feuerstätte stand eine Ausklappbank. Alles wirkte gröber und schlichter als oben in den schönen Zimmern. Der Boden bestand sogar aus breiten Brettern, wie der in einer Bauernstube. Schwarze Putzlumpen lagen auf dem Boden herum. In den Ecken lag Staub, von der Decke hingen Spinnweben. Die Werkstatt führte ihr eigenes Leben, ein Leben, das ganz anders war als das oben bei Frau Øyset.

Als sie wieder zu ihm hinüberschaute, hatte er sich eine Lederschürze umgebunden. Sie musste plötzlich lächeln. So sahen die Männer in Vardal nicht aus, wenn sie zur Arbeit gingen, das stand jedenfalls fest.

»Komm her«, befahl er nun.

Sie zögerte einen Moment. Er saß bereits auf dem Hocker hinter dem Tisch. Was wollte er? Sie ging zu ihm, blieb stehen und musterte das viele Werkzeug, das vor ihm lag. Es war fast wie zu Hause auf dem Gut in der Schmiede. Hier kam er ihr auch anders vor. Weniger beängstigend gewissermaßen. Erst jetzt sah sie, dass er keine besonders breiten Schultern hatte. Aber die brauchte ein Goldschmied vielleicht auch nicht.

»Das hier ist zum Hämmern, dieses zum Löten und das da zum Montieren«, erklärte er, obwohl sie gar nicht gefragt hatte. Er zeigte auf die unterschiedlichen Geräte.

»Fast wie zu Hause«, sagte sie leise und griff sich an den Mund.

»Wie alt bist du, Anne?« Er drehte sich um und öffnete den großen Schrank.

»Ich bin fünfundzwanzig«, stammelte sie und schaute zu den Fächern voller Schüsseln, Vasen, Bechern, Krügen, Gefäßen und Behältern hinüber, die sich hinter ihm zeigten. Sie alle waren offenbar aus lauterem Silber, wie auch die Weinkanne oben.

»Zwei Jahre älter als Andrea also.« Er sah ihr ins Gesicht. Sie errötete. »Du siehst jünger aus.« Er hob eine Silberschale vom Tisch hoch und fing an, sie langsam zu polieren.

Warum hatte er sie herunterkommen lassen? Sollte sie die vielen Abfälle vom Boden auffegen? Geräte wegräumen? Die Spinngewebe aus den Ecken entfernen? Die Schale wurde unter seinen Händen blank wie ein Wasserspiegel, der Putzlappen dagegen wurde schwarz. Das Schwarze färbte auf seine weißen Hände ab. Sollte sie Silber putzen, damit er sich nicht die Hände schmutzig machte?

»Ich muss dich um etwas bitten«, sagte er und stellte die Schale vorsichtig zurück auf den Tisch.

»Ja, Herr Øyset«, sagte sie und schlug die Augen nieder. Er durfte sie auf keinen Fall jetzt ansehen, wo ihre Wangen dermaßen glühten.

»Ich bin viel unterwegs.« Er wischte sich mit dem Lappen die schwarzen Flecken von den Fingern. »Du musst für mich gut auf Andrea aufpassen.«

Sie nickte.

»Dafür sorgen, dass sie alles hat, was sie braucht und was sie haben will.«

Wieder nickte sie.

»Sie ist so abhängig von mir, verstehst du. Und wenn ich nicht zu Hause bin, muss ich sicher sein können, dass es ihr gutgeht.« Er nahm die geputzte Schale und stellte sie in den Schrank, ans Ende eines Faches voller anderer Arbeiten. »Sie war in letzter Zeit nicht richtig gesund. Das hast du sicher gemerkt.«

Anne nickte. Sie hatte natürlich einige Male gehört, wie Frau Øyset hustete, genau wie im vergangenen Sommer. Aber ansonsten kam sie ihr nicht krank vor. Sie wirkte froh und munter, wenn sie oben in den schönen Zimmern um Anne herumtänzelte, als ob es ihr Freude machte, Anne bei allen Arbeiten zu beobachten. An den ersten Tagen hatte sie sogar ihre Stickerei geholt und damit auf dem geschwungenen Sofa gesessen, während Anne gearbeitet hatte. Wenn es also das war, worüber Herr Øyset mit ihr sprechen wollte, dann würde sie ihm natürlich versichern, dass sie gut auf die Gnädige aufpasste.

»Das wäre alles.« Er schaute zu ihr hoch. »Ach, übrigens …«

»Ja.« Sie hielt den Atem an und wartete.

»Ich muss dich bitten, an den Tagen, wenn ich hier arbeite, Holz herzubringen.«

»Das werde ich, Herr Øyset.«

Er senkte den Kopf und fing an zu arbeiten, als ob Anne gar nicht da wäre.

Sie knickste, schlich sich zur Tür und schlüpfte hinaus. Dann blieb sie unten in dem dunklen Treppenhaus stehen und versuchte sich an den so lange zurückliegenden Abend zu erinnern. Hatte sie sich so sehr verändert, dass sie nicht mehr zu erkennen war? Es war damals dunkel im Raum gewesen, nur das Licht der Mondsichel und der Flammen im Kamin. Und jetzt war sie ja auch viel älter. Nein, es bestand keine Gefahr, er würde sie niemals wiedererkennen.

15

Madame Eger wohnte im Nachbarhaus. Oft stand sie draußen auf der Straße, wenn Anne vom Brunnen zurückkehrte. Morgens und nachmittags. Breitbeinig, in kräftigen Männerstiefeln und die Hände in die Seiten ihres gestreiften Wollkleides gestemmt, starrte sie Anne aus neugierigen, stechenden Augen an.

Frau Øyset hatte erklärt, dass beide Häuser Herrn Øyset gehörten. Die Akersgate 5 mit der Goldschmiedewerkstatt und die Akersgate 7, wo Madame Eger eine Schnapsbrennerei betrieb. Aus der Brennerei stank es. Oft folgte der Schnapsgeruch Anne bis in den Hinterhof und die Treppe hinauf. Aber niemals gelangte er in die Küche, solange sie dort nicht das Fenster öffnete.

An diesem Tag stank es besonders arg. So sehr, dass der Geruch noch in ihrem Schultertuch hing, als sie in die Wohnung kam. Sie schüttelte das Tuch aus und hängte es in der Küche über einen Stuhl, ehe sie einen großen Wasserkessel auf den Herd setzte. An diesem Tag musste so viel gesäubert werden. Frau Øyset hatte sie gebeten, außer den Zimmern im ersten Stock auch noch die Vordertreppe zu putzen. Auf Sevald hatte sie den Boden mit Sand und Bürste geschrubbt. Auf Mustad hatte sie auf den Knien gelegen und jedes Zimmer mit Lauge und kaltem Wasser geputzt, bis alles vor Sauberkeit glänzte und ihre Hände rissig und rot waren. Aber hier in der Stadt war alles anders. Hier gab es etwas, das Seife genannt wurde. Frau Øyset hatte erklärt, dass Herr Øyset sie in einer Seifensiederei unterhalb von Bjølsenfossen kaufte. Das Seifenwasser hatte einen ganz besonderen Geruch. Anne schnupperte mehrere Male an dem Eimer. Der Geruch kam ihr vor wie eine Mischung aus Brennnesseln und Engelwurz.

Sie arbeitete sich mühsam abwärts, Stufe um Stufe, um Matsch und schmutziges Wasser, das von der Straße hereingebracht worden war, zu entfernen und das Treppenhaus mit einem frischen Geruch zu erfüllen. Plötzlich hörte sie, wie die Haustür ins Schloss fiel. Sie richtete sich auf. Vielleicht war jemand bei Herrn Øyset in der Werkstatt gewesen, oder vielleicht hatte er außer Haus etwas zu erledigen. Sie schaute nach unten. Die Tür stand noch immer offen. Durch die Fenster fiel das Licht in Streifen in die Werkstatt. Frau Øyset hatte gesagt, er schließe die Werkstatt immer ab, wenn er das Haus verlässt, denn dort gebe es so viele wertvolle Dinge. Wenn die Tür offen stand, musste er also da sein.

Sie schlich sich die Treppe hinunter und lugte vorsichtig durch die Tür. Seit dem Vortag hatte sich dort nichts verändert. Herr Øyset saß, in eine Zeichnung vertieft, am Arbeitstisch. Er hob das Papier näher an sein Gesicht. Er schien sich gewaltig zu konzentrieren. Sah ernst aus. Anne schlich sich nach draußen und goss das Putzwasser in den Rinnstein.

Als sie wieder ins Haus kam, hatte er angefangen zu sägen. Das Silberstück war in einer Zwinge befestigt. Sie blieb, hinter der Tür versteckt, stehen. Sein Oberarm und seine Schulter waren vollkommen in Ruhe, während Unterarm und Handgelenk die Säge ruhig durch die blanke Silberplatte führten. Sonnenlicht fiel durch das Fenster und leuchtete seine Hände an. Die sahen so anders aus als Jons Fäuste. Die waren so kräftig im Verhältnis zu der Hand, die die Säge führte. Jon formte kein Silber zu Schalen und Weinkannen, um es dann mit der Kutsche zu Kapitänen und Königen zu bringen. Jon fällte große Bäume und band sie auf einen Schlitten, er hackte Holz für den Winter, damit sie sich die Kälte vom Leib halten konnten.

Plötzlich hielt Herr Øyset inne und drehte den Kopf zur offenen Tür hin. Er musste sie gehört haben. Für einen kurzen Augenblick begegneten sich ihre Blicke, und etwas huschte durch sein Gesicht, ein Ausdruck, den sie nicht deuten konnte. Er öffnete den Mund, um etwas zu sagen, aber schon hatte Anne Besen und Eimer gepackt und lief die Treppe hoch.

Als sie die Wohnung betrat und sich dort an die Fußböden machen wollte, wurde ihr Name gerufen.

Das konnte doch nicht Frau Øyset sein. Die schlief vormittags immer lange. Sie blieb still sehen und lauschte.

»Anne.«

Nun hörte sie es wieder. Es kam aus dem Schlafzimmer. Und da musste es wichtig sein.

Sie stellte Eimer und Besten weg und lief durch die Diele, öffnete die Tür einen Spaltbreit und lugte in das dunkle Zimmer.

»Ist Herman unten in der Werkstatt?« Frau Øyset schien besorgt zu sein.

»Ja. Herr Øyset hat gefrühstückt und ist zum Arbeiten nach unten gegangen.«

»Würdest du die Vorhänge öffnen?«

Anne ging zum Fenster, zog die schweren Portieren zur Seite und befestigte sie mit Samtbändern. Draußen war es noch nicht richtig hell.

»Danke. Das ist besser.«

Unter ihren Augen war jetzt eine leichte blaurote Farbtönung zu sehen, die Anne bisher noch nicht aufgefallen war. Anne öffnete das Fenster einen Spaltbreit, vielleicht würde ein wenig frische Winterluft der Gnädigen guttun. Der Gestank von Madame Egers Brennerei war zum Glück nicht mehr so stark. Anne beugte sich vor und glaubte in der Ferne Hanna zu sehen. Eine kleine schwarze Gestalt, die mit einem Eimer in jeder Hand ganz allein die Straße hochging. Das musste bedeuten, dass Hanna einmal zusätzlich

Wasser holen musste. Vielleicht versorgte sie nicht nur den Schuhmacher mit Wasser, so viel konnte der doch unmöglich verbrauchen. Wenn Hanna nur am Nachmittag noch einmal käme! Die Gespräche mit ihr waren zu Annes wichtigstem Halt geworden.

»Es ist kalt«, klagte Frau Øyset vom Bett aus.

Anne schloss das Fenster und befestigte die Haken. Dann ging sie zum Bett und zog den Nachttopf darunter hervor. Jeden Tag leerte sie ihn an einer bestimmten Stelle im Hinterhof aus. An der Stelle, die der Nachtmann einmal pro Woche besuchte. Sie hatte nie von einem Nachtmann gehört, ehe sie nach Christiania gekommen war. Aber jetzt wusste sie, dass er nicht nur nachts kam und die Notdurft abholte, sondern dass er auch nach einer Enthauptung den Kopf an einem Etterstad genannten Ort auf eine Stange setzte. Ihr schauderte. Das alles wussten die anderen am Brunnen. Sie stellte den Topf vor der Tür ab. Sie hatte das Gefühl, dass Frau Øyset sie in der Nähe haben wollte, den Topf könnte sie später noch ausleeren.

»Kannst du im Kamin ein Feuer machen, Anne? Ich friere so schrecklich.«

Anne hatte am Vorabend schon Torf und Reisig in den Kamin gelegt. Das Feuer griff hier besser um sich als in der Küche. Sie spürte, dass Frau Øyset sie die ganze Zeit nicht aus den Augen ließ. Das erinnerte sie an Kirstine, die ihr im Halbschlaf immer zugesehen hatte, wenn sie an den kalten Wintermorgen eingeheizt hatte, ehe sie nach Mustad gegangen war.

»Jetzt wird es hier bald schön warm.« Sie wischte sich die Hände an der Schürze ab.

»Du musst etwas für mich erledigen, Anne.« Frau Øyset setzte sich mühsam auf. »Aber du darfst Herman nichts sagen. Ich will nicht, dass er sich Sorgen um mich macht.« Sie zog einen Lederbeutel mit Münzen und einen kleinen Zettel aus der Nachttischschublade. »Du musste zur Apotheke gehen.«

Anne nahm den Lederbeutel entgegen. »Zur Apotheke?«

»Ja, das ist ein Laden für Medikamente.« Frau Øyset versuchte ein Lächeln zu verbergen. »Es ist nicht schwer zu finden. Die Gegenrichtung vom Christiania Torv. Dann in die erste Seitenstraße. Das ist die Tollbugate. Da gehst du weiter bis zu Nummer 21. Dort findest du in dem Steinhaus an der Ecke Kongens gate die Apotheke.«

Doch, das würde sie sich merken. Sie machte einen Knicks.

»Und Anne …«

»Ja, Frau Øyset.«

»Bitte, sag Andrea zu mir, wenn Herr Øyset nicht dabei ist.«

Sollte sie Frau Øyset mit Vornamen anreden?

In der langen Tollbugate lagen große und kleine Häuser nebeneinander. Ein Schlitten glitt vorüber. An einigen Stellen war die Schneeschicht dünn, und die Schlittenkufen schleiften über das Pflaster und verursachten ein kreischendes Geräusch. Die Menschen eilten hin und her. Wo wollten die nur alle hin? Alles kam ihr viel geschäftiger vor als zu Hause in Vardal. Die Sonne war jetzt zum Vorschein gekommen. Die Vögel sangen. Es wehte kein Wind mehr, und offenbar lag endlich ein Hauch von Frühling in der Luft. Sie hatte an Frau Øyset gedacht oder an Andrea, wie sie sie jetzt nennen sollte, als sie aus dem Haus gegangen war, und an den Schmerz, den sie in der Brust verspürt hatte, als sie bei ihr im Zimmer gewesen war. Aber jetzt kam ihr plötzlich alles leichter vor. Sie hatte das Gefühl, einen neuen Weg zu erkunden, genau wie früher, als sie klein gewesen war. Die Unruhe, mit der sie aufgestanden war, wurde mit jedem Schritt, den sie machte, kleiner.

An der Ecke Kongens gate blieb sie stehen und schaute zur Apotheke hinüber. Warum wollte Andrea das Herrn Øyset verheimlichen? Warum wollte sie ihn nicht beunruhigen? Anne überquerte die Straße. Apotheke. Apotheke mit Medikamenten. Sie holte tief Luft und ging hinein.

Ein brauner Mahagonitresen mit einer Säule auf jeder Seite leuchtete ihr entgegen, ebenso braune blanke Regale mit kleinen Schubladen an den Wänden. Und ganz hinten, bei der Rückwand, stand ein Uhrgehäuse wie das große, das sie auf Brusveen hatten. Doch auf diesem Gehäuse saß ein Schwan, der funkelte, als wäre er aus purem Gold. Das hatten sie auf Brusveen nicht gehabt. Anne blieb ganz still in der Tür stehen und sah sich um. Was würde Elseby wohl zu diesem Laden sagen?

Eine Dame in einem langen Umhang und breiten Hut kam gleich hinter ihr herein.

»Entschuldigung«, sagte Anne verlegen und trat zur Seite, um die Dame durchzulassen. Sie selbst blieb stehen.

Glasflaschen in unterschiedlichen Größen standen hinter dem Tresen in den braunen, blanken Regalen. Das hatte sie ja schon einmal gesehen, damals bei Elseby, Flaschen, die in Reih und Glied aufgestellt waren, in einem so schönen Raum, dass es ihr den Atem verschlug.

Sie trat einen Schritt weiter vor, bewunderte die kleinen braunen Flaschen, die auf dem Tresen standen. Dabei musste sie an das Rosenwasser denken, dessen Herstellung sie von Elseby gelernt hatte. Elseby hatte ihr die Weinrosen gezeigt, die in dichten Büschen am Mjøsa-Ufer standen. Von dem süßen Duft war ihr fast schwindlig geworden. *Gott hat seinen kostbaren Fingerabdruck auf diese hellroten Blütenblätter gesetzt, Anne,* hatte sie erklärt. *Er hat sie herzförmig erschaffen und ihnen den Duft der Liebe geschenkt.* Man verwendete nur die Blütenblätter. Stängel und Blätter gehörten nicht dazu, und die Blütenblätter mussten ganz frisch sein. Der allerbeste Zeitpunkt zum Pflücken war zwei Stunden nach Sonnenaufgang. Die Blütenblätter wurden in einen kleinen Topf gelegt, und Elseby goss nach Norden fließendes Wasser darüber, bis sie ganz bedeckt waren. Nach Norden fließendes Wasser sei heilig, hatte sie erklärt. Dann hatte Anne den Topf über die Feuerstätte auf Biri gehängt und aufgepasst, da das Wasser nicht kochen durfte, nur dampfen. Sie hatte den ganzen Vormittag lang die edlen Tropfen bewacht, bis die Blätter ihre Farbe verloren hatten und die Wasseroberfläche sich mit einem hellroten Öl überzog. Dann siebte sie den Inhalt des Topfes durch und presste den letzten Rest Wasser aus den Blütenblättern, ehe sie das Rosenwasser in eine kleine braune Glasflasche füllte. Ob eine von diesen Flaschen hier wohl Rosenwasser enthielt?

Anne ging zum Tresen, beugte sich zu einer der kleinen Flaschen vor und buchstabierte langsam: *Rigabalsam mit Honig.* Sie hatte niemals schreiben gelernt, aber jetzt war sie froh darüber, dass sie immerhin einigermaßen lesen konnte.

»Kann ich Ihnen behilflich sein?« Plötzlich stand neben ihr ein junger Mann. Er trug eine schöne schwarze Sonntagshose, ein weißes Hemd mit einem gelben Seidenhalstuch und eine dunkelgrüne Brokatweste.

Sie lächelte zaghaft und drehte sich zu den Schubladen mit den weißen Etiketten um. Und ohne dass sie ihn um irgendetwas gebeten hätte, begann der Mann ihr vorzulesen: »*Herba Boraginis. Herba Millefolii. Herba Mentholatum. Herba Absinthe.* Suchen Sie etwas davon, Fräulein?« Er öffnete eine Schublade.

Sie beugte sich noch weiter vor, schnupperte vorsichtig und versuchte zugleich, ihre roten Wangen zu verbergen. Wenn er sie Fräulein genannt hatte, hielt er sie vielleicht für sehr jung.

Jemand lachte. Sie drehte sich um. Zwei Damen verließen die Apotheke mit raschen Schritten. Sie hörte die beiden draußen, sie lachten einfach immer weiter. Anne schlug die Augen nieder und errötete noch mehr. Ihre Augen brannten. Der Mann räusperte sich, und sie schob rasch die Hand unter ihr Kleid und zog Andreas Zettel hervor.

Ohne ein Wort holte der Mann eine braune Flasche und stellte sie vor Anne auf den Tresen. Dann zog er sein seidenes Halstuch ein wenig gerade und fragte: »Darf es sonst noch etwas sein, Fräulein?«

»Nein, danke.« Sie zog den Lederbeutel mit den Münzen hervor und reichte ihm den.

»Danke.« Er deutete eine Verbeugung an und nahm sich das Geld, das ihm zustand.

Inzwischen waren weitere Menschen in die Apotheke gekommen. Gab es in der Stadt so viele, die Medizin brauchten? Sie wäre gern noch hiergeblieben, hätte gern versucht, die vielen verschiedenen Gerüche zu bestimmen. Sie hatte einige schon erkannt. Salbei, Minze, Rosmarin, Nachtkerze, Johanniskraut und Fingerhut. Aber andere waren ihr fremd. Und es waren starke Gerüche dabei. Mischungen, die sie nicht begriff. Wer hatte diese Pflanzen gepflückt? War das erlaubt?

Viele ausländische Heilpflanzen passen nicht für unser Land und unsere Kranken. So weise hat die Vorsehung alles eingerichtet, dass die Krankheiten, die hierzulande auftreten, auch mit den Kräutern geheilt werden können, die hier bei uns wachsen. Das hatte sie von Elseby gelernt. Wenn sie sich getraut hätte, hätte sie den Mann gefragt, warum die Pflanzen hier im Laden erlaubt waren, die, die die weisen Frauen pflückten, aber nicht.

Als sie nach Hause kam, blieb sie zuerst in der Küche stehen. Etwas war anders. Das spürte sie, ein wogendes Zittern im Leib. Sie stellte die Flasche mit der Medizin auf den Küchentisch, zog Schultertuch und Stiefel aus, öffnete die Tür zur Diele und schlich sich hinaus. Dort blieb sie wie erstarrt stehen. Ihr Herz hämmerte. Andrea war aufgestanden. Sie hatte Besuch. Aber es gab noch etwas, das vertraut war, das Sicherheit gab.

Andrea musste sie gehört haben, denn sie klingelte sofort.

Anne strich sich die Haare, Schürze und Rock mit Händen glatt, die zitterten wie das erste Frühlingslaub, und öffnete die Tür.

»Anne, wie schön, dich zu sehen.« Frau Mustad saß

in ihrem glänzenden blauen Prachtkleid auf dem geschwungenen Sofa. Der weiße Spitzenkragen lag um ihren Hals, und die funkelnde Silbernadel war mitten auf ihrer Brust befestigt. Ihre Augen leuchteten Anne freundlich entgegen. »Ich höre, Frau Øyset ist überaus zufrieden mit dir.«

Anne knickste. Sie wäre Frau Mustad am liebsten um den Hals gefallen. Wäre ihr um den Hals gefallen und in Tränen ausgebrochen.

»Herr Mustad hat hier in der Stadt zu tun, und ich bin mitgekommen. Und dann wollte ich doch Frau Øyset besuchen und gratulieren. Ja, denn wir sehen uns ja seit Ihrer Hochzeit zum ersten Mal, Frau Øyset.« Frau Mustad bedachte Anne mit einem warmen Blick, die für einen Moment das Gefühl hatte, dass Frau Mustad sie ebenfalls vermisste.

»Kannst du Tee und Kuchen servieren, Anne«, zwitscherte Andrea. Sie trug ihr tiefrotes Samtkleid. Ihre Wangen waren bleich, aber es war doch deutlich zu sehen, dass sie sich über den Besuch freute. Sie war offenbar aufgestanden und hatte sich angezogen, als Anne gerade erst zur Apotheke gegangen war. Die Perlen, die sie anfangs so oft in den Ohren gehabt hatte, hatte sie wohl nicht so schnell anlegen können, aber ihre Haare waren mit glänzenden Perlmuttkämmen hochgesteckt.

Anne knickste wieder. Wie sollte sie nach ihren Lieben zu Hause fragen?

Sie trug die schönsten Porzellantassen auf einem silbernen Tablett in die gute Stube, zusammen mit einer Kanne Tee und einem in dünne Scheiben geschnittenen Zimtkuchen. Guro hatte ihr das Rezept gegeben und ihr erklärt, dünne Scheiben seien vornehmer als dicke. Anne hatte genickt, auch wenn sie nicht so ganz begriffen hatte, was an dünnen Scheiben so großartig sein sollte.

Sie schenkte Frau Mustad Tee ein. Ihre Hand zitterte so sehr, dass mehrere Tropfen danebengingen auf die Untertasse. Frau Mustad wusste ja, dass sie früher nie serviert hatte. Sie war ihr Leben lang Grobmagd gewesen. Und die Arbeit eines Dienstmädchens war eben nicht so leicht, wie sie geglaubt hatte. Was Frau Mustad jetzt wohl über sie dachte?

Danach blieb sie am Küchentisch sitzen und wartete. Wenn Andrea nur noch einmal klingelte, dann könnte sie hineingehen und das Tablett holen. Aber es war so viel Zeit vergangen. Die beiden hatten einander offenbar viel zu erzählen. Anne fühlte sich krank, nicht einmal ein kleines Stück Kuchen mochte sie probieren. Was, wenn sie nun gar nicht mit Frau Mustad sprechen könnte? Was, wenn Frau Mustad wieder ginge und sie sie nicht nach ihrer Mutter und Kirstine und den Brüdern auf dem Gutshof hatte fragen können? Und vielleicht nach Jon, wenn sie ganz viel Mut fände? Sie stand auf und lief in der Küche lange rastlos hin und her. Buchstabierte sich durch das

Etikett auf der Medizinflasche: *Brustbalsam*, das machte sie mehrmals. Dann drehte sie den Verschluss heraus und nahm den starken Geruch wahr. Am Ende zog sie eine Stopfarbeit aus der untersten Schublade. Tatenlos konnte sie nicht dasitzen, das brachte nur Unglück. Und erst, als sie zwei Paar Strümpfe gestopft, mit drei sorgfältigen Stichen den Spitzenrand an einer Serviette festgenäht und sich an einen lockeren Knopf an einem von Herrn Øysets Hemden gemacht hatte, stand plötzlich Frau Mustad in der Küchentür.

»Du siehst gut aus, Anne«, sagte sie freundlich. »Wirklich gut. Rosenrote Wangen. Ein bisschen zugenommen hast du auch. Das steht dir.«

Anne stand auf und legte das Hemd auf den Tisch. Knopf und Nadel legte sie vorsichtig daneben. »Danke, Frau Mustad. Ich hätte in kein besseres Haus kommen können.«

»Das höre ich gern. Aber die junge Hausfrau sieht nicht so gesund aus wie im vergangenen Sommer. Vielleicht macht ihr die Ehe zu schaffen. Du passt doch gut auf sie auf?« Frau Mustad musterte sie forschend.

»Ja, Frau Mustad. Ich tue mein Bestes.« Sie schwiegen einen Moment lang. Frau Mustad trat einen Schritt zurück. Jetzt konnte sie nicht mehr warten. »Was ist mit denen zu Hause? Was ist mit Mutter und Kirstine und Ole und Didrik? Und … Jon? Sind sie gesund?«

»Deine Brüder sind noch immer bei uns im Dienst. Jon ebenfalls. Alles ist in Ordnung.« Dann wurde sie ernst. »Deine Mutter und Kirstine wohnen noch auf Sevald.«

»Aber sind sie gesund?« Anne trat dichter an Frau Mustad heran. Sie war plötzlich so beunruhigt. Dachte an ihren Traum. Wusste, was Frau Mustad sagen würde.

»Kirstine kränkelt ein wenig, seit du weg bist.«

Sie wusste, dass zu Hause etwas nicht stimmte. Wusste es einfach. Hinter ihren Augen brannte es. Es half nichts, dass sie hier war, wenn Kirstine zu Hause nicht zurechtkam. Anne ballte die Fäuste. Sie hätte niemals herkommen dürfen. Ihre Gabe wurde hier ja ebenso versteckt wie in Vardal. Hier durfte man nicht einmal helfen. Hier wurden weise Frauen ins Zuchthaus gesteckt. Und nicht eine einzige Pflanze hatte sie in den kahlen Frühlingsstraßen gesehen. Wenn nur Elseby nach Kirstine sehen könnte. Aber darum konnte sie Frau Mustad nicht bitten, das war unmöglich.

»Ja, wenn es ihr jetzt im Frühling, wenn es wärmer wird, nicht bald bessergeht, dann werde ich den Pastor zu ihr schicken. Aber mach dir keine Sorgen, Anne.«

»Frau Mustad ...« Sie verstummte.

»Ich wollte mich nur verabschieden.« Frau Mustads Stimme klang entschieden. Das war ihre Art, ein schwieriges Thema zu beenden. Anne wusste das nur zu gut.

»Leben Sie wohl, Frau Mustad.« Anne machte einen Knicks. Dann ging sie mit raschen Schritten zum Küchentisch und griff nach der Flasche mit dem Brustbalsam. Sie hielt inne. Was war mit Andrea? Was mit dem Geld? Sie drehte sich um und reichte Frau Mustad die Flasche mit zitternder Hand. »Nehmen Sie das mit, Frau Mustad. Bitte. Für Kirstine. Sagen Sie ihr, das sei von mir.«

16

An der Karl Johans gate und weiter im Drammensvei lag ein kleines Steinhaus neben dem anderen. Darin hausten die Schlachter der Stadt. Anne war schon früher hier gewesen, zusammen mit Sofie, deshalb wusste sie, wo es das beste Fleisch gab. Sie machte die ganze Runde und kehrte dann zurück durch die langen Arkaden. April. Es tropfte von den Dächern. Die Sonne wärmte sie, während sie die Verzierungen über den Türen und die halbmondförmigen Fenster bewunderte. Sie fühlte sich immer so frei, wenn sie in der Stadt unterwegs war. Sie hob den Rock, wenn sie über die Treppenstufen zwischen den Läden ging, damit er nicht vom Schmelzwasser nass würde. Sie schaute in jeden Laden hinein. Lauschte auf die Stimmen der Damen und Dienstmädchen, die ihre Wünsche vorbrachten, die auf das Stück Fleisch zeigten, das sie haben wollten, und die um einen guten Preis feilschten. Dann schaute sie hoch zu den kleinen Türmen, die ihr bisher nie aufgefallen waren, wenn sie zusammen mit Sofie hier gewesen war, und ließ die Hand an einer der kräftigen Steinsäulen ruhen. Ein Wassertropfen traf sie mitten zwischen den Augen. Sie lächelte und wischte ihn weg. In der Stadt gab es so viel Spannendes zu entdecken.

Sofie hatte sie gelehrt, frisches Fleisch von altem zu unterscheiden. Niemand sollte sie betrügen. Das frische war rot und roch würzig. Weiße Fettränder gaben einen kräftigeren Geschmack. Sie wollte einen Eintopf aus Fleisch, Kohl, Zwiebeln und Kartoffeln kochen. Vielleicht würde der Herrn Øyset an etwas erinnern, das er als Kind zu Hause auf Nes gegessen hatte. Dort, wo er herkam, war die Kost wohl nicht viel anders gewesen als bei den Großbauern auf Mustad. Andrea stocherte im Essen ja doch vor allem herum. Ihr schien nichts mehr zu schmecken.

Sie ging in den Laden neben der Kirche. »Ein großes Stück Rindfleisch bitte.«

Der Schlachter musterte sie. Er war groß und dick. »Und für wen soll ich anschreiben?«

»Goldschmied Øyset, Akersgate 5«, sagte sie und hob den Kopf.

»Wo ist denn die schöne junge Frau?«

»Frau Øyset fühlt sich im Moment nicht ganz wohl.«

Der Schlachter reichte ihr das Paket mit seinen Wurstfingern. »Das höre ich aber gar nicht gern. Beim letzten Mal war sie auch schon ein bisschen blass. Grüß sie von mir.«

Anne fing sofort mit Kochen an, als sie nach Hause gekommen war. Sie zerschnitt das Fleisch in Streifen, die Kartoffeln und das Gemüse in gleich große Würfel und stellte den Topf auf den Herd. Es duftete himmlisch. Was übrig blieb, durfte sie dann später essen. Es gab hier so viel, wofür sie dankbar sein müsste. Sie sagte sich das immer wieder, wenn ihr Heimweh nach Vardal besonders schlimm wurde. Die Wassergrütze oder das bittere Rindenbrot fehlten ihr jedenfalls nicht. Außerdem hatte sie ein eigenes Bett. Sie hielt Ordnung in ihrer Kammer und stellte sich vor, wie ihre Mutter und Kirstine sie besuchten und die Kammer bewunderten. Es war jedoch nicht nur das. Das ganze Haus war gefüllt mit wunderschönen Gegenständen. Spitzen, Porzellan, Silber. Teppichen und Gemälden. Und Andrea war so freundlich. Dennoch schienen die schönen Zimmer sich ab und zu um sie zusammenzuziehen, sich um sie zu schließen, so dass sie fast keine Luft mehr bekam. Anne schloss die Augen und sah weite, verschneite Felder vor sich. Wogende Wiesen mit nickenden Blumen. Und am Ende spürte sie eine warme kleine Hand in ihrer. Kirstine. Die ihr so fehlte. Die Mutter auch. Sie wischte sich mit dem Ärmel die Augen.

Sie heizte im Herd besonders gut ein, damit das Essen bald kochte, ehe sie mit dem Arm voll Holz durch den zugigen Hinterhof eilte. Herr Øyset hatte jetzt lange Arbeitstage, und obwohl der Frühling in der Luft lag, waren die Abende kühl, und sie musste immer wieder den Holzkasten in der Werkstatt auffüllen.

Er stand an der Feuerstätte und lötete, als sie hereinkam. Die weichen Locken klebten in seinem Nacken. Sie ging leise zum Holzkasten und legte ihre Last ab. Oft achtete er nicht auf sie, wenn sie hereinkam, sondern arbeitete einfach weiter. Sie blieb für einen Moment stehen. Es roch fast wie zu Hause, eine Mischung aus Birkenholz und Rauch und etwas Undefinierbarem, das sie an ihren Vater erinnerte. Und als sie es am wenigsten erwartete, drehte er sich um und sah ihr ins Gesicht. Sie war sich allerdings nicht sicher, ob er sie wirklich gesehen hatte. Er blickte in ihre Richtung und sah sie vielleicht doch nicht.

Sie wollte sich gerade Sägespäne vom Kleid wischen, ließ es dann jedoch sein.

»Kannst du mir den Stempel geben? Der liegt auf dem Arbeitstisch.« Er legte den Lötkolben weg.

Sie ging hinüber und suchte beim Werkzeug. Er hatte sie also doch gesehen.

»Es steht Øyset darauf«, sagte er ungeduldig.

Sie drehte und wendete alles, bis sie einen runden Gegenstand fand, auf dem *Øyset* stand.

»Ich bin spät dran mit der Arbeit«, sagte er, als sie ihm den Stempel reichte. »Die Kanne ist von den Bürgern von Odalen bestellt worden. Sie soll eine Ehrengabe für Lensmann Hersetter sein.«

»Die ist so schön«, sagte sie, überrascht, weil er ihr so viel erzählt hatte, und unsicher, ob er eine Antwort erwartete. Er hatte die Hemdsärmel aufgekrempelt. Aus der Nähe sahen seine Arme so stark aus. Aus dieser Nähe konnte sie auch sehen, dass er schwitzte. Nicht nur im Gesicht, seine ganze Hemdbrust war nass. Und dann nahm sie wieder den Geruch wahr, der sie an ihren Vater erinnerte. Den Geruch von Arbeitsschweiß. Plötzlich kam er ihr nicht mehr so anders vor als sie und die ihren, sie konnte ihn fast im Wald vor sich sehen, zusammen mit Didrik und Ole. Sie schluckte einen Kloß im Hals hinunter.

»Es ist nicht nur die Kanne.« Er redete jetzt eifrig weiter und beugte sich vor, eine dicke Haarsträhne fiel ihm über ein Auge. »Sie haben noch andere Dinge bestellt. Schau her.« Er ging zu dem Tisch und zeigte auf eine Zeichnung. Es sah aus wie eine Zuckerschale.

Anne blieb stehen, wartete, ob noch mehr käme. Aber dann fiel sein Blick wieder auf den Arbeitstisch, und er schien Anne vergessen zu haben. Erst als sie lautlos die Tür hinter sich schließen wollte, rief er: »Ich kann heute nicht zum Essen hochkommen. Kannst du das Andrea ausrichten?« Damit war er wieder der Goldschmied, und es war unmöglich, ihn sich im Wald beim Bäumefällen vorzustellen. Er gehörte zu den schönen Silbergegenständen, die er schuf. Und abends wusch er sich über der weißen Porzellanschüssel im Arbeitszimmer mit Seife den Schweiß ab.

Sie nickte. Andrea würde es vermutlich nicht über sich bringen, sich an den Esstisch zu setzen, aber sie würde doch enttäuscht sein, wenn ihr Mann so lange in der Werkstatt blieb. Gelegentlich las er ihr nach dem Essen am Kamin etwas vor. Erst am Vorabend hatte er die Zeitung auf den Knien gehalten und aufgeregt darüber gesprochen, dass es nun wirklich an der Zeit sei, einem gewissen Welhaven eine feste Stellung an der Universität zu geben. Andrea hatte ihn traurig angelächelt und gesagt: *Oh, fragt nicht die Rose nach ihrem Lebensplan, sonst ist sogleich der Zauber alsbald vertan.* Und er hatte ihre Wange gestreichelt.

Anne hatte die Tür schon fast geschlossen, als sie ihn rufen hörte. Unsicher schaute sie hinein.

»Du kannst mir ein Tablett mit etwas zu essen bringen, wenn Andrea dich nicht mehr braucht.« Sein Blick haftete noch immer an seiner Arbeit.

Und erst jetzt fiel ihr der Topf auf dem Herd wieder ein.

Die Flamme in der Feuerstätte war fast erloschen, als sie nach unten kam. Sie stellte das Tablett mit dem Eintopf und einem Glas Wein vorsichtig auf eine freie Stelle auf dem Arbeitstisch und legte zwei neue Holzscheite ins Feuer.

»Wie geht es ihr?« Er schaute kurz auf.

»Frau Øyset hatte keinen guten Tag, ihr Husten scheint schlimmer geworden zu sein.«

Er sagte nichts dazu, er aß einfach nur. Es schien ihm zu schmecken, wenn er der Mahlzeit überhaupt einen Gedanken widmete. Anne hatte das Gefühl, dass er in Gedanken oft sehr weit weg war. Wenn sie nur gewusst hätte, ob sie warten oder gehen sollte. Sie blieb stehen. Draußen hörte sie einen Wagen und Pferdehufe, die über das Pflaster klapperten. Das bedeutete, dass der Schnee bald verschwunden sein würde, denn die Wagen traten jetzt an die Stelle der Schlitten. Und wenn der Schnee verschwunden war, kamen die Pflanzen zum Vorschein. Sie spürte, wie sich in ihr etwas rührte, eine Spannung, eine Erregung, vielleicht eine Hoffnung. Sie musste hier in der Stadt doch etwas finden können, etwas, das Andreas Husten linderte. Sie hatte ihre Sünde gestanden, dass sie Frau Mustad die Medizinflasche für Kirstine mitgegeben hatte, weil sie sich solche Sorgen um sie machte. Sie hatte natürlich mit einem Tadel gerechnet, aber Andrea hatte sie einfach wieder in die Apotheke geschickt. Doch so viel Brustbalsam sie auch einnahm, viel zu helfen schien es nicht.

Er leerte sein Weinglas in einem Zug und schaute zu ihr herüber. »Holst du eine Kanne? Und dann kannst du doch Feierabend machen. Du hast lange Tage, wenn es Andrea nicht gutgeht.«

Anne knickte und spürte, wie ihre Wangen glühten. Aber sie hatte ja auch beim Feuer gestanden. Jetzt macht er mir keine Angst mehr, dachte sie.

Dann nahm sie das Tablett und lief nach oben.

Ehe sie sich überlegen konnte, was sie da tat, war sie auf dem Weg von der Küche in die Werkstatt durch die gute Stube gelaufen. Und da stand sie nun und musterte sich in der funkelnden Weinkanne. Sie stellte die Kanne weg und kniff sich in beide Wangen, wie Karen das immer gemacht hatte, wenn sie sah, dass ihr Geliebter über den Hofplatz kam. Plötzlich fuhr sie herum. Andrea hatte einen Hustenanfall. Und hier stand sie und machte sich schön.

Sie schämte sich ganz schrecklich. Sie lief hinaus in die Diele. Die Schlafzimmertür war angelehnt. Andrea hatte an den vergangenen Abenden darum gebeten. Sie hatte Angst vor dem Alleinsein, hatte sie gesagt. Andrea fand immer einen neuen Vorwand, um Anne zu sich zu rufen. Und immer klagte sie darüber, dass ihr Mann mehr und mehr arbeitete, wenn sie sich nicht wohlfühlte und seine Gesellschaft brauchte. Einige Male hatte Anne Irritation gehört, dann wieder Schmerz. Wenn er nicht einmal zum Essen nach oben kam, hatte er wirklich nicht viel Zeit für sie.

Er schaute verwirrt zu ihr auf, als sie zurückkehrte, als begreife er nicht, warum sie dort stand. Vielleicht hatte er vergessen, dass er mehr Wein haben wollte? Vorsichtig stellte sie die Kanne vor ihn auf den Tisch.

»Ach, da bist du, Anne.«

Sie wollte nach oben gehen, weil sie sich immer noch Sorgen um Andrea machte. Aber plötzlich erhob er sich und reichte ihr das Glas. Sie schenkte ein, ihre Hand zitterte, sie spürte, dass er ihr forschend ins Gesicht sah. Dann ließ er seinen Blick an ihr nach unten wandern. Unsicher trat sie einen Schritt zurück. Fühlte sich plötzlich schwindlig, ihr Kopf war so heiß.

»Jetzt weiß ich wieder, woher ich dich kenne«, rief er und ging um sie herum. »Du hast dich damals wie ein Gespenst mitten in der Nacht auf Mustad herumgeschlichen.«

Sie schaute zu Boden, er durfte nicht sehen, wie rot sie wurde.

»Das war kurz vor deiner Konfirmation, oder?« Er lächelte und fuhr sich mit der freien Hand durch die Haare.

Sie nickte.

»Und in dich hat sich Andrea also beim Mittsommerfest verguckt. Das wusste ich nicht.« Wieder ließ er seinen Blick über sie hinwegwandern, und sie spürte, wie ihre Beine zitterten, wie ihre Knie plötzlich unter ihr nachgaben. Er trank wieder einen

Schluck Wein, ließ sie aber noch immer nicht aus den Augen, dann drehte er sich zum Arbeitstisch um und stellte das Glas ab.

Zum ersten Mal, seit sie nach Christiania gekommen war, holte sie sich nicht ihr Zuhause vor Augen, als sie unter der Decke lag und versuchte, irgendwo ihre Gedanken haften zu lassen. In ihrem Kopf drehte sich alles. Zu irgendeinem Zeitpunkt war sie dann doch eingeschlafen, denn als sie am nächsten Morgen aufstand, jagten Bruchstücke eines Traumes an ihr vorüber. Spitzen, funkelndes Silber und eine pochende Ader an einem starken Arm.

17

Am nächsten Morgen wehte ein scharfer Wind durch die Akersgate. Das sicherste Frühlingszeichen waren die kahlen Flecken am Hang unterhalb der Festungsmauer. Anne band sich das Kopftuch um und kämpfte sich durch den Wind voran. Es roch nach salzigem Meer, ein Geruch, den sie von zu Hause her nicht kannte. Eines Tages, wenn sie frei hätte, würde sie zum Fjord hinuntergehen und sich dort umsehen. Sich die Segelschiffe ansehen, von denen sie so viel gehört hatte. Vielleicht könnte Hanna auch mitkommen.

Das Scheppern von Zinkeimern. Sie bog um die Ecke der Rådhusgate. Guro, Åse und Hanna waren schon da. Anne sah sie aus der Ferne, ging schneller und lief auf sie zu.

Hanna zog sie an sich. »Du siehst müde aus.«

»Lassen sie dich zu arg schuften?« Åse stellte ihre vollen Wassereimer auf den Boden.

»Frau Øyset geht es nicht so gut. Es ist viel zu tun.« Sie hatte das Gefühl, keine Sekunde geschlafen zu haben.

»Ihr Mann kann sich ja wohl einen Doktor leisten.«

Guro spülte im Brunnen ein Kleiderbündel aus. Das Wasser lief ihr über das Kleid. Anne schauderte es bei dem Gedanken an das kalte Wasser, aber Guro ließ sich nichts anmerken.

»Doch«, seufzte sie. »Natürlich kann er das. Der Doktor war auch schon einmal bei ihr. Er sagt, dass Frau Øyset an Brustschwäche leidet, aber dass sie sich schon erholen wird, wenn erst der Sommer kommt und das Wetter warm wird.«

Plötzlich stellte sich Åse auf Zehenspitzen und schaute an ihr vorbei. »Sehr mal. Da ist Sofie. Etwas stimmt da nicht. Sie weint und hat ihr Schultertuch vergessen.«

»Was ist los, Sofie?«, rief Hanna und lief ihr entgegen. Dann legte sie ihr den Arm um die Schultern und führte sie zu den anderen. Sie bildeten einen beschützenden Kreis um Sofie.

»Kriegst du ein Kind?«, flüsterte Hanna und wischte Sofie die Tränen ab.

Sofie schüttelte verzweifelt den Kopf. Ihre Augen waren rot und geschwollen.

»Hast du deine Stelle verloren?«

Sofie schüttelte noch immer den Kopf und ließ ihre beiden leeren Eimer fallen, so dass der Matsch nur so aufspritzte.

»Dann weiß ich es auch nicht«, sagte Hanna resigniert.

Plötzlich verspürte Anne eine bodenlose Trauer, fast

wie nach dem Tod ihres Vaters, und im selben Moment schluchzte Sofie: »Ole ist tot.«

»Ole Hansen«, rief Hanna. »Dein Liebster?«

»Ja.«

Anne drückte Sofie an sich, und zugleich kam ihr ein Gedanke. Konnte sie Kummer und Schmerz von anderen wahrnehmen? Hatte sie Sofies Kummer gespürt, Andreas Schmerz?

»Wir wollten heiraten, sowie er vom Meer zurückkommt«, erklärte Sofie weinend und riss Anne aus ihren Gedanken. »Der Pastor war bei uns und hat gesagt, dass er ertrunken ist. Er hat gesagt, Ole ist über Bord gefallen. Er konnte nicht schwimmen.«

Anne streichelte Sofies Rücken. Drückte sie an sich. Dann lief sie nach Hause, während Hanna noch zum Trösten blieb.

»Wo ist Herman?« Andrea schaute mit traurigem Blick zu ihr auf.

»Herr Øyset arbeitet.«

»Kommt er nicht zum Frühstück nach oben?«

Anne schüttelte den Kopf. »Er isst heute unten in der Werkstatt.« Ihre Wangen brannten. Es war nicht richtig, dass sie mehr als die Gnädige selbst darüber wusste, was der Herr des Hauses trieb.

»Nicht nur, dass er unten in der Werkstatt isst, Anne, aber heute Abend gibt es ein Festmahl bei der

Zunft. Er ist nie mehr hier oben.« Dann erhellte sich ihr Gesicht plötzlich. »Was hast du da?«

»Ich habe etwas für dich gemacht.« Anne stellte eine Tasse auf den Nachttisch.

»Für mich? Was ist das?« Andrea setzte sich auf. Sie verschwand fast zwischen den großen Kissen.

»Es ist ein Getränk aus getrockneten Himmelsschlüsselblüten.«

Andrea lachte neckend. »Schmeckt das so komisch wie der Kamillenblütengrog?«

»Vielleicht.«

»Aber hilft es gegen meinen Husten?« Andrea sah sie hoffnungsvoll an.

»Das hoffe ich, Andrea.« Dann fügte sie leise hinzu: »Ich wünschte, ich hätte viel mehr Pflanzen von zu Hause mitgebracht, die dir helfen könnten, aber euer Brief kam ja mitten im Winter. Ich war nicht vorbereitet.« Dann fiel ihr auf, dass Andrea die Augen niedergeschlagen hatte. Sie hatte sie aber wirklich nicht beunruhigen wollen.

Anne lächelte sie an. »Möchtest du wissen, woher diese Blume ihren Namen hat?«

Andrea nickte. »Gern.«

»Es ist so, dass die Jungfrau Maria einmal die Schlüssel für das Himmelstor verloren hatte, und dort, wo die Schlüssel hinfielen, wuchs diese Pflanze, um ihr zu zeigen, wo sie suchen musste.«

»Das ist eine schöne Geschichte, Anne.« Andrea

hob vorsichtig die Tasse an den Mund und nippte vorsichtig an dem heißen Getränk. Dann hob sie den Kopf und sah Anne an. »Du kommst mir in letzter Zeit ein bisschen abwesend vor. Als wärest du mit deinen Gedanken weit weg.«

Wirkte sie abwesend? Sie schüttelte den Kopf, um Andrea zu versichern, dass das durchaus nicht der Fall sei, und dann erklärte sie schnell, die Wäsche warte in der Waschküche auf sie.

»Anne.«

»Ja.« Sie drehte sich um und machte einen Knicks.

»Ich bin so froh, dass du gekommen bist. Auch wenn du deiner Familie bestimmt ganz schrecklich fehlst.«

Der Schweiß lief ihr über Gesicht und Brust. Sie wischte sich mit dem Ärmel ab. Dabei hatte sie sich inzwischen daran gewöhnt, den Waschkessel im Hinterhof zu benutzen, er war nicht so viel anders als der große Eisenkessel auf Mustad. Aber auf Mustad waren die ganze Zeit viele von ihnen ein und aus gelaufen. Damals hatte sie sich oft über Gedränge und Lärm geärgert, aber jetzt fehlte es ihr. Hier war sie allein. Und dabei ging sie doch eigentlich gern ihre eigenen Wege. Zu Hause hatte sie sich zusammen mit anderen oft einsamer gefühlt als dann, wenn sie allein war. Hier dagegen war es umgekehrt, hier war sie plötzlich einsam, wenn sie allein war. Dann dachte sie an

Sofie, die so unglücklich war, und an Andrea, die dort oben lag und hustete. Und sie stand hier und tat sich selbst leid. Stand Kirstine jetzt wohl in der Waschküche von Mustad? Annes Augen brannten. War ihre kleine Schwester wohl gesund? Hatte Frau Mustad ihr die Flasche aus der Apotheke gegeben? Ihr Gesicht tat weh, ihr ganzer Körper. Und die Mutter – lag sie allein zu Hause auf Sevald? Hatte sie Hunger? Natürlich hatte sie Hunger. Kirstine auch. Und sie war hier, und sie war satt. Ihr Rocksaum streifte das Waschbrett, als sie das letzte Laken auf die Wäscheleine hängte. Das Brett fiel gegen die Waschbütte und klapperte. Heute war offenbar alles schwer.

Als der Abend kam, schaute sie bei Andrea hinein. Die schlief friedlich. Die weißen Hände ruhten auf der Decke mit dem Spitzenrand. Neben ihr lag die Bibel mit den Goldbuchstaben auf dem Einband. Anne hatte Frau Mustad nur einmal über Gott sprechen hören, und zwar kurz vor ihrer Konfirmation. Frau Mustads Gott war genau der, von dem der Pastor predigte. Ein rechtschaffener und gerechter Gott. Elseby sprach über Gott als Lebenskraft in jeder Pflanze, in jedem Baum, eine Lebenskraft, die auch die Menschen erfüllte, die sie richtig anwenden konnten. Anne fragte sich, welche Kraft Andrea von Gott erhielt, wenn sie in der Bibel las. Andrea brauche schließlich allen Trost, den sie bekommen konnte.

Anne hob das Buch vorsichtig hoch, um Andrea

nicht zu wecken, und legte es auf den Nachttisch. Vom Fenster her kam ein kalter Luftzug. Sie ging hinüber und zog die Vorhänge zu, und im selben Moment sah sie, dass der Himmel drohend und schwarz geworden war. Warum hatte Gott ihr eine Gabe gegeben, wenn sie die nicht einsetzen durfte, um Andrea zu helfen? Was begriff sie hier nicht? Sie blies die Kerze auf dem Nachttisch aus.

Langsam ging sie mit dem Kerzenhalter in der Hand durch die dunkle Diele. Aus der Küche hörte sie Geräusche. Vielleicht war es Herr Øyset, der Hunger hatte.

Um ihre Kammer zu erreichen, musste sie durch die Küche gehen. Aber sie konnte ihm schließlich Schinken und Käse auftischen, vielleicht auch ein Stück Brot. Etwas Heißes zu trinken, wenn er das wollte.

In der Küche war es dunkel. Nur die eine Kerze auf dem Tisch brannte. Aber sie konnte sehen, dass er zum Ausgehen angekleidet war. Er stand mit einem Weinglas in der Hand am Küchentisch.

»Kann ich etwas für Sie tun?«, fragte sie leise.

Er schüttelte den Kopf und sah sie an. »Ich werde den ganzen Abend bei der Zunft verbringen.«

Sie schlug die Augen nieder, während er das Glas leerte. Dann hielt er es ihr hin, ließ es aber nicht los. Sie zitterte. Sie zwang sich, an ihm vorbeizugehen, und erreichte die Tür zur Dienstmädchenkammer.

»Gute Nacht, Anne.«

»Gute Nacht.« Sie zog leise die Tür hinter sich zu. Dann goss sie kaltes Wasser aus der Kanne in die Waschschüssel und wusch sich Gesicht und Brust, ehe sie unter die Decke schlüpfte.

Lange war aus der Küche kein Geräusch zu hören. Welche Kräfte hatte er in sich, die sie in seiner Nähe so schwach werden ließen? Waren es gute Kräfte oder böse? Sie rollte sich zusammen und blieb ganz still liegen. Sie hörte nur ihren eigenen Atem und einige Regentropfen, die auf die Fensterscheibe auftrafen.

Dann knirschte ein Dielenbrett, und die Wohnungstür wurde zugeschlagen.

Wie lange sie wach gelegen und dem wilden Sturm gelauscht hatte, der über Christiania wütete, wusste sie nicht, aber das Unwetter schien kein Ende nehmen zu wollen. Kaum war sie eingeschlafen, da fuhr sie wieder hoch. Ein neuer Donnerschlag ertönte, und gleich darauf flackerte in ihrer Kammer ein scharfes Licht auf. Anne setzte sich im Bett auf. Das hier waren andere Geräusche. Sie horchte. Ein kräftiger Lärm. Jemand hämmerte gegen die Hintertür.

Sie ging ans Fenster und schaute hinunter. Es war dunkel im Hinterhof. Dann keuchte sie auf und fasste sich an die Brust. Jemand war auf der Treppe in sich zusammengesunken. Sie öffnete das Fenster und beugte sich hinaus. Es musste Herr Øyset sein, der nach

Hause gekommen war. Der Mantel stimmte jedenfalls. Aber warum um alles in der Welt saß er dort unten? Sie legte sich das Tuch um die Schultern. Dort konnte er doch nicht sitzen bleiben. In der kalten Nacht könnte er sich den Tod holen.

Sie lief auf Strümpfen durch die Kammer, öffnete die Tür und lehnte sich an die Wand. Es war schwer, den Riegel an der Tür zu öffnen, aber sie war inzwischen daran gewöhnt. Sie riss die Tür auf. Wenn sie gewusst hätte, dass er diesen Weg nehmen würde, hätte sie die Tür offen gelassen, aber sonst ging er doch immer durch den Vordereingang. Das hier war nicht seine Tür. Er schaute zu ihr auf. Regentropfen liefen über seine Wangen oder Tränen, das wusste sie nicht, aber nass war er, total durchnässt. Sein Mantel triefte, als er sich erhob.

»Kommen Sie rein, ich mache Ihnen ein Feuer«, sagte sie eilig. »Hier draußen werden Sie doch krank.«

»Die Werkstatt«, sagte er und lehnte sich gegen den Türrahmen. »Ich mache selbst Feuer, aber du kannst eine Kanne Wein und zwei Gläser holen.« Er fuhr sich durch das Gesicht und schloss die Augen, aber als er sie wieder öffnete, sah er ihr ins Gesicht. In seinen Augen lag etwas, das sie schon einmal gesehen hatte, vor langer Zeit, und das ihr Angst gemacht hatte.

Als sie nach unten kam, saß er in Unterhemd und Hose vor dem Feuer und ließ sich trocknen. Sein nasser Anzug lag über dem Stuhl vor dem Arbeitstisch.

Sie hatte in aller Eile ihr Arbeitskleid angezogen und die Haare hochgesteckt, ehe sie die Kanne und die Gläser aus der Küche geholt hatte, wie ihr befohlen worden war.

Er erhob sich, sowie er sie sah, nahm ihr das Tablett mit Kanne und Gläsern ab und nickte zu zwei Sesseln hinüber, die er offenbar vor das Feuer gezogen hatte, ehe sie gekommen war. »Setz dich, Anne.«

Anne. Jetzt hatte er es wieder gesagt. Wie schön ihr Name klang, wenn er ihn aussprach. Sie gehorchte und hörte dabei, wie er drüben am Arbeitstisch die Gläser füllte. Sie wagte nicht hinüberzublicken. Dann stand er neben ihr, reichte ihr ein Glas und ließ sich in den Sessel neben ihrem sinken. Sie saß ganz still da, wusste nicht, wie sie sich jetzt verhalten sollte. Aus dem Augenwinkel sah sie, dass er den einen Unterarm auf dem Oberschenkel ruhen ließ und das Glas auf dem anderen Knie hielt. Sein Blick verlor sich in den Flammen.

Der Wein brannte in ihrer Kehle. Sie war es nicht gewohnt, Kristall in der Hand zu halten, und sie war es nicht gewohnt, Wein zu trinken. Außerdem schien er vergessen zu haben, dass sie da war. Dann aber hob er plötzlich den Kopf. Sie hielt den Atem an und wartete gespannt, was er nun von ihr verlangen würde. Vielleicht sollte sie jetzt gehen, vielleicht würde er das sagen, aber er sah sie nur an und flüsterte: »Tanz für mich.«

Ihr Herz hämmerte so sehr, dass sie fast nicht atmen konnte. Sie wollte schon widersprechen, aber er sagte mit flehender Stimme: »Bitte.« Seine Stimme klang kleinlaut. »Es ist so tot in diesem Haus, das ist nicht auszuhalten, Anne.«

Sie stand auf und blieb unschlüssig mitten im Raum stehen. Sie konnte hier doch nicht einfach tanzen, nur weil er sich das wünschte. Draußen dröhnte wieder der Donner. Sie musste jetzt gehen. Aber als sie ihr Glas wegstellen wollte, erhob er sich und kniete vor ihr nieder, hob ihren einen Fuß hoch und zog ihr den Schuh aus. Und dann den anderen.

»Barfuß.« Ihr war schwindlig, als ob sie nicht nur einen Schluck Wein getrunken hätte, sondern viel zu viele. Und als sie sich um sich selbst drehte, langsam, auf nackten Füßen, legte er ihr behutsam die Hände um die Taille. Und dann lag sein Mund an ihrem Nacken. Seine freie Hand spielte in ihren Haaren. Die fielen ihr jetzt über den Rücken, und sie sank ihm entgegen, und er legte beide Arme um sie, und sein Mund lag auf ihrem. Er schmeckte nach Wein und Tabak, und wieder nahm sie den Geruch von Männerschweiß wahr. Und jetzt musste sie gehen, aber das war unmöglich. Und als er anfing, ihr das Kleid auszuziehen, half sie ihm. Seine Augen brannten in ihren. Und plötzlich hatte sie das Gefühl, an keinem anderen Ort sein zu wollen als hier mit ihm in dieser Werkstatt.

18

Christiania, Februar 1843

Anne legte Andrea einen heißen Umschlag aus Leinenlappen auf die Brust. Seit Neujahr ging es Andrea immer schlechter. Jeden Tag saß Anne an ihrem Bett, während der Arbeitstag vorüberging. Im Küchenschrank lagen immer neue Strümpfe, die gestopft, immer mehr Servietten und Tischdecken, die mit hübschen kleinen Stichen genäht werden mussten. Saubere Wäsche musste gestärkt und zusammengelegt werden. Wann sie die Treppe geputzt hatte, wusste sie schon gar nicht mehr. Und bald würde die Speisekammer leer sein.

»Ich kann nachts nicht mehr schlafen.« Andrea schaute unruhig zu ihr hoch. Ihre Augen waren blass. Ihre Lippen hatten keine Farbe. »Seit mein Vater und mein Bruder gestorben sind, habe ich Angst vor dem Tod. Ich liege wach und stelle mir vor, wie Hermans Leben sein wird, wenn ich nicht mehr da bin. Bald weiß ich schon gar nicht mehr, was es für ein Gefühl ist, gesund und munter zu sein.«

Ein Schmerz durchfuhr Anne. Herman würde zurechtkommen, er würde weiterleben. Er hatte ja sie. Aber Andrea durfte nicht sterben. Sie hob den Kopf und schaute in das blasse Gesicht. Sie hatte Andrea so gern, dass sie die Vorstellung nicht ertragen konnte, Andreas Tod werde ihr eigenes Glück ermöglichen.

»Mein Vater hat Herman gebeten, sich um mich zu kümmern, als er nach dem Krieg in Konkurs gegangen ist.«

Anne nahm den Umschlag weg. Tunkte ihn in das warme Wasser, das sie in die Waschschüssel auf dem Nachttisch gegossen hatte. Ihre Hände waren rot und geschwollen.

»Herman hatte sich schon in Christiania etabliert, als meine Familie alles verloren hat.« Andreas Augen wurden schwer und feucht, als sie das erzählte. »Wir mussten das Gut in Vinger verlassen, das seit Generationen im Familienbesitz gewesen war.«

Anne wrang den Umschlag noch einmal aus, faltete die Leinenlappen zusammen und legte alles auf die magere Brust. »Ist das zu heiß?«

Andrea schien nicht zuzuhören, sie redete einfach weiter. »Wir sind zu meiner Großmutter gezogen, in das große Verwalterhaus in der Oberstadt von Kongsvinger. Mein Großvater war gerade gestorben, und mein Vater fand Arbeit in der Festung, sagte aber eines Tages, wir müssten nach Christiania übersiedeln. Und hier hat er Herman zu meinem Vormund ernannt.«

»Aber dann hat Herman dich geheiratet?«, flüsterte Anne und fühlte sich am ganzen Leib unwohl. Er wollte doch sie, also konnte es zwischen diesen beiden nicht die gleiche Liebe geben. Seit Anne im Haus war, schlief er in seinem Arbeitszimmer. Hatten Andrea und Herman wohl je das Bett geteilt? Vielleicht war diese ganze Ehe nur eine Abmachung zwischen Herman und Andreas älterem Bruder gewesen, um Andrea zu sichern? Sie schob die Waschschüssel unruhig hin und her und machte sich an einigen unbenutzten Lappen zu schaffen. Schob die Bibel weiter weg, damit kein Wasser darauf tropfte. Aber er war ja nun einmal mit Andrea verheiratet. Sie konnte nur nicht loslassen, nur durch ihre Begegnungen mit Herman hatte sie überhaupt das Gefühl, am Leben zu sein.

Andrea musterte sie mit ernstem Blick. »Herman hat meinem Vater versprochen, sich immer um mich zu kümmern. Die beiden waren sehr eng befreundet. Und Herman ist ja nur neun Jahre älter als ich.«

Anne versuchte, auf dem Nachttisch aufzuräumen. Andreas vertrauensvolle Stimme zu hören versetzte ihr einen Stich. Sie schob die Kerzenhalter von einer Seite auf die andere, sah die Bürste mit den Anfangsbuchstaben ihrer Vornamen, *Andrea Olivia Rebekka*, die mit riesigen Schnörkeln eingraviert waren. So wunderbar es auch war, mit ihm zusammen zu sein, so wusste sie doch, dass es nicht richtig war. Sie hatte sich schon so oft gesagt, dass jetzt Schluss sein müsse, egal, wie sehr er sie anflehte. Aber nachts schien sich alles in ihr zu öffnen. Wenn er die Hände um ihren Nacken legte, wurde sie weich und sank ihm entgegen. Wenn er die Hände um ihre Brüste legte, fühlten sie sich schwer und warm an. Zärtlich. Sie bestand nur noch aus Zärtlichkeit, so wie er ihr Zärtlichkeit entgegenbrachte. Und danach fühlte sie sich schön, fast wie einer der Silbergegenstände im Regal.

In der ersten Zeit hatte sie fast nicht glauben können, dass er sie immer wieder haben wollte, aber wenn sie unten bei ihm war und sich entfaltete, kam es ihr überhaupt nicht mehr seltsam vor. Sie war wie die Seerose geworden, von der Hanna erzählt hatte. Tagsüber bei der Arbeit war sie verschlossen. Sie sprach nicht viel mit den Frauen am Brunnen, und schweigsam ging sie auf dem Heimweg neben Hanna her. Schlimmer war, dass es ihr nicht mehr gelang, richtig mit Andrea zu sprechen. Wenn Andrea sie bat, von zu Hause zu erzählen, von Wiesen und Feldern, von Wald und Familie, fiel es ihr plötzlich schwer, sich daran zu erinnern. Einige Male wusste sie kaum noch die Namen der Blumen, die sie so geliebt hatte und über die Andrea so gern etwas hören wollte.

Sie hatte bereits das Gefühl, dass Gott sie strafte. Erst im Herbst war der Brief aus Vardal gekommen, der vom Tod der Mutter berichtete. Als Andrea sie mit ernster Stimme in die gute Stube gerufen hatte, hatte Anne zuerst geglaubt, das mit ihr und Herman sei entdeckt worden. Sie waren nicht vorsichtig genug gewesen. So oft hatte Herman davon geredet, die Madame mit ihrer elenden Schnapsbrennerei aus dem Nachbarhaus zu werfen, während Anne unten in der Werkstatt in seinen Armen lag.

Didrik hatte die silberne Dannebrogmedaille ihres Vaters geerbt und Ole das Jagdmesser mit der ledernen Scheide. Kirstine bekam das schwarze Brautkleid der Mutter, das zuerst für Karens und dann für Annes Konfirmation umgenäht worden war. Anne hatte sich die kleine Schwester in diesem Kleid vor dem Pastor vorgestellt und geweint. Ganz unten im Brief hatte gestanden, *sie* solle den Trauring der Mutter bekommen, und Jon werde ihn mitbringen, wenn er das nächste Mal zum Markt fuhr. Der Ring bedeutete Treue bis in die Ewigkeit, ohne Anfang und Ende. Seit drei Tagen verbarg sie ihn nun unter ihrem Kleid.

»Mutter war schon krank, als ich nach Christiania gegangen bin«, sagte Anne mit schwacher Stimme und setzte sich neben Andrea. »Nach Vaters Tod hatte sie ihre Lebenskraft ganz einfach verloren.«

»Bei meiner Mutter war das anders.« Andrea hustete. »Ich habe nicht einmal den Eindruck, dass sie wirklich um ihn trauert. Bei echter Liebe trauert man doch, bis man stirbt. Echte Liebe währt ewig.«

Anne schluckte energisch, um sich von dem Kloß im Hals zu befreien. Es war noch schlimmer gewesen, die Mutter zu verlieren als den Vater. Zwischen ihr und dem Vater hatte es nichts Ungesagtes mehr gegeben.

»Aber Herman«, sagte nun Andrea und wischte sich mit dem Taschentuch Speichel aus dem Mundwinkel. »Er wird sicher bis zu seinem Tod um mich trauern. So sehr liebt er mich.«

Anne senkte den Kopf. Ihre Wangen glühten. Sie dachte an die sanften Hände, die sie liebkosten, daran, wie diese Hände sie zum Zittern brachten, bis sie vollkommen willenlos war. Ihre Haut brannte, wenn seine Finger sie berührten und wenn sie beide eins wurden. »Andrea, du wirst wieder gesund.«

Andrea schüttelte den Kopf und sah sie aus großen, traurigen Augen an. Dann legte sie den Kopf in den Nacken, schloss die Augen und nickte ein.

Die Luft war stickig. Anne hatte fast das Gefühl, in diesem Zimmer zu ersticken. Wenn sie nur für einen kleinen Moment das Fenster öffnen könnte, aber dann würde Andrea sofort aufwachen und sich beklagen, weil sie fror.

Anne richtete sich auf, nahm Andrea den Umschlag von der Brust und breitete die warme Decke sorgsam über sie aus. Dann ging sie ans Fenster und legte die Stirn an die kalte Fensterscheibe. Dort konnte sie die Tränen nicht mehr zurückhalten. Sie ließ sie über das Gesicht laufen und schob die Hand in ihr Kleid. Der Trauring der Mutter. Sie umschloss ihn mit ihrer Hand, als ob er ihr Kraft geben könnte.

Erst am letzten Markttag hatte sie sich zur Stadtwaage getraut, am späten Nachmittag, um nach ihm zu sehen. Überall hatten Bauern gestanden. Sie riefen ihre Waren aus, Butter, Pferde, Holzgefäße und Leder, während andere Bretter und Teer feilboten. Als Anne gerade an den größten Buden vorbeiging, entdeckte sie ihn, wie er lässig an einer lehnte. Als er sie sah, blickte er sie mit den warmen braunen Augen an, die sie so gut kannte, und dann versetzte er der Budenwand mit einem Fuß einen kleinen Tritt. Sie nahm seine Hand und zog ihn aus dem Gewimmel, und als sie den Markt verlassen hatten, mochte sie die Hand gar nicht mehr loslassen. Seine Hand war so warm und beschützend. Er lächelte sie an. *Schau mal, Anne. Der Mond leuchtet für uns.*

Andrea fuhr aus dem Schlaf hoch. »Kannst du dich ein bisschen zu mir setzen, Anne?«

Anne schob den Ring zurück unter ihr Kleid und wischte sich die Augen ab. »Ich stehe doch nur hier am Fenster, Andrea.« Sie ging zum Bett. Andreas Gesicht war so verändert. Die Augen waren so müde. Die schöne junge Dame, die ihr einmal in der guten Stube auf Mustad begegnet war, hatte jegliche Farbe und Kraft verloren, wie die Georginen im Herbst. Anne setzte sich wieder neben das Bett. Das Einzige, was sie an diesem Tag noch erledigen musste, war der Gang zum Brunnen.

Andrea schloss die Augen und schlief ein. Auch Anne machte die Augen zu.

Vor wenigen Tagen hatten sie im scharfen Wind auf der Bank neben dem Waschkessel gesessen, unter Kissenbezügen und Laken und Reihen von vergilbten Taschentüchern, die niemals richtig trocken wurden. Zwei Jahre waren vergangen, seit sie Jon zuletzt gesehen hatte. Dennoch kam es ihr vor, als wären sie nicht einen einzigen Tag voneinander getrennt gewesen. Sie hatte das Gefühl, dass diese zwei Jahre sie zu einer anderen gemacht hatten, er jedoch war noch genauso wie immer. Die etwas zu kurze Friesjoppe, die zerknitterte Arbeitshose, der schwarze Schopf unter der Mütze. Es gab jetzt so vieles, was Jon nicht über sie wusste, darüber, wer sie geworden war. Hatte er es in ihren Augen gesehen? Es kam ihr nicht so vor. Nach einer Weile hatte er sie an sich gezogen, und sie hatten den Kopf an seine Halsgrube gelehnt. Bartstoppeln. Tabak und Leder. Felder, Wald, frischgefällte Bäume und Harz. Es roch nach zu Hause.

Ole und Didrik arbeiteten noch immer auf Mustad, konnte er erzählen. Kirstine war in Dienst gegeben worden und arbeitete auf Alm. Sevald war jetzt unbewohnt. Ihrer kleinen Schwester war also genau das passiert, was Anne befürchtet hatte. *Warum auf Alm und nicht auf Mustad, Jon?* Er hatte mit den Schultern gezuckt. *Sag ihr, dass ich sie nicht vergessen habe, Jon. Versprichst du mir das?*

Tollef hatte gesagt, wenn eine Kate frei würde, könnte Jon die jetzt vielleicht übernehmen. Es muss ein bisschen Land dabei sein, hatte er hinzugefügt, er wollte dann zwei Fass Getreide ernten. Er war sicher, dass es sich in diesem Jahr ermöglichen lassen würde. Dann sagte er das, was sie befürchtet hatte: *Wenn du auf mich warten willst, dann kommt jetzt bald alles in Ordnung.* Sein Blick war so offen gewesen, so verletzlich, sie hatte es kaum gewagt, ihn zu erwidern. Dann hatte er einen kleinen Stoffbeutel aus der Tasche gezogen. Sicher hatte Ingunn den genäht, damit der Ring unterwegs nicht verloren gehen könnte. Sie hatte ihn an sich genommen. Den Trauring der Mutter. *In einem Jahr komme ich wieder zum Markt, dann kannst du mir deine Antwort geben. Ja, wenn du hier in der Stadt keinen anderen gefunden hast, meine ich.* Jon, der sie immer so liebevoll angesehen hätte, als gäbe es für ihn nichts Wunderbareres als sie. Aber das, was sie mit Herman teilte, war etwas anderes. Etwas, über das sie keine Herrschaft besaß. Ihre Herzen waren eins, wenn sie zusammen waren, als ob sie im selben Rhythmus schlügen, als ob sie nach demselben hungerten.

Anne schaute die gebrechliche Gestalt an, die vor ihr lag und schlief wie ein unschuldsreines Kind. Die Brust hob und senkte sich eilig. Es tat ihr weh, daran zu denken, dass Andrea nachts wach lag, dass sie wach lag und sich fürchtete, während sie selbst und Herman ... Sie verdrängte diesen Gedanken. Ach, wie gerne hätte sie alle Spuren von *ihm* weggeschrubbt, die ganze Sehnsucht nach ihm, hätte das alles aus ihrem Körper getilgt. Aber das war unmöglich. Sie hatte Andrea verraten. Und ihre Berufung hatte sie ebenfalls verraten. Sie war doch nicht den weiten Weg nach Christiania gekommen – deshalb? Das konnte doch nicht stimmen.

19

»Hanna, du musst mir helfen!«

Die Freundin wartete mit zwei leeren Eimern vor dem Torweg auf sie.

»Es geht Frau Øyset einfach nicht besser, und ich weiß nicht, was ich machen soll.«

»Dir helfen? Aber du bist doch bei einer weisen Frau in die Lehre gegangen, bei dir zu Hause, du hast gelernt, wie man mit Pflanzen heilt.«

»Ja, aber das nützt mir jetzt nichts, Hanna. Um diese Jahreszeit finde ich nirgendwo Pflanzen, und wenn es welche gäbe, würde ich wegen Quacksalberei festgenommen werden, wenn ich sie pflückte.«

»Ja, wenn du nicht helfen kannst, dann kann ich auch nicht viel machen.« Hanna schüttelte sich in der kalten Luft.

»Doch, Hanna, du kannst mir sagen, wo ich Mutter Sæther finde.«

»Mutter Sæther ist gleich hier unten. Unten in Pipervika, in Richtung Hafen.« Hanna stemmte die Hände in die Seiten. »Aber dahin gehst du lieber nicht. Die empfängt keine Dienstmädchen wie dich, egal, wie oft du anklopfst. Nein, geh du lieber zu Beret Kampen.«

»Aber wo finde ich die denn?«

»In Kampen natürlich.« Hanna lächelte resigniert. »Sie wird ja schließlich nicht ohne Grund Beret Kampen genannt.«

»Kampen. Wo ist das?«

»Vor der Stadt. Zu ihr gehen viele, die Hilfe brauchen, auch von hier. Sie macht keinen Unterschied zwischen den Leuten, verstehst du.« Hanna hob die Nase zum Himmel. »Ich weiß den Weg bis zum Waisenhaus auf Grønland. Da komme ich nämlich her. Danach musst du dich durchfragen.«

Anne lächelte dankbar.

Dann gingen sie weiter, und die leeren Eimer schlugen gegeneinander.

Die Treppen fielen ihr heute schwer. Sie stellte die Eimer oben ab, öffnete die Küchentür und schaute gleich darauf Herman in die Augen. Die graublauen Augen strahlten ihr entgegen. Hatte er auf sie gewartet? Zögernd hob sie die Eimer auf, ging in die Wohnung, stellt einen Eimer auf den Boden und einen auf den Herd, dann sah sie sich die roten Striemen in ihren Handflächen an, ehe sie ihr Schultertuch ablegte. Sie musste ihm erzählen, dass sie sich entschlossen hatte, Andrea zu helfen. Er würde ihr vertrauen. Er würde verstehen.

»Komm zu mir nach unten«, flüsterte er ihr ins Ohr.

»Ich muss zu Andrea.« Sie warf sich in seine Arme.

Er küsste sie zärtlich und flüsterte: »Es dauert hoffentlich nicht lange.«

Immer verschlug es ihr den Atem, wenn sie in seiner Nähe war. Sie zitterte, wenn sein Körper ihren berührte. Sie versuchte, sich zu fassen, durfte nicht vergessen, was sie ihm zu sagen hatte. Das war jetzt wichtiger als alles andere. Und es eilte. Sie lehnte sich zurück und entdeckte ein schlaues Funkeln in seinen Augen.

»Ich muss dir nur schnell ein Geheimnis erzählen.« Er ließ sie los, ging zur Hintertür und öffnete sie.

Sie blieb unsicher stehen. Sie zitterte am ganzen Leib.

»Komm.« Er nahm ihre Hand und zog sie mit sich.

Ein Geheimnis?

Wie immer ging sie ein ganzes Stück hinter ihm über den Hof. Holte einen Arm Holz aus dem Schuppen, obwohl sie wusste, dass der Kasten in der Werkstatt voll war, obwohl sie wusste, dass Andrea nicht aufstehen und nach ihr Ausschau halten würde. Dann trat sie sich auf der Türschwelle den Schnee von den Stiefeln, ehe sie die Werkstatt betrat.

Er saß bereits am Arbeitstisch, als sie hereinkam, und winkte sie sofort zu sich. Sie legte zuerst das Holz ab. In diesem Moment rutschte eine Ladung Schnee vom Dach und landete krachend vor dem Fenster.

Lachend zog er sie auf seinen Schoß, aber sie wehrte ab und versuchte sich loszureißen.

»Ich kann nicht lange hierbleiben«, flüsterte sie.

»Du willst es also nicht wissen?« Seine Hand streichelte ihr Gesicht.

»Doch«, sagte sie gespannt und küsste die Hand. »Aber ich muss dir zuerst etwas sagen. Es ist wichtig.«

Er lehnte sich zurück und verschränkte die Arme. »Was denn?«

Sie hob den Kopf. »Ich habe vor, für Andrea Hilfe zu holen, Herman. Bei einer weisen Frau.«

»Einer weisen Frau?« Er runzelte die Stirn.

»Ja. Sie ist eine Art Mutter Sæther.«

»Nein, Anne. Das darfst du nicht!«, erklärte er. »Andrea ist in den besten Händen. Wie kommst du auf so eine Idee?«

»Aber das hilft ja nicht.« Sie packte sein Hemd und sah ihm in die Augen. »Ich besitze nämlich eine Gabe, Herman. Ich weiß, dass die weisen Frauen helfen können.«

»Eine Gabe?« Er schmunzelte. »Die Ärzte genießen mein volles Vertrauen. Gelehrte Männer, die an der Universität studiert haben.«

Sie schlug die Augen nieder. Ihre Augen brannten. Er konnte sie unmöglich so sehen, wie sie war. Sie ballte unter der Schürze die Fäuste. »Was wolltest du mir sagen, Herman?«

»Ich glaube, dass es mir endlich gelingen wird.«

»Gelingen? Ich finde, alles was du herstellst, ist schön.« Sie versuchte fröhlich zu wirken, aber Andrea konnte ihm ja auch nicht besonders wichtig sein, wenn er Anne jetzt nicht glaubte. Also würde sie es allein schaffen müssen.

»Du verstehst das nicht, Anne. Weinkannen und Pokale werden vergessen. Die sind total unwichtig.« Dann beugte er sich zu ihr vor: »Das hier ist etwas anderes. Es wird in die Geschichte eingehen. Das Parlament hat beschlossen, dass es eine norwegische Krone geben soll.«

»Eine Krone?« Sie hob den Kopf, noch immer verletzt davon, was er gesagt hatte.

»Ja.« Er nickte. »Und zwar hier in Norwegen, Anne. Die Krone für den Erbfürsten.«

»Für den Erbfürsten?«

»Für den kleinen Erbprinzen«, flüsterte er und machte sich an den Knöpfen ihres Kleides zu schaffen.

»Was ist denn mit König und Königin, bekommen die keine Krone?« Sie schob seine Hand weg.

»Die Krone für König und Königin gibt es schon.« Er legte den Mund an ihre Wange und blies ein Haar weg. »Darum geht es ja gerade. Die wurden von schwedischen Goldschmieden hergestellt, in Schweden. Es hat noch nie eine norwegische Krone gegeben. Und jetzt will das Parlament eine norwegische Krone von einem norwegischen Goldschmied, Anne, zum allerersten Mal.«

Er hob sie von seinem Schoß, stand auf und ging zu dem großen Schrank. Dort öffnete er eine Schublade, die unterste, in der er die Bestellungen aufbewahrte. »Sieh mal, was ich heute bekommen habe.« Er nahm ein aufgerolltes Papier heraus und kam auf sie zu. »Das ist der Entwurf für die Krone.«

Seine langen Goldschmiedefinger zitterten, während er die Zeichnung auf dem Arbeitstisch ausrollte und auf der einen Seite mit einem Lötkolben und auf der anderen mit einer Zange beschwerte, damit das Papier flach liegen blieb. Dann zog er sie an sich. »Gold, Perlen, Edelsteine und geschliffenes Glas«, flüsterte er. »Es wird eine prachtvolle Krone.«

Sie betrachtete die Zeichnung. Eine Krone, genau wie die kleine Krone auf der Medaille des Vaters. Sie wollte ihm schon davon erzählen, aber nun drehte er sich zu ihr um und rief: »Und das ist noch nicht alles, Anne!«

»Noch nicht alles?«

»Nein, aber das darfst du ja nicht weitererzählen, das ist dir ja wohl klar.« Seine Augen waren ernst, er runzelte die Stirn und presste die Lippen aufeinander. »Ich verlasse mich auf dich, Anne.«

Plötzlich war etwas in ihr anders. »Ich muss jetzt gehen, Herman.« Sie trat einen Schritt fort von ihm. Sie hatte das Gefühl, dass das, was er ihr erzählt hatte, sie belastete und sie eher traurig machte denn froh. Und dabei hörte sie ihm sonst immer so gern zu.

»Hör dir nur das noch an, Anne.« Er räusperte sich. »Einer der Goldschmiede hier aus dem Viertel hat versucht, uns anderen zuvorzukommen, mit Hilfe eines dänischen Architekten und eines schwedischen Gesellen. Aber wir haben ihm einen Strich durch die Rechnung gemacht, Anne, die Zunft der Goldschmiede zusammen mit Johannes Flintoe, dem Leiter der Zeichenschule.« Er schnaubte. »Ein dänischer Architekt, ein schwedischer Geselle und eine norwegische Krone! Das ist doch fast ein Staatsstreich und nichts anderes!«

Sie hatte ihn noch nie so erlebt. Sie drang nicht mehr zu ihm durch. Er wirkte fast berauscht, als er erklärte, dass ein Wettbewerb ausgeschrieben werden solle. Auf diese Weise hatten sie dem unverschämten Goldschmied das Handwerk gelegt. Der Goldschmied, der jetzt das beste Modell lieferte, das auf Flintoes Zeichnung basieren musste, würde den ehrenvollen Auftrag erhalten, die Erbfürstenkrone herzustellen.

»Herman, ich muss jetzt zu Andrea nach oben.«

»Na gut«, sagte er, ohne aufzublicken. Er achtete gar nicht auf sie. »Aber nachher sehen wir uns doch hier unten, Anne?«

Wortlos zog sie die Tür hinter sich zu. Sie wünschte sich so sehr, sie könnte nein sagen und dabei bleiben, aber sie wusste, dass sie bald wieder Sehnsucht bekommen und ja sagen würde.

20

Anfang April machte sich Anne auf den Weg nach Kampen. Der Arzt war mehrmals bei Andrea gewesen. Es war deutlich, dass Herman sein Vertrauen in ihn und in die Medizin in den braunen Flaschen setzte. Anne hatte gewartet, bis Herman wieder auf Reisen gegangen war, sie wollte nicht riskieren, dass er sie fragte, wo sie gewesen sei. Obwohl er die ganze Zeit mit der Planung der Krone beschäftigt war, hatte sie das Gefühl, dass er über ihr Kommen und Gehen wachte. Oft öffnete er die Tür der Werkstatt, wenn sie den Torweg betrat. Dann befahl er ihr, mehr Holz zu holen und ihm sein Essen unten zu servieren. Er wollte Wein. Eine Wolldecke. Er hatte immer mehr für sie zu tun. Und eines Tages hatte er sie sogar mit einem Brief an Flintoe zur Zeichenschule geschickt. Nun aber war Herman unterwegs nach Moss und würde einige Tage ausbleiben.

Anne ging mit raschen Schritten über die Vaterlandsbrücke, die Brücke, die sie an ihrem allerersten Tag in der Stadt überquert hatte. Sie fühlte sich unwohl und schwerfällig. Sie blieb stehen und hielt sich an dem kalten Geländer fest, während gerade ein mit

Brettern beladener Schlitten vorüberfuhr. Unter der Brücke lenkten zwei Männer ein offenes Boot voller kleiner teerbrauner Fässer zwischen den Eisschollen auf dem Akerselv hindurch. Etwas weiter oben spielten einige Kinder auf einem baufälligen Anleger. Sie war jetzt auf Grønland, wo Hanna herkam.

Sie holte tief Luft und ging weiter. Hier gab es überhaupt keine Aussicht mehr, nur graue, finstere Gassen und kleine, verschlungene Gänge. Es war sicher ganz anders, hier aufzuwachsen als in Vardal. Hier standen die dunklen Häuser mit ihren seltsamen Anbauten dicht an dicht. Die Schuppen waren schief und morsch, und die Ställe waren verdreckt und stanken. Wie bei ihrer Ankunft in der Stadt. Es war nicht schwer, zu sehen, dass alles stimmte, was Hanna gesagt hatte. Überall wohnten Menschen, in Kellerräumen und Verschlägen ohne Fenster oder Licht. Müllhaufen ragten neben Plumpsklos auf und stanken damit um die Wette. In den Straßen bildete übelriechendes Ausgusswasser große Pfützen.

Hanna hatte ihr den Weg bis zum Waisenhaus in Nummer 28 erklärt. Sie ging mit raschen Schritten am Grønlandsbach vorbei und begriff, warum Hanna vom Drecksbach gesprochen hatte. Das Wasser dort stank ärger als die Jauchegrube auf Mustad. Sie blieb stehen und krümmte sich zusammen, als der Brechreiz sie überkam. Kleine Kinder starrten sie durch die Fenster des Waisenhauses aus großen sehnsüchtigen

Augen an. Anne hatte erst die halbe Streckte hinter sich gebracht. Sie richtete sich auf, schluckte und ging weiter.

Die Hütte lag auf einer Anhöhe am Waldrand. Anne hatte jetzt Kampen erreicht. Vor der Hütte warteten Frauen mit kleinen Kindern auf dem Arm. Mehrere Kinder jammerten und weinten. Anne sah sie an. Die Kinder waren dünn angezogen, einige hatten keine Schuhe, und ihre Beine waren mit Lumpen umwickelt. Die Mütter waren ernst und still. Erschöpft, wie die Mütter zu Hause in Vardal. Manche waren zahnlos. Hier waren fast alle Gesichter wie das von Andrea, mager, mit großen ängstlichen Augen. Anne hatte noch nie einen so elenden Ort gesehen. In der Nähe stand kein Haus, es gab nur Bruchbuden. Die Kinder mussten schrecklich frieren. Die Mütter auch. Und sie mussten furchtbaren Hunger haben. Annes Augen brannten. Es war fast, als hätte sie oben in den schönen Zimmern in der Akersgate alles Leid der Welt vergessen. Sie stellte sich zu den anderen und wartete.

»Du bist dran.« Eine Frau mit einem kleinen Jungen auf der Hüfte versetzte ihr einen leichten Stoß. Gespannt ging Anne auf die Hütte zu. War Beret wohl wie Elseby?

Eine alte Frau, klein und dicklich, nuckelte an einer alten Kreidepfeife. Sie war ärmlich gekleidet, wie alle, die draußen warteten, aber ihre Kleider waren sauber und unversehrt. Im Raum gab es eine Bank, einen

Tisch und einen Stuhl, auf dem die Frau saß, aber das war so ungefähr alles. Vielleicht fiel an sonnigen Tagen ein wenig Licht durch das kleine Fenster.

»Meine Gnädige ist krank.« Anne machte einen Knicks. »Der Arzt sagt, sie hat die Brustschwäche. Sie braucht Hilfe. Ich habe Angst, dass sie nicht überlebt. Sie ist erst fünfundzwanzig.«

»Ein Schilling«, sagte die Frau und zog weiter an ihrer Pfeife, während sie Anne mit strengem Blick musterte.

»Aber ich habe nur das Geld, mit dem ich Lebensmittel kaufen muss.« Elseby hatte niemals Geld genommen. Die weisen Frauen ließen sich nicht bezahlen. Das hier musste Pfuschwerk sein, aber draußen standen doch so viele, und Hanna hatte gesagt …

»Dann kann ich dir nicht helfen.« Die Frau wies mit einem gelben Finger auf die Tür. »Schick die Nächste rein.«

Anne blieb stehen. Sie konnte Herman nicht um Geld bitten, nachdem er ihr verboten hatte herzukommen, aber sie konnte auch nicht unverrichteter Dinge wieder nach Hause gehen, wo sie nun endlich hier war. Dann kam ihr plötzlich ein Gedanke. Karen hatte sich immer auf Tauschgeschäfte verstanden. Sie hob den Kopf. »Ich kann dir etwas anbieten. Wenn du mir hilfst, helfe ich dir.«

Beret nahm die Pfeife aus dem Mund. »Und wie willst du mir wohl helfen?«

»Ich habe gelernt«, sagte Anne und versuchte ihr Zittern zu verbergen. »Ich habe gelernt, die Natur zu lesen. Ich weiß, welche Pflanzen gegen die verschiedenen Krankheiten helfen.«

Das schien die Frau nicht im Geringsten zu beeindrucken.

»Ich besitze eine Gabe.« Anne sah ihr ins Gesicht.

Die Frau winkte sie zur Bank und machte eine Bewegung, die wohl bedeuten sollte, dass Anne sich setzen dürfte. »Ach, eine Gabe, sagst du? Was ist das denn für eine Gabe?«

Anne setzte sich vorsichtig auf die knarrende Bank.

»Ich kann sehen«, flüsterte sie.

Es blieb lange still. Dann hob die Frau die Augenbrauen und sagte: »Wenn du so viel kannst, wie du behauptest, warum lässt du die Leute dann auf den Straßen herumlungern und leiden?«

»Weil ...« Anne schluckte. »Weil ich nur ein Dienstmädchen bin.«

»Unsinn«, sagt Beret.

»Das stimmt aber.« Anne setzte sich gerade und beugte sich vor. »Wenn es erst Sommer wird, kann ich in den Wald gehen und Pflanzen für dich suchen. Ich kann sie trocknen, Wurzeln abkratzen, Heiltränke kochen, aus Kampfer und Terpentin Salben gegen Gicht anrühren. Ich kann Umschläge machen. Das schwöre ich.« Sie hatte schon so lange nicht mehr an all diese Dinge gedacht, es kam ihr vor wie eine Ewigkeit.

Und jetzt brach alles über sie herein, ihr wurde richtig schwindlig davon.

»Du kannst nicht genug, um mir zu helfen«, sagte Beret ruhig und musterte sie von Kopf bis Fuß. »Du kannst niemandem helfen, bloß weil du die Natur lesen oder weil du sehen kannst. Du musst dich mit Magie auskennen und die Kräfte verstehen, die die Menschen nicht sehen können, um dich weise nennen zu dürfen.« Beret schlug mit der Pfeife auf den Tisch. »Du musst segnen und gießen können.«

»Segnen und gießen?«

»Ohne Segen keine Heilung«, sagte Beret ernst, »und ohne Segen kein Schutz. Du musst immer das Kreuzzeichen machen und aus dem Heiligen Kraft und Stärke holen. Ja, du kannst niemandem helfen, wenn du ihn nicht segnest. Das weißt du ja wohl?«

»Ja, das weiß ich«, antwortete Anne. Das hatte sie schließlich von Elseby gelernt.

»Aber Blei gießen kannst du also nicht. Und wenn du nicht Blei gießen kannst, weißt du auch nicht, was den Kranken fehlt.« Beret zog eine Flasche Schnaps unter dem Tisch hervor und füllte einen kleinen silbernen Becher. Dann leerte sie ihn auf einen Zug und rülpste.

»Elseby, von der ich gelernt habe, hat immer mit einem roten Faden gemessen.« Anne richtete ihren Blick auf ein Tablett mit drei weißen Tassen.

Beret lachte heiser. »Sicher, das wird auf dem Land so gemacht, um zu sehen, was jemandem fehlt. Wir, die wir die Kunst verstehen, wir gießen in Blei, das ist die edelste Kunst überhaupt. Und das muss sein, um deiner Gnädigen zu helfen. Du musst mit ihr herkommen, dann werde ich sehen, was ich tun kann. Sie kann bestimmt einen Schilling oder zwei entbehren.«

»Du hast das nicht verstanden. Sie ist viel zu krank. Sie kann nicht einmal mehr das Bett verlassen. Sie hat keine Kräfte mehr im Leib. Sie wäre tot, noch ehe sie das Ende der Akersgate erreicht hätte. Und die Medizin, die sie vom Doktor bekommt, hilft überhaupt nicht. Sie kann diese Arznei nicht mehr vertragen. Du musst mit mir zurückkommen.« Annes Stimme zitterte, aber sie würde jetzt nicht weinen.

»In die Stadt?« Beret spuckte dieses Wort geradezu aus. »Das wäre ja noch schöner. Zusammen mit Mutter Sæther bei Wasser und Brot im Zuchthaus sitzen. Dann würden hier in dieser Stadt nicht mehr viele Hilfe bekommen.«

Nun fiel ihr etwas ein, das Hanna gesagt hatte. Dass Leute, die Geld hatten, die weisen Frauen heimlich zu sich holten, wenn es dunkel war, und sie ungesehen die Hintertreppe hochführten. Dass die Reichen sich immer alles leisten könnten. Und Herman und Andrea waren doch reich. Sie musste einfach nur eine Lösung finden. »Aber ich kann dir einen Wagen besorgen«, sagte sie eilig. »So einen Wagen, in dem du nicht gesehen wirst. Du kannst abends kommen, in der Dunkelheit. Schau her.« Sie schob die Hand in die Brusttasche und warf die Schillinge, mit denen sie den Schlachter bezahlen sollte, auf den Tisch. »Nimm das alles.«

»Kennst du das Gesetz nicht, Mädchen?« Beret leerte den Becher eilig ein weiteres Mal und ließ die Münzen liegen.

»Nein«, sagte Anne unsicher.

»Die Doktoren melden die Weisen einmal im Jahr bei der Obrigkeit. Es gibt im ganzen Land weise Frauen und Männer. Das war schon immer so. Einigen ist ihre Gabe angeboren, anderen nicht. Das weißt du doch sicher, du kommst ja schließlich aus Vardal. Wie viele Doktoren habt ihr da?«

»Keine Doktoren, aber es gibt weise Frauen und einige Hebammen. Und den Pastor«, fügte sie hinzu.

»Aber ich habe niemals gefährliche Medizinen verwendet, solche, die jemandem schaden könnten. Das kann mir niemand vorwerfen. Es hilft nichts, wie viel du studiert hast, wenn du zu starke Arznei anwendest, wo ein gutes altes Hausmittel dasselbe bewirken könnte. Und jetzt haben sie viel zu tun, die Doktoren, denn es gibt etwas, das Medizinalrapport heißt und das bedeutet, dass sie uns aufschreiben und melden müssen.« Es fiel der Frau schwer, das Wort Medizinalrapport auszusprechen, aber es war ja auch ein sehr schwieriges Wort und sicher noch besonders schwierig nach zwei Silberbechern voll Schnaps.

»Und der Doktor meldet uns dann?« Anne dachte

an den Arzt, der Andrea behandelt hatte. Er war der einzige Doktor, den sie jemals gesehen hatte. Er hatte ihr so viele verschiedene Fragen gestellt. Ihren Namen hatte er auch wissen wollen.

»Ja, die Doktoren melden uns«, sagte Beret und seufzte. »Aber eins kann ich dir sagen. Die Doktoren sind eigentlich gar nicht unsere Gegner. Sie wissen, dass wir Krankheiten behandeln können, von denen sie keine Ahnung haben. Sieh dir nur die Schwäche an, an der jedes zweite Kind in Christiania leidet. Was wissen die Doktoren wohl darüber? Nichts. Sie besitzen weder das Wissen noch die Kraft, um die Schwäche zu heilen. Sie haben keine Ahnung davon, anders als wir.«

»Stimmt das?«

»Ja, das stimmt. Trotzdem müssen sie uns melden. Egal, solange ich außerhalb der Stadtgrenze hause, tun sie mir nichts. Hier wohnen nur Leute, die nicht einen Schilling besitzen. Obwohl Pipervika auch außerhalb liegt, schauen sie häufiger bei Mutter Sæther vorbei, denn die behandelt die Reichen. Sogar Statthalter Løvenskiold gehört zu ihren Kunden. Und das gefällt ihnen nicht, denn die Doktoren wollen Kundschaft, die gut bezahlen kann.« Beret füllte ihren Becher zum dritten Mal. Sie schien Anne nicht so bald loswerden zu wollen. »Aber Mutter Sæther kann nicht das, was ich kann, sie hat keine Ahnung von Magie. Sie behauptet, pure Ärztekunst zu betreiben.

Sie hat alle medizinischen Lehrbücher gelesen, die es überhaupt gibt, behauptet sie.«

»Woher hat sie die Bücher denn?«

»Ach, Mutter Sæther behauptet, dass sie für Bücher und Medizin für die Doktoren an der Universität gewaschen und Kaffee gekocht hat. Ich weiß ja nicht.« Beret seufzte wieder. »Vieles sind doch Gerüchte, weißt du.«

»Aber das mit dem Zuchthaus ist ja wohl nicht nur ein Gerücht?«

»Nein, sie wurde schon mehrmals zu Haft bei Wasser und Brot verurteilt und auch zu Zwangsarbeit.« Beret stopfte ihre Pfeife aufs Neue. »Weißt du, sie behandelt die Kühe des Königs und auch die Aussätzigen.« Die Frau schmunzelte und schenkte sich einen neuen Schnaps ein.

»Woher weißt du das alles?«

»Ich rede mit denen, die zu mir kommen. Höre ihnen zu. Das ist die allerbeste Medizin.« Beret hustete so sehr, dass es von den Wänden widerhallte, während ihre gelben Finger die Schillinge auf dem Tisch zählten. Dann schob sie die Münzen Anne zu und nickte. »Die meisten, die mich aufsuchen, wohnen in der Stadt und kommen nur aus diesem einen Grunde her. Und das haben sie wohl noch nicht mitgekriegt, die Doktoren.«

»Ich bitte dich.« Anne faltete die Hände und hob sie vor ihr Gesicht. »Komm mit mir zurück.«

»Es gibt vieles, was du nicht über das Leben weißt, Mädchen, obwohl du alt und erfahren genug aussiehst.«

»Bitte. Frau Øyset ist der beste Mensch, der mir je begegnet ist, und ich bin ihr so viel schuldig.« In ihrem Kopf kochte es. Ja, ihr ganzer Leib glühte. »Ich werde dir auch ganz bestimmt helfen.«

»Du behauptest doch, sehen zu können, und dann muss dir auch klar sein, dass für deine Gnädige nicht mehr viel zu tun ist. Wenn du Glück hast, lebt sie vielleicht bis zum Jahresende.«

»Nein«, sagte Anne und schluckte ihre Tränen hinunter. »Das kann nicht stimmen.«

»Schick jetzt die Nächste herein. Die warten da draußen schon lange genug. Vielen geht es schlechter als dir und deiner Gnädigen, und das direkt vor meiner Tür.« Beret hob wieder die Hand, wie um klarzustellen, dass Annes Besuch zu Ende sei. »Und dann sorg dafür, dass deine Gnädige dich nicht ansteckt. Du musst jetzt nicht mehr nur auf dich allein aufpassen.«

21

Die Medikamente aus der Apotheke konnten Andrea nicht helfen. Im Gegenteil. Der Husten wurde schlimmer, in ihrer Brust gurgelte es. Sie war die ganze Zeit fieberheiß. In der vergangenen Nacht hatte sie die saubere Bettwäsche schon durchgeschwitzt, ehe die alte in der Waschküche getrocknet war. Die Bettwäsche musste jetzt jeden Tag gewechselt werden. Das galt auch für die Taschentücher. Sie waren gelb und verfärbt und ließen sich kaum noch richtig weiß waschen. Ab und zu war auch ein Blutfleck darauf zu sehen. Das machte Anne Angst. Andrea hatte auch schon lange nicht mehr aufstehen können. Sie wollte nur noch in dem großen Bett liegen. Ihre Wangen waren rot vom Fieber und ihre Augen blank. Der Doktor war mehrmals da gewesen, und auf dem Nachttisch, auf dem vorher ein Buch oder eine Stickerei gelegen hatten, drängten sich jetzt neue braune Flaschen.

Nach ihrem Besuch bei Beret war alles so dunkel und hoffnungslos geworden. Einige Male dachte Anne, sie hätte niemals hingehen dürfen, denn dann hätte sie Berets Abschiedsworte nicht hören müssen, könnte so tun, als sei es ein Irrtum, was sie in sich wachsen fühlte. Ihre Gefühle für Herman waren nicht richtig. Warum hatte sie nicht einfach widerstehen können? Und dann dachte sie an Andrea, die im Schlafzimmer lag, schwach und krank, und sich auf sie verließ. Sie selbst aber hatte keinen Menschen, dem sie ihr Herz ausschütten könnte.

Sie hatte bei Herman Trost gesucht, aber der hatte jetzt nicht mehr so viel Zeit für sie wie früher, und das machte es unmöglich, die richtigen Worte zu finden, ihm zu erzählen, was sie in sich trug. Er war so beschäftigt mit seinen Plänen, den Plänen für die Krone. Früher hatte er vor allem über sie beide gesprochen, wenn sie zusammen gewesen waren, er und sie, als ob es für sie auf der Welt eine Möglichkeit gäbe. Herman konnte sie nicht verstehen, nicht so, wie sie geglaubt hatte. Er hatte sich über das, was ihr alles bedeutete, lustig gemacht. Jetzt fühlte sie sich vor allem allein. Einsam. Und nun hatte sie das Heimweh überwältigt. Sie war zwischen Feldern und Wiesen zu Hause, zwischen Männern mit Arbeitsfäusten und braungebrannten Nacken. Was machte sie eigentlich hier? Sie ließ sich auf das Bett sinken und schluchzte auf. Sie hätte bei Elseby bleiben sollen. Die hätte gewusst, was sie jetzt tun sollte. Sie legte sich beschützend die Hände auf den Leib. Wenn sie es noch einmal tun könnte, würde sie die ganze Mittsommernacht mit Jon tanzen. Dem zuverlässigen, guten, lieben Jon, der wollte, dass sie auf ihn wartete. Aber sie würde ihm niemals wieder in die Augen blicken können.

Nur Hanna schien zu begreifen, dass etwas nicht stimmte.

»Komm mit mir zum Schuhmacher«, sagte die Freundin an einem frühen Morgen freundlich zu ihr und legte Anne zwei dünne Arme um den Hals. »Dann zeige ich dir die Wiese, wo die ganzen Scheunen stehen. Vielleicht wirst du dann wieder froh.«

Anne ließ sich nicht lange bitten. Sie stellte die Eimer im Hinterhof ab und ging schweigend mit Hanna die Straße hoch. Sie würde jedenfalls rechtzeitig zurück sein, ehe Andrea aufwachte. Und vielleicht würde sie Pflanzen finden, die ihr helfen könnten. Wenn es wirklich dort oben eine Wiese gab, dann musste da doch auch etwas wachsen. Bei diesem Gedanken wurde ihr Herz ein wenig leichter. Sie nahm Hanna einen Eimer ab.

So früh am Tag waren noch nicht viele Menschen unterwegs. Erst als sie die Slottsgate überquerten, kam ihnen ein Dienstmädchen entgegen, das mit leeren Zinkeimern auf dem Weg zum Brunnen auf dem Stortorv war. Hanna winkte mit ihrer freien Hand. Sie kannte offenbar die ganze Stadt.

Ein Stück weiter die Straße hoch, an der Ecke Teatergate und Akersgate, lag ein großes rotes Steinhaus. Aus dem Keller stieg der Duft von Äpfeln und Zimt hoch. Anne blieb stehen.

»Das ist Stina von der Ecke«, sagte Hanna fröhlich. »Sie wohnt im Keller und verkauft auf der Treppe vor dem Haus. Apfelkuchen und Zimtstangen. Zwei Schilling für einen Apfelkuchen und einen für eine Zimtstange. Ich kann dir sagen, das ist verlockend.«

Von dem Geruch wurde Anne schlecht. Sie hatte nichts gegessen, ehe sie Wasser holen gegangen war. Nur selten brachte sie jetzt morgens noch einen Bissen hinunter. Sie hob den Kopf und ging vorbei. Aber sie hatten den Duft nach Äpfeln und Zimt noch nicht lange hinter sich gelassen, als sie stehen blieb und rief: »Scheunen!«

»Das habe ich doch gesagt.« Hanna lachte. »Das da vorn ist ein Lagerhaus für Futter, benutzt von Leuten, die in dieser elenden Stadt hausen. Komm!«

Sie stellten die Eimer ab und liefen den Hang hoch. Es war Anfang Mai, und der Boden war noch hart, jedenfalls so früh am Morgen. Anne seufzte. Nirgendwo auch nur eine einzige Pflanze zu sehen, nur eine kümmerliche Kapelle und ein ärmlicher Friedhof weiter oben. Ihr schauderte.

»Die Gegend hier heißt Hammersborg«, erklärte Hanna.

»Zu Hause werden die Laubbäume jetzt grün«, sagte Anne seufzend und dachte an den Vater, der jeden Frühling Birkensaft für sie gezapft und an die Kinder auf Sæter verteilt hatte. Aber sie war in eine öde Wüste übergesiedelt.

»Komm! So leicht geben wir uns nicht geschlagen.« Hanna lief auf die andere Seite des graslosen Geländes. Doch auch dort gab es keine weiteren Lebenszeichen.

Nun übernahm Anne die Führung. Ging weiter nach oben, fast bis zur Kapelle. Hanna lief hinter ihr her. Dann blieb Anne plötzlich stehen. Fast hätte sie sich bekreuzigt. Gleich vor ihr wuchsen auf einer kleinen Wiese lauter frische grüne Brennnesseln. Sie fiel auf die Knie, ließ die Finger an den Stängeln entlangwandern und sog den frischen Duft in sich auf. Eifrig sammelte sie dann die Brennnesseln in ihr Schultertuch. Vielleicht würde sie jetzt für eine Quacksalberin gehalten, eine, die Pflanzen für Medizin suchte, Medizin, die nicht in der Apotheke mit dem goldenen Schwan auf dem Tresen verkauft wurden. Nein, das hier waren Nahrungsmittel. Das würde sie zu ihrer Verteidigung sagen, wenn jemand vorüberkäme.

»Was machst du denn da?« Hanna setzte sich neben sie und rang nach Atem.

»Brennnesseln pflücken natürlich. Wenn ich nur auch ein bisschen Birke und Löwenzahn hätte. Das würde Frau Øyset so guttun!«

»Bäume kann ich nicht voneinander unterscheiden. Aber wo Hirtenglocken stehen, das weiß ich. Ich dachte, du wolltest nur Unkraut.«

»Hirtenglocken?«, fragte Anne und lächelte. »Du meinst Löwenzahn.«

Hanna lachte. »Ich wusste ja, dass dich das in bessere Laune bringen würde, Anne.« Dann zog sie Anne am Arm. »Komm!«

Sie liefen jetzt in eine andere Richtung. Hanna vorweg, in ihrem etwas zu kurzen, verschlissenen Kleid. Anne hinterher, das Tuch mit den frischgepflückten Brennnesseln an die Brust gedrückt.

»Vielleicht sollte ich dem Schuhmacher auch ein paar Brennnesseln mitbringen.« Hanna lachte noch lauter und schnitt eine Grimasse. »Der macht seinen Tabak aus zerhackten Grashalmen, Kartoffelkraut und Brennnesseln. Das stinkt wie die Pest.«

»Nein, das darfst du nicht.« Anne lachte ebenfalls. »Dann begreift er doch, dass du deine eigenen Wege gehst.«

Hanna blieb stehen und zeigte auf etwas. »Anne, schau mal!«

Gleich unterhalb der Scheunen stand gelber Löwenzahn dicht an dicht und reckte sich in die Frühlingssonne. Anne hatte das Gefühl, noch nie etwas Schöneres gesehen zu haben. *Schau dir Berberitze, Schöllkraut und Löwenzahn an, Anne. Gelb und stark*. Sie versuchte, den Kloß hinunterzuschlucken, der ihr jetzt wieder im Hals saß. Dann bückte sie sich und füllte ihr Tuch.

»Du musst wieder herkommen, wenn Sommer ist, Anne.« Hanna streichelte ihren Arm. »Dann gibt es hier viele verschiedene Blumen. Jedenfalls ehe sie zertrampelt werden.«

Hanna war so lieb, Anne hätte weinen mögen. In letzter Zeit war sie so empfindsam. Ihre Stimmungen waren so anders. Sie konnte abwechselnd froh und traurig sein. Wenn sie Hanna nur von ihrer großen Angst erzählen könnte. Stattdessen richtete sie sich auf und strich ihren Rock glatt. »Ich muss los. Wenn Frau Øyset aufwacht, ruft sie mich sofort.«

»Was ist los, Anne? Du siehst plötzlich so blass aus.« Hanna versuchte ihren Blick einzufangen. »Stimmt was nicht?«

»Frau Øyset ist so krank«, sagte Anne eilig. Wenn Hanna nur wüsste. Sie fürchtete für Andreas Leben, wusste aber nicht, was sie für sie tun könnte. Aber das war nicht alles. Herman konnte sie unmöglich lieben. Und jetzt war sie sicher, dass sie ein Kind erwartete, und was sollte dann aus ihr werden?

»Und Herr Øyset?«

Die Tränen stiegen ihr in die Augen. Anne drehte sich wortlos um und lief den Hang hinunter zum Haus des Schuhmachers. Dabei presste sie sich ihr Tuch gegen die Brust. Hanna lief hinterher. Hanna durfte ihr keine weiteren Fragen stellen. »Bis nachher, Hanna«, rief sie, während sie die Straße hinabeilte.

»Bis nachher, Anne.«

Anne näherte sich der Nummer 5 mit schnellen Schritten. Sie konnte ihre Tränen nur mit Mühe zurückdrängen. Obwohl sie nur Löwenzahn und Brennnesseln gefunden hatte, würde das Andrea guttun. Sie würde aus dem Löwenzahn sofort ein heißes Getränk zubereiten. Das würde Andreas kranken Leib reinigen. Und die Brennnesseln würden sie stärken.

Als sie sich gerade in den Torweg schlich, fiel eine Tür ins Schloss. Das musste Madame Eger sein. Wenn nicht, dann war es die Tür zur Werkstatt. Hatte Herman sie kommen sehen? Sie erstarrte. Blieb stehen. Dann schlich sie sich dicht an der Wand in Richtung Hinterhof. Aber es war zu spät. Herman stand vor ihr. Sie konnte ihm jetzt nicht begegnen.

»Ich muss hoch«, flüsterte sie. »Andrea wartet.«

Ohne ein Wort zog er sie in die Werkstatt. Er trug seine braune Lederschürze, und seine Hände waren schmutzig. Sie nahm den Rauchgeruch von der Feuerstätte her wahr. Er war offenbar schon lange hier.

Sie blieb dicht vor der Tür stehen. Hielt ihr Tuch mit beiden Händen fest.

»Andrea hat nach dir gefragt«, sagte Herman, und sie fand, dass er sich fast gereizt anhörte.

»Ich habe Wasser geholt«, sagte sie so ruhig, wie sie nur konnte. »Ich dachte, sie schläft.«

»Die Wassereimer stehen bei der Hintertreppe. Und zwar schon lange.« Seine Augen waren düster. »Was hast du in deinem Tuch?«

»Nichts.« Sie trat zur Seite, kleine Lehmreste lösten sich von ihren Stiefeln.

»Du darfst nicht einfach so verschwinden. Andrea hat sich Sorgen um dich gemacht, aber ich konnte sie beruhigen. Sie schläft jetzt.«

»Und du?« Sie schaute ihm in die Augen.

»Was ist mit mir?« Er blickte sie fragend an.

»Ja, hast du dir auch Sorgen um mich gemacht?« Sie hörte, dass ihre Stimme zitterte, aber sie hielt seinem Blick stand.

Er streichelte ihre Wange. »Natürlich habe ich mir Sorgen um dich gemacht, Anne. Doch jetzt müssen wir an Andrea denken.« Seine Stimme klang plötzlich sanft.

»Gestern habe ich auf einem Taschentuch Blut entdeckt.«

»Der Doktor sagt, wir müssen Geduld haben.«

»Aber was er ihr gibt, hilft nicht, Herman.«

»Wenn es erst wärmer wird …«

Plötzlich sah er aus wie ein hilfloser kleiner Junge. Aber er durfte sie jetzt nicht im Stich lassen. Sie hatten wichtige Dinge zu besprechen. Bald würde es ihr anzusehen sein. Sie musste es ihm sagen. Am Vorabend hatte sie entdeckt, dass ihr Bauch jetzt runder war, härter um den Nabel. »Herman …«

»Mehr können wir nicht tun, Anne. Wenn der Doktor nicht helfen kann, müssen wir auf höhere Mächte vertrauen.«

»Andrea ist nicht die Einzige, die Hilfe von höheren Mächten braucht, Herman.«

Er beugte sich zu ihrem Gesicht vor. Fing an, ihre Tränen wegzuküssen, eine nach der anderen. Seine Haut war weich und glatt, und er duftete frisch, sicher hatte er sich rasiert, ehe er in die Werkstatt gegangen war. Sie drehte den Kopf zur Seite. »Nein, Herman.«

»Alles wird gut, Anne. Darauf kannst du dich verlassen«, sagte er und legte ihr die Arme um die Taille.

»Nein«, rief sie. Sie kämpfte, um sich loszureißen, aber sie kämpfte doch gegen dieselben Arme, nach denen sie sich sehnte. Im Traum. Nachts. Oft in den langen Stunden am Waschkessel. Sie fühlte sich so schwach, als ob ihre Beine sie nicht mehr tragen könnten. »Du musst mir zuhören, Herman. Ich muss dir etwas sagen.«

Er sah aus, als ob sie ihn geohrfeigt hätte.

Der Schweiß lief ihr über die Brust und malte feuchte Flecken auf ihr Kleid. Jetzt musste sie ihm von dem Kind erzählen, davon, was ihr bevorstand. Herman musste doch Rat wissen. Die Hände um ihr Tuch waren heiß und schmutzig. Sie fuhr sich mit einer durch die Haare. Er griff nach der Hand, aber sie zog sie zurück, und deshalb traf er das Tuch, und Löwenzahn und Brennnesseln fielen zu Boden.

»Das hast du also in deinem Tuch. Unkraut?«

»Nein«, flüsterte sie. Wie sollte sie ihm jetzt von dem Kind erzählen? Sie holte aus der Ecke den Besen und fegte alles auf einen Haufen.

»Lass es liegen«, sagte er düster. »Das kannst du später noch erledigen. Andrea wartet auf dich.«

Anne wischte sich die Tränen ab, ehe sie die Küchentür öffnete. Dann hängte sie das leere Tuch an den Haken und seufzte. Sie blieb stehen. Zaghafte Schritte in der Diele. Sie musste sich verhört haben. Dann aber hörte sie ein Röcheln, gefolgt von einem heftigen Hustenanfall. Andrea. War sie aufgestanden? Sie riss die Tür zur Diele auf.

»Großer Gott, Andrea!«

Andrea lehnte sich an die Wand, sie glänzte vor Schweiß. »Ich habe dich gesucht, Anne«, flüsterte sie. »Kannst du dich zu mir setzen?«

Anne lief zu ihr und nahm sie in die Arme. Der magere Leib war total erschöpft. Sie hatte das Gefühl, ein Kind in Händen zu halten. Ein krankes, wehrloses Kind.

»Ich bin so unruhig.«

»Ich bin ja da, Andrea. Mach dir keine Sorgen. Ich gehe nirgendwohin.« Ihr Herz versetzte ihr einen Stich. Es wäre nicht nötig gewesen, dass Andrea so sehr leiden musste. Die Brennnesseln in ihrem Tuch hätten helfen können, aber nicht heilen. Das Böse, das sich in Andrea festgesetzt hatte, war stärker als jedes Heilmittel, das sie kannte. Aber es musste doch Hilfe geben. Wenn Beret nicht kommen wollte, dann vielleicht Mutter Sæther, wenn sie Herman dazu bringen könnte, mit ihr zu sprechen. Sie wollte doch nur, dass

Andrea wieder gesund würde. Aber was sollte dann aus ihr und Herman werden und was aus dem Kind?

Das Zimmer war kalt. Andrea zitterte in ihrem dünnen Nachthemd. Anne half ihr ins Bett, deckte sie sorgfältig zu und legte noch eine zusätzliche Decke über sie. Dann machte sie im Kamin Feuer. Wenn sie Andrea jetzt nur einen heißen Löwenzahntee hätte geben können. Oder irgendetwas, das sie stärken könnte. In diesem Moment fiel ihr das Buch ein. Das schwarze Buch. Das lag seit dem Tag, an dem sie in die Akersgate gekommen war, unberührt unter ihrer Matratze. Sie hatte nicht ein einziges Mal gewagt, es hervorzuholen. Sie hatte keine Angst vor Rezepten gegen Gicht, Zahnschmerzen, Gelbsucht oder Läuse; nicht einmal wenn mit Hilfe des Buches Blut gestillt werden könnte, würde sie sich Sorgen machen. Nein, sie fürchtete die Magie, die vielen Sprüche, mit denen göttliche Hilfe herbeigerufen und die bösen Kräfte verscheucht wurden. War sie die Richtige, um diese Magie anzuwenden? Sie warf noch ein Holzscheit in den Kamin, legte die Schürze um den Griff, als sie die Ofenklappe wieder schloss, um sich nicht zu verbrennen. Sie hatte einmal gehört, der Pastor zu Hause habe ein Schwarzbuch, und damit habe er den Teufel in seiner Macht und nicht umgekehrt. Aber sie hatte das Buch ja nicht vom Teufel bekommen, sondern von Elseby. Elseby hatte es ihr anvertraut und gesagt, es werde ihr helfen.

»Kannst du mir nicht etwas erzählen, Anne, etwas von zu Hause?« Andreas Stimme war brüchig und heiser. »Erzähl mir von den vielen Blumen und von deiner kleinen Schwester Kirstine.«

Anne setzte sich auf den Stuhl neben dem Bett, zupfte sich einige grüne Blätter vom Kleid und sagte dann leise: »Ich hatte einmal einen Bruder namens Ole. Ich habe ihn verloren, als er sieben Jahre alt war.« Sie hatte Andrea noch nie von Ole erzählt, aber als sie nun seinen Namen laut aussprach, hatte sie das Gefühl, ruhiger zu werden, ein Friede überkam sie, wie sie ihn lange nicht mehr gespürt hatte.

»Kannst du mir von ihm erzählen?« Andrea sah sie an und griff nach dem Wasserglas auf dem Nachttisch.

Anne nickte. »Ole war so lieb. Ich habe mehr mit ihm gespielt als mit meiner großen Schwester. Er hatte dicke gelbe Locken, die auf seinem Kopf tanzten, wenn er zwischen den Katen auf Sæter herumlief. Ole war immer so froh. Aber wir durften ihn nicht behalten, er wurde nur sieben. Es ging so schnell.«

Andrea reichte ihr das leere Glas. »Das ist so traurig, Anne.«

»Aber ich glaube, er hat es gut da, wo er jetzt ist. Ich glaube, er versucht mir zu erzählen, dass wir uns vor dem Tod nicht zu fürchten brauchen.«

»Glaubst du wirklich, dass es einen anderen Ort gibt, Anne, einen Ort, wo es nur Frieden gibt, einen

Ort ohne Schmerz und Leid?« Andrea sah zu ihr auf, sie schien nun ebenfalls eine Art Ruhe gefunden zu haben.

»Ja, Andrea. Das weiß ich. Es gibt eine Kraft, die uns Menschen behütet, dieselbe Kraft, die uns alle Pflanzen geschenkt hat.«

»... und Sonne, Mond und Sterne«, flüsterte Andrea und hielt Annes Blick fest.

»Als ich klein war, habe ich immer zugesehen, wenn sich abends das blaue Licht auf den Feldern verbreitete.«

»Ich auch«, sagte Andrea und hustete in ihr Taschentuch. »Ich habe vor dem Gut in Vinger gestanden und auf die weiten Felder hinausgeschaut. Es war wie ein Märchen, wenn das blaue Licht kam, und ich war ein Teil davon.«

»Ja, genauso war es bei mir auch.« Anne lächelte. »Ich hatte das Gefühl, dass jemand auf mich aufpasste. Dass die Hand, die das Licht erschaffen hatte, auch die Menschen behütete, egal, wie schwer das Leben war. Und dass Ole dort bei dieser Hand war.«

»Danke, dass du mir das erzählt hast. Ich werde es niemals vergessen.«

22

An guten Tagen konnte Andrea oben in der guten Stube sitzen, im Schaukelstuhl beim Fenster. Anne legte ihr dann die weiche Wolldecke über die Knie. Andreas Rücken lehnte an einem großen weißen Kissen, damit sie die harte Lehne nicht spürte. Herman hatte diesen Stuhl mitgebracht. Er meinte, der könnte sie aus dem Bett locken, und dann könnte sie aus dem schönen Sommerwetter Kraft holen. Außerdem hatte er den besten Arzt der Stadt geholt, aus dem Rikshospital, und erklärte sein tiefes Vertrauen zu diesem Arzt und den immer neuen Medikamenten, die dieser verschrieb. Anne wusste nicht, ob Herman bemerkt hatte, dass sie nie wieder zu ihm nach unten kam, jedenfalls bat er sie auch nicht mehr darum. Er dachte nur an die Krone. Er war Tag und Nacht bei der Arbeit, suchte nach der perfektesten Ausformung. Tage konnten vergehen, ohne dass er oben erschien, um nach Andrea zu sehen. Und sie selbst schien er ganz vergessen zu haben. Er, Herman Øyset, würde den Wettbewerb gewinnen. Das mit dem Kind konnte er unmöglich begriffen haben, denn dann würde er ihr doch nicht aus dem Weg gehen. Ihr Bauch war jetzt so groß, es war schon seltsam, dass ihm nichts auffiel. Sie versuchte ja nur, Andrea alles zu verheimlichen. Die wenigen Male, wenn sie ihn unter vier Augen getroffen hatte, hatte sie es einfach nicht über sich gebracht, etwas zu sagen. Aber vielleicht, wenn sie sich traute, würde er sie wieder sehen, würde das Band zwischen ihnen sehen. Vielleicht war es gar nicht der wahre Herman, der Mann, der sich an die Arbeit an der Krone verloren hatte?

An den Tagen, an denen Andrea sich stark genug fühlte, um aufzustehen, half Anne ihr beim Anziehen. Andreas Beine waren jetzt so mager, fast wie bei einem Kind. Ihre Schultern sahen eher aus wie Vogelschwingen statt wie die Arme einer jungen Frau. An den guten, lichten Tagen wollte sie ein schönes Kleid anziehen. Andrea entschied sich dann für ein schlichtes Wollkleid, das schwarze oder das blaue. An diesem Tag war das blaue an der Reihe.

Anne betrachtete sie, während sie Medizin in einen Löffel goss, genau die Menge, die der Arzt vorgeschrieben hatte. Das Sonnenlicht fiel auf die bleiche Haut. Die Wangenknochen zeichneten sich scharf in dem einmal so schönen Gesicht ab. Die Haare, die sich weich und üppig unter dem Perlmuttkamm gewellt hatten, lagen flach auf der Kopfhaut. Anne hielt ihr den Löffel hin, als Andrea gerade das Gesicht zur Seite drehte.

»Ich habe diese Medizin so satt. Herman braucht

nicht noch weitere hohe Rechnungen zu bezahlen. Das hilft ja doch nichts. Und der Doktor aus dem Hospital braucht nicht mehr zu kommen. Der andere hat mir besser gefallen. Der war freundlicher. Hat mit mir geredet. Gefragt, wie es mir geht.«

Die Medizin hatte schon auf das weiße Taschentuch gespritzt. Ein schwarzer Fleck breitete sich auf den weißen Spitzen aus. Anne holte ein sauberes. Öffnete das Fenster einen Spaltbreit. Draußen trillerten die Vögel.

»Hör mal, Andrea.« Sie lächelte und wischte der Kranken den Schweiß von der Stirn.

»Ich bin schon krank, seit du hergekommen bist, nicht wahr?«

»Ja, du bist schon lange krank.«

»Das ist hart für Herman, nicht wahr?« Andrea tupfte sich die Lippen mit dem sauberen Taschentuch ab.

»Herr Øyset wünscht sich nur, dass du wieder gesund wirst.«

»Ich werde nicht wieder gesund. Das behauptet nicht einmal mehr der Doktor. Er horcht nur meine Brust ab und hinterlässt neue braune Flaschen.« Andrea sah sie mit verletztem Blick an. »Wenn wir in Vardal wären, Anne, würdest du mir nicht solche Medizin geben.«

»Ich habe versucht, Hilfe für dich zu holen«, sagte Anne leise, »bei einer weisen Frau oben in Kampen.

Aber sie traute sich nicht in die Stadt, sosehr ich auch gebeten habe.«

»Nicht einmal eine weise Frau kann mir jetzt noch helfen, Anne.«

»So darfst du nicht reden. Es gibt immer noch Hoffnung.« Sie senkte den Kopf, dachte daran, was Beret über Andreas Ende gesagt hatte. Warum konnte sie selbst nichts sehen? Das war doch ihre Gabe. Wenn sie nur mehr von dem verstehen könnte, was in dem schwarzen Buch stand. In den letzten Nächten hatte sie neben dem kleinen Tisch in ihrer Kammer gesessen und das Buch unter die Kerze gehalten. Sie hatte die Zaubersprüche geflüstert und dabei an Andrea gedacht. Aber nichts schien Einfluss auf das nehmen zu können, was in der Akersgate geschah. Es war, als hätte sich das Böse festgesetzt.

»Alles, was ich mir gewünscht habe, war eine Tochter.« Andrea wischte sich eine Träne von der mageren Wange. »Herman wollte einen Jungen.«

Anne schüttelte den Kopf, wieder und wieder, und griff sich an den Bauch. Das hier hatte sie nie gewollt. Sie hatte in die Stadt kommen wollen, weil sie ihre Berufung gespürt hatte. Sie hatte ihre Gabe benutzen wollen, aber jetzt schien die verschwunden zu sein, jetzt, wo Anne sie wirklich brauchte. Aber wenn sie wirklich eine Gabe besessen hatte, dann hätte sie doch Andrea sicher schon längst helfen können. *Deshalb habe ich das Geheimnis an dich weitergereicht. Nur wer mit dem inners-*

ten Auge sehen kann, kann das Geheimnis der Weisen verstehen. Durch Liebe. Durch Liebe, dachte sie, durch ein reines Herz. Aber das ist ja verschwunden, das reine Herz.

»Herman wollte sie Hermana nennen, wenn es ein Mädchen würde«, sagte Andrea jetzt mit heiserer Stimme. »Aber jetzt weiß ich, wie sie heißen würde. Sie würde Anne heißen.«

»Anne?« Anne hob den Kopf.

»Ja, niemand ist mir so treu gewesen wie du.«

»Nein, nein. Das darfst du nicht sagen.«

»Doch. Du hast so viele lange Stunden hier bei mir gesessen. Hast mir zugehört. Mir geholfen. Mir von deiner Kindheit erzählt, von deinen Eltern und Geschwistern und den Blumen, die du so liebst ...« Andrea beugte sich vor und hustete, wischte sich den Mund. Dann setzte sie sich gerade und fügte hinzu: »... von deinem Freund, von dem alten Eichbaum mit dem Geheimversteck und vom Sternenhimmel über Sevald, der dort größer war als irgendwo sonst. Herman und ich sind so dankbar für alles, was du für uns getan hast.«

Anne lief durch den Torweg. Andrea war eingeschlafen. Anne eilte durch die Akersgate, vorbei an Männern mit Hüten und Damen mit Krinolinen, die fröhlich Arm in Arm von der Østre Gate den Slottsvei hinunterspazierten. Noch gab es hier Reste des schönen Gutshauses Egergården und des Stalls, der hier gestanden hatte, als sie in die Stadt gekommen war. Der war jetzt abgerissen worden, um die beiden Straßen zusammenzuführen. Warum hatte eigentlich nichts von dem, was auf der Welt schön war, Bestand? Sie biss die Zähne zusammen und lief, bis sie die Wiese oberhalb der Schuhmacherwerkstatt erreicht hatte. Dort versteckte sie sich hinter den Scheunen und weinte.

Zwei Männer, die aussahen, als ob sie einen Schnaps zu viel getrunken hätten, kamen in ihre Richtung, aber sie duckte sich, um nicht gesehen zu werden. Als die beiden vorübergegangen waren, riss sie sich zusammen, ging zum Ende der Wiese und erbrach sich in einen Graben.

Bald hatte sie ihr Ziel erreicht, die elende Kapelle von Hammersborg. Die stand leer und düster da und wartete auf sie. Sie ließ sich auf die kalte Vortreppe sinken. Sie musste zu ihrem reinen Herzen zurückfinden. Elseby hatte gesagt, die Kraft, die man selbst in die Zaubersprüche lege, sei entscheidend für das Ergebnis. Ob es die gute oder die böse Kraft war. Und Anne hatte gedacht, wenn sie die Sprüche an einem heiligen Ort aufsagte, dann vielleicht … Doch in die Erlöserkirche auf dem Stortorv hatte sie sich nicht gewagt, die war nicht für solche wie sie erbaut worden.

Sie zog das Buch unter ihrem Kleid hervor und las laut:

Im Dreifaltigen Namen Gott Vater, Gott Sohn
Und Gott Heiliger Geist +
Im Dreifaltigen Namen Gott Vater, Gott Sohn
Und Gott Heiliger Geist +
Im Dreifaltigen Namen Gott Vater, Gott Sohn
Und Gott Heiliger Geist +
Lie – Tyro – Lame – Sydome – Aig –Tonit – Amnind
9. 8. 7. 6. 5. 4. 3. 2. 1. Nichts

Die Dreizahl stärkte den Zauber, das hatte Elseby gesagt. Drei Gottheiten, zu einer zusammengefügt. Dann kam die Zeile mit den Helfern, das waren vielleicht Geister oder Engel. Sie las die Erklärung unter dem Spruch: *Die Zahlen herunterzuzählen ist wichtig, von der magischen Zahl 9 bis zum Nichts. Die Krankheit verschwindet im Takt des Abwärtszählens. Am größten ist die Wirkung, wenn der Spruch auf einen Zettel geschrieben und unter dem Kleid auf das Herz gelegt wird.* Aber sie konnte ja nicht schreiben, also musste sie laut lesen.

Sie las immer weiter, einen Spruch nach dem anderen, fiel auf die Knie und faltete die Hände, bis es so dunkel war, dass sie kaum noch sehen konnte. Dann sagte sie »Amen«, wie sie es immer machte, wenn sie das Vaterunser gebetet hatte, stand auf und ging zurück.

Plötzlich fuhr sie zusammen. Etwas durchfuhr sie mit gewaltiger Kraft. Sie hatte das Gefühl, dass etwas, das festgesessen hatte, sich jetzt löste, eine zähe

Wurzel, an der sie lange gezogen und gezerrt hatte und die plötzlich losließ und die sie nun in den Händen hielt. Eine dunkle und kräftige Wurzel mit langen starren Haaren, die sich ineinander verfangen hatten. Sie zitterte am ganzen Leib. Das hier hatte sie festgehalten. Davon hatte sie ihre Nahrung geholt. Und jetzt konnte sie ganz deutlich sehen, was unter der Erde gelegen hatte: Wenn die Sprüche halfen, wäre das zu ihrem eigenen Schaden. Sie würde noch immer ein Kind erwarten, und Andrea würde sie ganz sicher aus dem Haus jagen, genau wie sie es mit Johanne gemacht hatte. Weg von der Akersgate und weg von Herman, für immer. Hatte das sie daran gehindert, mit dem allerinnersten Auge zu sehen? Hatte die Angst, Herman zu verlieren, das reine Herz verdeckt?

Anne riss roten Klee aus der Erde, während sie über die Wiese lief. Alles andere, was irgendeinen Wert hatte, war von eifrigen Stiefeln und Schuhen unterwegs in die Stadt zertrampelt worden. Den Klee könnte sie in der Sonne trocknen und daraus für Andrea einen süßen Tee kochen. *Der rote Klee ist die Blume des Lebens,* hatte Elseby ihr erklärt, als sie an einem frühen Morgen Pflanzen gesammelt hatten, *er kann den Glauben an das Leben wiederherstellen. Wenn ein Mensch nicht sicher weiß, ob er leben will oder nicht, musst du ihm roten Klee geben.*

»Das reine Herz«, sagte sie laut, als sie gerade am Haus des Schuhmachers vorbeikam. Sie würde Andrea helfen. Auf die Gefahr hin, alles zu verlieren. Aber sie musste es trotzdem tun. Wenn Herman es jetzt nicht erlaubte, würde sie ihm sagen, was sie davon hielt, dass er seine ganze Zeit unten in der Werkstatt verbrachte und nicht oben bei seiner kranken Frau. Und dann würde sie ihm von dem Kind erzählen.

Am nächsten Abend legte Anne sich beschützend die Arme um den Leib, als sie über den Hinterhof ging. Hinter dem Schuppen schepperte eine Zinkbütte, die Wäscheleinen jammerten und sangen. Ein Unwetter zog herauf. Sie lief in den Gang und öffnete die Tür zur Werkstatt.

Nichts war verändert, und doch sah alles anders aus. Die Silberarbeiten, die in Reih und Glied im Schrank standen, leuchteten ihr auf eine neue Weise entgegen. Die Glut hier im Raum war verschwunden. Sie stand lange in der Türöffnung. Herman saß am Arbeitstisch, hinter Platten aus Silber und Kupfer, schien sie aber nicht zu bemerken.

Sie zog die Tür hinter sich zu. Dann ging sie zu ihm.

»Herman.«

Er schaute auf. »Ich war bei der Zunft«, sagte er und strahlte, als er sie sah. »Gute Nachrichten, sehr gute Nachrichten.« Er strich sich eine Haarsträhne aus der Stirn. »Verdammt kalt hier drinnen. Machst du Feuer?«

Sie blieb stehen, statt zu gehorchen. Aber darauf achtete er nicht. Er lächelte strahlend und sagte: »Ich muss dir etwas erzählen.«

»Was denn?«, fragte sie widerwillig und wandte sich ab.

»Ich bin zum Vorsitzenden der Goldschmiedezunft gewählt worden, Anne.«

»Gratuliere.« Ihre Brust schnürte sich zusammen, aber nichts sollte sie jetzt aufhalten. »Herman.«

»Was ist los? Ist etwas mit Andrea? Geht es ihr schlechter?« Er sah unruhig zu ihr hoch und umklammerte dabei seine Kupferplatte.

»Ich bin schwanger, Herman.«

Es schien eine Ewigkeit zu dauern, während draußen der Sturm an den Wänden rüttelte und schüttelte und jedes einzelne Blatt von den bescheidenen Bäumen riss, die es in der Stadt gab, bis er den Mund aufmachte. »Schwanger?«, flüsterte er. Es war so leise, dass sie es nur mit Mühe hören konnte, vielleicht hatte sie es ja von seinen Lippen gelesen. Jetzt musste er zu ihr kommen. Den Arm um sie legen. Sie zur Feuerstätte führen und sie behutsam auf den Teppich betten. Jetzt musste er mit seiner feinen Goldschmiedehand zärtlich ihre Haare streicheln. Aber sie sah nur, wie sich die Farbe in seinem Gesicht veränderte. Seine Augen wurden düster. Und seine Lippen verzogen sich zu einem Strich.

23

Die Tage wurden jetzt kürzer, ein kühler Wind kam vom Fjord her. Der Herbst rückte näher. Es war nicht nur, dass Andrea keine Zeichen der Besserung zeigte oder dass die Tage kalt und einsam waren. Sie selbst war so schwer und unbeholfen geworden. Die Übelkeit wollte nicht nachlassen. Und das Kleid spannte so um ihre Taille, dass sie kaum atmen konnte, wenn sie sich angezogen hatte. Ihre Finger waren geschwollen, und wenn sie Silber putzte, sah sie, wie rot ihr Gesicht jetzt war. Sie wollte nur, dass es wegging, das, was in ihr wuchs, bis das Kleid zu eng war und sie morgens fast nicht aufstehen konnte, das ihre Brüste so wehtun ließ, dass sie nicht mehr auf dem Bauch liegen konnte. Sie versuchte in dem schwarzen Buch Linderung für sich selbst zu finden, aber dort schien es keinen Rat für ihr Leiden zu geben. Für Andrea dagegen gab es Rat.

Mehrere Abende, wenn Andrea eingeschlafen war, hatte Anne sich in das Schlafzimmer geschlichen. Sie setzte sich vorsichtig auf den Stuhl am Bett. Dort öffnete sie den Mund und formte lautlose Wörter. *Lie – Tyro – Lame – Sydome – Aig – Tonit – Amnind.* Das tat sie immer dann, wenn Herman ausgegangen war, damit er ihre Schritte nicht hörte oder das durch die Diele flackernde Licht sah. Sie faltete die Hände. 9. 8. 7. 6. 5. 4. 3. 2. 1. *Nichts.*

Einige Male flogen ihre Gedanken davon, und sie versuchte sich daran zu erinnern, was Hanna gesagt hatte. »Ich weiß es schon lange, Anne. Ich wollte es nur von dir selbst hören.« Sie gingen zusammen vom Brunnen nach Hause, und sie hatte die Eimer abstellen müssen, weil ihr so seltsam schwindlig wurde. Dann fing sie vor Erleichterung an zu weinen, weil Hanna endlich etwas gesagt hatte, und nun legte Hanna die dünnen Arme um sie und streichelte ihr sanft die Haare. »War das Herr Øyset?« Anne nickte. Ihre Wangen waren blutrot. »Ich hätte dich warnen sollen. Aber ich dachte doch, du hättest es erraten, also, dass er es auch mit Johanne so gemacht hatte. Du willst ja nie Klatsch hören, Anne.«

Anne schlug verzweifelt die Hände vors Gesicht. »Ich dachte, bei mir wäre das etwas ganz Besonderes, Hanna.« Sie strich sich mit der Hand über das Kleid, und ihr Bauch zeichnete sich darunter ab. »Man sieht es jetzt, oder?« Hanna schnaubte. »Ob man es sieht? Man müsste ja wohl blind sein, um das nicht zu sehen. Du musst es weggeben, Anne. Du willst doch nicht oben in Pipervika enden, mit Straußenfedern auf dem Kopf und einem unehelichen Balg im Schlepp? Das arme Kind. Ich bin selbst unehelich. War das mein ganzes Leben lang. Und besonders lustig ist das nicht, das kannst du mir glauben. Kannst du nicht nach Hause gehen, Anne? Zurück nach Vardal? Du bist ja nicht die Einzige, der das passiert ist, weißt du. Wenn die Gnädige es merkt, schickt sie dich ja ohnehin weg.«

Sie faltete wieder die Hände über dem Bauch und schaute zu Andrea hinüber, deren Augenlider sich bewegten. *»Im Dreifaltigen Namen Gott Vater, Gott Sohn und Gott Heiliger Geist.«* Dann erhob sie sich und starrte durch einen Vorhangspalt. Sie fühlte sich so einsam. Einsam und allein zwischen der dunklen Erde und dem weiten Himmel. Sie blies die Kerze auf dem Nachttisch aus und schlich sich aus dem Schlafzimmer.

Was sollte jetzt aus ihr werden?

Sie hatte offenbar eine Weile geschlafen, als an die Tür ihrer Kammer geklopft wurde. Herman? Das hatte er noch nie getan. Nachts fürchtete sie jetzt die Geräusche, auf die sie bisher gelauscht hatte, das Knacken der Küchentür, Schritte in der Diele, ein Räuspern, diese vielen Geräusche, bei denen ihr Herz losgehämmert hatte. Aber niemals würde sie ihn noch aufnehmen, so wie er sie verletzt hatte. Wenn er glaubte, einfach zu ihr kommen und etwas von ihr verlangen zu können, dann irrte er sich gewaltig.

Sie schlug die Decke zur Seite und stand aus dem Bett auf. Er kam sicher von der Zunft. Was mochte er von ihr wollen?

»Anne«, flüsterte er beim Klopfen. »Anne, bist du da?«

Niemals würde sie ihm aufmachen und ihn schon gar nicht hereinlassen. Wenn sie an die langen blassen Finger dort unten in der Werkstatt dachte, dann nur mit Ekel. Alle Zuneigung zu ihm war wie weggeschwemmt. Ihr Körper, der unter seinen Händen so weich geworden war, war jetzt hart wie Stein. Weiche Finger, das waren sie. Und nie wieder würde sie sich von ihnen berühren lassen. Er klopfte jetzt fester. Aber er sollte gehen. Hinunter zu Krone, Perlen und Edelsteinen.

»Ich will dir doch nur sagen, dass die Sache geklärt ist.«

Nicht was er sagte, ließ sie reagieren, sondern sein Tonfall. Der war nicht liebevoll, wie sie es gewöhnt war, sondern schroff, sachlich, als ob er einen wichtigen Handel abschließen wollte. Sie lief zur Tür und riss sie auf. »Wie meinst du das?«

»Ich habe dir einen guten Platz gesucht. Auf einem kleinen Hof namens Engeland, nicht weit von Ekeberg. Das wollte ich dir nur sagen, damit du dir keine Sorgen machst.« Seine Stimme klang energisch, aber seine Blicke irrten umher, als ob sie nicht richtig wüssten, worauf sie sich richten sollten.

»Willst du mich wegschicken?«

Er strich sich unruhig mit den Händen über seine braune Brokatweste. »Eine Frau, die sich damit auskennt, wird sich um dich kümmern und dein Kind in Empfang nehmen, wenn es kommt.«

»Ist das nicht auch dein Kind, Herman?«

Er nahm behutsam ihren Arm, schob sie vorsichtig in die Kammer und zog lautlos die Tür hinter sich zu. »Du verstehst das nicht«, flüsterte er. »Egal, wessen Kind es ist, hier kann es nicht auf die Welt kommen. Dann würdest du uns beide in Schande bringen.«

»Schande?« Ihre Stimme zitterte.

»Du musst das doch verstehen«, sagte er jetzt lauter, ungeduldiger. »Ich muss an Andrea denken. Der Doktor sagt, es sei nur noch eine Frage der Zeit.«

»Das darfst du nicht sagen.« Sie fuhr zusammen. Hielt den Atem an. Etwas bewegte sich in ihr. Kleine, weiche Schläge gegen die eine Seite. Sie legte sich die Hand auf den Bauch und schaute nach unten. Da war es wieder. Sie hob den Kopf, sah Herman an, wollte etwas sagen …

»Du hättest es mir schon längst sagen müssen, dann hätte ich eine andere Lösung gefunden.«

Sie konnte sehen, dass sein Gesicht rot war, obwohl es in ihrer Kammer so dunkel war. Und jetzt hatte er den Kopf erhoben. »Was hättest du dann gemacht, Herman?«

»Hör mir zu.« Er ließ die Türklinke los und zog sie

an sich. »Niemand kann ein schwangeres Dienstmädchen im Haus behalten.«

»Und wo sind sie also, alle Mädchen, die schwanger geworden sind?«, fragte sie trotzig und riss sich los.

»Die werden aus dem Haus geworfen.« Er zuckte mit den Schultern. »Aber du bist mir doch wichtig«, fügte er rasch hinzu. »Alles wird sich finden, Anne. Wenn du nur sagst, dass du das Kind von einem anderen hast.«

»Von einem anderen … Willst du, dass ich lüge?«

»Nein, du sollst nicht lügen. Du sollst es nur einfacher für uns machen.«

»Ich soll einen falschen Namen ins Kirchenbuch eintragen lassen?« Das war Feigheit. Einfach nur Feigheit. Er hatte sie betrogen, hatte sie glauben lassen, sie bedeute ihm etwas. Und jetzt wollte er sie wegschicken. Wenn sie nur besser auf all die Geschichten am Brunnen gehört hätte, die waren doch eher Wahrheit als Klatsch. Fürsorge lag in den Geschichten, die sich die Frauen dort erzählten, Fürsorge und der Versuch, andere zu schützen.

»Wenn du tust, was ich sage, können wir später heiraten.« Er sah sie hilflos an.

»Heiraten?« Sie ließ sich auf das Bett sinken. Wenn sie und Herman heirateten, bedeutete das doch, dass Andrea tot war. Sie schlug die Hände vors Gesicht.

Plötzlich spürte sie seine Hand auf der Schulter. Diese Hand versuchte vergeblich, sie zu trösten. »Du weißt so gut wie ich, dass es für Andrea keine Hoffnung gibt.«

»Nein, nein …« Die Tränen strömten ihr über die heißen Wangen.

»Du kommst an einen guten Ort, Anne. Darauf kannst du dich verlassen.«

Sie wusste nicht, worauf sie sich noch verlassen konnte. Er redete vom Heiraten und schickte sie gleichzeitig weg.

»Ich habe einen Wagen bestellt. Der wird dich morgen abholen, sowie es dunkel geworden ist.«

»Morgen?«

»Ich fahre morgen ebenfalls weg«, sagte er und richtete sich auf. »Ich habe in der Zeitung eine Suchanzeige nach Perlen bester Qualität aufgegeben.« Er sah sie an. »Ja, aus großen norwegischen Flussmuscheln müssen sie stammen, es ist ja schließlich eine norwegische Krone.«

Seine Frau lag im Sterben, sie selbst erwartete ein Kind von ihm, aber er machte Jagd auf große, makellose Perlen. Das hatte er schon einmal gesagt. Groß und makellos sollten sie sein. Sie selbst war jedenfalls nicht makellos. Sie fühlte sich schuldig und schämte sich. Und das mit der Krone machte ihr klar, wie unwichtig sie für ihn war, wie wenig sie auf dieser Welt galt.

»Anne, es wird gut gehen«, sagte er und drehte sich zur Tür um. »Doch jetzt wartet die Arbeit auf mich.«

»Was ist mit Andrea?« Sie sprang auf. Ihre Brüste spannten so sehr, dass sie fast nicht atmen konnte.

»Für Andrea ist gesorgt. Ich habe mit dem Gesindekontor gesprochen. Die schicken morgen ein neues Dienstmädchen. Das ist bereits abgemacht.«

»Nein!«, rief Anne. »Niemand anders soll sich um Andrea kümmern. Du verstehst das nicht. Deshalb hat sie mich doch hergeholt. Sie braucht mich.«

»Pst«, flüsterte er. »Du kannst nicht mehr hierbleiben. Das musst du doch begreifen.«

»Herman.« Sie richtete sich gerade auf, es kochte in ihr, niemand sollte vom Gesindekontor herkommen. Sie stemmte die Hände in die Seiten. Sie starrte ihn wütend an. Ihr Gesicht war blutrot. »Ich gehe nur, wenn du mir eins versprichst.« Der kleine Kerzenstummel war längst heruntergebrannt. Dennoch sah sie die Furcht in seinen Augen. Das machte sie stark. Als ob sie eine Art Macht über ihn hätte. »Hanna«, sagte sie und trat energisch vor ihn hin. »Hanna ist das neue Dienstmädchen.«

»Was für eine Hanna?«

»Hanna, die für euch Wasser geholt hat, nachdem Johanne weggeschickt worden war. Ehe ich ins Haus gekommen bin.«

»Ich habe keine Ahnung, von wem du redest.«

»Sie ist ein tüchtiges Dienstmädchen, fleißig und treu, aber sie hat keine feste Stelle, ist nur Tagelöhnerin beim Schuhmacher.«

»Das würde Andrea niemals zulassen. Sie will eine, die von der Vermittlung kommt. Eine, auf die sie sich verlassen kann.«

»Andrea wird es zulassen. Das weiß ich. Und wenn du nicht einverstanden bist, Herman«, sie durchbohrte ihn mit Blicken, »dann gehe ich nicht.«

24

Den Riss hatte sie an ihrem ersten Tag in der Akersgate mit einem dicken Faden zusammengenäht, doch das Kleid hatte sie seither nie wieder benutzt. Es passte ihr nicht mehr, aber unter dem Schultertuch würde ja nicht zu sehen sein, dass sie es um ihre Taille aufgeschnitten hatte. Sie würde es wieder flicken, wenn das Kind erst da wäre. Sie zog die Arbeitsschuhe aus, die zu eng geworden waren, und gab sie Hanna. »Dir passen sie jetzt sicher besser als mir.«

Hanna setzte sich vorsichtig auf Annes Bett und schob die Füße in die Schuhe. »Die passen wunderbar.« Sie zog das alte Kleid über ihren Kopf und legte es ordentlich auf das Bett, errötete, stand da in einem verschlissenen grauen Unterrock und schlang sich beschützend die Arme um den Leib.

Anne reichte ihr das Arbeitskleid und fühlte sich an Kirstine erinnert. Der magere Mädchenleib. Plötzlich so verlegen.

Hanna streifte eilig das Kleid über und machte sich an den Knöpfen am Hals zu schaffen.

»Jetzt bist du wirklich fein, Hanna.« Anne wickelte ihr die Bänder der Arbeitsschürze zweimal um den dünnen Leib, und nun sah das Kleid nicht mehr viel zu groß aus. Dann versuchte sie, Hannas Haare glattzukämmen, ehe sie sie hochsteckte und mit zwei Nadeln befestigte. Am Ende legte sie den frischgestärkten weißen Kragen um Hannas dünnen Hals.

Hanna lächelte und drehte sich einmal um sich selbst. »So fein war ich bestimmt noch nie.«

Anne lächelte. Sie hatte schon lange nicht mehr gelächelt. Und sie hatte offenbar vergessen, was das für ein Gefühl war. Das Lächeln verschwand, und der wunde Kloß in ihrer Brust war wieder da und wurde größer. Hanna würde ihr ja so fehlen.

»Die Servierschürze hängt da drüben hinter der Tür. Die musst du beim Servieren umbinden. Aber nur dann.« Sie bückte sich und zog ihr Bündel unter dem Bett hervor. Dann hob sie die Matratze an und ließ das schwarze Buch im Bündel verschwinden. »Es ist besser, wenn ich alle meine Sachen mitnehme.«

»Wenn du eine Bibel hast, hast du jedenfalls mehr als ich.« Hanna lachte. Sie hatte offenbar nicht begriffen, was Anne da für ein Buch eingesteckt hatte.

Anne zog ihre alten Stiefel an. Hanna hatte den Schuhmacher überredet, sie zu besohlen und mit Schnürsenkeln zu versehen als Dank dafür, dass Anne an ihrem ersten Tag in der Stadt Hannas Wunde geheilt hatte. Als sie die Stiefel zugeschnürt hatte, sagte sie: »Komm! Dann zeige ich dir Küche, Speisekammer und Waschküche.«

Hanna wurde plötzlich still. Sie war sicher noch nie in einem solchen Haus gewesen. Anne erkannte ihren Blick, der durch den Raum wanderte, vom Tisch mit der weißen Spitzendecke weiter zu der weißen Waschschüssel und der Kanne auf dem Gestell darüber. Zweieinhalb Jahre waren vergangen, seit sie selbst dort gestanden hatte, wo Hanna jetzt stand. Ebenso erwartungsvoll, ebenso voller Staunen.

Anne brach die Stille als Erste. »Der Doktor kommt einmal die Woche, um nach Frau Øyset zu sehen.«

»Was ist mir dir, Anne? Wie heißt das, da, wo du hinkommst?«

»Ich komme auf einen Hof namens Engeland«, antwortete Anne. Dann verzog sie den Mund und schaute nach unten. »Kannst du ein Geheimnis für dich behalten, Hanna?«

Hanna sah sie ernst an. Ihr Mund stand halb offen. »Das weißt du doch«, sagte sie und klang fast beleidigt.

»Herman hat gesagt, dass er mich heiraten und das Kind dann später als seines annehmen will.«

»Wenn du also zurückkommst, bist du dann kein Dienstmädchen mehr?«

Regentropfen schlugen gegen die Fensterscheibe. Grauer Nebel hing über dem Hinterhof. Wie hatte sie glauben können, eine wie sie könne jemals Andreas Platz einnehmen? Die schöne Andrea von einem Gutshof in Vinger. Und sollte Hanna sie dann bedienen? »Andrea ist krank, seit sie geheiratet haben.« Anne seufzte.

»Und das macht die Sache also besser? Er hat auch Johanne nachgestellt. Und da war die Gnädige noch nicht so krank wie jetzt.« Hanna starrte sie an. Ihre Augen sprühten Funken.

»Hat sie ein Kind bekommen?«

»Das weiß ich nicht«, antwortete Hanna und zuckte mit den Schultern. »Ich weiß nur, dass die Gnädige sie aus dem Haus geworfen hat und dass sie dann aus der Stadt verschwunden ist. Und jetzt bin ich bald mit ihm allein. Macht dir das denn keine Angst?«

»Nein, Hanna«, flüsterte Anne. »Du bist stark. Du würdest ihm niemals auf den Leim gehen.« Dann drückte sie die Freundin an sich. »Du musst für mich auf Andrea aufpassen. Versprichst du mir das?«

»Das verspreche ich, Anne.«

»Setz dich zu ihr ans Bett, wenn sie dich darum bittet. Leg ihr warme Umschläge auf die Brust, wenn sie das möchte.« Sie schluckte. »Und erzähl ihr Geschichten. Sie hört so gern Geschichten.«

Anne öffnete vorsichtig die Tür zum Schlafzimmer. Es war dunkel, und die Stunde des Aufbruchs war gekommen.

»Wohin willst du?«, Andrea war wach. Sie sah zwischen den großen Kissen aus wie ein kleines Kind.

»Hast du das vergessen? Ich muss kurz verreisen. Nach Vardal.« Sie schlug die Augen nieder.

»Nach Vardal? Das ist weit.« Andrea hustete. »Und kalt. Du darfst nicht frieren. Bist du warm genug angezogen? Du warst so dünn angezogen, als du gekommen bist. Das werde ich nie vergessen. Ich hatte so auf dich gewartet.«

»Wirklich?«

»Ja.« Wieder hustete Andrea. Diesmal röchelte sie furchtbar dabei.

»Kann ich dir noch etwas holen, ehe ich losmuss? Wenn ich nur irgendetwas tun könnte.«

»Nein, setz dich ein bisschen zu mir, ja?« Andrea legte die Hand auf ihre und drückte sie ein wenig.

»Du bist so heiß, Andrea.«

»Aber ich friere. Ich habe das Gefühl, dass mir nie wieder warm wird.«

»Ich weiß auch noch, was du damals anhattest«, sagte Anne und legte noch eine Decke über das Bett. »Du hattest ein tiefrotes Samtkleid an und Perlen in den Ohren.« Sie lächelte. »Deine Augen waren groß und blau und deine Lippen so rot wie die Georginen in Frau Mustads Garten.«

Andrea lächelte ebenfalls, aber eine Träne lief über ihre blasse Wange und verschwand in dem weißen Nachthemd.

Beide drehten sich zur Straße hin. Ein Pferd trappelte über das Pflaster. Wagenräder knirschten.

Anne ging zum Fenster, schob vorsichtig den Vorhang zur Seite und schaute nach unten. Ein geschlossener Wagen hielt vor dem Torweg.

»Ich muss jetzt gehen.«

»Nein«, flüsterte Andrea. »Kannst du nicht warten, bis Herman zurückkommt?«

»Der kommt ja bald. Er ist nur zwei Tage unterwegs. Er muss große schöne Perlen für die Krone besorgen.« Sie lächelte. »Hanna ist meine Freundin. Deshalb habe ich sie gebeten, bei dir zu bleiben. Du kannst sie um alles bitten, was du dir wünschst.«

»Hanna. Heißt sie Hanna?« Andreas Stimme war heiser. Sie hob eine Hand an den Mund, beugte sich vor und hustete kraftlos. Dann ließ sie sich zurücksinken und sah Anne aus matten Augen an.

»Ja, sie hat damals, als ihr kein Dienstmädchen hattet, Wasser für euch geholt. Ehe ich gekommen bin. Ich habe ihr beigebracht, warme Getränke mit Honig und warme Umschläge zu machen.« Sie schaute auf Andreas dünne Finger hinunter, die in ihrer rauen Hand wie geborgen lagen, und dabei kämpfte sie mit den Tränen. »Sie kann sich zu dir setzen, wenn du möchtest, und dir Geschichten erzählen. Die sind vielleicht anders als meine. Aber sie kennt unendlich viele Geschichten.« Dann ließ sie die heiße Hand los und ging zur Tür. Dort drehte sie sich um. »Denk an das blaue Licht, Andrea. An die Kraft, die uns immer behütet.«

»Das blaue Licht«, wiederholte Andrea.

Der verzweifelte Blick vom Bett her folgte ihr die Treppe hinunter. Er brannte sich in ihre Seele ein. Sie kämpfte mit den Tränen. Jetzt hätte sie bei ihr sein müssen. Auf sie aufpassen. Aber sie ließ sie im Stich. Würde sie Andrea wohl jemals wiedersehen? Anne blieb vor dem Schild ganz unten im dunklen Treppenhaus stehen: *Herman Øyset, Goldschmiede.* Die Tür zur Werkstatt war abgeschlossen. Herman war weggefahren, als sie am Brunnen gewesen war.

Sie öffnete die Haustür und wäre am liebsten stehen geblieben. Als sie gekommen war, hatte sie solche Angst vor dieser Tür gehabt, aber jetzt hatte sie ebensolche Angst davor, sie hinter sich zuzuziehen.

Mit schweren Schritten ging sie durch den Torweg zu dem wartenden Wagen. Draußen goss es in Strömen. Sie presste sich das Bündel mit dem Buch an die Brust und auf den Ring, den sie in ihrem Kleid versteckt hatte. Sie hatte Hannas Geschichte von der Seerose so schön gefunden. Jetzt hoffte sie, nie wieder eine Seerose sehen zu müssen.

25

Engeland, Lille Ekeberg, Dezember 1843

Als Anne den Jungen ansah, der satt und zufrieden an ihrer Brust schlief, schien Christiania ein Ort zu sein, den sie nur vom Hörensagen kannte, aber niemals erlebt hatte. Herman hatte sie nicht weit weggeschickt, und doch kam ihr Engeland vor wie eine andere Welt. Zugleich fühlte sie sich in dieser Kate, die zum Gut Ekeberg gehörte, seltsam zu Hause. Die Bilder aus den Jahren in der Stadt waren unklar, wie ein ewiger grauer Nebel. Wenn sie versuchte, sich Herman vorzustellen, sah sie nur seinen über die Krone gebeugten Nacken. Und sie hatte keine einzige Erinnerung an die Sommer in Christiania, es kam ihr vor, als sei dort immer Winter gewesen. Kalte Zimmer, in denen eingeheizt werden musste, ehe sie in Gebrauch genommen werden konnten. Schneematsch. Wasser, das zu Eisklumpen gefror, ehe sie die Eimer ins Haus geschafft hatte. Und dann das Geräusch von Andreas Husten, das sich in ihrem Kopf festgesetzt hatte. Nicht einmal bei ihrer Niederkunft, als der

Schmerz fast unerträglich gewesen war, war sie von diesem Geräusch befreit gewesen. Als sie schrie, versuchte sie, das Geräusch von Andreas Husten zu übertönen. Nur für kurze Augenblicke hatte sie Ruhe davor – wenn sie ihren Jungen dicht an sich drückte und den Duft seines flaumigen Köpfchens einatmete und wenn sie in den ersten Wochen, ehe sich der Schnee sanft über den Hang gelegt hatte, jeden Tag den Weg zu den grünen Wiesen in der Nähe der Kate fand.

Anne hatte durchaus keine Ruhe halten können, bevor das Kind gekommen war, wie Sigrid, die Hebamme, ihr befohlen hatte. Die kleine Stube war warm und sauber, und Sigrid war nicht unfreundlich, das war nicht das Problem. Etwas draußen zog sie an. Die klare Luft, das feuchte Herbstgras, der Geruch nach Erde und nassen Blättern, Vögel, die in der ersten Dämmerung sangen und sie aufweckten. Hier gab es alles, was es in der Stadt nicht gab.

Herman hatte nicht viel darüber gesagt, wo er sie hinschicken wollte, aber sie begriff ja, wohin es ging, als der Wagen anfing aufwärtszufahren, fort von der Stadt, in großen, steilen Kurven, während sie beschützend die Hände auf ihren Bauch legte. Anne hatte den steilen Hang hoch nach Ekeberg oft von der Stadt aus angesehen, er sah eher aus wie ein Berg als wie ein Hang, fand sie. Und so kam es ihr auch jetzt vor, als sie oben auf Engeland stand.

Am ersten Morgen war sie nach dem Frühstück den

Hang hinuntergegangen. Es war noch immer kühl nach der Nacht. Sie stapfte durch Wald und Gestrüpp. Brüchiges, bereiftes Laub knirschte unter ihren Stiefeln. Sie fühlte sich so frei. Irgendwo tief in sich frei. Plötzlich blieb sie stehen. Wo war sie denn hier? Vor ihr lagen Bretterbuden und winzige Hütten in Reih und Glied. Kein Rauch stieg von einer Feuerstätte auf, nirgendwo graste ein Haustier. Kein Mensch war zu sehen. Die Gegend hier war viel elender als irgendeine Kate zu Hause in Vardal. Nicht einmal das, was sie in Kampen beobachtet hatte, konnte sich mit diesem Elend messen. Hier, unten am Hang, gab es offenbar eine Welt, von der sie keine Ahnung hatte.

Von dem Gebüsch aus, in dem sie stand, entdeckte sie dann nach einer Weile die eine oder andere zerlumpte Frau mit einem kleinen Kind auf dem Arm. Die Mütter sahen mager aus, eher tot als lebendig. War sie denn nicht nach Christiania gekommen, um gerade diesen Menschen zu helfen? Und hier stand sie und versteckte sich wie eine Herumtreiberin. Alles, was sie in die Stadt geführt hatte, hatte sie auf dem Weg hierher verloren. Das hier musste der Abgrund sein, die Endstation ihrer Reise. Anne krümmte sich zusammen und erbrach sich.

»Das sind die Überreste der Cholera«, hatte Sigrid erklärt, als Anne weinend zurückkam. »Hier, in den Bretterbuden, ist die Krankheit zuerst ausgebrochen. Sie liegen ja auch nicht so weit weg vom Hafen, und die Segelschiffe kommen von weit her. Geh lieber den Hang hoch, zu der grünen Wiese. Aber nicht nach unten. Nicht nach unten.«

Als Anne am nächsten Morgen nach oben ging, spürte sie das Gewicht des Kindes deutlicher als bisher. Dennoch musste sie weitergehen, denn je höher sie kam, umso klarer wurde sie innerlich. Und dort, im Nordwesten, lag Gut Ekeberg und leuchtete ihr entgegen. Groß und weiß balancierte es ganz oben an dem steilen Hang. Mit Mustad aber konnte es sich nicht messen.

Anne hielt inne und schaute sich um. Unten lagen Stadt und Hafen klar und offen, und in der Ferne ahnte sie bewaldete Berge. Hier konnte sie noch weiter blicken als auf Engeland. Sie fand den Turm der Erlöserkirche und folgte den Straßen zur Festungsmauer bis zur Akersgate. Ihre Augen brannten. In der Nacht hatte sie von Andrea geträumt, die mitten in einer weiten, vereisten Ebene stand und auf das blaue Licht wartete.

Sie richtete sich auf und ging weiter und dachte, es sei wohl besser, nicht zu nah an das Gut heranzugehen, um nicht von irgendwem auf dem Hofplatz oder den Feldern entdeckt zu werden. Sie fand den Weg zum nächsten Wäldchen. Das lag gleich hinter dem Gutshof. Sie folgte einem Trampelpfad. Sigrid wartete nun gewiss auf sie. Aber sie hatte keine Lust, schon wieder zurück nach Engeland zu gehen. Hier drinnen fühlte sie sich wohl. Hier im Wald, zwischen den hohen Bäumen, hatte sie das Gefühl, auf irgendeine Weise geborgen zu sein. Plötzlich war ihr klar, dass das hier wohl ihr Reich war, so wie die Werkstatt Hermans Reich war.

Sie blieb stehen, strich sich vorsichtig über den Bauch. Der war jetzt sehr groß. Dann richtete sie sich eilig auf. Nahm einen vertrauten Geruch wahr, der von Flechten an dem Baum vor ihr stammte. Frischen grünen Flechten. Sie kannte diese Flechten. Elseby hatte sie sommers wie winters gepflückt. Sie hatte diese Flechten Greisenbart genannt, hatte sie in Alkohol eingelegt und den Glaskrug neben die Flasche mit dem Johanniskraut gestellt. Hatte ihn gehegt, ihn umgedreht und damit gesprochen. *Kann Brustschwäche lindern,* hatte Elseby gesagt, während sie nach einigen Wochen den Inhalt des Glaskruges durchgesiebt hatte. Warum fiel Anne das erst jetzt ein? Andrea war brustschwach, aber in der Akersgate gab es ja keinen Greisenbart. Ihr Magen krampfte sich zusammen. Es tat so weh, an Andreas langes Leiden zu denken. Warum hatte sie nicht mehr versucht?

Sie ging weiter, und bald öffnete sich der Wald vor ihr zu einem Abgrund. Anne keuchte auf. So etwas hatte sie noch nie gesehen. Hier, auf der anderen Seite des Waldes, hatte sie freie Sicht über den ganzen Fjord. Sie hatte das Gefühl, dass vor ihr die Ewigkeit lag. Die Sonnenstrahlen blendeten sie, aber sie wich nicht zurück. Sie ließ sich umarmen, sich wärmen, sich Leben schenken. Dann wagte sie sich dichter an den Abgrund heran. Einen Schritt. Und noch einen. Sie blieb stehen und schaute über das Wasser. Wenn diese Strahlen doch nur die Akersgate und Andreas Krankenzimmer erreichen könnten.

Plötzlich fing etwas ihren Blick ein. Etwas leuchtete da unter ihr. Sie kniete nieder. Die Felswand fiel zum Fjord hin steil ab, doch gleich unter ihr befand sich ein Felsabsatz mit roten und lila Blüten.

»Bergminze!« Ihr entfuhr ein kurzes Lachen.

Das musste ein Zeichen sein, denn so spät im Jahr hatte sie noch nie Bergminze gesehen. *Bergminze besitzt eine besondere Kraft, um Frauen zu schützen, wenn sie den Mächten der Finsternis ausgeliefert sind, wie als Braut oder im Kindbett.* Elseby! Elseby war hier bei ihr. Anne griff mit einer Hand nach einer Kiefernwurzel und beugte sich zu dem Sims und den Blüten hinab. Mit Mühe konnte sie einige erreichen. Sie schob sich noch ein wenig weiter vor, bückte sich noch tiefer, bekam weitere Blüten zu fassen, bis sie den Arm voller duftender Bergminze hatte. Der Duft war so stark und gut, dass ihr schwindlig wurde. Im selben Moment durchfuhr sie ein heftiger Schmerz, und sie sank zu Boden und weinte. *Jede Knospe tut weh, ehe sie ausschlägt, Anne. Und jetzt birst alles, was deine Gabe umhüllt.*

Die Gabe. Dann hatte sie die vielleicht doch nicht verschwendet.

26

Besuch für dich.« Sigrid stand in der Kammertür. Sie hatte rote Wangen, da sie aus dem Schuppen Holz geholt hatte. Ihre Stirn war tiefer gerunzelt als sonst. Ihre Augen waren groß und neugierig.

»Besuch?« Anne setzte sich im Bett gespannt auf. Sie hatte zusammen mit dem Kleinen vor sich hin gedöst. War Herman wohl gekommen, um sie zu holen? Aber sie hatte draußen keinen Schlitten gehört. Sie stand auf, strich sich die Haare glatt und fuhr mit den Händen über ihr verschlissenes Kleid.

»Das ist eine, die behauptet, dich zu kennen. Sieht aus wie ein Dienstmädchen von einer feinen Familie unten in der Stadt.«

»Ein Dienstmädchen?« Das musste Hanna sein. Außer Herman wusste ja nur Hanna, wo sie war. Sie sollte ihr sicher etwas ausrichten. Anne zitterte am ganzen Leib. Sie beugte sich vor und sah gespannt an Sigrid vorbei. »Wo ist sie?«

»Sie wartet draußen. Ich wollte dich nur schnell vorwarnen.«

»Vorwarnen?«

»Ja, man weiß ja nie. Aber wenn du willst, dass sie

reinkommt, dann lass ich sie rein. Vielleicht weiß sie Arbeit für dich, hier kannst du ja schließlich nicht mehr lange bleiben.« Sigrid drehte sich um und ging durch die Küche zur Tür, schleppte dabei das eine Bein steif hinter sich her. Sicher litt die Frau an Gicht.

»Aber bist du nicht dafür bezahlt worden, dass ich hier bin?«

»Doch, aber das Geld ist schon längst aufgebraucht, mein Kind.« Sigrid fing ihren Blick ein. »Ich habe dich bleiben lassen, weil du mir leidtust und dein Kind auch, aber jetzt muss ich bald für die Nächste sorgen. Du bist nicht die Einzige, die ins Unglück geraten ist.«

Anne ging zum Fenster und schaute ins Tal hinunter, während sie sich an der Fensterbank festhielt. In der vergangenen Woche hatte es immer wieder geschneit. Sie versuchte, die Straßen voneinander zu unterscheiden, genau wie an jedem Tag, seit sie nach Engeland gekommen war. Sigrid wusste wohl nicht, was ihr versprochen worden war. Dann schaute sie zu ihrem Jungen hinüber. Der hatte offenbar nichts von der Aufregung bemerkt, so ruhig, wie er schlief.

»Anne.« Sie spürte zwei magere Arme um ihren Hals. »Ich muss schon sagen, da wohnst du aber bei einer Schreckschraube!«

»Hanna, wie schön, dich zu sehen.« Anne lächelte glücklich und nahm die Hand der Freundin. Die war eiskalt. Sie drückte Hannas Hand. Blies darauf. »Wie hast du hierhergefunden?«

»Hast du vergessen, dass ich aus Christiania bin?« Hanna lachte kurz. »Ist es ein Junge oder ein Mädchen?«

»Ein Junge.« Anne zog sie eifrig zum Bett hinüber. »Ist er nicht schön?«

Hanna beugte sich über den Kleinen und musterte ihn forschend. »Er kommt nach dem Vater, das sehe ich.«

Annes Herz versetzte ihr einen Stich. Sie wollte etwas sagen, schluckte es aber hinunter. Plötzlich verspürte sie eine heftige Unruhe und versuchte stark zu sein für die Nachrichten, die Hanna aus der Stadt mitbrachte.

»Ich dachte, du hättest ihn vielleicht schon weggegeben.«

»Ihn weggegeben?« Sie starrte Hanna an. Sie musste sich ja wohl verhört haben. Sie zog den einen Stuhl heran, der zur Kammer gehörte. »Du bist einen weiten Weg gelaufen, und gefroren hast du auch.« Sie überließ Hanna den Platz vor dem Ofen. Selbst setzte sie sich aufs Bett und nahm den Kleinen auf den Schoß. Sie streichelte seinen Kopf, während er seine kleinen leisen Geräusche machte. »Ich gebe ihn nicht weg.«

Hanna schüttelte den Kopf, hielt die roten Hände vor den Ofen und rieb sie aneinander. Dann zog sie die Stiefel aus und stellte die Füße vor die Wärme.

»Das war ein schrecklich steiler Weg.« Hanna ließ die Füße vor dem Ofen kreisen.

»Ja, und wir sind nicht mal ganz oben.«

»Es war eigentlich weiter, als ich gedacht hatte.«

Jetzt musste Anne fragen, sie konnte das Warten nicht länger ertragen. Wenn Hanna selbst nichts sagen wollte, musste sie fragen. Sie holte tief Luft. »Wie steht es in der Akersgate, Hanna?«

»Die Gnädige ist tot, Anne.« Hanna starrte den Boden an.

»Nein, das kann nicht sein!«, rief Anne, sprang auf und lief ruhelos hin und her. Sie sah nichts mehr klar, alles war verschwommen und grau, sogar der Junge. Jetzt war alles verloren. Alles. »Ich habe so viel an Andrea gedacht, viel mehr als an Herman. Und ich schäme mich so. Ich glaube, ich habe erst hier verstanden, was ich ihr angetan habe. Hier ist mir alles klarer geworden. Und es tut so weh. So entsetzlich weh.«

»Sie ist Anfang Oktober gestorben, Anne, als du noch nicht lange weg warst.«

Der Junge schrie jetzt. Laut. Das riss sie aus ihrer Trance.

»Wir sind umgezogen.«

»Ach?«

»Ja, wir wohnen jetzt in der Kirkegate 15. Wir sind

umgezogen, als du gerade weg warst. Aber Herr Øyset hat noch immer seine Werkstatt in der Akersgate.«

Kirkegate? Sie war oft auf dem Weg zum Marktplatz und den Verkaufshallen durch die Kirkegate gegangen, vorbei an den schönen Fachwerkhäusern mit ihren kleinen grünen Hintergärten. »Hat Herman sie verlassen, während sie krank war?«, schluchzte sie.

Hanna nickte. »Das musste er doch. Er konnte da nicht mehr wohnen. Er hatte ja all sein Geld für Perlen ausgegeben.«

»Wie konnte er das tun?«, schrie Anne. »Diese Krone war ein Fluch für uns alle.« Sie schlug die Hände vors Gesicht. »Ich hätte sie niemals verlassen dürfen, Hanna.«

»Du hättest nicht mehr tun können, Anne. Sie war zu krank.« Hanna beugte sich zu ihr vor und versuchte, sie zu trösten.

»Nein«, schluchzte sie. »Nein.« Sie hatte keinen solchen Schmerz mehr verspürt, seit sie vom Tod ihrer Mutter erfahren hatte. Andrea hatte sich damals so fürsorglich um sie gekümmert, aber sie hatte das gar nicht richtig begriffen. Sie hatte das Gefühl zu ersticken. »Warst du dabei, als sie gestorben ist, Hanna?«

Hanna schüttelte den Kopf.

»Und Herman?«

»Der war auf Reisen. Sie ist nachts gestorben. Ich glaube, sie ist einfach eingeschlafen. Das hat jedenfalls der Doktor zu Herrn Øyset gesagt.«

Anna holte tief Luft. »Hat er nach mir gefragt?«

Hanna presste die Lippen aufeinander, schüttelte den Kopf.

Da hatte sie wirklich an seine Lügen geglaubt. Und jetzt hatte er sie zusammen mit der Schande hier oben versteckt. Aber er würde schon sehen. Er hatte die Krone, doch auch sie hatte etwas, das sie mehr ersehnte als alles andere, etwas, das viel größer war als sie selbst. Sie hatte es oben im Wald gespürt, ihre Gabe war nicht verschwunden. Darauf wollte sie sich jetzt verlassen, musste sie sich jetzt verlassen, und dann würde sie einen Weg für sich und den Jungen finden. Wenn Mutter Sæther da unten in dem elenden Pipervika überleben konnte und Beret in dem bitterarmen Kampen, würde sie das ja wohl auch schaffen. Sie würde für andere das tun, was sie für Andrea nicht hatte tun können.

»Ich komme schon zurecht, Hanna«, erklärte sie voller Überzeugung.

»Und wie willst du unten in der Stadt mit einem Kind überleben? Hast du dir das schon überlegt? Wäre es nicht besser, nach Hause zu gehen, Anne, wenn du den Kleinen wirklich behalten willst?«

»Nach Hause?«, rief Anne. Sie hob den Jungen hoch und drückte ihn an sich. »Mit dieser Schande?«

»Dein Freund würde dir sicher helfen. Der liebt dich doch, oder nicht?«

»Jon liebt mich, ja. Und er hat gesagt, dass er mich

heiraten will, obwohl er viel zu gut für mich ist. Aber ich kann so nicht nach Hause, und den Jungen gebe ich nicht her.«

»Geh nach Hause, Anne«, sagte Hanna noch einmal und sah sie liebevoll an. »Was dich in der Stadt erwartet, ist viel schlimmer als die Schande, die du mit nach Hause bringen würdest.«

Anne schüttelte energisch den Kopf. Sie wusste, was richtig war, aber sie konnte nicht erklären, weshalb.

»Wie willst du überleben?«

»Überleben?«

»Ja, du brauchst doch Geld, wenn du überleben willst.« Die Wärme des Ofens hatte Hannas Wangen zum Glühen gebracht. »Mit einem Kind auf dem Arm kannst du von Glück sagen, wenn du Grobarbeit findest.«

»Aber ...«

»Geh nur nicht zur Armenkommission. Da verkaufen sie die Kinder weiter an Bauern auf dem Land. Als Arbeitskraft. Sie verhökern sie an die Meistbietenden.«

»Stimmt das?«

»Natürlich stimmt das. Meine Mutter hat mich deshalb ins Waisenhaus gegeben, als sie mich nicht behalten konnte. Alle haben Angst vor der Armenkommission. Vom Zuchthaus ganz zu schweigen.« Hanna schauderte es. »Du kennst die Stadt nicht, Anne. Die Akersgate ist nicht das wahre Christiania.«

Anne fühlte sich plötzlich so müde, hielt sich aber

aufrecht. Hatte Hanna auch vergessen, was ihr versprochen worden war? »Ich gehe nicht weg, Hanna.«

Hanna seufzte, zog ihre Stiefel an und schnürte sie zu. »Du bist dann jedenfalls nicht die Einzige, die sich mit einem unehelichen Balg in Christiania herumtreibt. Die Stadt wimmelt ja nur so davon.«

Der Junge fing wieder an zu weinen, sicher war auch er jetzt unruhig geworden. Anne ging mit ihm hin und her und wiegte ihn, bis er wieder still war. Auch zwischen ihr und Hanna war es jetzt still.

»Ich muss los.« Hanna band sich ihr Tuch um. Das Tuch, das einmal Anne gehört hatte.

»Schon?«

»Ich muss auf dem Rückweg noch einkaufen. Es kommen einige Herren von der Goldschmiedezunft zum Essen, mit den Gattinnen. In dem Haus ist ja nie Ruhe. Manchmal denke ich, dass das Leben beim Schuhmacher doch einfacher war.« Hanna seufzte und stand auf.

»Aber …«

»Versuch, bei den Leuten in Gamlebyen anzuklopfen, Anne. Vielleicht findest du da eine Kammer, wenn du dafür bezahlen kannst. Die müssen vermieten, wenn sie da unten überleben wollen.«

»Gamlebyen«, flüsterte Anne. Das war ja nicht weit von den Bretterbuden und den elenden Hütten unten am Hang. Dorthin, wohin zu gehen ihr Sigrid verboten hatte.

Hanna ging zur Tür. Dort drehte sie sich um. »Ich bin jeden Morgen und jeden Abend am Brunnen auf dem Stortorv, wenn etwas sein sollte. Pass gut auf dich auf.«

27

Gamlebyen in Christiania, Januar 1844

Das Haus lag in der Oslo gate, einer engen Straße mit kleinen Holzhäusern auf der einen Seite. Anne hatte Hannas Rat befolgt und war nach Gamlebyen hinuntergegangen. Dort hatte sie an die Türen geklopft. An viele Türen. Der Hausbesitzer, der sie am Ende widerwillig eintreten ließ, war Mitte vierzig. Morten Halvorsen hieß er, und er sagte nicht viel, war aber auch nicht direkt unfreundlich im Vergleich zu vielen, mit denen sie an diesem langen Tag zu tun gehabt hatte. Er war nicht größer als sie, hatte aber so breite Schultern, als ob er sein Leben lang Holz gehackt hätte. Vielleicht wagte sie es deshalb, ihm in die Augen zu schauen, ehe auch er ihr die Tür vor der Nase zuschlagen konnte.

»Ich bezahle, sowie ich Arbeit gefunden habe. Darauf kannst du dich verlassen«, sagte sie und wischte sich Schneeflocken von der Schulter.

»Ich werde aber nicht viele Wochen darauf warten«, knurrte er mürrisch.

»Ich bin schon den ganzen Tag unterwegs.« Anne zitterte und klapperte mit den Zähnen. »Mein Kleiner ist erst vier Wochen alt.«

»Die Letzte, die hier gemietet hat, war auch nicht besser dran als du. Am Ende musste ich sie und das Kind vor die Tür setzen. Aber jetzt habe ich also eine Kammer frei. Und dann werden wir sehen«, sagte er und winkte sie herein.

Das Zimmer war halb so groß wie die Mädchenkammer in der Akersgate. Ein schmales Bett und ein Hocker. Ein kleines Fenster zum Hinterhof. Alles, was sie auf dieser Welt besaß, hatte sie hertragen können. Das eine war ein Junge, das andere ein Bündel mit einem schwarzen Buch. Wenn sie den Ring nicht auch noch dazuzählte. Der steckte weiterhin in dem Beutel unter ihrem Kleid, und dort sollte er auch bleiben.

Anne setzte sich auf das Bett und hielt fröstelnd Ausschau nach einem Holzofen. Hier gab es jedoch keinen. Ihr Kleid war vorn starr vor Milch. Sie öffnete einige Knöpfe, legte den Kleinen an die Brust und lehnte sich an die kalte Wand. Was war aus ihrer Kraft geworden? Der Kraft, die sie verspürt hatte, als sie die Bergminze entdeckt hatte. Und die Gabe, war die mit dem Schnee verschwunden, mit der Kälte, mit der Hoffnungslosigkeit? Sie streichelte den Kopf des Kleinen. Das Grübchen im Kinn hatte er jedenfalls von seinem Vater. Ob der wohl je an sie dachte? Er konnte sich ja immerhin mit der Krone trösten. Ob die noch immer so wichtig war, jetzt, da er alles andere verloren hatte?

Sie behielt Wollkleid und Stiefel an, rollte sich auf dem Bett zusammen und drückte den Kleinen an sich. Sie hatte schon lange auf keiner so harten Unterlage mehr gelegen. Sie deckte den Jungen und sich mit dem Schultertuch zu, schaute die roten Wangen an, den Speichel im Mundwinkel, die kleine Brust, die sich im selben Rhythmus bewegte wie ihre. Er war schöner als jede Krone.

Ihr fielen die Augen zu. Sie war ja so müde. Plötzlich fühlte sie sich wohl und warm. Sie schwebte auf einer Wolke. Fort von der Kammer, in der sie lag, der Straße, in der sie wohnte, der Stadt, in die sie gekommen war. Und als sie wieder festen Boden unter den Füßen fand, sah sie sich auf die mächtige Kathedrale von Nidaros zugehen, mit einer Krone aus Gold und Edelsteinen auf dem Kopf. Sie trug ein tiefrotes Samtkleid, und an ihren Ohren hingen große weiße Perlen. Sie schritt unter dem gewaltigen Kirchengewölbe dahin, demütiger als irgendeine Königin. Goldenes Licht fiel durch das Rosettenfenster hinter ihr und traf auf den Boden auf, dort, wohin sie ihren Fuß setzte. Dann stand sie am Altar, in einem weißen Kleid, das durchscheinend war wie Schmetterlingsflügel. Die Krone war kalt und schwer, sie drückte auf ihren Kopf. Sie kniete vor Gott nieder und bat um Vergebung für alle Sünden, und Gott hob ihr die Krone vom Kopf und küsste sie auf die Stirn.

Als Anne am nächsten Morgen aufwachte, fühlte sie sich so leicht, als sei ihr eine schwere Lust von den Schultern genommen worden. Sie schlug die Augen auf und sah sich in der ärmlichen Kammer um. Hier gab es absolut nichts, abgesehen von einer verbeulten Blechschüssel unter dem Fenster, aber dennoch hatte sie nicht das Gefühl, dass ihr Leben keinen Sinn hatte. Sie setzte sich im Bett auf und schaute durch das Fenster in den Hinterhof. Ein Lichtstreifen fiel über den abschüssigen Boden. An diesem Tag sollte der Kleine getauft werden. Sie hatte gehört, der König, der die Stadt gegründet hatte, habe Christian geheißen, und sie dachte, ihr Sohn habe mindestens einen Königsnamen verdient.

Die Kirche lag im Nordosten am Fuße eines Hangs, nicht weit von Morten Halvorsens Haus entfernt. Es war ein klarer Tag, und der Himmel über der weißgekalkten Kirche hatte rote Streifen. Sie drückte den Jungen an ihre Brust. Es schneite ein wenig, und immer, wenn eine Schneeflocke das kleine Gesicht traf, blies sie sie vorsichtig weg. Die Straße führte in einem Bogen um die Kirche herum. Anne blieb stehen und lehnte sich an einen großen Baum auf der anderen Straßenseite, der Kirchentür gegenüber. Der Schnee lastete schwer auf den Zweigen über ihr. Ein Schlitten glitt vorüber. Nach einer ganzen Weile überquerte sie die Straße. Zog entschlossen die Tür auf. Die knirschte und ließ sie dann ein großes, leeres Kircheninneres betreten.

Die Sonne schickte grelle Strahlen durch die hohen Fenster oben in der Wand. Sie folgte den Strahlen bis zum Altarbild ganz vorn. »Tut dies zu meinem Gedächtnis«, las sie. Das hatte Frau Mustad ihr auch einmal vorgelesen, damals, als sie konfirmiert werden sollte. Es ging um das letzte Abendmahl, als der Herr Wein und Brot gesegnet hatte. Frau Mustad hatte ihr erklärt, Jesus sei das große Opfer, das Gott dargebracht worden sei, um die Menschen von ihren Sünden freizukaufen.

Die Sonnenstrahlen bewegten sich und trafen den geschnitzten Jesus am Kreuz. Auf seinem Kopf trug er die Dornenkrone. Bei diesem Anblick brach Anne in Zittern aus. Die Sünde, für die er dort hing, war nicht die Liebe, die sie Herman entgegengebracht hatte, sondern ihr Verrat an Andrea.

Jemand räusperte sich hinter ihr. Sie fuhr herum. Es war der Pastor. Im selben Moment sah sie den Pfarrer in Vardal vor sich, der sie konfirmiert hatte, feierlich und streng, mit buschigen schwarzen Augenbrauen und einer kräftigen Adlernase.

»Ich möchte meinen Jungen taufen lassen«, sagte sie und machte einen Knicks.

»Wer bezahlt für die Taufe?« Der Pastor musterte sie forschend.

»Ich habe kein Geld. Ich suche Arbeit.« Sie drückte den Jungen fester an sich.

»Und der Vater, kann der nicht bezahlen?«

»Der Vater ist auf dem Meer geblieben. Wir waren verlobt und wollten heiraten.«

»So eine bist du also«, sagte der Pastor düster.

»Ich möchte ihn so gern taufen lassen.« Anne senkte den Blick. »Aber wenn das nicht geht, dann soll er wenigstens ins Kirchenbuch eingetragen werden.«

Der Pastor bestand jedoch darauf, ihren Sohn zu taufen, da sie nun schon einmal in die Kirche gekommen sei, und Gott solle Zeuge sein.

»Danke.« Sie lächelte und machte einen tiefen Knicks.

»Wie soll der Junge heißen?«

»Christian«, antwortete sie rasch.

Der Geistliche betete für den Jungen und segnete ihn mit Weihwasser, ehe er die beiden in einen kleinen Raum neben dem Kirchenschiff führte. Dort setzte er sich hinter einen großen braunen Schreibtisch, der Ähnlichkeit mit dem von Herrn Mustad hatte. Aber hier lagen wohl ganz andere Papiere als Grundbriefe und Pachtverträge. Dann lehnte er sich zurück und musterte sie ein weiteres Mal. Jetzt würden wohl bald die schwierigen Fragen kommen. Aber sie war darauf vorbereitet.

»Und der Vater des Kindes?«

»Ole Hansen«, flüsterte sie und wiegte den Jungen, der nach dem Kontakt mit dem kalten Wasser angefangen hatte zu weinen. Sofies Verlobter war ja auf dem Meer geblieben, und da er ohnehin schon tot war, konnte es doch nicht schaden, ihn zum Vater des Kleinen zu machen. Sie hob also den Kopf und sagte mit deutlicher Stimme: »Matrose Ole Hansen.«

»Hm.« Der Geistliche sah sie an und räusperte sich. Dann tunkte er die Feder sorgsam ins Tintenfass. *Dienstmädchen Anne Marie Andersdatter aus Vardal, welche zuletzt in Christiania in Diensten stand, gebar das Kind auf der Kätnerstelle Engeland, Ekeberg, am 7. Dezember 1843. Vater ist der Junggeselle Ole Hansen, Matrose. Getauft am Januar 1844. Christian Olsen, unehelich.*

Unehelich. Sie kostete dieses Wort aus. Sie hatte über die Vaterschaft gelogen, genau wie Herman es ihr aufgetragen hatte. In ihrem Traum hatte Gott ihr die Krone abgenommen und sie auf die Stirn geküsst. Wenn sie wirklich in Gottes Gnade stand, würde er sie vielleicht auch jetzt verstehen. Sie hatte nicht Herman zuliebe gelogen. Er war es nicht wert, Vater des Jungen zu sein. Gelogen hatte sie für Andrea.

Am nächsten Tag begann sie, sich nach Arbeit zu erkundigen. Das verschlissene Wollkleid schlackerte um ihre Taille. Sie war schon lange nicht mehr so schrecklich von Hunger gequält worden. Sie dachte voller Schrecken an den harten Winter, als Ole ein Säugling gewesen war und die Mutter ihre Milch verloren hatte. Bisher hatte sie Gott sei Dank reichlich davon, und Christian schien im selben Tempo zuzunehmen, in dem sie immer magerer wurde.

Sie klopfte bei jedem einzelnen Haus in der Gegend an. Mit Christian auf dem Arm bot sie an, Treppen zu putzen, zu kochen und zu waschen, hatte aber nirgendwo Erfolg. Auf Grønland und Vaterland ging es genauso. Nur einmal wurde sie mit dem Kleinen in ein Haus gelassen, und zwar bei einem krummrückigen alten Witwer auf Vaterland. Der hatte zwar nur für einige Tage Arbeit, aber das verschaffte ihr immerhin ein paar Schillinge, um Essen zu kaufen.

»Du musst es in den feinen Vierteln versuchen.« Morten Halvorsen fing sie auf dem Gang ab, als sie eines Abends nach Hause kam.

»Da will mich doch niemand. Ich habe in so einem Haus gedient, ich weiß, was die verlangen.«

»Ach, das hast du also.« Er musterte sie und grinste. »Ja, du bist nicht die Einzige, der das passiert ist.«

Sie errötete unter seinem Blick.

»Du musst ihn weggeben.« Er hob die buschigen Brauen, und seine Augen quollen hervor wie zwei graue Feldsteine.

»Nein«, fauchte sie. »Mein Junge wird nicht weggegeben.«

»Ich gebe dir noch eine Woche Zeit.«

»Gib mir zwei Wochen«, bat sie.

»Wenn der Kindsvater wohlhabend ist, findet er sicher einen Rat, wenn du es ihm nicht zu einfach machst.«

»Wie meinst du das?«

»Er kann jemanden dafür bezahlen, dich zu heiraten. Das wäre nicht das erste Mal. Dann kann er sicher sein, dass du nicht eines Tages vor der Tür stehst und klagst. Die Schande will ja niemand auf sich sitzen lassen.«

Anne ging an ihm vorbei in ihre Kammer. Drinnen war es fast so kalt wie draußen. Sie ließ sich auf das Bett sinken, fühlte sich so unendlich erschöpft. Schande. Unehelich. Sie kostete diese Wörter aus und spürte, wie ihr das Blut in den Kopf stieg. Sie war noch nie so wütend gewesen. Und ihre Wut richtete sich nicht gegen Morten Halvorsen, sondern gegen Herman. Ihr Kopf glühte dermaßen, dass er zu bersten drohte. Jede einzelne Faser ihres Körpers zitterte. Herman würde niemanden bezahlen müssen, damit der sie heiratete. Sie würde eine Möglichkeit finden, sich und ihr Kind zu versorgen.

28

Es war Februar und Markt in der Stadt. Sie war den ganzen Tag umhergewandert und hatte bei jeder einzelnen Bude vor den Markthallen um Arbeit gebeten. Sie hatte bei so vielen Häusern angeklopft, dass bald keines mehr übrig sein konnte. Sie hatte sogar gewagt, bei den schönen Fachwerkhäusern mit den großen Vorgärten zu fragen, nur nicht in der Kirkegate. Aber niemand hatte sie eingelassen. Die meisten hatten einfach die Tür zugeschlagen, ohne zu antworten oder sie anzusehen. Und jetzt war sie auf dem Weg zum Stortorv, um Jon zu treffen.

Der ewige Kloß in der Brust. Was sollte sie zu ihm sagen? Bei jedem Schritt knirschte es unter ihren Stiefeln. Vielleicht hatte er zu Hause eine andere gefunden. Aber sie wusste im tiefsten Herzen ja, dass das nicht der Fall war, nicht, solange er noch auf ihre Antwort wartete. Sie näherte sich dem Platz und hörte die lauten Stimmen der Bauern. Sie musste ihn freigeben. Aber angesichts seines geduldigen Blickes, seiner Geborgenheit schenkenden Umarmung würde sie vielleicht nicht widerstehen können. Alles, was sie in der Stadt erwartete, war ihr fremd, doch sie war so sicher gewesen, dass sie hier eine Aufgabe hatte, etwas, weshalb sie gekommen war, auch wenn sie nicht wusste, was das sein könnte. Ihr Magen knurrte. Vielleicht hatte Jon etwas zu essen auf seinem Schlitten. Nein, sie durfte es nicht riskieren, jetzt zum Markt zu gehen.

Augen und Nase liefen. Nirgendwo konnte es kälter sein als im Winter in Christiania. Der scharfe Wind vom Fjord her war nicht auszuhalten. Sie eilte am Marktplatz vorbei, bog in die Grensegate ein und schlüpfte in einen Torweg. Sie musste den Jungen vor der schlimmsten Kälte beschützen. Die Wollkleider hielten ihn warm, aber sie wusste trotzdem nicht, ob es richtig war, den ganzen Tag mit ihm im Freien unterwegs zu sein. Sie senkte den Kopf und schnupperte. Warme, flaumige Kinderhaut. Sie musste einen Ausweg finden, denn dieser Junge sollte weder bei der Armenkommission noch in einer Pflegefamilie landen, egal, wie freundlich die vielleicht wäre.

Sie ging weiter zum Hinterhof, ließ sich hinter einem Holzschuppen auf einen Hackklotz sinken und knöpfte ihr Kleid auf. Hier würde niemand sie entdecken. Die nackte Brust fühlte sich an wie eine Eiterbeule. Sie zitterte. Ihre Füße in den nassen Stiefeln waren eiskalt. Sie lehnte den Kopf an die Wand und ruhte sich aus. Nickte kurz ein. In der kalten Kammer in Gamlebyen schlief sie nie lange. In den letzten Wochen waren kleine Schneeflocken durch die rissige Wand gesickert. Wenn sie nur ein paar Schillinge beiseitelegen könnte, dann würde sie eine Wolldecke kaufen.

Dieses Leben erinnerte sie an die härtesten Winter in Vardal. Dort aber hatte sie immerhin ihre Familie gehabt. Was machten die wohl jetzt zu Hause? Karen hatte vielleicht mehrere Kinder. Wenn sie die nur ordentlich sattkriegte. Aber wenn eine es schaffte, für ihre Kinder zu kämpfen, dann ja wohl Karen. An Willensstärke hatte es ihrer großen Schwester nie gefehlt. Die Brüder kamen sicher auch zurecht, solange es auf Mustad Arbeit für sie gab. Doch was war mit Kirstine? War sie noch immer auf Alm und wartete dort auf Nachricht von ihr? In einem Monat würde sie fünfzehn, und im kommenden Jahr sollte sie konfirmiert werden. Und Anne hatte versprochen, sie zu holen und sich um sie zu kümmern.

Sie fühlte sich schwach und benommen. Als sie aufstand, wurde ihr schwindlig. Sie wusste schon gar nicht mehr, wann sie zuletzt gegessen hatte. Sie schob die Hand unter ihr Kleid und zog den Ring hervor. Der funkelte in ihrer Hand. Wenn sie dafür einige Schillinge bekäme, würde sie auf dem Heimweg etwas zu essen kaufen können. Vielleicht ein bisschen Kohl, das sie in Fett braten könnte. Ein kleines Stück Fleisch.

Sie wusste einen Ort, einen Höker ein Stück unterhalb der Markthallen, wo sie den Ring verkaufen könnte. Wenn sie in der Stadt bleiben wollte, musste sie ihre kleine Kammer behalten. Jetzt mitten im Winter konnten sie nicht draußen schlafen. Der alte Witwer auf Vaterland hatte ihr erzählt, dass er den Trauring seiner Frau verkauft hatte, um seinen Lebensunterhalt bezahlen zu können. Sie hatte diese Geschichte entsetzlich gefunden. Und jetzt ging sie denselben Weg. Die Mutter war so stolz auf den Ring gewesen, aber bald würde er nicht mehr da sein.

Anne eilte durch die Grensegate, die sie vorhin hochgegangen war, vorbei an dem geschäftigen Markt, vorbei an Kirche und Markthallen. Ihr Magen krampfte sich zusammen. Sollte sie ihr Erbe verkaufen? Wohin ging sie hier eigentlich? Der Ring brannte in ihrer Hand. Der Ring ihrer Mutter. Der Ring, der Treue in Ewigkeit bedeutete, ohne Anfang und Ende. Plötzlich blieb sie stehen. Tränen liefen ihr über die kalten Wangen. Aber sie weinte nicht vor Kummer, sondern vor Erleichterung und Freude. Etwas hatte sie zutiefst berührt, als ob sie für einen Moment die Wahrheit gesehen hätte. Die Antwort war doch die ganze Zeit zum Greifen nah gewesen. Die Möglichkeiten warteten nur auf sie! Nur hatte sie das bisher nicht gesehen. Und als sie bei dem Höker ankam, blieb sie nicht stehen. Sie schloss die Faust nur noch fester um den Ring und ging vorbei. Etwas anderes hatte jetzt die Herrschaft übernommen, eine Kraft, die sie ganz erfüllte und die sie weitertrug. Selbst wenn sie es gewollt hätte, hätte sie jetzt nicht umkehren können. Was sie jetzt trug, war viel stärker als ihr Wille. Sie dachte: Wenn sie Vertrauen zu sich selbst und zu ihrer Gabe hätte, würde sie immer überleben. Der Ring war das Zeichen. Die Antwort war Liebe. Das war ihr noch nie so klar gewesen. Jetzt wusste sie genau, was sie zu tun hatte.

Sie drückte Christian an ihre Brust, als sie über die Vaterlandsbrücke lief, ohne auf die Schlitten zu achten, sie lief durch die gewundenen und schmutzigen Straßen von Grønland, vorbei an Bordellen und Schnapsschenken, ohne auf ein einziges Schimpfwort zu achten, sie rannte vorbei an dem stinkenden Grønlandsbach und dem Waisenhaus mit den großäugigen Kindern hinter den Fenstern und vertrieb jede einzelne Schneeflocke, die es wagte, ihren Jungen zu berühren. Sie kletterte aufwärts, zwischen elenden Häusern und Bruchbuden, bis sie an einem Waldrand eine Atempause einlegen musste. Sie brauchte das, weshalb sie in die Stadt gekommen war, ja nicht aufzuschieben. Warum war ihr das nicht schon längst klargeworden?

29

Da bist du also mit deinem Kind?« Beret tat einen langen Zug aus ihrer Pfeife.

»Hast du mich erkannt?« Sie drückte Christian an ihre Brust.

»So leicht ist das nicht, dich zu vergessen, nein. Wo du behauptest, so viel zu können, hatte ich eigentlich früher mit dir gerechnet.« Die Frau winkte sie zur Bank herüber. »Setz dich.«

Anne nahm Platz und wickelte Christian aus dem Schultertuch. Bei ihrem ersten Besuch hier hatte sie solche Angst gehabt. Jetzt fühlte sie sich sicher, obwohl sie nicht einen einzigen Schilling ihr Eigen nannte.

»Und deine Gnädige ist gestorben?«

Sie nickte und rückte ein wenig näher an das Feuer heran.

»Und der Kindsvater hat dich vor die Tür gesetzt?«

Sie nickte abermals.

»Ja, ja … und womit kann ich dir diesmal helfen?« Beret legte die Pfeife auf den Tisch, neben etwas, das aussah wie ein Kranz aus Blei, und schaute ihr in die Augen.

»Ich brauche Arbeit«, sagte Anne ganz offen.

»Und die willst du von mir bekommen?« Beret lachte laut. »Du kannst nicht für mich arbeiten. Das habe ich doch damals schon gesagt.«

»Ich kann viel mehr, als du glaubst, und was ich nicht kann, kann ich lernen.«

Beret lehnte sich zurück und sah sie lange an. »Wie heißt du?«

»Anne Marie Andersdatter aus Vardal, und das hier ist mein Sohn Christian.«

»Aber warum um alles in der Welt sollte ich das für dich tun?«

»Weil wir gleich sind«, sagte Anne schnell.

»Gleich?« Beret zog die Flasche unter dem Tisch hervor und füllte ihren silbernen Becher.

»Ja, gleich. Wir sind beide zum Helfen geboren.«

Beret leerte den Becher. »Ich bin zu gar nichts geboren. Das Leben hat mich hierher nach Kampen geführt.«

»Nein, das hast du nicht verstanden. Es geht um die Berufung.«

»Berufung? Hast du den Verstand verloren, Mädchen?«

Anne beugte sich vor und rutschte an den Rand der Bank. »Du bist dazu berufen, genau wie ich. Deshalb lässt du Kranke zu dir kommen. Das ist mir auf dem Weg hierher aufgegangen. Wenn uns nichts mehr bleibt, wenn der letzte Rest Sicherheit verloren ist, haben wir nur noch das, was uns niemand wegnehmen kann. Unsere Gabe.«

»Ach was.« Beret schnaubte. »Jede einzelne elende Seele, die in meine Hütte kommt, hat eine Gabe. Von sehr unterschiedlicher Art, wohlgemerkt.«

»Dann hast du verstanden, Beret.«

»Ja, und ich habe auch verstanden, dass sie damit nichts anfangen können. Du siehst es in ihren Augen. Sie leben, sehen aber aus wie erloschene Sterne. Warum sollte es bei dir anders sein?« Beret erhob sich und watschelte zur Tür. Sie öffnete sie einen Spaltbreit. Ein eisiger Windstoß fuhr in die Hütte, und Anne bekam eine Gänsehaut. »So früh in der Woche haben hier noch nie so viele gewartet. Sie werden jedenfalls krank, wenn sie zu lange da stehen müssen. Es ist eigentlich zu viel für eine einzige armselige Person.«

»Für Kost und Logis«, sagte Anne energisch, als Beret sich wieder auf ihren Stuhl fallenließ.

»Kost und Logis?« Beret schlug sich auf die Knie. »Nein, wenn du für mich arbeitest, dann wirst du auch bezahlt.«

»Aber ich nehme keine Bezahlung. Das ist nicht richtig. Es ist ja nicht meine Kraft, die ich benutze.« Sie dachte an Elseby, die sich niemals bezahlen ließ. Es kam vor, dass die, die sich das leisten konnten, ihr ein Brot zusteckten, einige Eier oder ein Stück Speck, aber Geld gab es nie.

»Hier in diesem Haus bestimme ich, Mädchen. Du bekommst, was du verdienst. Nicht mehr und nicht weniger. Du kannst sofort anfangen, dich nützlich zu machen.« Beret zeigte auf einen Kasten unter dem Tisch. »Deinen Jungen kannst du so lange zu mir legen.«

Anne unterdrückte ein Lächeln, als sie Christan in den Kasten unter dem Tisch bettete. Sie würde Beret schon zeigen, was sie alles konnte.

Draußen stand eine Frau. Sie konnte kein Dienstmädchen sein, dazu war sie zu schlecht angezogen. Ihr Kleid war löchrig und verschlissen. Die Stiefel hatten keine Schnürsenkel. Auf ihrer Hüfte saß ein kleiner Junge. Er mochte drei, vielleicht vier Jahre alt sein. Das magere Kindergesicht war bleich, die Augen waren blank und die Lippen farblos.

»Komm rein und setz dich.« Anne lächelte die Mutter freundlich an und zeigte auf die Bank. »Dann wird Beret deinem Jungen sicher helfen.«

Die Mutter zitterte und klapperte mit den Zähnen, als sie sich auf die Bank sinken ließ. »Ich arbeite in der Spinnerei, unten am Fluss. Ich kann nicht lange wegbleiben.«

»Dein Junge sieht aus, als ob er keine Kraft hätte.«

»Nein, er ist so schlapp. Und er schreit so viel und schläft fast nie.«

»Trägst du ihn deshalb? Weil er so schlapp ist?«

Die Mutter schüttelte den Kopf. »Er kann nicht allein gehen. Er kann nicht einmal aufrecht sitzen.«

Beret legte die Pfeife weg. »Dein Junge hat die Schwäche«, sagte sie. »Das siehst du seinen Augen an. Die sind blank wie Sterne.« Sie erhob sich und ging zur Bank hinüber. »Leg deinen Jungen dahin, dann werde ich ihn segnen und für ihn gießen.«

»Schwäche?«, fragte die Mutter und schaute ängstlich zu Beret hoch. »Muss er vielleicht zum Doktor?«

»Woher willst du denn dafür das Geld nehmen, Mädchen? Die Doktoren nehmen viel mehr Schillinge als ich. Außerdem haben die Doktoren keine Ahnung von Schwäche. Darüber steht nichts in ihren feinen Lehrbüchern. Die wissen keine Hilfe gegen diese Krankheit, und das ist ihnen selbst nur zu klar.«

Die Stiefel des Jungen waren heruntergefallen und lagen unter der Bank auf dem Boden. Sie waren bestimmt viel zu groß. Sicher von einem großen Bruder geerbt. Anne bückte sich und hob sie auf.

»Es gibt neun Arten von Schwäche: Erdschwäche, Trollschwäche, Bergschwäche, Wasserschwäche, Knochenschwäche, Tierschwäche, Fischschwäche, Blutschwäche, Leichenschwäche«, zählte Beret hoch über ihrem Kopf auf. »Du musst aufpassen, du sollst das doch lernen.«

Anne stellte die Stiefel ordentlich hin und trat dann gehorsam neben Beret, um zuzuhören.

»Zieh dem Jungen das Hemd aus und leg ihn auf den Bauch«, befahl Beret.

Die Mutter streifte dem Jungen vorsichtig das Hemd über den Kopf. Er fing sofort an zu jammern.

Beret strich vorsichtig mit der Hand über den mageren Rücken, ließ die Finger über das spitze Rückgrat laufen. Sie schien zwischen den Rückenwirbeln Maß zu nehmen. »Eins, zwei, drei, vier, fünf, sechs«, zählte sie, dann erklärte sie: »Er hat die Schwäche seit sechs Monaten, und er war ohnehin von Geburt an schwach. Ich werde jetzt für ihn gießen.«

Der Junge war so schlaff, dass es fast unmöglich war, die dünnen Arme durch die Hemdsärmel zu schieben. »Mutter«, flüsterte er. »Mutter.«

Die Mutter nahm das Händchen und drückte es liebevoll. Anne setzte sich neben die beiden und lächelte den Jungen ermutigend an.

»Pass auf, träum hier nicht herum«, fauchte Beret ungeduldig und stellte drei weiße Tassen auf ein Tablett. »Wir haben schließlich eine Abmachung.«

Sie hatten also eine Abmachung. Anne jubelte innerlich und ging hinüber, um nach Christian zu sehen. Er schlief tief in der warmen Hütte. Nein, sie hatte wirklich keine Angst mehr vor Beret, egal, wie grimmig sie sich auch geben mochte.

»Anne Marie! Hol die Kanne mit dem kalten Wasser und füll die Tassen.«

Sie lächelte, während sie die drei weißen Tassen

füllte. Sie war schon lange nicht mehr Anne Marie genannt worden.

»Die mittlere Tasse ist Gottvaters Tasse.« Beret legte ein Stück Brot mit einem Loch in der Mitte auf die Tasse.

»Brot!«, rief Anne.

»Brot ist eine heilige Leihgabe Gottes«, erklärte Beret und watschelte zur Feuerstätte hinüber. »Ich habe ja gesagt, dass du noch viel zu lernen hast.« Dann nahm sie einen Bleiklumpen und brachte ihn in einer langen rußigen Gießkelle zum Schmelzen.

»Was willst du mit dem Blei?«

»Das kommt in die Tassen.«

»In die Tassen?«

»Jetzt pass schon auf.« Beret verteilte das geschmolzene Blei vorsichtig auf die drei Tassen. Das Blei zischte, als es auf das kalte Wasser auftraf. Beret schien sich zu konzentrieren. In die mittlere Tasse, auf die sie das Brot gelegt hatte, goss sie das Blei durch das Loch. »Jetzt kannst du das Tablett nehmen.«

Anne hob das Tablett mit den Tassen und dem zischenden Blei vorsichtig auf, blieb damit stehen und musterte die Mutter. Deren Wangen waren bleich. Sie hatte sicher schon lange nichts mehr gegessen. Vielleicht ebenso lange wie sie selbst.

Beret befahl der Mutter, den Jungen auf den Schoß zu nehmen. Sie hielt jetzt ein weißes Tuch in den Händen. Das legte sie über den Kopf des Jungen.

Dann zog sie an der Pfeife und hob einen Zipfel des Tuchs hoch, um den Kopf freizulegen. »Anne Marie! Das Tablett mit den Tassen!« Beret nickte ihr zu. Es war deutlich, dass es eilte.

Sie reichte Beret das Tablett vorsichtig. »Was machst du jetzt damit?«

»Pass einfach auf, Mädchen. Du kannst ja wohl sehen. Hast du damit nicht geprahlt?« Beret hielt das Tablett über den Jungen. Die Tasse mit dem Brot befand sich genau über seinem Kopf. »Wie heißt dein Kind?«, brummte sie.

»Jens Nilsen«, sagte die Mutter mit zitternder Stimme. Es war nicht schwer, zu sehen, dass sie Angst vor dem heißen Blei über dem Kopf des Jungen hatte.

»Jens Nielsen, ich berühre dich im Namen des Vaters, des Sohnes und des Heiligen Geistes für neun Arten Schwäche«, murmelte Beret und wiederholte diesen Satz dreimal. Dann stellte sie das Tablett ab, machte über dem Jungen ein großes Kreuzzeichen und sagte: »Der Friede sei mit dir. In Jesu Namen, Amen.«

Die Zeremonie war zu Ende. Anne atmete erleichtert auf. Aus dem Augenwinkel sah sie, dass es der Mutter auch so ging. Was wohl Elseby dazu gesagt hätte? Für Elseby reichten die Natur, die Zaubersprüche und der rote Faden.

»Jetzt kommt das Entscheidende«, sagte Beret und räusperte sich. Gab es noch mehr? Anne sah zu, wie

Beret das Blei aus der mittleren Tasse fischte und es sich genau ansah. »Dein Junge leidet an Leichenschwäche«, sagte sie dann.

»Leichenschwäche«, wiederholte die Mutter verängstigt. »Ist das schlimm?«

»Ja«, antwortete Beret ernst. »Leichenschwäche ist die allergefährlichste Schwäche.«

Die Mutter schluchzte auf. »Nicht auch noch Jens.«

»Hat dein Junge vor sechs Monaten eine Leiche gesehen?«

Die Mutter nickte. »Ja, sein Bruder ist gestorben. Ich hatte kein Geld, um Hilfe zu holen.« Sie weinte.

»Das habe ich mir gedacht. Ist es genau sechs Monate her?«

»Ich glaube schon.«

»Dann wissen wir, welche Krankheit dein Junge hat und woher sie kommt.«

»Wird er wieder gesund?«, flüsterte die Mutter und wischte sich die Tränen mit dem Hemd des Kleinen ab.

»Ja, sicher, gesund wird er, und nicht nur das, er wird auch alt.« Beret streichelte den Kopf des Jungen. »Du wirst ein starker Junge, du, Jens Nilsen, und wirst deiner Mutter ihr Leben lang eine große Hilfe und Freude sein.«

»Danke.« Die Mutter lachte und weinte wild durcheinander.

Anne lachte auch. Sie fühlte sich so warm im Leib. So hatte sie sich schon lange nicht mehr so gefühlt.

»Jetzt werde ich ihn behandeln«, sagte Beret. Sie hielt einen Löffeln in Gottvaters Tasse und gab ihn dann dem Jungen. »Das musst du trinken, damit du gesund wirst.« Sollte der Junge das Bleiwasser trinken? Anne ließ den Jungen nicht aus den Augen, während er den Löffel leerschlürfte. Dann beugte Beret sich zur Mutter vor. »Hast du Flaschen mitgebracht?«

»Nein«, antwortete die Mutter verzweifelt. »Hätte ich das tun sollen?«

»Dann gebe ich dir welche von mir«, seufzte Berit und nahm drei kleine grüne Flaschen aus einem Regal. Sie sahen ein bisschen so aus wie die, die Anne in der Apotheke gesehen hatte. Danach goss sie Bleiwasser aus den drei Tassen in die drei Flaschen und band um jede einen roten Wollfaden. »Jetzt kannst du deinen Jungen drei Wochen lang selbst behandeln.«

Die Mutter blickte Beret fragend an. Anne tat es ihr nach.

»Du musst deinem Jungen dreimal täglich Bleiwasser geben, am Donnerstag, Freitag und Samstag. Am Sonntag gibst du ihm kein Bleiwasser, dann musst du ihn waschen. Dazu gießt du Bleiwasser in eine Schale, wärmst es an, tunkst einen Lappen hinein und bewegst den vorsichtig über deinen Jungen, vom Scheitel bis zur Sohle. Aber du darfst ihn nicht mit dem Lappen berühren.«

»Ich darf ihn nicht berühren?«, wiederholte die Mutter.

»Nein, du darfst ihn nicht berühren.« Beret musterte sie mit strengem Blick. »Dann machst du das vom Kinn bis zur Zehe und danach auf beiden Seiten des Körpers. Das wiederholst du an jedem Tag, von Sonntag bis Mittwochabend. Und dann hörst du mit der ersten Flasche auf und fängst am nächsten Morgen mit der zweiten an. Am nächsten Mittwoch hörst du mit der zweiten auf und fängst am Donnerstag mit der dritten an.«

Als der erste Arbeitstag in der Hütte in Kampen vorüber war, tischte Beret reichlich Brot, Butter, Käse und Fleisch auf, dazu die Schnapsflasche, die sie unter dem Tisch hervorholte. Sie füllte ihren Silberbecher und leerte ihn ganz schnell.

Sie aßen schweigend.

Anne bemerkte, dass Beret eher Durst zu haben schien als Hunger. Bei ihr war es umgekehrt. Den Schnaps konnte Beret für sich behalten. Anne zitterte, als sie das Brot und die dicken Käsestücke zerkaute. Sie hatte schon lange nichts so Köstliches mehr gegessen.

»Verstehst du, was du gelernt hast?« Beret ließ sich auf dem Stuhl zurücksinken.

Anne nickte und lächelte, während sie sich Brotkrümel vom Kleid wischte. »Ja, das allerdings.«

Beret schob ihre kräftige Faust in ihre Schürzentasche, suchte ein wenig darin herum und ließ dann einige Schillinge auf den Tisch fallen. »An Donnerstagen ist es hier immer voll. Das ist der Tag, an dem die Behandlung die besten Resultate ergibt. Du kannst mir am nächsten Donnerstag wieder helfen.«

Anne nahm Christian auf den Schoß und lächelte. Sie konnte ihren Jungen selbst versorgen.

30

Am Donnerstag, hatte Beret gesagt. Aber Anne ging am nächsten Tag wieder hin und auch am Tag danach, ohne dass zwischen ihnen beiden auch nur ein Wort darüber gefallen wäre. Sie wanderte gelassen mit Christian auf dem Arm zu Beret hoch. Sie freute sich darauf, sich an die Aufgaben des Tages zu machen, auch wenn Beret linderte und heilte und sie selbst ihr nur zur Hand ging. Ehe sie sich auf den Heimweg machte, wurde sie immer für die Arbeit dieses Tages bezahlt. Sie musste Ordnung in der Warteschlange halten, weinende Kinder auf den Schoß nehmen, die schwere Gießkelle über das Feuer halten, während das Blei schmolz, Wasser holen, Tassen wegräumen, Löcher ins Brot bohren, die richtigen Kräuter holen – von den wenigen, die Beret hatte, wohlgemerkt – und sie mit Wasser mischen. Und wenn abends die letzten Hilfesuchenden gegangen waren, musste sie mit Wasser und Besen den Boden säubern. Sie sang und fegte dabei, bis jeder Tropfen ein Loch oder einen Spalt im Boden gefunden hatte und verschwunden war. Beret lachte, und ihr Lachen schlug dermaßen in Husten und Röcheln um, dass sich Anne keinen anderen Rat wusste, als ihr in den Rücken zu schlagen.

»Putzen kannst du«, keuchte Beret. »Bist du sicher, dass nicht das deine Gabe ist?«

Eines Tages ging Anne nicht nach Kampen, sondern zum Stortorv. Es war der letzte Markttag und bitterkalt. Sie stand vor dem Schlitten aus Mustad, hielt Christian auf dem Arm und trat von einem Fuß auf den anderen. Als sie aufgewacht war, war ihr klargeworden, dass sie Jon nicht zurück nach Vardal fahren lassen konnte, ohne ihm alles zu erzählen, alles, was sie mit sich herumtrug, und alles, was sie verschwiegen hatte. Sie musste ihn als freien Mann nach Hause schicken. Frei von ihr und allem Bitteren, das sie mit sich herumtrug. Beret würde sich sicher nicht weiter wundern, wenn sie einmal nicht käme, wenn sie nur am Donnerstag wieder zur Stelle wäre.

Sie hob sich auf die Zehenspitzen. Der Schlitten enthielt jetzt keine Waren mehr. Übrig war nur noch das hinten festgebundene Heu für das Pferd. Sie hielt Ausschau nach dem schwarzen Schopf. Vielleicht hatte er sich ja auf die Suche nach ihr gemacht. Aber in der Akersgate würde er sie jedenfalls nicht finden.

Sie holte tief Atem. »Ist Jon hier?«

»Wer bist du?« Ein älterer Mann mit roten Haaren und einem kräftigen Bart, der Mund und Hals bedeckte, starrte vom Schlitten her auf sie herunter.

»Ich bin eine Freundin von Jon aus Sæter.« Frostrauch quoll aus ihrem Mund wie ein riesiger Wattebausch.

Ein anderer Bursche, den sie zu erkennen glaubte, einer von den jungen Leuten, die mit ihren Brüdern zusammengearbeitet hatten, kletterte neben den Rothaarigen auf den Schlitten. Er machte einen freundlicheren Eindruck. »Bist du Anne Marie Andersdatter?«

Sie nickte.

»Ich soll dir von Jon etwas ausrichten.«

»Ja?« Sie trat dicht an den Schlitten heran, stellte sich wieder auf die Zehenspitzen.

»Er konnte in diesem Jahr nicht zum Markt kommen.«

Sie trat noch näher, schaute ihn aus großen Augen an. »Aber wir hatten doch verabredet, uns hier zu treffen …«

»Stattdessen kommt er im Oktober.«

»Im Oktober? Aber dann ist doch gar kein Markt?«

»Nein, aber er hat gesagt, du musst versprechen, ihn dann zu treffen. Am letzten Tag im Oktober. Vor der Gastwirtschaft auf dem Stortorv.«

Ihr wurde das Herz schwer. Aber sie kannte ihn. Er versuchte sicher, eine Kate für sie beide zu besorgen. Genau das war es. Eine Kate, die zu Mustad gehörte. Jon gab niemals auf. Vielleicht würde er den Sommer nutzen, um den Boden urbar zu machen. Um für den Winter einige Fass Getreide zu sichern. Ihre Augen füllten sich mit Tränen. Sie versuchte zu lächeln. »Was gibt es Neues auf Mustad?«

»Ach, nicht viel. Eigentlich ist alles wie immer«, antwortete der Mann.

»Ja, die Zeiten sind jedenfalls nicht besser geworden«, fügte der Rothaarige hinzu. Erst jetzt sah sie die vielen kleinen Eisklumpen, die in seinem Bart hängengeblieben waren. »Das Einzige, was sich geändert hat und was sich sogar bis Christiania herumgesprochen hat, ist, dass Ole Mustad die Leitung des Eisenwerks auf Mustad übernommen hat, jetzt, wo sein Schwiegervater an Schwindsucht gestorben ist.«

Stikkelstad war tot? Sie sah seine Tochter vor sich. Das Glückskind Anne Marie, das lachend durch die Stuben auf Brusveen tänzelte. »Ole Mustad hat das übernommen? Na, dann ist er bestimmt jetzt stolz.«

»Stolz, ja. Er ist so stolz, dass er das Werk O. Mustad nennt.«

Der Schlitten glitt jetzt auf den Platz zu.

»Grüß Jon und sag, dass ich ihn im Oktober erwarte.« Sie lief neben dem Schlitten her. Dort, wo die Schlitten gestanden hatten, gab es nur Schneematsch. Sie rutschte aus. Hielt sich am Schlitten fest. Wollte mit Christian auf dem Arm doch nicht stürzen.

Dann blieb der Schlitten plötzlich stehen. Vor der Ausfahrt auf dem Markt hatte sich ein Stau gebildet, genau wie am ersten Markttag vor der Einfahrt. Auch Anne blieb stehen.

»Ist das dein Kind?« Der Rothaarige schaute auf Christian herunter.

Annes Wangen glühten sofort. »Nein«, stammelte sie. »Ich passe nur auf ihn auf. Für eine Freundin, die arbeiten muss. Nur heute.« Dann machte sie kehrt und ging in die Gegenrichtung davon.

Es war schon dunkel, als sie endlich bei Beret ankam. Dunkel und sternenklar. Sie war den ganzen Weg nach Kampen gelaufen. Nach Hause in ihre kalte Kammer in Gamlebyen wollte sie nicht. Sie hatte das Liebste, was sie hatte, verleugnet, aber die Frage war zu plötzlich gekommen. Sie wollte Jon selbst von ihrem Jungen erzählen. Auf Mustad sollte kein Klatsch verbreitet werden, sowie der Schlitten dort einträfe. Aber sie war es so müde, alles verschweigen zu müssen. Im Oktober würde sie ihm alles sagen. Das musste sie. Ihnen beiden zuliebe.

Noch immer warteten Hilfesuchende vor der Hütte. Anne seufzte. Sie hatte doch gehofft, Beret allein sprechen zu können. Überrascht sah sie, dass dort ein junger Mann mit einem kleinen Mädchen auf dem Arm stand. Nicht oft tauchten hier oben in Kampen Väter mit ihren Kindern auf. Sie blieb vor dem Mann stehen. »Willst du zu Beret?«, fragte sie.

Er nickte und hob das Kind hoch. »Ich brauche Hilfe. Die Kleine leidet an Auszehrung. Der Doktor hat sie aufgegeben.«

»Dann komm rein.« Sie öffnete die Tür.

»Ich kann deiner Tochter nicht helfen, wenn es Auszehrung ist«, rief Beret aus der Hütte. »Außerdem habe ich geschlossen.« Es war deutlich, dass sie das Gespräch vor der Tür gehört hatte.

Anne winkte den Mann herein und bat ihn, seine Tochter auf die Bank zu legen.

Er trat sich draußen den Schnee von den Stiefeln und lächelte sie dankbar an. »Das ist nicht meine Tochter. Sie ist das Kind eines Maurers, mit dem ich zusammenarbeite. Ich habe gesagt, dass ich versuchen würde, ihr zu helfen. Sie ist sein einziges Kind, und seine Frau ist tot.«

Anne deckte die Kleine zu. Dann ging sie zum Feuer und legte Holz nach. Bald loderten die Flammen auf. Sie schielte aus dem Augenwinkel zu dem Mann hinüber. Seine Hose war ein wenig zu kurz und seine Jacke verschlissen. Die Haare unter seiner Schirmmütze waren glatt und blond. »Wie alt ist sie?« Jetzt sah sie seine Augen. Die waren klar und hellblau.

»Sechs.« Der Maurer hielt für einen Moment ihren Blick fest, dann zog er die Decke weiter hoch.

Sie ging zu Christian hinüber und streichelte seine Haare. Er war in seinem Kasten schon eingeschlafen.

»Ist das dein Sohn?« Der Mann lächelte sie an.

Sie nickte und wagte ein kleines Lächeln als Antwort.

»Ja, ja, wenn du schon hier bist, muss ich wohl mal sehen, was ich tun kann«, sagte Beret mürrisch und trat zwischen die beiden. »Aber abends kostet es mehr als tagsüber.«

»Birke«, rief Anne plötzlich. »Elseby hat einmal ein Mädchen mit Auszehrung mit Birke behandelt.«

»Birke«, schnaubte Beret.

»Ja, Elseby hat Birke besonders geschätzt. Sie hat alles von diesem Baum benutzt, Blätter, Rinde, Holz und Asche. Ich habe ihr im Frühling geholfen, die Knospen der Blätter zu sammeln.«

Der junge Mann ging zu Beret hinüber und legte einige Schillinge vor ihr auf den Tisch. »Tu dein Bestes«, verlangte er. »Birke hin oder her.«

Beret blickte ihn mit ernster Miene an. »Ich muss ehrlich sein. Es gibt eigentlich kein richtiges Mittel gegen Auszehrung, auch wenn ich weiß, dass viele weise Frauen in den Dörfern es mit Birke versucht haben.«

»Aber du hast doch sicher etwas, um ihre Schmerzen zu lindern?« Er streichelte behutsam die Wange der Kleinen.

»Anne Marie! Hol mir eine Zwiebel«, befahl Beret. »Und schneide sie in dünne Scheiben.«

Anne gehorchte, wenn auch voller Zweifel. Das

hätte vielleicht Elseby vorschlagen können, aber doch nicht Beret.

»Jetzt soll sie das essen.« Beret reichte dem jungen Mann das Brettchen mit den Zwiebelscheiben.

Er nahm die Kleine auf den Schoß und fütterte sie vorsichtig. Sie schnitt Grimassen, kaute aber langsam und lehnte sich dabei vertrauensvoll an seine Brust.

Als alle Zwiebelscheiben verzehrt waren, beugte Beret sich zu dem Mund der Kleinen vor und roch an ihrem Atem. »Aha«, sagte sie und räusperte sich. Dann legte sie ihr den Kopf an die Brust und ließ sie husten.

Anne stand jetzt ganz dicht neben Beret, ließ sich nichts entgehen. Der junge Mann passte ebenso gut auf. »Was sagst du?«, fragte er nach einer Weile.

Beret ging zum Tisch und zog einige Male an ihrer Pfeife, dann erklärte sie: »Auch Schweigen ist ein magisches Mittel, aber das habt ihr offenbar nicht begriffen.« Sie setzte sich, leerte ihren Silberbecher und rülpste. »Aber damit es gesagt ist: Deine Tochter hat Bronchitis, keine Auszehrung. Bronchitis und Auszehrung sind nicht leicht auseinanderzuhalten, müsst ihr wissen. Für die Doktoren ist es auch nicht leicht. Gegen Auszehrung kann man nicht viel machen, aber bei Bronchitis weiß ich Rat.«

»Das ist nicht meine Tochter«, wiederholte er geduldig, »aber wenn es stimmt, was du sagst, wenn sie also Bronchitis hat und keine Auszehrung, dann besteht doch Hoffnung.«

Anne sah zuerst Beret an, dann den jungen Mann und schließlich das kleine Mädchen. Was hatte Beret da gesagt? Dass es Hoffnung für die Kleine gab. Es war so schön, das zu hören.

»Sie hat Bronchitis«, sagte Beret und hustete. »Anne kann sie behandeln. Die Kleine kann dabei auf deinem Schoß sitzen.«

Zum ersten Mal überließ Beret ihr die Behandlung, ließ sie die Zeremonie allein durchführen. Und Christian, der aufgewacht war, als Beret die Pfeife auf dem Tisch ausgeklopft hatte, war wieder eingeschlafen. Auf Berets Schoß lag er sicher weich und warm. Anne hielt mit leichtem Herzen die Gießkelle mit dem Blei über die Flammen in der Feuerstätte, und obwohl der Tag enttäuschend und lang gewesen war, war sie weder müde noch erschöpft. Und als sie das flüssige Blei in die drei weißen Tassen auf dem Tablett goss, musste sie einfach zu dem jungen Maurer hinüberlugen, der die Arme beschützend um das kleine Mädchen gelegt hatte. Sie verspürte etwas. Etwas, das sie nicht zu fassen bekam. Das aber dennoch vorhanden war. Vielleicht lag es an der Zuneigung, die er dem Kind entgegenbrachte. Oder an etwas in seinen Augen. Dem Lächeln. Der Wärme. In Berets Hütte herrschte eine Ruhe, wie Anne sie lange nicht mehr empfunden hatte. Eine Ruhe, an die sie sich anlehnen konnte.

31

Christiania, Oktober 1844

Anne zog die Tür sorgfältig hinter sich zu. Es war ein kalter Herbsttag in Kampen.

»Ich kann heute nicht arbeiten, Beret. Das wollte ich nur schnell sagen.«

»Ja, das war ja keine großartige Botschaft für den langen Weg. Bist du krank? Dann hättest du zu Hause bleiben können.«

Sie schüttelte den Kopf. »Nein, ich bin nicht krank.«

»Christian vielleicht? Ich finde, er sieht gesund aus. Lass ihn runter, damit er mir guten Tag sagen kann.«

Anne legte ihr den Jungen auf den Schoß, und Beret drückte ihn an sich. Dann pustete sie seine Nase an, und er lachte laut.

»Du musst ihn heute für mich hüten, Beret.«

»Ihn hüten.« Beret versteckte hinter ihrer Pfeife ein Lächeln. »Was hast du denn vor?«

»Ich muss etwas in der Stadt erledigen.« Ihre Wangen liefen heiß an. Beret durfte jetzt nicht anfangen, zu fragen und zu bohren.

»In der Stadt?«

»Ja.«

»Hast du dir einen Kavalier zugelegt?«

Anne schüttelte heftig den Kopf. »Nein, es geht um meinen Bekannten Jon aus Vardal. Ich habe versprochen, ihn vor der Gastwirtschaft auf dem Stortorv zu treffen.«

»Deinen Bekannten.« Beret lächelte vielsagend. »Er sieht das vielleicht anders.«

Sie ging zur Tür, überhörte die Frage. »Ich komme heute Nachmittag wieder.«

»Aber ist das denn nicht gut für dich und das Kind?«, rief Beret hinter ihr her.

Anne drehte sich um und schüttelte den Kopf. »Ich kann nicht zurück nach Vardal, Beret. Ich habe hier in der Stadt mehr als genug zu tun.« Sie hatte nie mit Beret darüber gesprochen, aber jetzt sprudelte alles nur so aus ihr heraus. Vielleicht weil sie sich so lange schon überlegt hatte, was sie Jon sagen würde. »Ich weiß noch nicht, was es ist, aber ich weiß, dass hier noch mehr auf mich wartet. Ich spüre das ganz einfach.«

»Mehr als für mich zu arbeiten, meinst du?«, frage Beret verärgert.

Sie wollte nicht undankbar wirken, aber sie wollte Beret auch nichts verheimlichen. »Ja«, sagte sie. »Das habe ich schon als kleines Mädchen gewusst.« Sie legte die Hand auf die Türklinke, wollte gehen, aber das war nicht so leicht, solange Beret sie anstarrte. »Ich kann es so machen wie du, Beret. Du hast in dieser Hütte doch überlebt. Und du hilfst jeden Tag irgendwelchen Kranken.«

»Ha«, sagte Beret höhnisch. »Das möchte ich sehen. Du und ein uneheliches Kind allein in deiner Hütte. Zu dir würden sicher Leute kommen, denn wenn sie erst verzweifelt genug sind, verurteilen sie andere nicht mehr. Aber ihr würdet trotzdem verhungern.«

»Du verhungerst doch auch nicht, Beret.«

»Nein, aber ich nehme ja auch Geld. Das willst du doch nicht, Anne. Du hältst dich für eine Helferin einer heiligen Macht oder von etwas Göttlichem. So läuft das aber nicht. Du musst dir dein Leben selbst aussuchen, Mädchen.«

»Ich habe mir mein Leben ausgesucht, Beret, als ich in die Stadt gekommen bin.« Sie schlug die Augen nieder. »Aber dann bin ich im Stich gelassen worden.«

»Von dem Goldschmied, meinst du?«

Sie nickte. Dann kam sie zurück und setzte sich auf die Bank, konnte jetzt einfach noch nicht gehen. »Das Schlimmste ist aber, dass ich meine Gnädige im Stich gelassen habe. Und ihr konnte ich nicht helfen.«

»Soviel ich weiß, hast du es immerhin versucht.« Beret setzte Christian auf den Boden. Er kroch zu Anne hinüber, und sie nahm ihn auf den Schoß und drückte ihn an sich. »Ja, wenn sie nicht krank gewesen wäre, hättest du mich doch nie gefunden. Hast du dir denn nie überlegt, dass es deine Schwierigkeiten sind, die dich weiter auf dem für dich bestimmten Weg führen?« Beret stopfte ihre Pfeife, ließ sich zurücksinken und musterte Anne forschend. »Nein, so denken die nicht, die sich selbst leidtun. Nein, die wollen, dass alles offen vor ihren Augen liegt.«

Anne hob den Blick und sah Beret fragend an. So hatte sie noch nie zu ihr gesprochen.

»Ich war eine ehrsame verheiratete Frau unten in der Stadt, musst du wissen, genau wie deine Gnädige. Aber mein Mann trank und hurte herum, und eines Tages ertrank er unten im Hafen.«

»Dann weißt du, wie es ist, im Stich gelassen zu werden, Beret.«

»Das kann ich dir schwören. Ich habe meinen Mann verflucht, der meine Mitgift versoffen und mich von meiner Familie vertrieben hatte. Dann gab ich auf. Ich konnte nicht mehr kämpfen. Es half ja doch alles nichts. Aber dann ist etwas passiert.«

»Was denn?« Anne wiegte Christian auf ihren Knien und schnupperte an seinen Haaren.

Beret beugte sich zu ihr vor. »Eine alte Frau hat mich gelehrt, aus der Hand zu lesen und Karten zu legen. Als ich begriffen hatte, dass ich auf diese Weise überleben könnte, habe ich für mein letztes Geld die Hütte hier gemietet und die Stadt verlassen. In der ersten Zeit habe ich so gefroren, dass ich dachte, ich müsste sterben. Damals habe ich angefangen, Pfeife zu rauchen, um innerlich warm zu bleiben. Und dann hatte ich solchen Hunger, dass ich alles gegessen habe, was ich hier im Wald finden konnte. Beeren, Nüsse, Wurzeln und Rinde. Es kamen nicht viele hier in Kampen vorbei, um sich die Karten legen zu lassen, das kann ich dir sagen. Aber eines Tages hat eine weise Frau mich gelehrt, zu segnen und Blei zu gießen. Das lockte Kundschaft nach Kampen, und bald hatte ich Geld genug, um die Hütte zu kaufen. Seit damals behandle ich jeden einzelnen Tag Kranke.« Beret verstummte für einen Moment, dann schaute sie zu Anne und Christian hinüber. »Aber hier rede ich wie ein Wasserfall.«

Wenn sie Beret nur sagen könnte, was sie ihr und Christian bedeutete. Sie war die Einzige, die sie hatten, aber das war noch nicht alles. Sie hatte das Gefühl, dass sie eine Familie waren. Sie brachte Beret solche Zuneigung entgegen, dass ihr Tränen in die Augen traten.

»Nein, jetzt mach aber, dass du in die Stadt kommst, Mädchen.«

»Elseby, bei der ich gelernt habe, hat gesagt, wenn man die Liebe findet, wird das Schicksal zur Berufung.«

»Und worauf wartest du dann? Geh die Liebe finden. Sie wartet gerade auf dem Stortorv auf dich.« Beret lächelte. »Schau her.« Sie bückte sich, öffnete einen kleinen Kasten, der hinter ihrem Stuhl versteckt gewesen war, und zog ein Schultertuch hervor. Sie hielt es mit zitternden gelben Tabaksfingern hoch. Es war schöner als jedes Tuch, das Andrea jemals besessen hatte. Es war himmelblau und hatte am Rand weiche blaue Samtbänder, von denen hellblaue Pompons herabhingen. Nicht einmal Frau Mustad hatte so ein Tuch gehabt.

»Das kannst du leihen«, sagte Beret und lächelte.

Anne sah zum ersten Mal, dass Beret erröten konnte. Sie legte sich stolz das Tuch über die Schultern und drückte Beret an sich. So schön war sie noch nie gewesen. Und jetzt würde sie Jon treffen. Seit ihrer letzten Begegnung waren anderthalb Jahre vergangen.

Als sie an den Markthallen vorbeikam, sah sie zwei kleine Mädchen, die die Straße hochliefen und Blätter sammelten. Sie dachte daran, wie sie früher mit Karen mit den Herbstblättern gespielt hatte. Sie spießten die Blätter auf Stöckchen und machte daraus fein angezogene Damen aus der Stadt. Einige Kleider waren gelb, die allerschönsten aber waren tiefrot, wie das Kleid, das Andrea am ersten Abend getragen hatte.

Sie sah den Turm der Erlöserkirche, blieb stehen und strich sich die Haare glatt. Schob die losen Strähnen zurecht. Jon wartete ein kleines Stück weiter. Sie fuhr mit einem Finger über die Samtbänder.

Beret hatte gesagt, die Farbe passe zu ihren blauen Augen. Worum Jon sie wohl bitten würde? Sie hatte ein seltsames Prickeln im Bauch, sie kam sich vor wie auf dem Weg zu einem geheimen Treffen, wie früher, in der hohlen alten Eiche. Vielleicht wollte er jetzt in der Stadt bleiben. Daran hatte sie noch nie gedacht. Dass auch Jon in der Stadt Möglichkeiten sehen könnte.

Plötzlich hatte sie das Gefühl, von einer Faust im Bauch getroffen zu werden. Herman. Aber sie musste sich doch irren! Der dunkle Mantel, die zielstrebigen Schritte. Sie keuchte auf. Drehte sich um. Hielt Ausschau nach einem Fluchtweg. Sie hatte sich so oft vorgestellt, wie es sein würde, ihm zufällig zu begegnen. Sie hatte ihm so oft sagen wollen, wie sehr er sie im Stich gelassen hatte. Aber nicht jetzt. Sie machte auf dem Absatz kehrt. Raffte den Rock und ging so schnell sie konnte den Weg zurück, den sie gekommen war. Versuchte, im Menschengewimmel auf der Straße unterzutauchen. Aber sie spürte, dass er sich näherte. Sie hörte seine Schritte und spürte bald seinen Atem im Nacken. Jetzt hatte er sie eingeholt, packte ihren Arm.

»Anne!«

Sie drehte sich nicht um. Was wollte er von ihr?

»Ich muss mit dir sprechen!« Er zog sie in den nächstbesten Torweg.

»Ich habe etwas zu erledigen. Ich muss weiter.«

»Du hast mir gefehlt«, flüsterte er.

»Ich habe an jedem einzelnen Tag oben auf Engeland auf dich gewartet«, sagte sie bitter. »Du bist nicht gekommen.«

»Anne.« Er blickte sie flehend an. Seine Wangen waren so hohl geworden, er war jetzt ganz mager.

»Lass mich los.«

»Andrea ist tot.« Er ließ sie los.

Sie schlug die Augen nieder. Fühlte sich unsicher.

»Ich habe die ganze Zeit an dich gedacht, Anna. Ich habe Hanna nach dir gefragt. Sie hat erzählt, dass es ein Junge ist.«

»Ja, Herman. Ein Junge, von dem du nichts wissen willst.«

Er sah sie verwirrt an. »Wir müssen miteinander reden.«

»Jetzt nicht.«

Er strich mit den Fingern über den weichen Samtrand, genau wie sie es eben getan hatte. »Du siehst gut aus.«

Jetzt musste sie gehen, ehe es zu spät wäre.

»Ich habe mich so nach dir gesehnt, Anne. Das verstehst du nicht.« Er nahm ihre Hand. Sie zog die Hand zurück, aber er griff wieder danach und zog sie zur Öffnung des Torwegs, hinaus auf die geschäftige Straße. »Du trägst einen Ring?«

»Das ist der Ring meiner Mutter«, sagte sie und riss wieder ihre Hand zurück. »Lass mich in Ruhe.«

»Aber ich möchte dir gern etwas zeigen«, flüsterte er und streichelte ihre Wange.

»Nein, Herman.« Sie drehte sich um. Aber sie sah ihn trotzdem. Die hohe Gestalt. Die weichen Locken in seinem Nacken. Sie kannte jede einzelne Bewegung, jeden Muskel, die Finger, die über sein Gesicht strichen, den Mund, der eine Haarsträhne wegblies, die ihm vor die Augen gerutscht war, die Adern, die an seiner Stirn pochten. Zwischen ihnen schien es ein unsichtbares Band zu geben, das etwas in ihr an ihn kettete, und als sie sich abwandte und ihn flüstern hörte: »Nur für ein paar Minuten, Anne«, schien alle ihre Vernunft sie verlassen zu haben.

»Nur für ein paar Minuten«, flüsterte sie.

In der Werkstatt wurde wohl nie mehr aufgeräumt. Auf dem Tisch standen etliche Weinflaschen. Alle leer. Viele Gläser daneben. Einige halb voll. Er goss Wein in eines der leeren und reichte es ihr. Verwirrt trank sie einen Schluck und sah ihn an. Was mochte er von ihr wollen?

Sie ließ ihn nicht aus den Augen, als er zu dem großen Schrank hinter dem Arbeitstisch ging. Sie hatte das Gefühl, es sei nicht einmal ein einziger Tag vergangen, seit sie zuletzt hier gewesen war. *Geh*, sagte es irgendwo in ihr. *Geh, solange du das noch kannst.* Sie sah, wie er den Schlüssel ins Schloss steckte, seine langen

Finger zitterten, als er die Schranktüren öffnete. Vorsichtig beugte er sich vor.

Sie trat einen Schritt zurück. Plötzlich wusste sie, was er von ihr wollte. Warum sie hier war. Die Krone. Er hielt sie ihr hin, vorsichtig, wie ein neugeborenes Kind. Sie erkannte die Krone, hatte sie so oft im Traum gesehen. Die Krone brachte nichts Gutes mit sich, sie tat ihr weh und schnitt ihr ins Herz. Sie musste weg hier. Sie musste etwas sagen und dann gehen.

»Siehst du, Anne, den ovalen Ring habe ich mit vier violetten Amethysten, vier gelben Topasen und acht Perlen verziert.«

Sie nickte. Trat einige Schritt zurück. Bebte jetzt am ganzen Leib.

»Siehst du die acht Zacken?« Er kam hinter ihr her, seine Augen funkelten. »Da habe ich zwei Edelsteine befestigt. Ich wechsele ab wischen Turmalin, Topas und Amethyst und dann einer kleinen Perle. Ganz oben habe ich eine große Perle zwischen die Goldflächen gesetzt. Im Zwischenraum sitzt eine kleine Perle im Blattwerk aus geschnittenem, gepresstem und ziseliertem Gold.«

Sie trank noch einen Schluck Wein. Alles hier machte sie so verwirrt. Die Krone war so schön, aber trotzdem … Sie trank noch einen Schluck. Sie dürfte gar nicht hier sein, aber es war, als ob sie nicht mehr klar denken könnte.

»Ich werde gewinnen«, flüsterte Herman. »Ich werde den Wettbewerb gewinnen. Das weiß ich.« Er setzte sich an den Arbeitstisch und stellte die Krone vor sich. Dann nahm er eine Nadel und einen dicken Goldfaden und zog ihn durch den tiefroten Samt oben in der Krone. »Kannst du sehen, dass die Krone aus Samt in mehreren Farbtönen gemacht ist, Anne?«

Sie nickte.

»Ich habe auch Silber und Kupfer verwendet.«

Nun wagte sie sich endlich an den Tisch heran und ließ vorsichtig einen Finger über das Gold gleiten. Nicht ihm zuliebe, sondern ihretwegen. Sie musste wissen, was das für ein Gefühl war.

Das Gold war kalt. Ihre Finger wanderten aufwärts zu den scharfen Zacken und hielten bei den Edelsteinen inne. Sie hatte noch nie violette Amethyste oder gelbe Topase gesehen. Sie hatte nicht einmal gewusst, dass es auf der Welt solche Schätze gab. Sie berührte eine Perle. Ihre Augen brannten, und die Perle wurde plötzlich verschwommen und grau. Sie empfand nur Schmerz, es war keine gute Kraft, die sie spürte.

»Es ist wichtig, dass mir das gelingt, Anne. Die Arbeit an der Krone hat alle meine Ersparnisse aufgezehrt. Nicht einmal dieses Haus hier gehört mir noch.« Er erhob sich und griff vorsichtig nach der Krone.

Sie wich zurück. Er folgte ihr mit der Krone in den Händen. Sie stand jetzt mit dem Rücken zur Feuerstätte, genau wie bei ihrer allerersten Begegnung. Hinter ihr waren Feuer und Flammen, vor ihr die Krone. Er legte sie ihr behutsam in die Hände.

Sie zitterte. Wie schwer die Krone war. Wie sollte der kleine Kronprinz das Gewicht der Erbfürstenkrone auf seinem Kopf tragen können? Eine Träne fiel zwischen die Zacken, und sie sah, dass die Krone schon mit *Øyset* signiert war. Nicht nur an einer Stelle, sondern auf jeder Zacke. Ihr stieg das Blut in die Wangen. Er setzte seine Signatur auf alles, was schön war, doch das, was sie ihm geschenkt hatte, vergaß er.

»Ich muss gehen.«

»Warum denn? Bleib noch ein bisschen.«

»Du hast die ganze Zeit gewusst, dass aus uns nichts werden kann.«

»Aber du verstehst das nicht, Anne. Ich muss das mit der Krone schaffen, damit ich finanziell wieder Boden unter den Füßen bekomme.« Er nahm ihr vorsichtig die Krone aus den Händen und stellte sie zurück auf den Arbeitstisch.

»Denkst du denn nie an deinen Sohn?« Sie ging hinter ihm her.

»An meinen Sohn? Ich dachte, wir hätten abgemacht, dass du einen anderen Kindsvater angibst.«

»Um die Schande zu verbergen, meinst du?«, fragte sie. »Aber es wird dir nie gelingen, ihn aus deinem Leben wegzuleugnen.« Ihre Wangen glühten noch immer. »Er hat Ähnlichkeit mit dir, Herman. Er hat schon jetzt kleine gelbe Locken. Er ist so wunderbar. Er lernt jeden Tag dazu und kriecht in Berets Hütte herum.«

»Beret?«

»Eine weise Frau oben in Kampen. Ich helfe ihr.«

»Eine Quacksalberin?« Er hob die Augenbrauen.

»Du wirst mich und Christian niemals holen kommen, nicht wahr?«

»Es ist zu früh, Anne.« Sein Gesicht wurde plötzlich bleich. Sein Blick irrte umher. »Es gibt zu viele, die sich an dich erinnern. Du musst mir mehr Zeit lassen.«

Sie raffte ihre Röcke. Sicher wartete Jon schon bei der Gastwirtschaft. Sie sah ihn vor sich, die warmen braunen Augen, die sie anlächelten. Es brannte in ihrer Brust. Eine Träne lief über ihre Wange.

Herman hielt sie zurück und reichte ihr das Weinglas. »Nicht weinen, Anne.« Seine graublauen Augen leuchteten ihr entgegen. Sah sie dort Sehnsucht? Liebe? Jetzt wusste sie es. Erwartung. So oft hatte sie die in seinen Augen gesehen. Dass sie es nicht längst begriffen hatte.

Sie wischte sich die Tränen ab.

»Erzähl mir von Christian, Anne«, sagte er mit weicher Stimme. »Ich möchte so gern mehr über unseren Sohn wissen.«

Wollte er das wirklich? Sie war so verwirrt. Aber als sie anfing zu erzählen, vergaß sie alles andere. Sie berichtete, wie lieb der Junge war, dass er die ganze Nacht schlief und dass er sie jeden Morgen mit einem Lächeln weckte. Dass er jeden Tag etwas lernte und versuchte, seinen Namen auszusprechen. Sie gab auch zu, dass er trotzig sein konnte, und dann lachte sie und sagte, er verlange ihre und Berets volle Aufmerksamkeit. »Nichts macht ihm mehr Spaß, als auf Berets Schoß auf und ab zu hüpfen.« Sie merkte kaum, dass Herman sie zur Bank vor der Feuerstätte führte. Erst als er sie mit kleinen, vorsichtigen Küssen am Weiterreden hinderte, erwachte sie. »Was machst du da?«

»Wir werden wieder zusammensein, Anne. Bald. Bald.«

»Nein«, sagte sie und drückte ihn weg. »Du hast dein Wort schon einmal nicht gehalten, Herman. Warum sollte ich dir jetzt vertrauen?«

»Ich halte mein Wort«, flüsterte er ihr ins Ohr. »Aber wir müssen noch warten, bis der Pastor uns als die rechtmäßigen Eltern akzeptiert.« Langsam öffnete er die Knöpfe oben an ihrem Kleid. »Wir müssen klug vorgehen, Anne.«

»Nein«, rief sie. »Nein.« Sie versuchte, sich loszureißen. Jon! »Ich muss jetzt los. Ich habe etwas zu erledigen!«

»Ich verstehe ja, dass du es schwer hattest. Aber das wird jetzt anders. Das verspreche ich dir.«

»Du musst mich in Ruhe lassen.« Sie weinte, aber seine Arme waren so wunderbar und schenkten solche

Geborgenheit. Diese Arme hielten sie so fest, als ob sie sie niemals wieder loslassen wollten. »Wie konntest du mir das antun? Wie konntest du uns hungern und frieren lassen?«

»Ich wusste nicht, wo ihr wart.«

»Das stimmt nicht.« Sie zitterte am ganzen Leib. Fühlte sich so schwach. »Du hättest uns finden können, wenn du das gewollt hättest.«

»Es tut mir so leid, Anne. Ich hätte mehr tun müssen.«

»Ich muss gehen«, flüsterte sie.

»Bleib bei mir, Anne.« Seine Augen waren groß und flehend.

Wieder versuchte sie, sich loszureißen. Aber er küsste sie immer weiter. In ihr brannte es. Kein anderer hatte solche Gefühle in ihr geweckt. Sie hatte das Gefühl, nicht mehr sie selbst zu sein, sondern eine, die lange weit fort gewesen war und endlich den Weg nach Hause gefunden hatte.

32

Am nächsten Tag ging sie mit schweren Schritten hinauf nach Kampen. Wenn Beret nicht gewesen wäre, hätte sie nicht gewusst, was sie tun sollte. Das blaue Tuch trug sie in der Hand. Wenn sie weinte, hielt sie es sich vor das Gesicht. Bei jedem Schritt, den sie machte, schämte sie sich mehr. Jetzt hatte sie wieder das Gefühl, sich selbst zu verlieren. Was war nur mit ihr los gewesen? Er würde niemals ein Wort von dem halten, was er versprochen hatte. Sie zu holen. Hatte sie das wirklich geglaubt? Schwach, das war sie. Und sie hatte geglaubt, nun auf dem richtigen Weg zu sein. Sie hatte sich vorgestellt, dass sie wie Elseby leben würde. Wie Beret. Ein Mensch, der zu guten Taten berufen war.

Sie versetzte einigen Zweigen, die vor ihr auf dem Weg lagen, einen Tritt. Sie hatte später auf dem Marktplatz nach Jon gesucht, aber er war nirgendwo zu sehen gewesen. Sie hätte schreien mögen, aber sie musste ihre Wut zurückhalten, denn sie wollte doch Christian nicht erschrecken. Beret musste ihr helfen. Beret würde wissen, was sie jetzt tun sollte. Sie würde ihr alles erzählen. Würde ihr den Kopf auf den Schoß legen wie ein Kind und weinen. Am Vorabend, als sie oben gewesen war, um den Kleinen zu holen, hatte sie es nicht über sich gebracht, etwas zu sagen. Beret hatte wohl geglaubt, sie sei nach dem Abschied von ihrem Freund traurig und unglücklich. *Nicht weinen, Anne,* hatte sie gesagt, *dann war es wohl nicht die richtige Liebe, sonst hättest du ihn nicht gehenlassen.* Beret hatte ihr das blaue Tuch gegeben, gesagt, es gehöre jetzt ihr, sie habe es verdient. Aber heute würde sie es sagen müssen. Berichten, was für ein schwacher Mensch sie war. Und dann würde sie das Tuch zurückgeben. Sie verdiente es absolut nicht.

Es regnete jetzt. Ein scharfer Wind war aufgekommen. Sie schaute den Boden an, bemerkte nichts anderes außer Christian, der jammernd auf ihrem Arm saß. Er hatte geschlafen, als sie ihn am Vorabend bei Beret geholt hatte, und zu Hause war er dann nicht zur Ruhe gekommen. Er spürte es sicher ebenfalls, dass etwas nicht stimmte. Und jetzt waren sie spät dran, denn sie selbst war erst in den frühen Morgenstunden eingeschlafen. Sie zog ihm das alte Tuch über den Kopf, damit er nicht ganz so nass würde.

Sie schaute erst auf, als sie ihr Ziel fast erreicht hatten. Vor Berets Hütte herrschte gewaltiges Gedränge. Sie dachte, dass es doch gar kein Donnerstag war, und dann müsste ja etwas Schreckliches passiert sein, wenn so viele gekommen waren. Sie schob sich Christian höher auf den Arm und lief das letzte Stück so schnell, dass der Matsch um ihre Beine aufspritzte. Dann blieb sie stehen, rang um Atem und hatte Blutgeschmack im Mund.

»Sie ist tot«, erklärte weinend eine Frau, in deren Armen ein kleines Mädchen schlief.

»Tot?« Anne schaute sich verwirrt um. Das konnte doch nicht stimmen.

»Doch, tot«, bestätigte eine andere Frau, die mit einem Jungen auf der Hüfte neben ihr stand.

Anne wollte rufen, dass sie sich irren mussten, aber es kamen weiter Menschen dazu und drängten sich um sie zusammen. Magere Gesichter drückten sich vor ihr im Regen aneinander und warteten darauf, dass sie etwas sagte, und dann trat schließlich ein älterer Mann vor sie.

»Ein schwedischer Prediger hat sie umgebracht«, sagte der Mann und spuckte aus. »Er hat behauptet, krank zu sein. Aber als er dann im Haus war, hat er ihr mit den Schrecken des Jüngsten Gerichts Angst gemacht und ihre Arbeit beleidigt. Er wollte sie von ihrem Aberglauben wegbekehren, das wollte er.«

»Woher weißt du das?«, fragte Anne und sah ihn verzweifelt an.

»Die Tür stand einen Spaltbreit offen«, erklärte er mit ernster Miene. »Ich wurde misstrauisch und habe hineingeschaut.«

Christian schrie jetzt laut, es war deutlich, dass er Angst vor allem hatte, was um sie herum geschah, aber Anne musste es genau wissen. »Was ist passiert?«

»Während er ihr die Leviten gelesen hat, ist sie vom Stuhl gefallen, und dann lag sie tot auf dem Boden.«

»Ich muss sie sehen«, rief Anne und versuchte sich zwischen den vielen Menschen durchzuzwängen.

»Sie ist nicht mehr hier«, wurde hinter ihr hergerufen.

»Nicht mehr hier? Aber …«

»Sie ist heute früh geholt worden.« Der ältere Mann kam hinter ihr her. »Ja, und dann haben sie fünftausend Speziestaler gefunden.«

»Fünftausend Speziestaler?«

»Ja und ein Testament«, sagte die junge Mutter, die ihr erzählt hatte, dass Beret tot war. »Das lag in einem kleinen Kasten hinter dem Stuhl. Und darin stand, dass alles Geld, das sie hinterlässt, und Hütte und Garten an die Armen und Obdachlosen von Kampen fallen sollen.«

Anne zog die Tür auf, während Christian schrie und mit den Beinen strampelte. In der Hütte blieb sie dann stehen. Es roch noch immer nach Tabak. Die Geräte zum Segnen lagen bereit. Die weißen Tassen standen auf dem Tablett, und auf dem Tisch sah sie den halbvollen Silberbecher. Sie sank auf den Stuhl, auf dem Beret immer gesessen hatte, wenn sie morgens gekommen war, und schlug die Hände vors Gesicht.

Die gute Beret – hatte sie all ihr Geld den Armen und Obdachlosen von Kampen vermacht? Und da hatte Anne sie für gierig gehalten. Trotz allem, was Beret für sie und Christian getan hatte. Und jetzt würde sie ihr niemals danken, ihr niemals erzählen können, dass sie sich hier zu Hause fühlte.

Der Regen trommelte auf das Dach. Christian beruhigte sich langsam. Sie auch. »Beret, gute Beret«, rief Anne. Dann hob sie den Kopf. Sie glaubte, Berets heisere Stimme zu hören: *Dummes Mädchen, wann wirst du aufhören, Männern zu glauben, und anfangen, dich auf dich selbst zu verlassen?*

Und gerade das wollte sie doch nur, sich auf sich selbst verlassen. Ihre Gabe anwenden. Sie schlug so energisch mit der Hand auf die Tischplatte, dass der Bleiklumpen hochflog. Dann ließ sie den Blick von der Bank, auf der sonst die Ratsuchenden saßen, zu Feuerstätte und Gießkelle und den kleinen Bleiklumpen und weiter zu den weißen Tassen auf dem Tablett und dem Spitzentuch wandern, das Beret den Hilfesuchenden auf den Kopf gelegt hatte. Sie wusste, wie man segnete und goss. Sie kannte die Zaubersprüche und die Gebete. Sie würde Berets Nachfolge antreten. Sie würde Berets Amt mit Würde weiter ausüben.

»Was machst du hier?« Eine strenge Stimme riss sie aus ihren Gedanken.

Sie drückte Christian beschützend an sich.

»Ich muss dich leider melden.«

»Mich melden?«, fragte sie und richtete sich auf. Erst jetzt sah sie die nasse Ärztetasche, die vor ihr auf dem Tisch stand, und die vielen Menschen, die sich in der Türöffnung drängten und hereinstarrten.

»Ja, wir haben die ganze Zeit gedacht, nur Beret sei hier in Kampen tätig, und wir haben uns schon lange über ihr Treiben geärgert. Aber jetzt wissen wir, dass du das auch machst und dass du dich für deine Quacksalberei bezahlen lässt.« Zwei scharfe Augen starrten auf sie herunter.

»Nein, ich lasse mich nicht bezahlen«, erklärte sie empört. »Und ich bin keine Quacksalberin.«

Der Doktor hob den Bleiklumpen vom Tisch und ließ ihn vor ihr runterfallen. »Wenn du Beret Kampens Aktivitäten fortsetzt, werde ich dich jedenfalls wegen Quacksalberei melden.«

»Aber wir sind doch hier außerhalb der Stadtgrenze«, sagte sie laut.

»Und du meinst, dass das Gesetz hier nicht gilt?«

Anne presste die Lippen aufeinander.

»Wenn du bis heute Abend nicht aus Kampen verschwunden bist, wirst du vor Ende der Woche im Zuchthaus sitzen. Du wirst zudem Berets Strafe mit absitzen müssen, weil du ihr geholfen hast. Zweimal sechs Monate, und dein Kind darfst du nicht mitnehmen. Willst du das etwa?«

Sie schüttelte den Kopf.

»Wir behalten dich im Auge. Fühl dich ja nicht zu sicher. Du meinst vielleicht, ich hätte dich nicht erkannt, aber das habe ich. Du warst Dienstmädchen bei Goldschmied Øyset, als seine schöne junge Frau krank war.«

Anne starrte ihn an, ihre Wangen brannten. Sie erkannte ihn nun auch. Es war der beste Arzt der Stadt, dem Herman sein Vertrauen geschenkt hatte. Der Arzt, der die großen braunen Flaschen aus der Apotheke bestellt hatte, die so stark rochen, dass es fast nicht auszuhalten war, und die sicher mehr Teer und Terpentin enthielten als irgendetwas sonst. Er konnte doch nicht wirklich meinen, dass sie Berets Amt nicht übernehmen durfte? Wo sollten denn dann alle Kranken hin?

»Also nimm deinen Jungen und verschwinde, ehe ich dich melde.« Er zeigte auf sie.

Anne erhob sich wortlos, faltete das blaue Tuch zusammen und legte es sorgfältig auf den Stuhl. Dann nahm sie Christian auf den Arm und ging.

33

Gamlebyen, Christiania, April 1845

»Hanna.«

Anne hängte gerade die nassen Kleider auf die Leine vor dem Haus in Gamlebyen, als sie ihre Freundin entdeckte. Sie hatte Christians Kleider hinter dem Haus in einer Zinkbütte gewaschen. Sie befestigte das letzte Hemdchen mit einer Wäscheklammer und lief Hanna glücklich entgegen. Sie hatten einander so lange nicht gesehen, seit dem Tag auf Engeland nicht mehr. Und jetzt war Christian schon über ein Jahr alt.

»Kann ich reinkommen?« Hanna zog ihr Schultertuch gerade und zeigte den weißen Kragen darunter. Sie schien sich nicht besonders verändert zu haben. Ihre Wangen waren vielleicht etwas röter und frischer, und ihre Haut war glatter und reiner. Die Arbeit bei Herman war sicher nicht so hart wie die beim Schuhmacher.

»Das geht nicht. Ich darf keinen Besuch haben. Wir können einen Moment hier draußen stehen.« Sie warf einen raschen Blick durch das Fenster. Christian hielt sich schwankend am Rand der Schlafbank fest. Dann zog sie Hanna hinter das Haus. »Ich darf den Vermieter nicht verärgern. Er hat Angst, dass ich die Miete nicht bezahlen kann. Meinen Verdienst bei Beret habe ich schon vor über einem halben Jahr verloren, und seither finde ich nur ab und zu eine kurze Aushilfsarbeit.« Sie wischte sich den Schweiß von der Stirn. »Es ist so schön, dich zu sehen, Hanna.«

»Ebenfalls.« Hanna sah einen Moment lang unsicher aus. Ihr Blick irrte umher.

Anne riss gelben Rainfarn, der dicht am Haus emporwuchs, aus dem Boden.

»Herr Øyset hat nach dir gefragt.«

»Er hat nach mir gefragt?« Sie schnaubte.

»Ja, er wollte wissen, wo er dich finden könnte. Aber ich habe wahrheitsgemäß gesagt, da hätte ich keine Ahnung. Ich will es ihm auch jetzt, wo ich es weiß, lieber nicht erzählen.« Hanna legte eine Pause ein und seufzte. »Jetzt, wo ich sehe, wie es um dich steht.«

Anne legte beschützend die Hände auf ihren gewölbten Leib und schluckte einige Male. »So hatte ich mir das nicht gedacht, Hanna.«

»Pah«, sagte Hanna und zuckte mit den Schultern. »Nimm das mit der Schande nicht so schwer. Ich hoffe jedenfalls, dass es diesmal dein Freund aus Vardal war.«

»Ich war auf dem Weg zu ihm, aber es ist etwas dazwischengekommen«, stammelte sie. »Aber so hatte ich mir das nicht gedacht …«

»Du willst doch nicht sagen …« Hanna starrte sie ungläubig an.

»Es hat gesagt, er wollte mir nur etwas zeigen, Hanna. Ich komme mir so dumm vor.« Sie schlug die Hände vors Gesicht. »Ich wollte ihm so gern von Christian erzählen.«

Hanna schüttelte den Kopf. »Das ist nicht deine Schuld, Anne.«

Nicht ihre Schuld? Und wessen Schuld war es dann? Sie war freiwillig mit ihm gegangen. Sie war ebenso schuldig wie er. Sie hatte nicht widerstehen können. Sie riss noch ein Blatt vom Rainfarn. »Wie hast du mich eigentlich gefunden?«

»Ich habe hier in den Straßen gesucht und herumgefragt nach dir und dem Jungen, bis ich dich gefunden hatte.«

»Ich bin so froh, dass du gekommen bist, Hanna.«

Hanna lächelte sie an. »Ich habe so viel an dich und deinen Jungen gedacht.« Sie setzte sich auf einen Stein und legte ihren Rock in ordentliche Falten. »Im Haus ist jetzt alles so anderes, Anne«, sie seufzte, »seit er den Wettbewerb gewonnen hat.«

»Herman hat den Wettbewerb gewonnen?« Die Übelkeit stieg ihr in die Kehle.

Hanna nickte. »Bei der Krönung in Nidaros werden sie Hermans Krone nehmen.«

Sie sah die Krone vor sich. Leuchtendes Gold, Edelsteine und Perlen, und auf allen Zacken der Stempel *Øyset*. Er hatte diese Krone wohl eher für sich selbst als für irgendeinen anderen gemacht. Sie stellte sich vor, wie er bei der Goldschmiedezunft den Applaus entgegennahm, wie er sich tief und stolz verbeugte. Gewandet in Samt und Seide. Ihr wurde schlecht bei diesem Gedanken. Jetzt war er das geworden, wofür er gekämpft hatte: der Meister der Erbfürstenkrone. Ruhm und Ehre. Was war das wert? Wie hatte sie sich an einen wie ihn verlieren können?

»Dann ist er wohl stolz, oder?«

»Stolz, ja.« Hanna fuhr ihr mit einer kleinen rauen Hand über die Wange. »Blind und stolz. Aus der Richtung kannst du nicht mehr mit Hilfe rechnen.«

»Einmal hat er gesagt, wenn wir zusammen wären, würde alles andere so unwichtig.«

»Daran darfst du nicht mehr denken«, sagte Hanna und blies sich eine Haarsträhne vom Auge weg. »Das Einzige, was jetzt eine Rolle spielt, ist, dass du überlebst. Wann kommt das Kind?«

»Irgendwann um Mittsommer.«

»Du siehst müde aus.«

»Ich bin müde, Hanna. Bin müde vom Kämpfen. Müde davon, mich immer wieder vor dem nächsten Tag zu fürchten. Davor, für Christian nicht genug zu essen zu haben. Kein Dach über dem Kopf. Beret hat gesagt, dass Schwierigkeiten uns weiter auf dem Weg führen, der für uns bestimmt ist, aber ich bin mir nicht mehr so sicher …«

»Ich kann dir etwas mitbringen.«

»Nein, Hanna. Ich gebe nicht auf. Du sollst meinetwegen nichts riskieren.«

»Aber wenn es dir helfen könnte …«

Sie schüttelte energisch den Kopf. »Nichts aus Hermans Haus.«

»Ich muss wieder los.« Hanna erhob sich und umarmte sie. »Herr Øyset glaubt, ich bin zum Einkaufen in die Markthallen gegangen. Morgen kommen viele Gäste. Ich muss alles vorbereiten.« Sie setzte sich in Bewegung. »Komm doch ein Stück mit.«

»Siehst du die anderen noch?« Anne ging mit ihr die Straße entlang.

»Nur Guro und Åse.«

»Und Sofie?«

»Ich glaube, mit Sofie ist es nicht so gutgegangen.«

»Wie meinst du das?« Anne blieb stehen. Verspürte einen brennenden Schmerz in der Brust.

»Åse glaubt, sie unten in Pipervika gesehen zu haben.«

Pipervika? Die Frauen an der Ecke der Søgate, die mit den großen eleganten Hüten. Straußenfedern. War Sofie jetzt so eine? »Sofie doch nicht.«

Hanna nahm ihre Hand. »Nicht weinen. Sofie ist nicht die Erste, die da unten landet. Und auch auf diese Weise kann man dem Hunger entgehen.«

Anne drückte als Antwort Hannas Hand. Wollte sie nicht loslassen. Hannas dünne Hand. Dann drehte sie sich um und ging zurück.

Es regnete jetzt, nicht sehr, nur genug, um sie in einen dünnen, feuchten, frühlingshaften Schleier zu hüllen. Sie leckte sich die Lippen, um einige Tropfen aufzufangen. Um ihre trockenen Lippen anzufeuchten. Sie schaute durch das Fenster. Christian war eingeschlafen. Offenbar war er aus eigenen Kräften auf die Schlafbank geklettert. Sie verspürte einen Stich im Herzen, als sie daran dachte, wie allein sie beide waren. Sie hätte sich gern zu ihm gelegt, traute sich aber noch nicht richtig. Sie war so schlaff. Sie hatte seit dem frühen Morgen nichts mehr gegessen, denn jetzt drehte sie jeden Schilling um, um die Kammer nicht zu verlieren.

Hufschläge und das Knirschen eines näher kommenden Wagens rissen sie aus ihrem Dämmerzustand. Sie richtete sich auf, als der Wagen gerade vorüberfuhr. Dieser Wagen hatte keine Bretter geladen, wie die meisten anderen, die hier vorüberfuhren, Bretter für neue Häuser und Schuppen. Sie hob sich auf die Zehenspitzen und schaute hinüber. Nein, dort saß eine junge Frau. Eine, die die *Ballgesellschaft Vereinigung* besuchte, von der Hanna einmal erzählt hatte. Aber hier in der Gegend gab es keinen Gesellschaftsclub für Reiche. Wenn die junge Frau nach Grønland unterwegs war, hatte sie offenbar ein anderes Ziel.

Anne hob ihr Kleid, folgte den schlammigen Spuren, und einige Straßenbengel schlossen sich ihr an. Etwas in ihr sagte ihr, das sei wichtig, dort sei etwas, das sie sehen müsse.

Der Wagen ruckelte durch eine enge, holprige Gasse unterhalb des steilen Hangs.

»Gravergate«, schrie der Fuhrmann und riss an den Zügeln.

Anne schaute vorsichtig hinüber.

Die junge Frau stieg vorsichtig aus dem Wagen, stellte einen blankgeputzten Stiefel vor den anderen. Dann hob sie ihre Röcke und schaute sich verängstigt um.

»Soll ich warten?«, rief der Fuhrmann zu ihr herunter.

Die junge Frau gab ihm einige Schillinge. »Hol mich in zwei Stunden ab«, flüsterte sie und lief in eine Bruchbude von Haus, neben der ein baufälliger Schuppen stand.

Anne schlich hinterher, öffnete die Tür und schlüpfte in den dunklen Gang.

»Du hast offenbar dasselbe Ziel wie ich, wie ich sehe«, sagte die junge Frau und zeigte auf Annes Bauch.

Anne legte eine Hand beschützend auf ihren Leib. Dann fragte sie: »Wer wohnt hier denn?«

»Den Namen weiß ich nicht. Ich bin einfach zu dieser Adresse geschickt worden. Eine weise Frau offenbar.«

»Geschickt worden?« Sie dachte an Sigrid, zu der Herman sie geschickt hatte. Da war es immerhin sauber gewesen. Hier war alles verdreckt. Die Tür saß nicht einmal gerade in den Angeln. Auf dem Boden standen Pfützen, und die Wände waren verschmiert. Wurden die reichen Mädchen in solche Hütten geschickt? Wurden sie ebenfalls ausgenutzt? Ausgenutzt, weil sie Mädchen waren. Es hatte sich so schön angehört, als Hanna erzählt hatte, dass die Herren den jungen Damen den Hof machten. Aber wenn die dann auch weggeschickt wurden, dann stand es ja um sie nicht besser als um die Frauen am Brunnen. So hatte sie sich das noch nie überlegt. Offenbar passierte auch in der feinen Welt, in der Herman lebte, so allerlei.

»Ja, um es wegzumachen eben.«

»Es wegzumachen? Das Kind?«

Die junge Frau nickte. »Was ist mit dir?«

»Ich hab schon eins«, sagte Anne.

»Ein uneheliches?«

Anne nickte, schlug die Augen nieder und errötete. Die Gedanken, die sie sich nie gestattet hatte, drängten jetzt nach vorn. Wie sollte sie noch ein Kind ernähren? Sie hatte ja kaum genug für Christian. Vielleicht war sie deshalb hergeschickt worden. Damit auch sie die Möglichkeit hätte.

»Ich kann das hier jedenfalls nicht behalten«, sagte die junge Dame. »Ich bin nicht verheiratet.« Nun war sie diejenige, die die Augen niederschlug. »Aber ich bin verlobt.«

»Und er hat Sie hergeschickt? Ihr Verlobter?«

Die junge Frau nickte. »Meine Freundin hat auch eins wegmachen lassen. Sie sagt, es tut weh, geht aber schnell.«

Die Tür hinter ihnen knirschte. Eine ältere Frau mit krummem Rücken, einem straffen Kopftuch und einem grauen Tuch um Schultern und Brust tauchte auf und holte die junge Frau herein. Anne ging hinterher, versuchte, einen Blick in den Raum hinter der Tür zu werfen. Aber sie sah nur eine Bank, einige Handtücher und eine Zinkbütte. Dann glitt die Tür ins Schloss.

Sie blieb stehen. Die junge Frau war auch nicht verheiratet, doch Geld, um das Kind wegmachen zu lassen, hatte sie. Was das wohl kostete? Mit zwei kleinen Kindern würde sie unmöglich Arbeit finden, es war schon schwer genug, wenn sie Christian auf dem Arm hatte. Aber das neue Kind war doch schon ein Teil von ihr? Wie sollte sie es da ertragen, es wegmachen zu lassen? Die junge Frau hinter der Tür jedoch ertrug es.

Anne wollte auf sie warten, fühlte sich auf seltsame Weise verbunden mit dieser jungen Frau, obwohl die einer anderen Welt angehörte. Sie konnte die Frau und ihre Entscheidung verstehen. Sie hatte noch nie von unehelichen Kindern in vornehmen Häusern gehört, nur von dem einen oder anderen Pflegekind, das sie ins Haus nahmen und dessen sie sich erbarmten. Die unehelichen Kinder gehörten in Annes Welt. Dort draußen auf der Straße.

Sie lehnte sich an die Wand. Es konnte nicht stimmen, dass in dieser Hütte eine weise Frau lebte. Keine solche, wie sie eine sein wollte, jedenfalls eine, die linderte und heilte. Elseby hatte einmal von einem Mädchen in Vardal erzählt, das eine giftige Pflanze gegessen hatte, um ihr Kind abzutreiben. Sie hatte so viel von dieser Pflanze gegessen, dass sich damit vergiftet hatte und gestorben war. Das hatte ihr Angst gemacht. Beret hatte andere Geschichten gekannt. Ja, ihre waren noch schlimmer, denn darin ging es um Todesstrafe, um Enthauptung für Frauen, die ihre Kinder wegmachen ließen. Aber Beret hatte ihr erklärt, dieses Gesetz sei aufhoben, jetzt gebe es Zwangsarbeit im Zuchthaus. Was, wenn Beret sie jetzt sehen könnte, so unsicher, wie sie nun war?

Plötzlich wurde sie durch einen herzzereißenden Schrei aus der Kammer hinter der Tür aus ihren Gedanken gerissen. Sie hätte gern die Tür aufgerissen und die junge Frau herausgeholt. Es musste doch bald vorüber sein, was dort drinnen vor sich ging. Aber ebenso plötzlich war es wieder still. Totenstill. Es war so stickig und feucht auf dem Gang, es war nicht auszuhalten. Und nach Fäule stank es noch dazu.

Anne erbrach sich über dem Straßengraben, gleich vor dem Haus. Das brachte Erleichterung. Beret hatte gesagt, eine weise Frau, die andere Frauen von ihren Kindern befreite, werde mit den strengsten Strafen belegt, und wenn die Frau starb, könne die Todesstrafe verhängt werden. Anne blieb plötzlich stehen. Vielleicht war das soeben in dem Haus passiert. Vielleicht hatte die junge Dame nicht überlebt. Sie riss die Brettertür auf.

Auf dem Gang stand die junge Frau und zog sich die Handschuhe über die schmalen Stadtfinger. »Jetzt bist du an der Reihe«, sagte sie.

Anne schüttelte fieberhaft den Kopf. Sie wollte für dieses Kind kämpfen, so wie sie für Christian gekämpft hatte.

»Ich kann hier mit Ihnen warten, bis Ihr Wagen kommt, wenn Sie wollen.«

Die junge Frau setzte sich neben dem Haus auf einen Baumstumpf. »Ich blute so schrecklich«, rief sie. Dann zog sie den einen Handschuh aus und hob die bleichen Finger an ihr Gesicht. »Ich hätte nie gedacht, dass ich so etwas tun könnte.« Sie fing an, dermaßen zu weinen, dass sie am ganzen Leib bebte. »Zuerst hat sie mich mit heißem Wasser gefüllt«, erklärte sie schluchzend. »Aber die Stricknadeln waren das Schlimmste.«

In dieser Stadt gab es so viel Elend! Anne legte der anderen vorsichtig die Hand auf die Schulter. So viel, was in den vornehmen Zimmern verschwiegen wurde. So viel Schande. So viel Kummer. Sie war nicht die Einzige, die litt. Sie trug ihre Schande immerhin auf dem Arm. Und wenn sie sich die Sache genauer überlegte, war diese Schande nicht ihr Kummer, sondern ihre Freude.

»Nein, auch das war nicht das Schlimmste.« Die junge Frau schaute aus geschwollenen Augen zu ihr hoch. »Ich werde nie erfahren, ob es ein Junge oder ein Mädchen war.«

Der Fuhrmann wartete.

Anne nahm den Arm der jungen Frau und half ihr beim Aufsteigen. »Sie dürfen nicht bereuen, was Sie getan haben, Fräulein.« Anne lächelte ihr zu. »Das Leben wird Ihnen noch andere Möglichkeiten geben. Darauf müssen Sie sich verlassen.«

34

Christiania, Juli 1845

Anne sah den Hausbesitzer an. Es konnte doch nicht sein Ernst sein, dass er sie nicht hereinlassen wollte. Ihre Beine zitterten, und an einer Ferse hatte sie sich eine blutende Blase gescheuert.

Morten Halvorsen nickte zu den Brettern hinüber. »Die müssen zu Jens Andersen in der Lakkegate. Da ist die Karre. Du kannst hier schließlich nicht umsonst wohnen.«

»Ich werde bezahlen. Lassen Sie mich nur hier sein, bis das Kind geboren ist.«

In den vergangenen beiden Wochen hatte sie die Miete nicht bezahlt, und jetzt wollte er sie nicht hereinlassen, solange sie nicht allerlei Erledigungen für ihn ausgeführt hatte.

Anne ging zu dem Bretterstapel, hob ein Brett nach dem anderen auf die Karre, bis sie voll war. Er ließ sie dabei nicht aus den Augen. Sein Blick brannte in ihrem Rücken. Am Ende setzte sie Christian auf den Bretterstapel.

Anne übernahm gern Erledigungen für ihn, als Bezahlung für die Kammer, aber nicht jetzt, sie war zu schwerfällig. Sie stieß den Wagen durch die Oslo gate, über Löcher und Huckel und bemerkte eine tieffliegende Vogelschar, als sie an dem weißen Gut Ladegården vorbeikam. Sie überquerte die Bispegate. Der Schweiß strömte ihr nur so über Gesicht und Brust. Beim Brunnen auf dem Oslo Torv blieb sie stehen, spritzte sich Wasser über das Gesicht und löschte ihren Durst. Christian hatte sich auf dem Bretterstapel zusammengerollt und war eingeschlafen, ihm würde sie später zu trinken geben.

Erst an der Ecke Breigate und Lakkegate blieb Anne wieder stehen. Dort lungerten zwei Mädchen herum. Sie musste die beiden einfach ansehen. Jede hatte ein Bündel in der Hand, genau wie sie selbst an ihrem allerersten Tag. Sie waren sicher ganz neu in der Stadt. Warum sind sie hergekommen?, dachte sie. Suchen sie Arbeit oder vielleicht einen Ehemann? Wie sahen ihre Träume aus? Ihre Hoffnungen? Sie schaute an sich hinunter. An dem dicken Bauch und dem alten Kleid. Sie hatte die Nähte wieder aufgetrennt, und nach der Geburt würde sie sie abermals flicken. Auf welche Reise hatte Gott sie eigentlich geschickt? Was hatte er mit ihr vor?

»Wir können doch immer noch zur Armenkasse gehen.« Anne hielt den Atem an und spitzte die Ohren. »Das ist besser, als zu hungern und zu frieren. Und was wird, wenn der Winter kommt? Wir müssen doch erfrieren, wenn wir keine Wohnung haben.«

»Nein, das dürfen wir nicht«, sagte die andere. »Weißt du das nicht? Wenn wir sagen, dass wir keine Arbeit haben, können wir wegen Bettelei und Herumtreiberei verhaftet und zu Zwangsarbeit verurteilt werden. Das ist meinem Bruder passiert. Er musste monatelang in einem Steinbruch Steine klopfen, und ein Mädchen, das ich kenne, wurde zum Weben ins Zuchthaus gesteckt.«

Der Himmel wurde jetzt dunkel. Es war kühler geworden. Die Stadt kam zur Ruhe. Nicht einmal die Vögel sangen. Sie richtete sich auf, als gerade ein Lichtschein über den Himmel huschte. Sie hatte keine Hoffnung mehr, und wo war ihre Hellsicht geblieben? Ein kräftiges Dröhnen ließ die Mädchen zum Marktplatz laufen, die Bündel schwangen an ihrer Seite hin und her. Anne schaute hinter ihnen her, als sehe sie sich selbst, wie damals, als sie gerade in die Stadt gekommen war und Entscheidungen treffen konnte. Sie hob den Kopf und schob die Karre weiter, als der Himmel sich öffnete und der Regen auf den Boden prasselte.

Endlich fand sie das Haus. Sie hämmerte an die Tür.

»Hinterhof. Nicht hier.« Die Frau, die öffnete, zeigte auf den Torweg.

Anne schob die Karre auf den Hinterhof.

»Kalt. Angst. Mutter.« Christian war von dem Gewitter geweckt worden und wiederholte diese Wörter, die ihr ins Herz schnitten.

Sie hatte nichts, um ihn einzuwickeln, denn ihr Schultertuch lag in der Kammer in Gamlebyen. Sie mussten hier ins Haus und sich abtrocknen, ehe sie zurückgingen.

»Bringst du nasse Bretter?« Sie hatte nicht gehört, dass die Tür geöffnet worden war, aber nun stand ein ziemlich kleiner Mann mit wütendem Blick vor ihr.

»Bist du Jens Andersen?«

Er gab keine Antwort. Stattdessen scheuchte er mit wilden Handbewegungen sie und die Karre, als wäre sie eine widerspenstige Kuh, die nicht in ihre Box wollte, bis sie dann wieder draußen auf der Lakkegate standen. Dann rief er: »Die nassen Bretter kannst du wieder zurück zu Morten Halvorsen nehmen!«

Plötzlich merkte sie, dass etwas anders war. Heißes Wasser lief unter ihrem Kleid über ihre Beine und in die nassen Stiefel. Sie ließ den Karren los und lehnte sich dagegen. Bei Christians Geburt war es nicht so gewesen, aber sie wusste ja, was jetzt bevorstand. Ein vollbeladener Wagen rumpelte vorbei. Das Pferd kämpfte im Matsch mit der schweren Last. Vor ihren Augen drehte sich alles. Anne starrte zu dem Fenster hinüber. Die Frau war verschwunden.

Sie nahm Christian und hob ihn hoch. Er zitterte und klammerte sich an sie, während sie ihn zurück auf den Hinterhof trug.

»Habe ich nicht gesagt, du sollst die nassen Bretter zurückbringen? Die taugen doch zu nichts.« Jens Andersen war ihr gefolgt.

»Ich bekomme ein Kind«, keuchte sie.

»Dann kannst du nach Hause gehen und da deinen Balg werfen.«

»Das schaffe ich nicht«, brachte sie atemlos heraus. »Hol deine Frau und sag ihr, sie soll Wasser heiß machen.«

»Pressen«, sagte seine bleiche Frau. »Du musst mithelfen, sonst geht das nie im Leben gut.«

Anne lag in der Hinterkammer im Haus von Jens Andersen und tat, was die Frau ihr sagte, sie holte tief Luft und presste aus Leibeskräften.

Die Frau kam ihr jetzt freundlicher vor. Sie hatte Christian in eine Wolldecke gehüllt, damit der nasse kleine Junge warm werden konnte. Anne konnte ihn von der Bank aus, auf der sie lag, im Auge behalten. Die gelben Locken rahmten das hübsche kleine Kindergesicht ein. Aber dann kamen die Schmerzen wieder, sie bauten sich in ihr auf und packten sie. Anne drehte das Gesicht zur Wand, biss die Zähne zusammen, um nicht zu schreien. Dann ließen die Schmerzen nach, und als sie wieder zu ihm hinüberblickte, war er eingeschlafen.

»Woher kommst du?«, fragte die Frau.

»Vardal«, flüsterte sie.

»Ich meine hier in Christiania. Wo wohnst du?«

»Gamlebyen«, keuchte sie. Dann war der Schmerz wieder da, packte sie abermals, riss und zerrte. Und für einen Moment sah sie die verzweifelte junge Frau, die ihr Kind abgetrieben hatte. Wo mochte sie jetzt sein? Sie schrie.

»Atmen«, sagte die Frau und atmete selbst, so tief sie konnte.

Anne versuchte so zu atmen wie die Frau, aber als die Schmerzen wiederkamen, konnte sie nicht mehr atmen. Sie packte ihr Kleid, drückte es sich auf das Gesicht und schrie. Sie nahm jetzt nur noch den Schmerz wahr. Es gab nicht eine einzige Pause.

»Jetzt kommt dein Kind!«, rief die Frau. »Ich hab es!«

Anne spürte, wie sich etwas löste, wie das Kind aus ihrem Körper glitt. Hinaus ins Leben.

»Stimmt etwas nicht?« Es war so still in der Kammer. Sie hörte nur Christians leises Schmatzen drüben bei der Tür. »Du musst etwas tun!«, rief sie und hob sich auf die Ellbogen. »Halt ihn mit dem Kopf nach unten. Schüttele ihn!« Nun sah sie ein kleines blaues Gesicht, das mit den Augen klimperte, als sich der kleine Mund zu einem Schrei öffnete.

Die Frau legte ihr das Kind auf die nackte Brust. Es war ein Junge. Er war so schön. Einige helle glatte Haarsträhnen mitten auf dem Kopf. Zwei blaue

Augen, ein kleiner roter Mund. Ein kleiner kräftiger Bursche. Kleine Fäuste, die sich ballten. Keine Goldschmiedehände.

Draußen regnete es jetzt nicht mehr. Ein Sonnenstrahl kam durch das Fenster und traf sie und den Kleinen. Das Kind hatte Ähnlichkeit mit ihrem Vater. Arbeitsfäuste, das hatte der Junge. Sie beugte sich vor und küsste ihn auf die Stirn. »Anders«, flüsterte sie. »Anders sollst du heißen.«

35

Sie wusste, welche Angst Herman davon hatte, dass es bekannt werden könnte, dass er ein uneheliches Kind hatte. Zwei uneheliche Kinder. Von dem zweiten wusste er aber wohl nicht einmal, falls Hanna ihm nichts gesagt hatte. Doch diesmal wollte Anne den Pastor nicht belügen. Nicht Herman zuliebe. Und auch aus keinem anderen Grund. Sie hob den Kopf. Denn wenn sie einen belog, dann belog sie auch alle anderen Menschen. Wenn sie die Wahrheit sprach, dann sprach sie auch für Johanne, Sofie und alle ausgenutzten Dienstmädchen und alle reichen Frauen, denen das ebenfalls passierte.

»Der Kindsvater ist der Witwer Herman Øyset«, sagte sie mit lauter und sicherer Stimme.

»Goldschmied Øyset?« Der Pastor hob die buschigen Augenbrauen und starrte sie zweifelnd an.

»Ja.« Sie wich nicht für eine Sekunde mit dem Blick aus.

»Das kann nicht stimmen.« Der Pastor blätterte in dem Stapel von Papieren, die vor ihm auf dem Tisch lagen. »Herr Øyset wird hier am 11. Dezember mit Jakobine Wilhelmine Anderson getraut.«

Für einen Moment glaubte sie den festen Boden unter den Füßen zu verlieren. Sie taumelte und packte den Tisch, an dem der Geistliche saß, mit der freien Hand. Anders fing an zu schreien, und Christian klammerte sich an ihr Kleid. Kein einziges Mal hatte Herman versucht, sie zu finden. Stattdessen hatte er sich mit einer anderen verlobt, und es musste ziemlich bald passiert sein, nachdem er ihr die Krone gezeigt und behauptet hatte, nur Anne zu lieben. Sie hob abermals den Kopf und ging zur Tür, weg vom Altarbild mit den Inschriften und weg von Jesus, der für ihre Sünden dort hing.

»So schnell geht das aber nicht«, rief der Pastor so laut hinter ihr her, dass es im Kirchenschiff widerhallte. »Das Kind ist von zwei Personen angezeigt worden.«

»Angezeigt?« Sie fuhr herum.

»Ja und deine beiden unehelichen Geburten sind jetzt aktenkundig.«

»Was bedeutet das?« Ihr Mund war jetzt so trocken, dass sie mehrmals schlucken musste.

»Das bedeutet, dass das, was du getan hast, strafbar ist.«

Sie drückte Anders so fest an sich, dass er leise wimmerte. Wer hatte ihn angezeigt? Zwei Personen? Wer könnte auf so eine Idee kommen? Morten Halvorsen? Jens Andersen? Seine Frau? Hatten auch die sie im Stich gelassen? Wer könnte es sonst sein? Sie hatte es zu Hause in Vardal gesehen. Frauen, die vor dem Altar stehen mussten, das Gesicht der Gemeinde zugewandt, um ihre Sünden zu bekennen. Einige mit Steingesicht, andere weinend und auf den Knien, während sie um Vergebung flehten. Das war die Strafe für eine außereheliche Niederkunft. Damals hatte sie nicht gewusst, was das bedeutete, und niemand hatte es ihr erklären wollen. Nicht einmal Karen. Jetzt wusste sie es nur zu gut. Die Früchte dieser Taten trug sie ja in den Armen.

»Du hast Glück«, der Pastor zeigte auf sie. »Nach dem alten Gesetz wärst du schon beim ersten Mal ins Zuchthaus gesteckt worden, aber jetzt gilt ja das neue Gesetz.« Er wurde lauter. »Diesmal kommst du noch ungeschoren davon, Anne Marie Andersdatter. Aber wenn du noch ein Kind bekommst, wird es nicht mehr so glimpflich ausgehen.« Seine Stimme klang nun wie bei einer Predigt. »Wenn du drei Kinder von drei verschiedenen Männern bekommst, ohne mit einem von ihnen verheiratet zu sein, wirst du bestraft.«

»Und wer soll sich dann um die Kinder kümmern?«, fauchte sie durch zusammengebissene Zähne.

»Das hättest du dir früher überlegen sollen. Wenn du hier das nächste uneheliche Kind anschleppst, bleibt dir die Strafe nur erspart, wenn du beweisen kannst, dass du einen der Väter heiraten wirst.«

Sie schwieg. Es gab nichts mehr zu sagen. Sie wollte gehen, doch der Pastor winkte sie zurück.

»Der Sachverhalt muss auf jeden Fall angezeigt werden, aber du musst diesmal nicht vor Gericht aussagen. Doch wenn du gelogen hast, was den Kindsvater angeht, wirst du bestraft.«

»Ich lüge nicht.« Sie starrte ihm in die Augen und erklärte entschlossen: »Der Kindsvater ist Goldschmied Herman Colbjørnsen Øyset aus der Kirkegate 15.«

Der Pastor schüttelte den Kopf, dann beugte er sich über den Tisch und schrieb mit eleganten Buchstaben: *Die Dienstmagd Anne Marie Andersdatter kam am 18. Juli bei Jens Andersen in der Lakkegate nieder, wohnt bei Morten Halvorsen in der Oslo gate. Kindsvater ist der Witwer Herman Øyset. 2. außereheliche Niederkunft. Den 24. August 1845.* Dann tunkte er die Feder wieder ins Tintenfass und fügte hinzu: *Anders Oluf Øyset, unehelich.*

Nach der Taufe lief sie los und hielt erst an, als sie mit einem Kind auf jedem Arm vor dem Haus in der Kirkegate 15 stand und um Atem rang.

»Anne, was machst du hier?« Hanna hatte sie offenbar durch das Fenster gesehen, denn sie kam angelaufen und stellte sich vor Anne.

»Ich muss mit Herman sprechen«, sagte Anne und schnappte nach Luft.

»Der ist nicht hier.«

»Kann ich im Haus auf ihn warten?«

»Nein, natürlich nicht. Was ist denn los mit dir?«

Hanna sah zuerst Anne an, dann Christian und schließlich das kleine Bündel in ihrem Arm. »Er ist verreist, und ich weiß nicht, wann er zurückkommt. Du kannst hier nicht bleiben, Anne.«

Anne sagte nichts und bewegte sich auch nicht. Sie wischte sich nur mit dem Ärmel Schweißtropfen von der Stirn. Dann fasste sie sich und sagte laut: »Er darf mich nicht weiterbelügen, Hanna.«

»Bitte, du musst jetzt gehen.« Hannas Hals überzog sich mit roten Flecken.

»Weißt du, dass jemand mein Kind angezeigt hat, Hanna, und dass ich jetzt wegen zweier unehelicher Geburten im Kirchenbuch stehe? Nein, Herman muss wissen, was er angerichtet hat.« Sie drängte sich an Hanna vorbei.

»Du musst deine Jungen nehmen und gehen.« Hanna lief hinter ihr her und vertrat ihr dann den Weg. »Hier darfst du nicht sein.«

Christian glitt von ihrem Arm und trottete allein auf die Tür zu. »Wir treffen uns heute Abend am Brunnen auf dem Stortorv, da können wir reden«, sagte Hanna und versuchte den Jungen aufzuhalten.

»Wo ist Herman?«

»Er ist verreist, und ich weiß nicht, wann er zurückkommt. Wirklich nicht.« Hanna sah sie flehend an. Ihre Augen standen voller Tränen. Die roten Flecken waren in ihr Gesicht hochgewandert. »Geh jetzt, Anne.«

»Und seine Verlobte – hat er die vielleicht mitgenommen?«

»Woher weißt du, dass er verlobt ist?«, flüsterte Hanna.

»Das hat der Pastor gesagt. Ich habe gerade seinen zweiten Sohn taufen lassen, während er mit seiner schönen jungen Verlobten auf Reisen ist.«

»Sie ist nicht jung. Sie ist so alt wie du. Dreißig. Und so schön wie du ist sie absolut nicht«, sagte Hanna eilig.

»Dass er den Wettbewerb gewonnen hatte, konntest du mir erzählen, Hanna, aber nicht, dass er verlobt ist? Was, wenn sie wieder hier sind und sie erfährt, was er getan hat?«

Anne lief an Hanna vorbei und zog Christian von der Treppe herunter. Sie zitterte. Sie würde zurückkommen, sowie Herman wieder zu Hause war. Er sollte nicht ungeschoren davonkommen. Sie wusste sehr gut, wie sich der Klatsch von den Brunnen aus durch die Stadt verbreitete, wie er in jede Nische und jeden Winkel eindrang, wie er über die Hintertreppe jede feine Wohnstube erreichte. Sie bückte sich, um den wütend strampelnden Christian hochzuheben. Aber sie war jetzt stark und nahm ihn rasch auf den Arm. Der Junge schrie so sehr, dass er rot im Gesicht wurde. Das tat auch das kleine Bündel auf ihrem anderen Arm. Dann stand plötzlich eine Frau in einem schwarzen Seidenkleid mit einem weißen Spitzenkragen vor ihr.

Anne war wie gelähmt. Sie hörte gerade noch Hannas rasche Schritte hinter sich auf der Treppe. Sie musterte die Frau, die vor ihr stand. Zwei dunkle Zöpfe waren an jeder Seite des Kopfes straff aufgesteckt. Ihr Gesicht war nicht schön und golden wie das von Andrea, aber es war sanft. Die Augen waren graublau, die Nase war ein bisschen krumm, und die Lippen waren bleich und dünn. Eine funkelnde Silbernadel war auf ihrer Brust befestigt, Anne erkannte sie, sie hatte sie selbst geputzt. Sie hob Christian noch höher. Er war jetzt still, und Anders' Weinen war in leises Wimmern übergegangen. Es gab gute und böse Mächte auf der Welt, das hatte ihr Elseby einmal erklärt. Die bösen Mächte setzten sich als Krankheit und Verbitterung im Körper der Menschen fest, und die guten heilten. Sie konnte jetzt zwischen beiden unterscheiden. Aber diese Kräfte gab es nicht nur außerhalb der Menschen, wie Elseby gesagt hatte, sie steckten auch in allen. Auch in ihr, und sie konnte frei entscheiden. Welche Schuld trug wohl die Frau, die hier vor ihr stand? Sie wusste nicht, mit wem sie sich da verlobt hatte. Anne sah aus dem Augenwinkel Hanna neben sich. Spürte den fragenden Blick der Freundin. Aber Hanna brauchte keine Angst vor ihr zu haben. Und Hermans Verlobte auch nicht.

Anne machte ihren schönsten Knicks, drehte sich um und ging zurück zum Stortorv, und nun läuteten die Glocken zum Gottesdienst in der Erlöserkirche.

36

Am nächsten Tag suchte sie wieder die Straße unten an dem steilen Hang auf, wo sie dem Wagen mit der jungen Frau gefolgt war. Wenn es dort eine weise Frau gab, gab es vielleicht auch mehrere. Sie war jetzt von Herman befreit, sie würde keinen weiteren Gedanken an ihn verschwenden. Wenn sie nur wieder Arbeit fände, würde sie genug sparen, um sich eine Kammer vor der Stadt zu mieten, wo sie und die Jungen sicher wären. Sie durfte keine Anzeige wegen Quacksalberei riskieren, solange sie für ihre Kinder verantwortlich war.

Anne ging vorbei an der Bruchbude, in der die junge Frau ihr Kind abgetrieben hatte, und ihr schauderte bei dem Gedanken daran, was dort vielleicht vor sich ging. Sie ging rasch weiter, mit Anders auf dem Arm, während Christian hinter ihr hertrottete. Der Morgendunst über der Stadt hatte sich jetzt gelichtet. Es würde sicher wieder ein heißer Tag werden. Der Fjord lag spiegelglatt da, und weit draußen lagen Segelschiffe vor Anker. Schiffe, vor denen Sigrid sie einmal gewarnt hatte, weil sie glaubte, die brächten die Cholera in die Stadt.

In dieser Gegend standen nicht viele Häuser, aber hier konnte sie sich immerhin durchfragen, ohne dass jemand großes Aufhebens darum machte. Den Weg hierher fanden sicher nicht viele Doktoren. Anne blieb vor einem kleinen Haus stehen, vor dem Kinder spielten. Klopfte an, aber niemand machte auf. Sie wollte schon die Kinder nach ihrer Mutter fragen, als plötzlich eine Frau um die Ecke kam mit einem Zinkeimer voller Wäsche in der Hand. Sie schimpfte ein wenig mit den Kindern und blieb dann mit fragender Miene vor Anne stehen.

»Ich suche eine weise Frau«, sagte Anne und machte einen Knicks.

Die Frau sah sie und die Jungen mit müdem Blick an, dann stellte sie ihren Eimer auf den Boden und lächelte. »Wozu brauchst du denn Hilfe, meine Liebe? Die Wahrsagerin wohnt am Ende der Straße. Sie legt Karten und liest im Kaffeesatz. Vielleicht willst du wissen, ob dein Mann dir treu ist?« Ihr Kleid war auf dem Bauch nass, sie band ihre Schürze ab und legte sie auf den Eimer. »Ein Haus weiter wohnt eine Egelfrau. Die Frage ist doch, worum es dir geht.«

»Egelfrau?«

»Ja, und sie macht es auch mit Tassen.«

»Tassen?«

»Ja, wenn du Gelenkschmerzen hast, dann verbrennt sie Kräuter in der Tasse und setzt sie auf die Stelle, wo es dir wehtut.«

»Und die Egel, was macht sie damit?«

»Die hat sie in einem Glas mit Watte und Wasser. Nimmt sie bei Rückenschmerzen, Ohrenentzündung und Zahnweh.«

Die Frau steckte einige Haarsträhnen zurück in den Knoten in ihrem Nacken.

»Wie das denn?« Anne schlug die Augen nieder. Sie schämte sich, weil sie so viele Fragen stellte, aber wenn sie weiterkommen wollte, durfte sie sich nicht mehr verstecken. Und die Frau, die vor ihr stand, schien sich über diese Gelegenheit zu einem Schwätzchen zu freuen. Die müden Augen erwachten zum Leben.

»Die saugen das schlechte Blut in sich auf, bis sie dick und satt sind, und dann fallen sie von der Haut. Dann legt sie die Egel wieder in ihr Glas und setzt einen hungrigen Egel an, bis du endlich gesund bist.«

»Tut es denn nicht weh, wenn sich die Egel festbeißen?«

»Nicht sehr, du merkst nur ein kurzes Zupfen an der Haut. Hab es selbst probiert, als ich mal Zahnschmerzen hatte.« Die Frau riss den Mund auf und zeigte hinein.

»Aber woher weiß die Frau, wo sie die Egel hinsetzen soll? Wo es wehtut, meine ich.«

»Das wissen die schon selbst. Die kriechen herum, bis sie die wehe Stelle gefunden haben, und dann stechen sie ein Loch und saugen und saugen Blut, bis die Schmerzen verschwinden. Versuch es doch selbst mal, wenn es dir irgendwo wehtut.«

»Nein.« Anne schüttelte den Kopf. »Ich will mir lieber die Karten legen lassen.«

Unten am Hang beim Loelv grasten einige Kühe. Anne blieb stehen und zeigte darauf, damit Christian sie sehen konnte, ehe sie Hand in Hand weiter zu dem Haus am Ende der Straße gingen. Sie klopfte an.

Die Hellseherin öffnete und musterte sie aus dunklen, scharfen Augen, dann durften sie einen bescheidenen kleinen Raum betreten. Die Frau war sicher alt, vielleicht fünfzig. Im Raum setzten sie sich an einen kleinen Tisch. Die Karten lagen schon bereit.

»Ich sehe Großes für dich«, sagte die Hellseherin, als sie die Karten auf der Tischplatte verteilt hatte.

Anne schluckte und sah sie erwartungsvoll an.

»Aber dir fehlt etwas, um so weit zu kommen.«

»Was denn?«

»Glaube«, sagte die Hellseherin und wischte sich die Hände an ihrer gestreiften Schürze ab. »Der Glaube an das, was der Allmächtige dir gegeben hat.« Sie durchbohrte Anne mit Blicken. »Wenn du nicht glaubst, wirst du dein Ziel nie erreichen. Aber wenn du glaubst, kannst du dorthin und noch weiter gelangen. So mächtig sind unsere Kräfte.«

»Was siehst du denn?« Anne beugte sich vor.

»Ich sehe, wie du Menschen hilfst«, erklärte die Frau. »Bist du alt wirst.«

»Aber wie mache ich das?«, flüsterte Anne.

Die Hellseherin streckte die Hand aus. »Ein Schilling«, sagte sie. »Die Antwort kostet einen Schilling.«

Die Miete hatte fast alles Geld verschlungen, viele Schillinge hatte Anne nicht mehr. Sie schob die Hand unter Anders, der an ihrer Brust fest schlief, und griff in ihr Kleid. Dort lagen die Münzen neben dem Trauring der Mutter. Und von dem wollte sie sich auf keinen Fall trennen. Dann schaute sie zu Christian hinunter, der auf dem Boden neben ihrem Stuhl eingeschlafen war.

»Ich habe nicht viele Schillinge«, sagte sie seufzend. »Ich habe eben meinen Kleinen taufen lassen.«

»Ja, wenn du dich nicht mal von einem schnöden Schilling trennen willst, kannst du dir selbst weissagen«, sagte die Frau. »Ich sehe es deinen Augen an. Du kannst wohl viel besser sehen als ich, scheint mir.«

»Nein«, sagte Anne leise. »Ich habe meine Gabe verloren.«

»Eine Gabe kann man nicht verlieren«, sagte die Hellseherin voller Überzeugung. »Sie verschwindet nur, wenn du nicht mehr daran glaubst.«

Anne schob abermals die Hand unter ihr Kleid und zog mit schweißnassen Fingern einen Schilling hervor. Dann legte sie ihn vor die Frau auf den Tisch. »Ich brauche Hilfe«, sagte sie und hörte, wie sehr ihre Stimme zitterte. »Ich brauche Hilfe, um wieder zu glauben.«

Die Hellseherin nahm den Schilling, hob danach die Karten auf, sah sich jede einzelne an, schloss die Augen und sagte: »Wenn du diejenige bist, die den Menschen hilft, sieht diese Straße ganz anders aus. Es gibt viele Häuser, und sie liegen auf beiden Seiten dicht nebeneinander.«

»Hier?«, flüsterte Anne.

»Pst«, sagte die Hellseherin. Dann holte sie tief Luft und fügte hinzu: »Ich sehe noch andere weise Frauen, aber keine wird so hoch geehrt werden wie du. Die Menschen werden aus dem ganzen Land zu dir kommen. Sie werden in den Zeitungen über dich schreiben.«

»Aber warum? Was wird mich anders machen als die anderen?«, fragte Anne und beugte sich vor.

»Der Fingerabdruck«, sagte die Hellseherin ruhig und hielt die Augen noch immer geschlossen.

»Der Fingerabdruck?«

»Der Fingerabdruck ist die Art, wie du deine Gabe umsetzt. Die Kraft, die du hineinsteckst. Wie das geht, musst du selbst herausfinden. Das kann ich nicht sehen. Ich sehe nur, wie es endet. Den Weg, der dorthin führt, musst du selbst gehen.«

»Hoffnung«, flüsterte Anne. »Das will ich denen geben, die zu mir kommen. Hoffnung.«

»Dann musst du selbst die Hoffnung zurückgewinnen«, sagte die Hellseherin und stand auf. »Und du musst glauben. Nichts davon, was du bisher getan hast, war vergeblich. Du zweifelst nicht an deiner Gabe, glaube ich, sondern an dir selbst.«

Die Frau hatte recht, so war es immer schon gewesen. Sie glaubte nicht an sich selbst, daran, dass ihr eine solche Gnadengabe zuteil geworden war, einer schlichten Kätnertochter aus Vardal. Aber wenn sie die Pflanzen kannte und segnen und gießen konnte und wenn die Hellseherin sagte, sie habe die Gabe immer noch irgendwo in sich, dann musste es doch Hoffnung für sie geben. Ihre Wangen glühten, als sie aufstand. Die Hellseherin hatte nicht nur ihre Zukunft gesehen, sie hatte durch Anne hindurchgeblickt, hatte Zweifel und Hoffnungslosigkeit gesehen. Aber sie hatte auch die Gabe gesehen. Das machte sie stolz, und vielleicht errötete sie deshalb. Etwas in ihr glühte jetzt, schenkte ihr neue Gedanken. Sie zweifelte nicht mehr. Nicht für eine Sekunde tat es ihr leid um den Schilling, mit dem sie die Hellseherin bezahlt hatte. »Danke«, sagte sie und lächelte. »Ich bin froh, dass ich gekommen bin.«

Als sie sich Morten Halvorsens Haus näherte, hatte sie das Gefühl, beobachtet zu werden. Sie drehte sich langsam um und schaute zur anderen Straßenseite hinüber. Obwohl es schon dunkel wurde, konnte sie sehen, dass dort jemand an einem Baum lehnte und dass der Fremde nicht so gekleidet war wie andere, die sonst hier unterwegs waren. Hut und Mantel waren in den Straßen von Gamlebyen nicht so oft zu sehen.

Die hochgewachsene Gestalt überquerte die Straße.

»Warte hier.« Sie streichelte Christians Schulter und ging dem Mann entgegen, mit Anders auf dem Arm.

Herman stand jetzt dicht vor ihr. So nah, dass sie den scharfen Schnapsgeruch wahrnahm. Der war nicht süß wie früher, sondern nur scharf. War er doch zu Hause gewesen? Hatte er sie gesehen? Sicher hatte er Hanna gezwungen, zu verraten, wo sie wohnte. Anne wich einen Schritt zurück, aber er packte sie und hielt sie fest. Presste sie an sich.

»Das ist dein Sohn«, sagte Anne leise. »Er heißt Anders und wurde gestern getauft.«

»Du begreifst nicht, was du angerichtet hast, Anne. Es war zu früh, viel zu früh ...«

»Herman, du muss mich loslassen. Da hinten steht Christian, und er hat Angst.«

»Christian?«

»Christian, dein ältester Sohn!« Sie kochte innerlich, sie wollte schreien, nahm sich aber wegen der Kinder zusammen. Sie richtete sich gerade auf.

»Wir hatten doch einen Plan, Anne! Was glaubst du, wie mir zumute war, als der Pastor gestern Abend zu mir kam, als wir gerade Gäste hatten, und wissen wollte, ob ich wirklich Vater eines unehelichen Kindes sei, das als Anders Oluf Øyset im Kirchenbuch steht?« Endlich ließ er los.

»Und was hast du geantwortet?« Sie hob den Kopf.

»Ich habe ja gesagt, Anne«, rief er. »Hörst du?«

»Ja, ich höre«, sagte sie ruhig.

»Dann hat er gefragt, ob ich für meinen Sohn sorge, als ob ich einer wäre, der sich vor seinen Pflichten drückt, und kein rechtschaffener Mann.«

»Dir hat er nicht mit Strafe gedroht so wie mir?« Sie schaute ihm in die Augen, ohne auf Antwort zu warten. »Du hast dich verlobt, wie ich höre?«

Er wich zurück. »Nein, das verstehst du nicht … Wilhelmina ist doch nicht … ich will doch dich … es geht um uns …«

Anne spürte, dass er keine Macht mehr über sie hatte, sie hatte keine Angst, sie war stark. »Was willst du mit einem Dienstmädchen mit zwei unehelichen Kindern, Herman? Du bist doch Vorsitzender der Goldschmiedezunft und hast die Erbfürstenkrone geschmiedet. Was willst du mit mir?«

Er erstarrte. »Ich bin niemand mehr«, nuschelte er. Seine Worte waren kaum zu verstehen.

»Wie meinst du das?« Sie hatte fast das Gefühl, seinen Arm streicheln zu müssen, so verzweifelt sah er aus.

»Es gibt keine Krönung.« Er unterdrückte ein Schluchzen.

»Es gibt keine Krönung?«

Er sah sie aus großen, verletzten Augen an. »Bischof Riddervold weigert sich, Königin Josefina zu krönen.«

Nur die Krone hatte ihm etwas bedeutet. Fast tat er ihr leid, als er sich vor ihr zusammenkrümmte. »Warum weigerte sich der Bischof?«

»Weil die Königin katholisch ist.«

»Und dann wird der kleine Kronprinz auch nicht gekrönt?«

Er schüttelte wieder den Kopf. »Der kleine Kronprinz Karl«, flüsterte er.

»Was ist mit der Krone?«

»Die wurde unter Bewachung in den Munksturm von Akershus gebracht.« Seine Lippen zitterten wie die eines kleinen Jungen. »Ganz oben in den Turm. Unbenutzt und eingeschlossen in der Schatzkammer, zusammen mit den anderen Kronjuwelen. Mir bleibt nichts mehr, Anne. Nichts mehr.«

Wenn das hier Gottes Wille war, so hatte sie doch keine Freude daran. Sosehr sie die Krone auch gefürchtet hatte, so weh tat es, ihn so zu sehen. »Was sagt deine Verlobte dazu?« Ihre Wut war jetzt verschwunden.

»Ach, die interessiert sich nicht für die Krone. Ihr geht es nur darum, gut auszusehen und das Haus voller plappernder Frauenzimmer zu haben.« Er schwankte.

Plötzlich spürte sie Christians kleine Hand in ihrer. Er weinte.

»Er ist so dünn angezogen. Hat er Hunger?«

Herman griff nach ihrer Hand und hielt sie fest. Seine Hand fühlte sich rau an, fast wie eine Arbeitshand. Das kam sicher von der vielen Arbeit an der Krone.

»Mutter, komm, Mutter …« Christian zog an ihrem Kleid.

»Wir müssen jetzt gehen.« Sie nahm Christian an die Hand und ging auf das Haus zu.

Herman rief hinter ihr her: »Ich bitte dich, Anne. Lass mich nicht im Stich. Wir werden eine Lösung für uns beide finden.«

Anne drehte sich um und schüttelte energisch den Kopf. »Du kannst große schöne Perlen kaufen, du kannst Frauen kaufen, die in deine Welt passen, aber Liebe kannst du nicht kaufen, Herman.« Dann ging sie einige Schritte zurück in seine Richtung. »Das mit der Krone tut mir leid.«

»Du verstehst das nicht. Ich brauchte das Geld. Ich hatte die Akersgate verloren. Die Krone hat alles verschlungen. Und Wilhelmina hat mich aus der Not gerettet. Die Kirkegate verlieren wir jetzt auch. Wir ziehen in die Nedre Slottsgate, in das Haus von Wilhelminas Mutter. Ich habe dich nie vergessen, Anne … Immer, wenn ich an der Krone gearbeitet habe, dann hat mich der Gedanke, dass du und ich eines Tages zusammen sein werden, durchhalten lassen, hat mir Hoffnung gegeben.«

»Leb wohl, Herman.«

»Nein«, rief er und streckte die Hand nach ihr aus. Er schien sich kaum noch auf den Beinen halten zu können.

Sie lächelte ihn kurz an, dann drehte sie sich wieder um. Diesmal fiel ihr das nicht schwer. Sie hatte ihren Glauben zurückbekommen. Sie würden es schaffen.

TEIL
DREI

Die Drachenkopfblume

37

Christiania, Juli 1848

Auf den Straßen waren nicht viele Menschen unterwegs. Nur der eine oder andere Bote, dazu einige Dienstmädchen am Brunnen. Die Morgenröte leuchtete über dem Stortorv, und da stand er, ihr Freund, und lehnte sich an die Stadtwaage, als ob er schon die ganze Zeit dort gestanden und auf sie gewartet hätte. Als er sie entdeckte, kam er ihr mit raschen Schritten entgegen. Er sah anders aus. Stark und kräftig. Seine Augen leuchteten, seine Wangen hatten eine frische Farbe. Seine Kleider waren neu. Sie hatte das Gefühl, ihn noch nie richtig gesehen zu haben. Bis heute.

Hanna hatte ihr erzählt, dass Jon in Christiania war, dass er auf dem Markt nach ihr gesucht hatte, dass es eilte, dass sie auf die Kinder aufpassen werde, während Anne sich mit ihm traf. Sie war Hanna in den vergangenen Jahren einige Male begegnet, auf dem Weg zum Brunnen oder zurück. Sie hatte um Entschuldigung für ihren Besuch in der Kirkegate gebeten. Und Hanna hatte gesagt, alles sei verziehen. Dann hatte sie Hanna von ihren Plänen erzählt, dass sie sparte, dass sie genug Geld zusammenbringen wollte, um sich eine Hütte außerhalb der Stadt zu mieten, dass sie nur denen helfen wollte, die litten und krank waren. Dann hatte Hanna es sich in den Kopf gesetzt, dass sie ihr helfen wollte. Und sie und die anderen Dienstmädchen erzählten ihr nun immer wieder von Häusern, wo Hilfe gebraucht wurde. Manchmal waren Treppen zu putzen, Wasser musste geholt, Botengänge in die Stadt unternommen werden. Und Anne nahm alle Arbeiten an, bei denen sie die Kinder bei sich haben konnte.

Jon versetzte mit dem einen Stiefel einigen Steinen einen leichten Tritt, während er Anne ansah. Dann streckte er eine Hand aus, legte sie um ihr Kinn und hob ihr Gesicht langsam zu seinem hoch. »Das mit uns sollte wohl doch nicht sein, Anne, aber das hast du wohl schon längst begriffen.«

Sie zitterte unter seiner rauen Hand. Er hatte ja recht, sie hatte es schon längst begriffen, aber warum kamen ihr dann die Tränen?

Er streichelte ihre Wange. »Du brauchst keine Angst zu haben, Anne. Mir ist auch klar, dass wir nicht dieselben Träume haben.«

Sie schluckte. Schluckte und schluckte an dem Kloß, der ihr im Hals steckte, solange sie sich zurückerinnern konnte.

»Ich wünsche mir nur ein eigenes Stück Land, das

ich bestellen kann. Eine Familie, für die ich das tue.« Er schaute ihr in die Augen. »Du bist immer deine eigenen Wege gegangen, Anne.«

»Es ist so viel passiert, Jon«, flüsterte sie. »Und ich habe dir nie richtig von dem erzählt, was ich schon in mir getragen habe, als wir noch ganz klein waren.«

»Das möchte ich jetzt gern hören, Anne.« Wieder wandte er ihr sein Gesicht zu. Aber diesmal lächelte er, und seine warmen braunen Augen hielten ihre fest. »Komm, wir gehen auf den Festungswall, und dann kannst du unterwegs erzählen.«

Inzwischen war auf dem Platz mehr los. Buden wurden aufgebaut, Waren aus Körben und Kästen ausgepackt. Sie gingen vorbei an dem roten Statthalterpalast und fanden dann einen Weg, der nach oben auf den Festungswall führte. Sie gingen schweigend nebeneinander her, genau wie zu Hause in Vardal, als ob sie nicht einen einzigen Tag getrennt gewesen wären. Alles kam ihr plötzlich so natürlich vor, als wäre es das einzig Richtige auf der Welt, für immer so neben ihm weiterzugehen.

»Es hat mit Elseby angefangen«, sagte Anne vorsichtig. »Oder nein«, korrigierte sie sich. »Es fing mit den vielen kleinen, unerklärlichen Dingen an, die ich als Kind erlebt habe, die niemand außer mir sah oder hörte. Dadurch kam ich mir anders vor. Als ob ich etwas zu verbergen hätte.« Sie schaute verstohlen zu ihm hinüber. »Erst als ich Elseby kennengelernt habe, begriff ich, dass es eine Gabe war, die mir geschenkt worden war, und dass ich Kranken und Leidenden helfen könnte.« Sie blieb stehen und griff nach seiner Hand. »Wenn du sie gesehen hättest, Jon, die vielen kranken Kinder, dann würdest du mich verstehen. In dieser Stadt gibt es so viele, die Hilfe brauchen. Und ich weiß, dass ich ihnen helfen kann. Eines Tages ...«

»Zu Hause gibt es auch viele, die Hilfe brauchen, Anne.«

Anne blieb stehen und schlug die Augen nieder. »Ich habe zwei uneheliche Kinder, Jon. Zwei Jungen, für die ich kämpfe, an jedem einzelnen Tag. Ich kann nicht nach Hause gehen.«

Er fuhr herum und starrte sie an, und nun sah sie es in seinen Augen, dass er ihr nicht mehr gehörte. Jetzt gab es nichts mehr zu verbergen. Sie musste weiterreden. Sie musste ihm alles erzählen.

»Die Jahre in der Akersgate waren schwer. Dort habe ich mich selbst verloren, alles, woran ich glaubte, alles, weshalb ich in die Stadt gekommen war. Es war, als ob ich blind geworden wäre.«

»Du brauchst nicht mehr zu erzählen, Anne«, sagte er leise.

»Ich will, dass du alles weißt, Jon. Nichts zwischen uns soll noch unausgesprochen sein.« Sie holte tief Atem und fuhr fort: »Die Gnädige war krank, als ich kam, und sie starb, als ich gerade weggeschickt worden war, um das Kind zu bekommen. Ich habe sie im Stich gelassen, Jon. Ich habe sie auf schreckliche Weise im Stich gelassen.«

»Der Goldschmied?«

Sie nickte.

»Wie hast du überlebt?«

»Eine weise Frau hat sich meiner erbarmt.« Sie schaute zu ihm auf, und für einen Moment versagte ihre Stimme, denn sie sah in seinen Augen keine Anklage, sondern Liebe und Besorgnis. »Sie hat mich angelernt, aber dann ist auch sie gestorben. Und jetzt werde ich ihr Werk fortsetzen.«

»Anne.« Er drückte ihre Hand.

»Ich habe den Glauben wiedergefunden, Jon. Jeden Tag kämpfte ich dafür, dass ich eines Tages mein eigenes Haus haben werde, außerhalb der Stadt, weit weg von denen, die uns verurteilen und uns bestrafen wollen. Ein Haus, wo ich Kranke empfangen, wo ich helfen kann. Ich kann jetzt so viel, Jon. Ich bin bereit.«

Er hörte zu. Das spürte sie. Und als sie fertig war, blieben sie stehen, nebeneinander, und schauten hinaus auf den Fjord, auf kleine und große Schiffe dort draußen auf dem Wasser.

»Danke, Anne.« Er legte liebevoll den Arm um sie. Drückte sie an sich. »Vielleicht hätte ich es nicht verstanden, wenn du mir früher davon erzählt hättest. Aber ich glaube, niemand weiß besser als ich, dass es unmöglich ist, den tiefsten Traum loszulassen, egal, wie viele Steine uns in den Weg gelegt werden.«

In seiner Stimme lag jetzt etwas Neues, eine Festigkeit, die sie noch nie gehört hatte. Dann wusste sie plötzlich, dass es etwas gab, das noch nicht gesagt worden war. Sie konnte jetzt in ihm lesen, er war für sie offen. »Warum bist du hergekommen, Jon, warum wolltest du mich sehen nach all den Jahren?«

Er erwiderte ihren Blick. Seiner war sehr ernst. »Ich bin in Christiania, um Abschied zu nehmen. Anne. Von dir und von diesem Land.« Er zeigte auf den geschäftigen Hafen. »Siehst du das große Segelschiff da hinten?«

Sie nickte vorsichtig.

»Damit fahre ich morgen los. Ich will nach Amerika.«

»Du willst nach Amerika?« Sie schnappte nach Luft.

»Hier zu Hause gibt es keine Hoffnung mehr für mich. Es sind schlechtere Zeiten denn je. Ich kann ja nicht einmal eine Kate bekommen. Und in Amerika bekommt man Land, habe ich gehört. So viel man will. Ich habe mit Leuten gesprochen, die Briefe von drüben bekommen haben. Ich will Bauer werden, Anne. Großbauer. Ich will meinen eigenen Hof.« Er erklärte das alles eifrig. Bewegte die Hände. Konnte sie wirklich ihren Ohren trauen?

»Deshalb bin ich damals gekommen, als wir uns treffen wollten, ich wollte mich nach einer Überfahrt erkundigen. Ich wollte fragen, ob du mitkommen würdest.« Er schluckte und schaute zu Boden.

Aber dann riss er sich zusammen, schaute sie an mit klarem Blick. »Doch jetzt weiß ich ja, dass dein Platz hier ist, Anne.«

Sie griff nach seiner Hand. Dass es wirklich so weit gekommen war. Sie sah sich und ihn vor sich in der hohlen Eiche, wo sie auf dem rotbraunen Boden saßen, die Köpfe aneinandergelegt. Sie sah sie vor sich auf den dicken Ästen, wenn sie durch die Baumkrone in den blauen Himmel starrten. Sie sah sie vor sich in dem grausamen Schneegestöber zwischen Sevald und Mustad und in der heißen Mittsommernacht, als sie sich an seine warme Brust gelehnt hat. War ihr Platz wirklich hier, in diesen kargen Straßen, mit Wassereimern, die blutigrote Striemen in ihre Hände schnitten, in der winzigen Kammer für sich und die Kinder? Plötzlich fiel es ihr schwer, das so zu sehen. Aber sie sah auch Jon und sich nicht zusammen jenseits des Ozeans.

»Ich habe gespart«, sagte er und riss sie damit aus ihren Gedanken. »Jeden einzelnen Schilling, seit du vor sieben Jahren weggegangen bist. Ich habe überall auf den Höfen gearbeitet, vor allem auf Mustad und Brusveen, und ich habe eigene Waren auf dem Markt verkauft, Wollkratzer, die ich hergestellt hatte.«

Plötzlich schlang sie die Arme um seinen Hals. »Ach, Jon«, sagte sie und lachte und weinte durcheinander. »Jetzt bekommst du das, wovon du immer geträumt hast.«

»Du auch, Anne«, sagte er ernst und löste sich behutsam aus ihrem Zugriff. »Daran musst du immer weiter glauben.«

Sie setzten sich ins Gras. Er hatte den Arm um sie gelegt. Sie legte den Kopf an seine Brust. Sie hatte sich lange nicht mehr zu Hause gefühlt. Jetzt tat sie es. Sie fühlte sich geborgen bei Jon. Und jetzt würde er bald weggehen, über den Ozean, fort von Vardal, fort von ihr. Er streichelte ihre Haare, ruhig, tröstend, als ob er ihren Kummer spürte.

»Weißt du etwas über Kirstine, Jon?« Das flüsterte sie, das, was ihr immer so zu schaffen machte. Denn wenn Jon wegging, bestand keine Verbindung mehr nach Mustad.

Er hob den Kopf und sah sie mit ernstem Blick an. »Ich sehe sie nicht so oft, aber wenn wir uns auf der Straße begegnet sind, hat sie immer nach dir gefragt. Ob ich dich gesehen oder etwas von dir gehört habe. Sie wartet noch immer, weißt du.«

Anne schaute zu Boden. »Ist sie noch immer auf Alm?«

Er nickte. »Sie war lange krank. Es war ziemlich ernst, aber jetzt ist sie immerhin konfirmiert.«

»Krank?«, fragte Anne verzweifelt und griff nach seiner Hand.

»Ja, angeblich war es ein Glück, dass sie mit dem Leben davongekommen ist.«

»Kirstine war auch krank, als Frau Mustad uns in

der Akersgate besucht hat. Kirstine ist nicht stark, sie kann wieder krank werden. Auf Alm muss sie viel zu hart arbeiten. Warum kann Frau Mustad sie nicht auf das Gut holen, dort auf sie aufpassen? Frau Mustad weiß, welche Sorgen ich mir um sie mache.« Sie schlug die Hände vors Gesicht, spürte die Adern an ihrer Schläfe pochen. Was nützte es, wenn sie hier war und anderen half, wenn Kirstine zu Hause starb?

»Tollef hat jetzt die Herrschaft über das Gut.«

»Aber Frau Mustad hat versprochen, damals, als der Brief kam ...«

»Ich glaube, Elseby hat sie gerettet.«

Sie schaute zu ihm auf. »Elseby?«

»Ja, das wurde auf dem Gut jedenfalls gesagt. Dass Elseby mehrmals nach ihr gesehen und dass Frau Mustad um sie geschickt hatte.«

Anne schaute ihn verwundert an. »Frau Mustad soll Elseby zu Kirstine geholt haben?« In ihr schienen sich große Brocken zu lösen Sie weinte und schluchzte, und erst als sie keine Tränen mehr hatte, merkte sie es. Der Kloß war nicht mehr da.

38

Das Schiff glitt über den Fjord. Ein milder Wind blähte die großen weißen Segel. Die Fahrgäste schlugen sich um den Platz an der Reling, um ihren Lieben zum Abschied zuzuwinken.

Jon hatte eine Reisetruhe bei sich mit Essen für die Überfahrt und Kochgeschirr, um das Essen zuzubereiten. Er hatte den Deckel geöffnet und ihr und den Jungen stolz Pökelfleisch, Räucherspeck und Heringe gezeigt. Dann hatte er auf Erbsen, Graupen, Kartoffeln und Fladenbrot gewiesen und auch auf Butter, Sauermilch, Bier und Mehl zum Grützekochen. Eine grobe Wolldecke für die Nacht hatte er zudem. Sie würden auf dem Stroh im Zwischendeck schlafen, erklärte er. *Und wir bekommen nur Wasser und Brennholz zum Kochen.* Er hatte ihre Hand genommen, sich vorgebeugt und sie auf die Wange geküsst. Und sie hatte gelacht und gesagt, er müsse nun machen, dass er an Bord komme, wenn er rechtzeitig in Amerika sein wolle. Dann hatte er jedem Jungen einen Schilling gegeben. *Passt gut auf eure Mutter auf, das müsst ihr mir versprechen.*

Neben ihr weinte jemand, andere winkten mit Taschentüchern. Es war ein ernster Moment. Feierlich fast. Endlich ist Jon frei, dachte Anne. Frei von der schweren Arbeit für andere. Frei von ihr. Obwohl sie ihren allerbesten Freund verloren hatte, fühlte auch sie sich seltsam frei und offen, als sei ein Leben abgeschlossen und ein neues könne beginnen. Und nach ihrem Gespräch mit Jon wusste sie, dass sie ihn niemals ganz verlieren könnte, egal, wo auf der Welt sie sich befanden. Das Rätsel war gelöst, aber sie blieb stehen und schaute hinter dem Schiff her.

Anders war auf eine Tonne geklettert und baumelte mit den Beinen. Er sah einem Mann zu, der ein Stück weiter weg kleine Fische aus dem Wasser zog. »Ich will auch mit«, sagte er plötzlich und fing an zu weinen.

»Es ist eine weite Reise, Anders.« Anne lächelte und streichelte seinen Kopf.

»Kommt Jon zurück?« Christian bewunderte den Schilling, der in seiner Hand leuchtete.

»Nein, Christian.« Sie trocknete seine Tränen. »Er hat viel zu viel zu tun. Er ist schon dreiunddreißig und muss einen ganzen Hof aufbauen.«

Dann hob sie Anders von der Tonne, sorgte dafür, dass er den Schilling sorgfältig in seiner Tasche verstaute, nahm an jede Hand einen Jungen und machte sich auf den Weg aus dem Hafen. Es war schon fast Mittag, und sie hatte zu tun. Der Vermieter war mit den Jahren nicht sanfter geworden.

»Schau mal, Mutter!« Christian zeigte auf die andere Straßenseite. »Da winkt uns ein Mann.«

»Sieh da nicht hin«, sagte sie streng.

»Aber Mutter, der sieht lieb aus.«

Das stimmte auch. Drüben stand ein junger Mann und winkte ihnen zu. Sicher irrte er sich, glaubte nur, sie zu kennen. Aber als sie noch einmal hinüberschaute, verbeugte er sich.

»Komm, wir gehen.« Sie nahm Anders auf den Arm, um schneller voranzukommen.

Der junge Mann lief über die Straße und kam mit schnellen Schritten auf sie zu. »Entschuldigen Sie, ich wollte Sie nicht erschrecken. Ich dachte, Sie würden sich vielleicht an mich erinnern.«

Anne schüttelte den Kopf und strich sich mit der freien Hand ihren Rock glatt. Die Augen des Fremden waren so klar und hellblau. Plötzlich schien sich alles zu bewegen, nicht nur das Schiff, das langsam das offene, unbekannte Meer ansteuerte, sondern auch etwas in ihr. Der junge Mann, der vor ihr stand, war der Maurer, der mit dem kranken Mädchen bei Beret in Kampen gewesen war. Jetzt erinnerte sie sich an ihn. Er hatte sich so rührend um das Kind gekümmert.

»Wie geht es der Kleinen?«, fragte sie eifrig.

»Du erinnerst dich also?« Er lächelte, dann lachte er. »Sie ist frisch und gesund.« Dann wurde er ernst. »Aber ich habe dieses Elend mit Beret gehört. Was ist dann aus dir und deinem Kleinen geworden? Und ich sehe ja, du hast jetzt zwei.« Er sah zu den Jungen hinüber.

Anne schlug die Augen nieder, ihre Wangen wurden heiß. Sie wusste nicht, was sie dazu sagen sollte, aber der Mann redete einfach weiter. »Ich weiß ein bisschen über weise Frauen. Meine Mutter hat früher auch Kranken geholfen, aber sie hat nicht so gesegnet wie Beret. Sie hat im Sommer Kräuter gesammelt und als Medizin verwendet. Und hinter unserer Hütte hatte sie einen Kräutergarten.«

»Stimmt das?« Anne sah ihn staunend an.

Er nickte. »Wie heißt du eigentlich?«

»Anne Marie Andersdatter.« Sie hob den Kopf. »Und das sind meine Jungen.«

»Wie alt sind die denn?«

»Christian ist viereinhalb und Anders ist drei.«

Er gab beiden feierlich die Hand und machte eine Verbeugung.

Sie sagte eilig: »Wir drei sind allein.« Sie wollte nicht mehr lügen, das wäre schlimmer als die Schande.

»Ihr seid bestimmt feine Jungs und helft eurer Mutter.« Er streichelte Christians Kopf.

»Wie heißt du denn?«, fragte Christian.

»Ich heiße Kristen Evensen.«

»Schiff«, sagte Anders und zeigte auf den Fjord.

Kristen lächelte, griff nach ihm und warf ihn in die Luft. Anders kreischte glücklich auf, während Christian dabeistand und zusah.

Kristen musterte ihn mit ernstem Blick. »Ein so großer Junge wie du möchte vielleicht mit mir zur Fischhalle kommen und einen großen fiesen Fisch beim Sattlerloch ansehen. Ja, wenn deine Mutter das erlaubt, natürlich nur.«

Sie gingen weiter, und als sie auf der anderen Seite des Hafens angekommen waren, hob Kristen die Hand. »Seht mal! Da ist das Sattlerloch.«

Vor ihnen lag ein viereckiges ummauertes Hafenbecken, und auf allen Seiten standen kleine und große Buden. Es war ungeheuer viel los. Kleine Fischerboote drängten sich auf der einen Seite, und große Fischbehälter lagen auf der anderen und füllten das ganze Becken. Auf den Seiten standen viele Menschen und sahen zu, andere kauften und verkauften.

»An der Bude, in der Schnaps verkauft wird, gehen wir ganz schnell vorbei«, sagte Kristen und nahm an jede Hand einen Jungen.

Sie kamen vorbei an den Fischverkäuferinnen im Borkloch, vorbei an Heringstonnen und Dörrfisch und gingen weiter über Langbrygga, einen breiten Weg aus Brettern und Pfählen, der vor den Hafenspeichern entlangführte.

Anne ging schweigend neben ihm her, ihr kam das alles unwirklich vor. Dennoch war sie ganz ruhig. Erst als sie das gewaltige Haus mit den Säulen vor dem Eingang unten am Wasser sah, sagte sie etwas. »Was ist das für ein Gebäude?«, fragte sie Kristen. »Ich glaube, ich habe es auf dem Weg zur Apotheke gesehen.«

»Das ist die Börse, ganz unten in der Tollbodgate«, erklärte Kristen eifrig. »Das ist ein Aktionshaus für Waren und für Schiffe von auswärts. Und das Sattlerloch liegt gleich neben dem Börsenpark.«

Sie sah hohe Bäume an Rand des Geländes, das er Börsenpark genannt hatte. Sie richtete den Blick darauf. Bäume hatten sie immer so beruhigt. Aber so plötzlich, kaum dass sie den Blick darauf gerichtet hatte, war die Ruhe verschwunden. Denn es war nicht schwer zu sehen. Um das Sattlerloch drängten sich Logierhäuser und Schenken. Das hier war kein Aufenthaltsort für die Kinder.

»Seht mal!« Kristen zeigte aufs Wasser. »Seht euch mal die vielen kleinen Fischerboote an, die da hinten vertäut sind.«

»Wo ist der fiese große Fisch?« Christian schaute aus großen, gespannten Augen an seinem neuen Freund hoch.

»Der ist gleich hier. Aber ich weiß ja nicht, ob du dich traust.«

»Doch, tu ich wohl.«

Kristen nahm seine Hand. »Das ist der Seeteufel persönlich, musst du wissen.«

Anne lugte wieder zu Kristen hinüber. Er war jung, aber er wirkte so zuverlässig und solide. Genau wie in ihrer Erinnerung. Er nahm Anders an die andere Hand, so dass sie alle vier eine Kette bildeten. »Kommt, los geht's.«

Kristen führte sie in eine der Fischhallen.

In einer großen Wanne lag ein so hässlicher Fisch, dass Anne zurückfuhr. Sie war den Anblick von Fischen nicht gewöhnt, aber auf dem Markt hatte sie ja doch einige gesehen. Keiner jedoch hatte Ähnlichkeit mit diesem braunen, schleimigen Ungeheuer gehabt. Sein Kopf war groß und breit und wirkte viel zu groß für den Rest. Sein Mund stand halb offen und grinste sie mit scharfen Zähnen an.

Anders versteckte sich hinter Christian.

Kristen lachte. »Der kann euch nichts tun. Das ist bloß ein toter Seeteufel.« Dann schaute er Anne an und lächelte.

»Ein Seeteufel?«

»Ja. Soll ich euch erzählen, warum er einen so kleinen Körper und einen so großen Kopf hat?«

Beide Jungen nickten.

»Als Gott der Herr die Fische erschuf, kam eines Tages die Reihe an diesen. Als Gott den Kopf gemacht hatte und mit dem Körper anfangen wollte, sagte der Fisch: *So bin ich gut genug*. Und deshalb ließ Gott den Rest so klein.«

»Gut genug?« Christian traute sich an die Wanne heran.

»Kann man den essen?«, fragte Anne vorsichtig. Vielleicht würde er nun wieder so strahlend lächeln.

Er schüttelte den Kopf. »Nein, essen kann man den nicht. Aber ich weiß, dass er schon benutzt worden ist, um allerlei Krankheiten zu heilen.«

»Das wusste ich nicht«, sagte Anne gespannt.

Er musterte sie forschend, ehe er weiterredete. »Solche wie du und Beret haben eine wichtige Arbeit.«

»Ich will damit auch weitermachen«, sagte sie rasch und begriff nicht, warum sie es wagte, so offen zu sein. »Eines Tages werde ich meine eigene Hütte haben, vor der Stadt.«

Kristen sah sie weiter an und nicht nur das, er hörte ihr auch zu.

»Ich wünschte, ich könnte ein Heilmittel finden«, sagte sie. Wie sie drauflosredete! Sie erzählte diesem Mann Dinge, von denen sie fast nicht gewusst hatte, dass sie sie überhaupt dachte. »Ein Heilmittel gegen die Schwäche. Etwas, das mehr ist als Bleiwasser und Kräuter. Es muss doch noch mehr geben.«

In den beiden vergangenen Sommern war sie in ihrer freien Zeit den Hang hochgestiegen. Sigrid hatte nicht an sie und die Jungen vermieten wollen, aber Anne hatte ihr Pflanzen dagelassen, die sie den Kleinen und ihren Müttern geben konnte. Pflanzen, die sie stärken würden. Und sie hatte Bergminze gepflückt. Sie wollte ihm das gerade erzählen, als sie einen furchtbaren Gestank bemerkte.

»Da wird Tran gemacht«, sagte er und zeigte hinüber.

In einem Holzgefäß lag eine faulige Kabeljauleber, bedeckt von zähflüssigem gelbem Öl.

Sie hielt die Hand vor den Mund. Der Gestank war fast nicht auszuhalten. Die Jungen liefen los, und Anne lief hinterher.

»Zu Hause auf dem Hof wurde Tran benutzt, um Häute zu behandeln«, sagte sie, als Kristen sie eingeholt hatte.

Er lachte. Und dann merkte sie es. Etwas in ihr war verändert. Etwas in ihr war mit dem Schiff verschwunden, aber etwas anderes war zum Leben erwacht.

»Wir müssen nach Hause.«

»Ich kann euch ein Stück weit bringen.«

»Ja, wenn du möchtest.«

»Hast du vielleicht Lust, mal wieder mit mir loszugehen?« Kristen drehte sich zu Christian um.

»Ja.« Der Kleine lachte glücklich. »Können Mutter und Anders auch mitkommen?«

»Natürlich.«

»Morgen?«

»Am Sonntag«, sagte Kristen, zog eine Schirmmütze aus der Tasche und setzte sie sich kess auf den Kopf. »An allen anderen Tagen muss ich Mauern bauen.« Er sah zu Anne hinüber, nahm die Mütze wieder ab und spielte ein bisschen daran herum. »Ja, wenn du willst, meine ich?«

Anne lächelte vorsichtig und nickte.

39

Heute zeige ich euch etwas Neues«, sagte Kristen eines Sonntagvormittags. Er wartete oft vor dem Haus in Gamlebyen auf sie. »Wollt ihr mitkommen?«

»Ja«, rief Christian, ehe Anne antworten konnte.

»Das scheint ein Ja zu werden«, sagte er und lächelte sie strahlend an. Dann nahm er Christian huckepack und lief los.

Christian jubelte.

Zwei Kinder hatte sie geboren, aber noch nie hatte sie sich so jung gefühlt. Sie fuhr sich mit den Händen über das Kleid. Sie war viel zu mager nach den Hungerjahren, und sie fühlte Runzeln auf ihrer Stirn. Aber die Haut war frisch, das wusste sie, denn es war Sommer und warm, und sie hatte sich die Haare mit Kamillenblüten gewaschen.

»Ich wollte dich auf der Baustelle besuchen«, rief Christian. »Aber Mutter hat nein gesagt.«

Sie versuchte, Kristens Antwort zu hören, doch alles, was sie aufschnappen konnte, war: »Da lang!«

Kristen führte sie über einen Weg, der gleich oberhalb der Oslo Hospital Kirche vorbeiführte. Der Weg schlängelte sich den steilen Hang hinauf, hoch über der Gravergate, wo die Hellseherin wohnte. Es war ein schöner Tag. Der Himmel über ihnen war blutrot, der Fjord unten blau und dunkel.

Christian lief dicht hinter Kristen her, dann kam sie Hand in Hand mit Anders. Es tat so gut, seine kleine mollige Hand zu halten.

Immer wenn Kristen stehen blieb und zu dem Höhenzug zeigte, der auf dem anderen Fjordufer zu sehen war, oder auf Akershusneset oder Bjørvika oder die Segelschiffe, die tief unten vor Anker lagen, stand Christian stumm daneben und bewunderte den Mann und die Aussicht gleichermaßen.

Anne war nicht sicher, ob es richtig war, dass die Jungen schon so stark an Kristen hingen. Was würde passieren, wenn er eines Tages aufhörte, am Sonntag aufzutauchen? Er war ein junger Mann, es war wohl an der Zeit, dass er sesshaft wurde und eine Familie gründete. Und dann könnte er seine eigenen Kinder in die Luft werfen und huckepack nehmen. Sie wusste auch nicht, ob das hier für sie richtig war. Unter der Woche dachte sie oft, dass sie mit diesen Sonntagen aufhören müsste, aufhören müsste, sich danach zu sehnen, und das Leben so leben, wie es wirklich war. Zu dritt. Aber dann kam der Sonntag, und es war unmöglich, nicht glücklich zu sein, wenn sie Kristens strahlendes Lächeln sah und wenn die Jungen auf ihn zustürzten und sich in seine Arme warfen. Fast als wären sie eine Familie. Sie musterte ihn verstohlen. Er lehnte vor dem steilen Hang mit einem Grashalm im Mund am Zaun, auf jeder Seite einen Jungen, und sie spürte, dass es gut war. Sie trat neben die anderen. Es war unmöglich, ihn nicht gernzuhaben.

»Ich war mit Mutter hier«, erzählte Christian. »Wir haben Pflanzen gepflückt.« Dann steckte er einen Grashalm in den Mund.

Anders bückte sich und kratzte sich an einem Mückenstich am Bein, bis es anfing zu bluten. Anne bückte sich auch, um sich die Stelle anzusehen, und als sie sich aufrichtete, fing Kristen ihren Blick ein. Für einen Moment stand für sie die ganze Welt still.

»Wir müssen noch weiter rauf«, sagte er und lächelte, ging vor ihnen her den Weg hoch und nahm die Jungen abwechselnd huckepack. »Wir müssen bis ganz nach oben.«

Sie wischte sich den Schweiß vor der Stirn und dachte, wie lieb er zu den beiden war. Zu ihnen allen drei.

Nichts hatte sich verändert. Das Gutshaus lag groß und weiß ganz oben an dem steilen Hang, so wie in ihrer Erinnerung. Tief unten lag die Stadt wie ein großer warmer Kessel, während sich der Fjord klar und offen zum Meer hinzog. Wagengerassel und andere undefinierbare Geräusche aus der Stadt waren hier oben nicht zu hören. Hier herrschte Frieden. Anne sah die Masten eines großen Schiffes, und weit in der Ferne ahnte sie die hohen bewaldeten Berge. Sie drehte sich zu Kristen um und lächelte.

»Da hinten wohne ich«, sagte Kristen stolz. »Unter dem Felskamm. Das wollte ich euch zeigen.« Er zeigte auf die andere Seite der grünen Wiese, fort vom Gutshof, auf einen kleinen Wald zu. »Da unter dem Brannfjell liegen mehrere Kätnerstellen, aber die, die ihr dort hinten seht, heißt Ekelberglien.«

Weit hinten, auf der anderen Seite der großen Wiese, ahnte Anne zwischen hohen Birken eine kleine Hütte. Sie verspürte ein heftiges Zittern. Sie hatte das Gefühl, jede Pflanze, jeden Baum, jeden Grashalm bei der Hütte zu kennen, ohne jemals dort gewesen zu sein. Aber das brauchte sie auch nicht, um zu wissen, dass sie das hier im Traum gesehen hatte.

Die Jungen kreischten und lachten, während sie über die Wiese rannten. Dann lag Kristens Arm um ihre Schultern. »Als meine Eltern dort gewohnt haben, hieß es Evenstue, nach meinem Vater. Aber jetzt gehört Ekeberglien mir. Ich habe soeben den Pachtvertrag übernommen.«

»Wie lange wohnst du schon hier oben?«, flüsterte sie.

»Wir sind von Nordseter hergezogen, als ich zehn war, also wohne ich hier jetzt seit zwölf Jahren. Es gibt noch immer Reste von Mutters Kräutergarten hinter der Hütte, wenn du die sehen möchtest.«

Anne machte einige Schritte hinaus auf die Wiese. Sie fühlte sich frei. Das Gras reichte ihr bis zu den Knien. »Willst du denn Landarbeiter werden, wo du doch Maurer bist?«, fragte sie lachend.

»Ach, das eine ist wohl nicht besser als das andere. Beides ist draußen in Gottes freier Natur. Und auf dem Gut gibt es sicher einiges zu mauern. Maurer werden immer gebraucht.«

Sie bückte sich. Vorsichtig pflückte sie eine Blume mit langen spitzen Blättern und großen schönen, tiefblauen Blüten und hielt sie sich ans Gesicht. Es duftete so süß.

»Der Drachenkopf«, sagte Kristen. »Meine Mutter hat gesagt, einmal sei ein Drachenkopf in eine wunderschöne Blume verwandelt worden. Diese Blume ist selten, musst du wissen. Sie hat gesagt, die sei erschaffen worden, um zu zeigen, dass das Gute das Böse besiegen kann.« Er kam hinter ihr her, griff nach ihr und hielt sie fest. Seine Hände waren warm. Sie streichelten ihre Haare und ihren Nacken.

Anne war es plötzlich schwindlig. Alles auf der Wiese schien sich zu bewegen. Überall war Leben. Düfte. Brummende Fliegen, Wespen und Mücken unter blauem Himmel. Krabbelnde Larven, Käfer und Ameisen in der warmen Erde. Schmetterlinge. Gräser. Bäume und Vögel. Samtweicher Wind an ihrem Gesicht. Drachenköpfe mit blauvioletten Kronen in der Sonne.

Dann spürte sie seine Haut an ihrer Wange. Seine Berührung war so sanft, aber doch durchfuhr sie ein Schauer. Das musste das Schicksal sein, von dem Elseby gesprochen hatte. Die Liebe. Aber die Liebe war doch in ihr. Sie war der Ort, von dem die Gabe herstammte. Doch vielleicht war Kristen gekommen, damit sie jemanden hatte, dem sie die Liebe geben könnte.

40

Kannst du auf die Kinder aufpassen, Hanna, es dauert auch nicht lange?« Anne sprach sie auf dem Heimweg vom morgendlichen Gang zum Brunnen an. Es war Anfang Mai, und Hanna hatte so lange mit den anderen Dienstmädchen geplaudert und gelacht, dass Anne inzwischen fror und fast am Ende ihrer Geduld war.

»Wann?«

»Heute Abend, nicht lange, nur bis sie eingeschlafen sind.«

»Wo willst du hin?«

Sie schaute zu Boden, machte sich an ihrem Kleid zu schaffen. »Ich will nach Ekeberg hoch. Nach Kristen sehen. Er hat sich lange nicht mehr blicken lassen. Er ist ein anständiger Mann. Etwas muss passiert sein.«

Hanna ging vor ihr her, fand einen stillen Winkel zwischen Kirche und Martkhallen. Sie hatte ein neues Kleid bekommen, das um den schmächtigen Leib herumwirbelte. Als sie sicher war, dass niemand sonst sie hören konnte, drehte sie sich um und flüsterte: »Wenn du sicher bist, Anne, dass er ein anständiger Mann ist, dann musst du wagen, ihm zu vertrauen.«

Sie stellte ihre Eimer auf den Boden. »Wie lange hast du ihn denn nicht mehr gesehen?«

»Einige Wochen, Hanna. Sonst kommt er immer am Sonntag.«

»Dann musst du auf ihn warten, Anne.« Hanna lächelte. »Ich kenne mich mit diesen Dingen ja nicht so gut aus wie du, aber wenn du dich im tiefsten Herzen auf jemanden verlässt, dann ist das meistens richtig.«

»Aber ich habe mich doch schon häufiger geirrt.« Anne schaute zu Boden und kämpfte mit den Tränen. »Ich traue mich nicht, mich darauf zu verlassen, dass Kristen es ernst meint.«

»Du musst wieder lernen, Leuten zu vertrauen … ich meine, Männern. Anne, nicht alle sind wie Herr Øyset.« Hanna legte ihr die Hand auf den Arm. »Ich komme heute Abend und passe auf deine Jungen auf, bis sie eingeschlafen sind, dann muss ich zurück.«

Ekeberglien lag öde und verlassen da. Anne hatte schon mehrmals geklopft und auf beiden Seiten durch die Fenster geschaut. In der Kate war alles dunkel. Kristen war offenbar schon lange nicht mehr hier gewesen. Ein Kessel hing an einem Haken über der Feuerstätte. Eine einsame Tasse stand auf dem Tisch neben einer heruntergebrannten Kerze. Die Bettdecke war zurückgeschlagen, als ob er gerade erst aufgestanden wäre. Auf dem Hofplatz war kein einziger Grashalm heruntergetreten außer denen, die unter Annes Füße geraten waren. Sie ging durch die Butterblumen und Sauerampfer zu dem großen Schuppen. Vielleicht hatte er Holz gehackt und sich mit der Axt verletzt.

»Kristen, Kristen!« Sie rüttelte an der Schuppentür, rief laut seinen Namen, wieder und wieder. Hier gab es nicht ein einziges Fenster, durch das sie hätte hineinschauen können. Sie sah, dass der Riegel vorgeschoben war. Das hatte er wohl gemacht, ehe er weggegangen war.

Sie hatte sich so lange damit getröstet, dass er sicher andere und wichtigere Dinge zu tun hatte. Was war sie blind gewesen! Die Sache war doch klar. Er wollte natürlich keine Frau mit zwei unehelichen Kindern. Sie ging zur Hütte zurück und setzte sich auf die Treppe. Hier war alles so friedlich. Sie lehnte sich an die Tür und schaute hinüber zu dem überwucherten Kräutergarten zwischen den hohen Birken. Sie hatte oft daran gedacht, wie schön sie den herrichten würde, falls er eines Tages ihr gehörte. Sie würde Borretsch, Seifenkraut und Pfennigkraut pflanzen. Und dann waren ihr noch Krauseminze, Meerrettich und Rainfarn eingefallen. Und Nachtkerze. Hier oben wuchs alles so gut. Hier gab es genug Pflanzen, um Medizin herzustellen. Hier auf diesem verlassenen Flecken Erde gab es alles, was sie brauchte. Außer Kristen.

Sie drehte sich um. Die letzte Abendsonne brach durch die Wolken durch und schien auf die Wiese weiter unten. Die Wiese mit Drachenköpfen mit blauvioletten Kronen zwischen den Gräsern, die wie geschaffen dafür waren, den Menschen zu zeigen, dass das Gute das Böse besiegen kann. Anne seufzte. Drüben beim Gutshaus war es im Herbst so schön gewesen. Sie waren Hand in Hand vorbei an den wogenden Feldern mit den goldenen Ähren gewandert, und sie hatte ihm von Mustad erzählt. Sie hatte so oft von diesem Ort hier geträumt. Hatte sich und die Jungen hier wohnen sehen. Sich und Kristen. Als richtige Familie. Was hatte der Pastor noch gesagt, was passieren würde, wenn sie Kinder von drei verschiedenen Männern bekäme, ohne mit einem verheiratet zu sein? Sie schlug die Hände vors Gesicht. Zuchthaus. Er hatte ihr mit dem Zuchthaus gedroht. Was sollte sie tun? Es weggeben wollte sie auf keinen Fall. Vielleicht war jetzt die Zeit gekommen, sich eine eigene Wohnung zu suchen. Vielleicht sollte ihr das klargemacht werden. Es war nur so, dass sie so viel für Kristen empfunden hatte. Auf eine andere Weise als für Jon und Herman. Jon hatte ihr Geborgenheit gegeben und Herman Leidenschaft. Bei Kristen gab es mehr, anderes. Nein, durch das hier würde sie nicht zerbrechen. Sie war jetzt stark. Sie würde weiterkämpfen und den Weg gehen, den sie eingeschlagen hatte, mit oder ohne Kristen. Genau wie Jon es getan hatte.

Sie schaute zum Brannfjell hoch, das sich droben über Ekeberglien erhob. Kristen hatte gesagt, sie würden zusammen den Gipfel sehen, dass man sich fühlte wie auf dem Gipfel der Welt, wenn man dort oben war. Er hatte gesagt, er wolle das mit ihr zusammen erleben. Sie stand auf. Wenn er sie nicht wollte, würde sie eben allein sein. Sie wollte das Gefühl kennenlernen, über alles hinwegzuschauen. Feststellen, ob dieses Gefühl so mächtig sei, wie er gesagt hatte.

Es rauschte leise in den Bäumen. Anne ging durch eine Mischung aus Felskuppen und Wald und kam an einem Tümpel vorbei. Das Rauschen wurde leiser, je höher sie kam, und als sie sich dem Gipfel näherte, sah sie, dass dort oben keine Bäume wuchsen.

Sie legte die letzten Schritte zurück, bis sie ganz oben stand. Erst jetzt wagte sie zu sehen. Sie hob den Blick. Kristen hatte recht gehabt. Sie stand auf dem Dach der Welt und blickte gleichsam über die ganze Schöpfung hinweg. Sie sah alle Himmelsrichtungen: Norden, Süden, Osten und Westen. Berge, Fjord, Himmel und Erde. Und sie war nur ein kleiner Teil von dieser großen Welt, aber sie war trotzdem nicht unbedeutend. Sie richtete sich auf. Sie hatte eine Gabe erhalten, und jetzt war die Zeit gekommen, diese Gabe weiterzureichen. Sie schaute zum roten Abendhimmel hoch. Am nächsten Morgen würde sie sich auf die Suche nach einem Haus für sich und die Kinder machen.

Es war schon dunkel, als sie wieder in Gamlebyen ankam. Sie öffnete vorsichtig die Tür und wollte sich gerade hineinschleichen, als plötzlich Morten Halvorsen vor ihr stand.

»Du hast Besuch«, sagte er und starrte sie neugierig an. »Ja, also, es ist der, der behauptet, dein Verlobter zu sein.«

Hanna war sicher gegangen, ehe es dunkel geworden war. Wen konnte er also zu den Kindern hineingelassen haben? Sie lief am Hausbesitzer vorbei und durch den Gang. Dann riss sie die Tür auf, blieb stehen und hielt sich am Türrahmen fest.

»Kristen«, keuchte sie. War er wieder da? Ihr Herz hämmerte. Sie war wie benommen. Vor ihr saß Kristen, gesund und unversehrt, als ob nichts passiert wäre, und hatte ihre Kinder auf dem Schoß. Der Duft von Zucker und Zimt füllte die Kammer, und jeder Junge knabberte an einem großen Kringel. Sie unterdrückte ein Schluchzen und spürte, wie ihr die Tränen kamen.

Christian kam auf sie zu und fiel ihr um den Hals. Anders trottete hinterher und folgte Christians Beispiel.

»Möchtest du vielleicht auch einen?« Kristen zog einen Kringel aus seinem Rucksack und reichte ihn ihr.

Sie zitterte. Wie sollte sie auch nur einen einzigen Bissen hinunterbringen? Sie schüttelte den Kopf. »Nein, danke.«

Kristen brach den Kringel in der Mitte durch und reichte jedem Jungen ein Stück. Dann verbeugte er sich, stand vom Bett auf und ging zur Tür. »Sie hatten Angst um dich.«

»Um mich?«, fragte sie wütend. »Wenn wir um irgendwen Angst hatten, dann ja wohl um dich!«

»Aber jetzt fährst du doch nicht mehr weg, Kristen?«, rief Christian hinter ihm her.

Es war jetzt dunkel, und der Abend war kühl. Anne brachte ihn hinaus, aber als sie auf die Treppe traten, musste sie ihn noch ein Stück begleiten. Sie konnte ihn nicht ohne ein Wort gehenlassen. Sie musste ihren Mut zusammennehmen, ihm sagen, was sie auf dem Herzen hatte, und dann konnte sie gehen.

»Es tut mir leid, dass ich dir nicht mehr sagen konnte, wo ich war, Anne«, sagte er ruhig und legte den Arm um sie. »Ich hatte Arbeit in einer Stadt namens Drammen. Es eilte. Wir wurden zu viert ohne Vorwarnung hingeschickt, und ich konnte dir nicht mehr Bescheid sagen lassen.«

»Ich hatte solche Angst um dich, Kristen.« Sie blieb stehen.

»Anne«, flüsterte er und nahm ihre Hand. »Ihr habt mir gefehlt.«

»Nein«, sagte sie und wich zurück. Sie erinnerte sich nur zu gut daran, was zuletzt passiert war, als sie das Gleiche zu Herman gesagt hatte, damals vor so lange Zeit. »Ich muss dir etwas sagen.«

»Was denn?«

Sie schluckte. Sie musste die Wahrheit sagen, und dann mochte kommen, was wollte. »Ich gehe morgen von hier weg«, erklärte sie.

»Wohin denn? Ist etwas passiert?«

»Ich will eine eigene Wohnung für mich und die Kinder suchen.« Sie trat einen Schritt zurück. »Ich habe mich entschlossen, Menschen zu helfen, Kristen. Das war der Sinn von allem, seit ich hierher nach Christiania gekommen bin. Und jetzt ist es so weit. Ich kann nicht weiter in Gamlebyen wohnen. Das liegt zu nah an der Stadt. Und bei Morten Halvorsen kann ich niemandem helfen.«

»Aber warum schon morgen? Warum diese Eile?«

Sie schaute zu Boden. »Sonst werde ich ins Zuchthaus gesteckt.

»Wie meinst du das? Bist du angezeigt worden, weil du für Beret gearbeitet hast? Das ist doch so lange her.«

»Ich bin schwanger«, flüsterte sie.

»Du bist schwanger?« Jetzt sah sie seine Augen. Die leuchteten ihr durch die Dunkelheit entgegen. Dann fiel ihr plötzlich Hermans Blick ein, als sie das Gleiche zu ihm gesagt hatte.

»Ich will keine Geheimnisse vor dir haben, Kristen.«

»Warum wirst du ins Zuchthaus gesteckt, weil du schwanger bist?«

»Weil ich schon zweimal ein Kind bekommen habe.«

»Du bist angezeigt worden, weil du zwei Kinder hast?«

»Nein. Ich habe zwei uneheliche Kinder von zwei verschiedenen Männern.« Sie verstummte. Einige Männer gingen an ihnen vorbei und glotzten.

»Von zwei verschiedenen Männern? Aber ich dachte …«

»Ich habe dir die Wahrheit gesagt, Kristen. Christian und Anders haben denselben Vater, einen reichen Herrn, der mir einmal die Ehe versprochen hatte. Aber im Kirchenbuch steht, dass es zwei verschiedene Väter sind.«

»Warum?«

»Weil er gesagt hat, er würde mich heiraten, wenn ich einen anderen Vater für das Kind angäbe.«

»Aber du hast nur einmal gelogen?« Er stand dicht vor ihr und ließ ihren Blick nicht eine Sekunde los.

»Ja.« Sie sehnte sich so sehr danach, den Kopf an seine Brust zu legen und sich auszuruhen. »Christians Vater ist nicht der, der im Kirchenbuch steht. Bei Anders habe ich den richtigen Namen genannt. Er hat mich nicht nur überredet, beim ersten Mal den falschen Namen anzugeben, er hat mich auch noch glauben lassen, er wollte mich noch immer. Aber als Anders geboren wurde, war er schon mit einer reichen jungen Dame verlobt, und ehe das Jahr zu Ende war, hatten sie geheiratet.«

»Aber ich verstehe nicht, wieso du deshalb ins Zuchthaus kommst«, flüsterte er.

»Weil … weil der Pastor glaubt, dass ich jetzt mein drittes Kind bekomme von einem dritten Mann, ohne mit einem von ihnen verheiratet zu sein, und das ist vom Gesetz verboten. Und ich kann doch nicht sagen, dass ich gelogen habe und dass es nur zwei Väter gibt, denn dann werde ich wegen der Lügen bestraft.«

»Aber wollen wir denn nicht heiraten?«

»Hast du nicht gehört, was ich gerade erzählt habe, Kristen?«

»Ich habe alles gehört, Anne. Das hat nichts zu bedeuten. Ich will doch mit dir mein Leben teilen.« Er zog sie an sich und hielt sie fest, und diesmal wehrte sie sich nicht, sondern ruhte in seinen Armen aus. Bei ihm fühlte sie sich zu Hause, mit ihm konnte sie ihre Träume teilen.

41

Christiania, Mittsommer 1849

Sie stiegen den Liebespfad hinter der Akerkirche hoch. Es war ein schöner Tag. Nicht eine Wolke am Himmel. Neben dem Pfad wuchsen Blumen aller Art. Anne spähte zu ihm hinüber. Er hatte unerschütterlich gewirkt. Er wollte sie – sie und ihre Jungen und das neue Kind, das sie erwartete. Ihr gemeinsames Kind.

Sie bückte sich, und immer, wenn sie eine Blume pflückte, sagt sie den Namen laut. »Teufelswurz, Schafgarbe, Margerite, Roter Klee, Rainfarn, Glockenblume, Wiesenkerbel, Vergissmeinnicht, Butterblume, Frauenmantel und Rote Lichtnelke.«

»Das sind mehr als sieben Sorten«, sagte Kristen und bewunderte ihren Strauß.

»Müssen das sieben Sorten sein?« Anne schaute neckend zu ihm auf.

»Meine Mutter hat gesagt, wenn ein Mädchen sieben verschiedene Blumen pflückt und sie in der Mittsommernacht unter ihr Kopfkissen legt, dann sieht sie im Traum, wen sie heiraten wird.«

»Ich weiß doch, wen ich heiraten werde.« Sie lachte. »Deshalb habe ich so viele gepflückt, wie ich will. In meinem Strauß ist für alle Blumen Platz.« Sie hielt den Strauß an ihr neues Kleid. Das war blau.

Christian und Anders liefen vor ihnen her. Sie hatten beide neue Hosen und Hemden und Schuhe bekommen. Sie nahm Kristens Hand. Dachte daran, wie sie bei Beret flüssiges Blei in die weißen Tassen gegossen hatte und er dabei gewesen war. Damals hatte sie es kaum gewagt, den jungen Maurer anzusehen, der die Arme beschützend um das kranke Kind gelegt hatte. Ein Fremder, der ihr Ruhe geschenkt hatte. Der jetzt ihr Mann werden würde.

»Das ist der beste Tag in meinem Leben!«, rief Christian. »Kommt hoch! Seht euch die Aussicht an!«

Der Tag war so klar, dass sie über die ganze Stadt blicken konnten, bis hinüber nach Akersneset. Kristen öffnete die Tür zur Akerkirche, und Anders schlüpfte als Erster hinein. Die Tür war in einem Steinrahmen angebracht, dessen obere Spitze zum Himmel hochzeigte.

»Das hättest du auch mauern können«, sagte Christian und breitete die Arme aus. »Das da und die ganze Kirche.«

»Den Turm aber nicht«, erklärte Kristen lachend und zeigte nach oben. »Der ist nämlich aus Holz.«

»Doch«, sagte Christian. »Das hättest du auch geschafft.«

Anne lächelte.

Die Tür zum Kircheninneren stand offen. Die Sonne fiel durch die kleinen Fenster oben in der Wand, tanzte fröhlich über die Mauern und folgte ihnen bis zu einer der vordersten Bänke, wo das Brautpaar sitzen sollte. Die Trauzeugen waren schon zur Stelle. Zwei Maurer, Freunde von Kristen. Christian und Anders setzten sich stolz neben die Zeugen, wie ihnen aufgetragen worden war.

Anne spürte Kristens Hand neben sich, seine Finger, die behutsam ihre berührten. Hier in der Kirche wagten sie nicht, einander richtig anzusehen. Sie sah ihn erst an, als der Pastor sie beide zum Altar rief. Sein Gesicht war ernst. Als sie auf das Brannfjell gestiegen waren, Hand in Hand, nach seiner Rückkehr aus Drammen, war er ebenfalls ernst gewesen. Er hatte sie gefragt, wie sie sich ihr Leben vorstellte. *Ich will meine Gabe nutzen,* hatte sie geantwortet. Dann hatte sie ihm von der Berufung erzählt, die sie immer verspürt hatte, davon, dass auf Christiania etwas auf sie gewartet hatte, dass sie aber nicht gewusst habe, was. Aber dass es dieser Ruf des Schicksals war, der ihr den Mut gegeben hatte, diese Reise anzutreten.

Plötzlich fuhr sie zusammen. Die Kirchentür quietschte. In den Bänken kam Unruhe auf. Jemand hustete, andere räusperten sich. Sie hörte, wie die Anwesenden sich umdrehten. Der Pastor hörte auf zu sprechen. In dem großen Kirchenschiff herrschte eine Totenstille. Anne hörte nur Absätze, deren Klappern von den Mauern widerhallten. Sie musste sich umdrehen. Und da, in der allerhintersten Bank, nahmen Hanna, Guro und Åse Platz. Hanna zwinkerte ihr zu, als sie sich setzte. Anne unterdrückte ein Lächeln, drehte sich wieder zum Altar um und schloss die Augen.

Eines Tages wirst du die Liebe finden, und dann wirst du feststellen, dass sich dein Schicksal in eine Berufung verwandelt hat. Sie hatte versucht, auf der Treppe von Elseby auf Benerud die Liebe herbeizurufen. Aber das war unmöglich gewesen. Die Liebe hatte sich ihr nicht zeigen wollen. Aber jetzt wusste sie es wieder. Etwas hatte sich in ihr geändert. Sie hatte sich von der Treppe entfernt, auf der sie saß, dem Ort, an dem sie wohnte, und war weggegangen, weit weg von Vardal. An einem einsamen Ort wie Benerud, zwischen hohen Birken, umschlossen von einer großen grünen Wiese. Dort war die Liebe. Sie hatte sie nicht gesehen, aber sie hatte sie gespürt. Hatte gespürt, dass jemand da war, der sie bei ihrer Aufgabe unterstützte. Nicht weil das so sein musste, sondern weil sie es so wollte.

Dann dachte sie an alle Frauen zu Hause in Vardal, die sie zu der Frau gemacht hatte, die sie geworden war, die hier vor Kristen stand. Karens Temperament und Kampfeswille hatten sie sicher mehr beeinflusst, als sie hatte zugeben wollen, aber das galt auch für das empfindsame Gemüt ihrer Mutter. Und vielleicht hatte Frau Mustad mit ihren Verletzungen ihr eine Fürsorge zukommen lassen, die eigentlich für eine andere bestimmt gewesen war. Sie dachte an Ingunn, die nur Söhne gehabt und die sie als Tochter betrachtet hatte. Aber vor allem hatte wohl Elseby sie geformt. Denn Elseby hatte eine Stelle in ihr getroffen, mit der sich nur weise Frauen auskannten.

Vorsichtig kniete sie unter dem Bild des Abendmahls, neben Kristen, während der Geistliche seine Ermahnungen sprach und die Ehe segnete. Jetzt hatte die Liebe sich ihr als warme, beschützende und liebevolle Hand gezeigt. Alles war so gekommen, wie Elseby gesagt hatte. Und dann war plötzlich etwas da, das sie aufweckte, das sie von dem wegholte, was um sie herum geschah. Von dem Pastor und von Kristen, von den Maurern und ihren Söhnen, von den drei Freundinnen in der hintersten Bank. Eine Welle, ein Schmerz, ein Schmetterlingsflügel.

42

Ekeberglien, Mai 1850

Die Vögel sangen in den Baumwipfeln. Anne lag auf den Knien und jätete in dem alten Kräutergarten, pflanzte Krausminze, Pfennigkraut und Nachtkerze. Kristen war jetzt seit mehreren Tagen unterwegs. Sie hatte den Kindern nichts sagen wollen, und sie wusste auch nicht, wie lange es dauern könnte. Aber so, wie sie es immer einige Zeit vorher gewusst hatte, wann ihr Vater aus dem Wald kam, wusste sie jetzt auch immer, wann Kristen auf dem Heimweg war. Es war, als hätte er einen Geist, der ihn begleitete, und an diesem Tag konnte sie diesen Geist spüren.

Anne schlug sich die Erde von den Händen und war zufrieden mit dem, was sie hier geleistet hatte. Kristen fehlte ihr. Jeden Morgen schaute sie zu ihm hinüber, wenn er das Stück Land, das sie hinter der Hütte hatten, umgrub, die breiten Schultern, die sich im Rhythmus des Spatens bewegten, die frische, sonnengebräunte Haut und die glatten, von der Sonne gebleichten Haare. Sie lauschte seinem Pfeifen, und sie dachte, dass vielleicht das Glück sein Fingerabdruck sei. Er lächelte immer, wenn er nach seinem Tagewerk über die Schwelle trat, Christian und Anders nacheinander hochhob, auch wenn die Jungen dazu nun eigentlich zu groß waren. Dann kam er auf sie zu, legte die Arme um sie, küsste sie und fragte nach dem Kleinsten.

Es war noch früh. Anne war vor dem Morgengrauen aufgewacht. Die Kinder schliefen sicher noch, alle drei. In diesem Moment sah sie eine Gestalt, die langsam über die Wiese ging. Es war eine junge Frau. Auf der Hüfte trug sie ein kleines Kind. Sie blieb für einen Moment stehen, als habe sie diese Frau erwartet, dann wischte sie sich die restliche Erde von den Händen und ging der anderen entgegen.

Die allermeisten, die damals den Weg zu Beret gefunden hatten, waren Mütter gewesen, die Kinder mit Schwäche brachten. Anne hatte sie bald mit Leichtigkeit von den anderen unterscheiden können, wenn sie mit Kindern auf der Hüfte vor der Hütte in Kampen standen. Einige Kinder wimmerten, andere lagen schlaff an der Brust der Mutter oder schliefen. Sie wusste, dass die Kinder getragen wurden, weil sie nur mit Mühe gehen konnten, obwohl sie über ein Jahr alt waren. Einige waren sogar mehrere Jahre alt. Jetzt sah sie das Kind deutlich. Es war ein kleiner Junge von zwei, drei Jahren. Die Mutter trug ein Wollkleid und ein Kopftuch. Sie war sicher schweißnass, nachdem sie den steilen Hang hochgeklettert war. Anne nahm ihr den Jungen ab, trug ihn das letzte Stück und ließ die Frau sich auf der Treppe ausruhen, während sie ihr etwas Kaltes zu trinken holte.

Sie versuchte schon lange, den Zusammenhang zu verstehen. Woran es lag, dass so viele Kinder unten in der Stadt an derselben Krankheit litten, und warum es meistens Kinder von Frauen waren, die in den neuen Fabriken arbeiteten. Und sie hatte es selbst gesehen, vom Ekeberg aus, zusammen mit Kristen: Die Fabriken brachten den Ruß der Kohleöfen und den Staub der Schlote mit sich. Über der Stadt lag jetzt ein schwarzer Deckel, der früher nicht da gewesen war.

Frische Luft wirkte Wunder für die Gesundheit, das hatte Frau Mustad gesagt. Elseby hatte mit Kräutern geheilt. Diese Kinder aber erhielten weder frische Luft noch heilende Kräuter. Sie waren den ganzen Winter über im Haus. Sie hatten keine warmen Kleider oder Schuhe, um das Haus zu verlassen, und wenn doch, dann mussten sie trotzdem ihre Mütter den ganzen Tag zur Arbeit begleiten. Dort schliefen sie unter einer Nähmaschine oder einem Waschzuber, während die Mütter arbeiteten, genau wie Annes zwei Älteste es so oft gemacht hatten. Jetzt waren Christian und Anders sommers wie winters an der frischen Luft, und das war auch der kleine Carl. Dieser Ort hier tat ihnen allen so gut. Obwohl der erste Winter kalt gewesen war, obwohl das Wasser durch die rissigen Wände gedrungen und es schwer gewesen war, die Stube zu heitzen, hatte Anne doch nicht die geringste Angst gehabt. Nicht einmal wenn es am Essen fehlte, machte sie sich Sorgen. Sie waren schon mit viel weniger zurechtgekommen.

»Ich habe gehört, dass du mir helfen kannst. Das hat Sigrid von Engeland gesagt.« Die junge Mutter schaute hilflos zu ihr herüber, als sie ihren Durst gelöscht hatte. Sie sah müde aus. Ihre Haut war fahl, und sie hatte dunkle Ringe unter den Augen.

»Setz dich auf die Bank unter dem Fenster, dann sehe ich mir deinen Kleinen an.« Anne öffnete die Tür, fühlte sich so sicher, so ruhig, als ob sie niemals etwas anderes gemacht hätte.

Der Junge lehnte sich schlaff an die Brust der Mutter. Anne schaute zu ihren eigenen Kleinen hinüber. Christian und Anders lagen zusammen im Bett, sie hatten rote, frische Wangen. Sie sahen aus, als ob nichts sie wecken könnte. Carl lag neben ihnen in der Wiege und plapperte vor sich hin. Plötzlich ging ihr auf, dass Elsebys Stube genauso ausgesehen hatte, als sie damals bei ihr gewesen war, um Hilfe für Hans zu holen. Die beiden größeren Kinder, die im Bett schliefen, und der Jüngste daneben in der Wiege. Sie hatte gedacht, dass Elsebys Kinder so viel gesünder wirkten als ihre Geschwister zu Hause auf Sevald.

»Hast du Hunger?«

»Nicht doch.« Die Mutter schlug die Augen nieder.

Wortlos brach Anne zwei große Stücke von dem Brot, das vom Frühstück noch dalag, und schnitt dicke Käsescheiben ab. »Iss erst mal. Und danach kannst du mir erzählen, was dich zu mir führt.« Dann setzte sie sich hin und sah die andere an, bis diese jeden einzelnen Krümel verzehrt hatte.

Die Frau zitterte an den Händen und biss viel zu große Stücke ab, während ihr Blick an dem Stück Brot haftete, das noch vor ihr lag. Anne lächelte und fühlte sich stolz.

»Und jetzt erzähl mir, was dich hergebracht hat, den ganzen langen Weg.«

»Mein Junge ist nicht gesund. Er wird jeden Tag schlaffer und schlaffer. Ich verdiene ja nicht viel, aber ich gebe ihm so viel zu essen, wie ich nur kann.«

»Du solltest auch ein bisschen an dich denken. Du musst doch auch essen.«

»Ja, aber ich komme zurecht. Und er nicht. Ich habe Angst um meinen Jungen. Was soll ich tun?«

»Dein Junge braucht jeden Tag Sonne und frische Luft. Das ist das Allerwichtigste. Und dann musst du ihm Tran mit Eisentropfen geben. Den bekommst du in der Apotheke, der schmeckt besser und stinkt nicht so wie die Fässer im Hafen, das kannst du mir glauben.«

»Aber ich arbeite den ganzen Tag in der Weberei unten im Brennerivei. Ich kann nicht mit ihm ins Freie gehen. Und es hilft auch nichts, wenn er mit den anderen Geschwistern zu Hause ist, denn er hat keine warmen Schuhe oder Kleider, um nach draußen zu gehen, weder im Herbst noch im Winter.«

»Du hast es nicht leicht, das ist schon klar.«

»Nein, und bei seinen Geschwistern sieht es auch nicht anders aus.«

Sie merkte, dass die Frau gern erzählte, dass sie es genoss, dass jemand ihr zuhörte, während sie von ihren Plagen und Kümmernissen sprach. Ihr Blick schien sich dabei aufzuhellen.

»Er ist lieb, beklagt sich nie. Wenn er nicht schläft, trage ich ihn auf der Hüfte. Er ist der Kleinste, und ich nehme ihn jeden Tag mit zur Arbeit, während die anderen zu Hause in Kampen sind … Wir teilen eine Art Verschlag mit einer anderen Familie … Es ist im Sommer furchtbar heiß und im Winter schneidend kalt, und dann ist es gut, dass wir so viele sind …«

Kampen – Anne musste lächeln, es tat gut, an Beret zu denken. Die Mutter und der kranke Junge hätten es nicht so weit gehabt, wenn Beret noch am Leben gewesen wäre.

»Ich kann ihn gern behandeln«, sagte sie ruhig. »Du brauchst dir keine Sorgen zu machen.«

»Aber ich habe kein Geld.« Die Unterlippe der Frau zitterte.

»Ich nehme auch kein Geld.« Anne legte ihre Hand auf die der anderen.

Dann sprach sie den Segen über den Jungen und goss Blei, das ganze vollständige Ritual, sie sagte ihre Zaubersprüche auf und sah sich die Form an, die das Blei in der mittleren Tasse annahm. Am Ende packte sie einige Kräuter ein und trug der Mutter auf, Eierschalen zu zerstoßen und mit den Kräutern unter sein Essen zu mischen. Und weil sie es nicht lassen konnte, gab sie ihm ein dick mit Butter bestrichenes Stück Brot und sagte der Frau, sie könne gern noch einmal kommen, wenn sie wolle.

Anne sah den beiden noch lange nach, als sie den Hang hinunterstiegen.

Sie weckte die Jungen. Sie hatte ihnen versprochen, dass sie ihr beim Sammeln von Heilkräutern helfen dürften. Den Kräutergarten hatte sie Kristen zuliebe wiederhergestellt, weil seine Mutter früher so stolz darauf gewesen war. Anne reichte die Natur. Hier oben wuchsen Blumen und Pflanzen zwischen Kiefern, Birken, Espen, Ebereschen, Weiden und Pappeln, und am Hang zur Stadt hinunter standen Eschen, Haselnusssträucher, Ahorn, Ulmen und Wacholder.

»Birke gegen Gicht und Nierensteine«, wiederholte Christian, als sie zu der grünen Wiese hinunterwanderten. »Kiefer gegen Erkältung und Husten.«

Sie trug Carl auf dem einen Arm und hielt in der anderen Hand einen Rindenkorb. Christian und Anders hatten ihre eigenen Körbe, die Kristen für sie geflochten hatte. Sie wollte den Jungen den Unterschied zwischen Wiesenschaumkraut und Schachtelhalm, Wiesenkerbel und Klee, Löwenzahn und Frauenmantel beibringen und ihnen erklären, wozu die verschiedenen Pflanzen dienten.

Es war mitten am Tag, und die Sonne verteilte ihre Wärme über der Wiese. Die Sonne war die Quelle jeglichen Lebens. Sie ließ alles keimen und wachsen. Und wenn das für die Pflanzen galt, dann traf es sicher auch auf die Menschen zu.

Sie kamen an einem Wacholderbusch voller reifer Beeren vorbei. Anne blieb stehen.

»Wacholder ist gut gegen so ungefähr alles«, sagte sie und legte ihr Tuch auf den Boden. »Magenschmerzen, Haarausfall und Erkältung, Gicht und Lungenkrankheiten.« Dann schüttelte sie die Zweige und die Beeren fielen herab.

Plötzlich entdeckte sie eine Herde von Kühen ganz in der Nähe. Barfüßige Mädchen und Jungen trieben sie vor sich her zu einem Hof unten am Hang, wo die Tiere geschlachtet und verkauft würden.

»Da«, riefen Christian und Anders wie aus einem Munde und zeigten auf das Tuch. »Es wird ganz voll.«

Sie sah die Kühe offenbar als Einzige.

Anne band die Zipfel des Tuchs zusammen. Anders

und Christian trugen es zwischen sich. Elseby hatte einmal gesagt, die blauen Beeren seien heilig. Anne hatte selbst gesehen, dass sie mit einem Kreuz gezeichnet waren. Schon lange, ehe sie Elseby kennengelernt hatte, hatte sie in der Natur nach Zeichen Ausschau gehalten; sie sehen zu können war ihre Gabe. Doch Elseby hatte die Geheimnisse der weisen Frauen an sie weitergereicht, und deshalb konnte sie die Zeichen verstehen.

Als sie sich Ekeberglien näherten, wurden die Jungen schneller und liefen auf dem letzten Stück Wegs nach Hause vor ihr her, so dass die blauen Beeren aus dem Tuch kullerten. Christians alte Hose war gleich über den Knien abgeschnitten worden, er wuchs und wuchs und würde groß werden. Er hatte solche Ähnlichkeit mit Herman. Gelbe Locken fielen weich in seinen Nacken. Der Kleine auf ihrem Arm sah aus wie Kristen, daran gab es keinen Zweifel. Er war kräftiger als Christian, seine Haare waren glatt und hell und seine Augen leuchtend blau. Offenbar kam nur Anders nach ihr. Sie lächelte vor Stolz auf ihre Kinder, auf alle drei.

Gleich vor der Treppe war die beste Stelle, um die Beeren zu trocknen. Dort brannte von früh bis spät die Sonne. Die Jungen setzten sich daneben und passten auf. Kein Duft kam dem von getrockneten Wacholderbeeren gleich. Sie dufteten wie der Wald zu Hause in Vardal, wie die Küche auf Mustad, wie Weihnachten auf Sevald.

Anne nahm eine Handvoll getrocknete Beeren mit ins Haus, um sie in einem Mörser zu zerstoßen. Die Sonne schien durch das Fenster und blendete sie. Sie drehte sich um und rief den Jungen zu, sie müssten noch mehr Beeren bringen.

Anders kam hereingelaufen. Seine Hände und sein Mund waren blau. Sie hob ihn auf die Bank und küsste seine runden Wangen. Dann kippte sie die Beeren in den Mörser und wollte ihn gerade bitten, ihr zu helfen, als etwas sie aufschauen ließ.

Kristen kam über die Wiese. Sie hielt sich die Hand vor die Stirn, um besser sehen zu können. Er war nicht allein. Sie kniff die Augen zusammen. Neben ihm ging ein mageres junges Mädchen und schaute lächelnd zu ihm auf. Für einen Moment glaubte sie, ihre Mutter vor sich zu sehen. Hochgewachsen und blond. Aber so ungeheuer froh und leichtfüßig. Der Mörser kippte um, und alle Beeren kullerten über den Tisch. Einige fielen auf den Boden. Neun Jahre waren vergangen, seit Anne ihr versprochen hatte, sie zu holen. Und jetzt hatte Kristen es für sie übernommen. Hatte Kirstine nach Hause geholt.

Es war Nacht auf Ekeberglien. Anne saß im Kerzenlicht, gebeugt über das schwarze Buch. Wieso hatte sie damals solche Angst davor gehabt? Die Seiten waren vergilbt und saßen nur noch locker. *Ein Samenkorn, das bei Vollmond gesät wird, keimt schneller, wächst rascher und gibt mehr Grün … Edle und heilende Kräuter, die bei Neumond gepflückt oder mit der Wurzel ausgerissen werden, sind voller Saft und Kraft … Odermennig heilt Husten, wenn er mit Honig zu einem Trunk verrührt wird … Breitwegerich heilt Wunden … Engelwurz schützt vor Beschwörungen … Safran in Cognac gegen Gelbsucht … Salbei in Wein reinigt das Innere des Menschen …*

Sie erhob sich, öffnete die Tür einen Spaltbreit und schlich hinaus. Hoch oben über der Hütte, in der ihre ganze Familie schlief, leuchtete der Mond. Er nahm jetzt ab. Etwas Altes näherte sich dem Abschluss. Etwas Neues würde beginnen. Sie ging die Treppe hinunter, barfuß, vorbei an den hohen Birken und hinunter zu der großen Wiese. Der Duft des Drachenkopfes lockte sie weiter. Es war, wie Kristens Mutter einmal gesagt hatte: Das Gute konnte das Böse besiegen. Sie verspürte eine tiefe Befriedigung und Freude, als sie durch das taufrische Gras ging. Am nächsten Morgen würde sie mit Kirstine und den Jungen an den Hang gehen und Königskerzen pflücken. Die Blätter waren noch jung, und die Stängel hatten sicher noch nicht in die Höhe schießen können. Also waren sie noch voller Kraft.

Anne fuhr mit der Hand über das hohe Gras, über Kamillenblüten und Halme. Dann schloss sie die Augen und dachte an Elseby. An ihre allererste Begegnung. Sie war unten am Bach gewesen, zusammen mit ihrer Mutter und ihrer großen Schwester, um für Frau Mustad Kleider zu waschen. Sie war zehn Jahre alt, und auf dem Weg zurück stolperte sie über eine Wurzel. Elseby hatte ihre Wunde mit Breitwegerich geheilt. Mit Weisheit und Wegerich. Elseby hatte ihr den Glauben an ihre Gabe geschenkt. Sie hatte ihr zu verstehen gegeben, dass alles in der Natur gleich wichtig war und dass alles in der Natur benutzt werden konnte, um Menschen zu heilen. Alles, von den schönsten, seltensten Pflanzen bis zu dem schlichtesten Unkraut, war gleich wichtig. Genau wie die Menschen, dachte sie. Beret hatte gesagt, dass jeder Mensch eine wertvolle Gabe in sich trug. *Unkrautpflanzen sind die allerbesten Wundheilerinnen,* hatte Elseby gesagt. Sie wollte die Wundheilerin der Menschen sein, bis noch ihre letzte Faser vom Wind verweht wäre.

Nachwort

Meine Ururgroßmutter Anne Brannfjell wurde Norwegens bekannteste weise Frau und bekam den Beinamen »Königin der Spruchfrauen«. Nachdem sie mit vierunddreißig nach Ekeberglien gekommen war und bis sie mit neunzig Jahren in Gamlebyen starb, wurde sie immer wieder von Menschen aufgesucht, die an allem von Hautkrankheiten über Bleichsucht, Ekzeme, Taubheit bis zu Drüsenkrankheit litten, einer Art Tuberkulose. Sie verfügte über eine seltene Fähigkeit, die richtige Diagnose zu stellen und Krankheiten zu heilen. Sie machte das auf der Grundlage von sorgsamen Beobachtungen, gesundem Menschenverstand und indem sie die Kranken ihre Geschichten erzählen ließ. Ihre Behandlungsmethode war eine Mischung aus volkstümlichen, vernünftigen Ratschlägen und Handauflegen und magischen Ritualen wie Messen mit Wollfaden, Segen und Bleigießen. Die Segenssprüche hatten oft einen religiösen Inhalt, sie sollten die bösen Kräfte verjagen, die die Krankheit mit sich gebracht hatten, und zugleich die Hilfe der Dreifaltigkeit herbeirufen.

Angeblich verspürten die Kranken, wenn sie bei

Anne waren, eine ganz besondere Ruhe und Geborgenheit, während sie selbst eine natürliche Selbstsicherheit, Ruhe und Würde ausstrahlte. Sie war freundlich und freigebig und ließ sich von den Kranken niemals bezahlen.

Obwohl sie bei allerlei Beschwerden zu Rate gezogen wurde, betrachtete Anne Brannfjell es als ihre Lebensaufgabe, Kindern mit Rachitis zu helfen, der sogenannten englischen Krankheit. Sie glaubte, die weisen Frauen könnten die Krankheit zu einem frühen Zeitpunkt entdecken, ehe bei den Kranken Misswuchs und Knochenschwäche auftraten, da die Weisen so oft das behandelten, was damals *Schwäche* genannt wurde. Annes Rat zur Behandlung dieser Krankheit war: jeden Tag Sonne und frische Luft, aber bei Nebel im Haus bleiben. Im Sommer im Meer baden. Nahrhafte Kost zu sich nehmen, dick Butter aufs Brot streichen, wenn man sich das leisten kann. Zerstoßene Eierschalen und Heilkräuter in die Nahrung mischen. Und ebenfalls wichtig: Tran mit Eisentropfen einnehmen.

Erst gegen Ende ihres Lebens begannen die Ärzte sich für diese Krankheit zu interessieren, aber zu ihren Lebzeiten konnte das Rätsel der Rachitis nicht geklärt werden. Im Jahr 1928 wurde der deutsche Chemiker Adolf Windaus für seine Arbeiten über D-Vitamine mit dem Nobelpreis für Chemie ausgezeichnet. Nun stand fest, dass diese Vitamine mit Hilfe von ultravioletten Strahlen, die von der Sonne oder einer künstlichen Quelle stammten, erzeugt wurden und dass D-Vitamine zur Heilung von Rachitis unerlässlich waren. Damit war bewiesen, dass Anne mit ihren Ratschlägen, die alle zur gesteigerten Zufuhr von Vitamin D und ansonsten zur allgemeinen Verbesserung der Gesundheit führten, richtiggelegen hatte.

Zu Beginn der 1870er Jahre zog Anne mit ihrer Familie von Ekeberglien nach Gamlebyen, um ihren Kranken näher zu sein. Das Parlament hatte damals ein neues Gesetz erlassen, das *Gesetz zur Änderung der Quacksalbergesetzgebung* (1871), das mit gewissen Einschränkungen die allgemeine Kurierfreiheit festlegte. Das neue Gesetz hat es Anne sicher leichter gemacht, innerhalb der Stadtgrenzen zu arbeiten, ohne das Zuchthaus fürchten zu müssen.

In Gamlebyen war sie schließlich so gefragt, dass von dreizehn Kranken in Christiania elf zu ihr gingen. Aber sie war auch weit über die Stadtgrenzen hinaus bekannt. Aus dem ganzen Land kamen Reisende, um von der berühmten weisen Frau behandelt zu werden. Donnerstagvormittags, also an dem Tag, der der Tradition gemäß die besten Ergebnisse ermöglichte, behandelte sie immer kranke Kleinkinder. Ihr kleines Haus in der Gravergate war dermaßen überfüllt, dass man sich nur mit Mühe Zutritt verschaffen konnte, doch immer standen noch mehr Mütter mit Kindern auf dem Arm vor der Tür. An der Wand hing ein Diplom von König Oscar II., das ihr die Erlaubnis gab, als Kinderärztin tätig zu sein. Das Diplom war mit einer Krone und sieben Siegeln gestempelt.

Kristen starb 1884 mit sechsundfünfzig Jahren in Gamlebyen, und Anne wurde Witwe. Neben Anders, der mit fünf Jahren an der Drüsenkrankheit gestorben war, hatte sie auch den kleinen Carl verloren. Aber Anne und Kristen bekamen noch zwei Töchter, während sie auf Ekeberglien wohnten. Karen Mathea, 1852 geboren, und Birthe Marie, geboren 1855. Karen heiratete einen Kätner auf Ekeberg und blieb auf der Pächterstelle Brannfjell wohnen, nicht weit von Ekeberglien entfernt. Marie (meine Urgroßmutter) heiratete einen Lokomotivführer und ließ sich nicht weit von ihrer Mutter entfernt in Gamlebyen nieder.

In Gamlebyen wohnte auch der Sohn Christian mit seiner Familie. Nach Herman Øysets Tod 1881 klärte Anne ihn über seinen biologischen Vater auf. Christian nahm dessen Nachnamen an. Er wurde Kaufmann und eröffnete in der Gravergate einen Kolonialwarenladen, den er C. O. Øysets Kolonialforretning nannte. In den letzten Jahren vor ihrem Tod wohnte auch Anne hier und betrieb ihre Praxis in Christians neben dem Laden gelegenen Haus.

Über Herman Øyset waren in der Stadt viele Gerüchte in Umlauf. Eins besagt, dass er mehrere Jahre aus der Stadt verschwunden war, ohne dass irgendwer gewusst hätte, wo er sich aufhielt. Mit Sicherheit ist bekannt, dass er 1849 seinen Bürgerbrief, der ihm die Arbeit als Goldschmied erlaubt hatte, zurückgab und dass er damit auch den Vorsitz in der Goldschmiedezunft verlor. Er arbeitete nie wieder als Goldschmied. Stattdessen nahm er das Amt des Branntweinkontrolleurs an und bereiste Brennereien in ganz Ostnorwegen. Damals und später erregte sein Schicksal allgemeine Verwunderung, und er erhielt den Spitznamen »der rätselhafte Meister der Erbfürstenkrone«. Heute wird Øysets kostbare Krone zusammen mit den übrigen Reichskleinodien im Nidarosdom aufbewahrt. Bisher ist sie noch niemals verwendet worden.

Didrik, Annes ältester Bruder, kam wie seine Schwester Kirstine von Vardal nach Christiania und ließ sich nicht weit von Anne in Gamlebyen nieder. Kirstine verdingte sich als Dienstmädchen, Didrik wurde Schneider. Auf Mustad regierte weiterhin Tollef, sein Bruder Ole übernahm von seinem Schwiegervater die Brusveen Nagel & Stahldrahtfabrik, später bekannt als O. Mustad & Sohn.

Elseby zog 1846 zusammen mit Johannes und den drei Kindern von der Kätnerstelle Benerud auf den Hof Undsethagen bei Biri, den sie als selbständige Landwirtschaft betrieben. Drei Jahre darauf, 1849, in dem Jahr, in dem Anne heiratete und ihre Praxis als weise Frau auf Ekeberglien aufnahm, starb Elseby auf ihrem Hof.

Am 2. Januar 1905 starb Anne Brannfjell und wurde auf dem Friedhof Oslo Kirkegård beigesetzt. Bis zuletzt hatte sie ihre Praxis betrieben.

Die Gravergate (heute Konows gate) wurde die »Straße der weisen Frauen« genannt. Hier gab es Spruch-, Egel- und Tassenfrauen. Vor ihrem Tod lernte Anne eine jüngere Frau in ihrer heilkundlichen Tradition an, wie es unter weisen Frauen Brauch war. Die Neue hieß Anne Syvertsen und galt 1906 als eine von Christianias »fünf Weisen«. Sie vererbte ihre Kunst an ihre Tochter Hilda Syvertsen, die bis zu ihrem Tod im Jahre 1955 in dieser Straße tätig war.

»Die Gabe« ist ein von der Geschichte meiner Urgroßmutter inspirierter Roman. Der historische Hintergrund der Handlung hält sich dicht an die Wirklichkeit. Mit Ausnahme von Jon und Hanna sind die wichtigen Personen nach dem Vorbild realer Menschen gestaltet. Trotz des historischen Ausgangspunktes stellt das Romangenre seine eigenen Forderungen, und in meiner Deutung habe ich mir einige größere Freiheiten gestattet.

Linda Winterberg
Aufbruch in ein neues Leben
Die Hebammen-Saga
400 Seiten. Broschur
ISBN 978-3-7466-3546-0
Auch als E-Book erhältlich

Das Licht der Welt

Berlin 1917: Edith, Margot und Luise könnten unterschiedlicher nicht sein, als sie sich bei der Hebammenausbildung kennenlernen. Was sie jedoch verbindet, ist ihr Wunsch nach Freiheit und Selbständigkeit – als Flucht vor dem dominanten Vater, vor der Armut der Großfamilie oder den Schatten der Vergangenheit. In einer Zeit, in der die Welt im Kriegs-Chaos versinkt, ist die Sehnsucht nach Frieden genauso groß wie das Elend, mit dem die drei Frauen täglich konfrontiert sind. Aber sie geben nicht auf, denn sie wissen, dass sie jeden Tag aufs Neue die Chance haben, Leben zu schenken …

Die große Hebammen-Saga: historisch fundiert, atmosphärisch und voller liebenswerter Figuren

Regelmäßige Informationen erhalten Sie über unseren Newsletter. Jetzt anmelden unter: www.aufbau-verlag.de/newsletter

atb aufbau taschenbuch